ホーキング博士のスペース・アドベンチャーⅡ-1

宇宙の法則《ほうそく》

GEORGE AND THE UNBREAKABLE CODE

解《と》けない暗号《あんごう》

作 ルーシー＆スティーヴン

ホーキング

訳 さくまゆみこ

岩崎書店

ホーキング博士のスペース・アドベンチャー Ⅱ-1

宇宙の法則《ほうそく》 解《と》けない暗号《あんごう》

［作］ルーシー＆スティーヴン・ホーキング
［訳］さくまゆみこ

岩崎書店

GEORGE AND THE UNBREAKABLE CODE

おもな登場人物

ジョージ……科学好きの男の子。中学生になっても宇宙《うちゅう》が大好き。ふたごの妹、ヘラとジューノがいる。

アニー……ジョージの友だちの女の子。ジョージとは別の中学校に通う。おしゃべりが好き。

エリック……アニーのお父さん。天才《てんさい》科学者。ジョージとなかよし。

コスモス……エリックのスーパーコンピュータ。宇宙につながる戸口を作ることができる。

エボット……エリックが注文したアンドロイド。エリックにそっくり。

これまでのあらすじ

ジョージは、天才科学者・エリックと知り合います。エリックのスーパーコンピュータ・コスモスの力をかりて、ジョージとアニーは、彗星《すいせい》に乗ったり、太陽系の惑星《わくせい》をめぐったり何度も宇宙《うちゅう》旅行を体験しました。そして、地球《ちきゅう》や月、ブラックホールについても知っていきます。

これまでに、コスモスをねらう人物、かつてのエリックの研究仲間・リーパー先生と宇宙で対決したり、コスモスに届《とど》いた謎《なぞ》のメッセージに呼び出されて、火星や、太陽系の外にも飛びだしました。

さらに、宇宙の始まりのしくみを調べるための、大型ハドロン衝突型加速器《しょうとつがたかそくき》(ＬＨＣ)をめぐるおそろしい事件《じけん》に巻《ま》きこまれ、アニーといっしょに、エリックの恩師《おんし》ズズービンとも対決しました。

科学が大好きなジョージは、宇宙について、これからの未来について、ますます興味をつのらせていきます。

科学コラム　もくじ

ボルツマン・ブレイン（ボルツマン脳《のう》） 256—257

コンピュータにできないこと 305—307

科学エッセイ「最新の科学理論！」もくじ

わたしのロボット、あなたのロボット　ピーター・マクオワン教授《きょうじゅ》（英国・ロンドン大学） 64—73

生命の歴史　マイケル・J・ライス教授（英国・ロンドン大学） 90—94

量子《りょうし》コンピュータ　レイモンド・ラフラム博士《はかせ》（カナダ・ウォータールー大学） 148—151

生命の構成要素《こうせいようそ》　トビー・ブレンチ博士（英国・化学研究者） 179—180

3D印刷《いんさつ》　ティム・プレスティッジ博士（英国・トーテムポール・コンサルティング） 266—271

宇宙《うちゅう》における生命　スティーヴン・ホーキング教授（英国・ケンブリッジ大学） 311—322

装丁　坂川栄治＋坂川朱音（坂川事務所）
装画・挿画　牧野千穂

1

どこかほかの惑星《わくせい》にいるなら、ツリーハウスは、星をながめるのにうってつけの場所かもしれない。たとえば、親というものがいない惑星だったら、最高だ。ツリーハウスは、野菜畑のまん中にある大きなリンゴの木を半分ほど上がったところにあって、ジョージみたいな男の子が、ひと晩《ばん》じゅう星を見あげるのに、ちょうどいい高さと位置と角度にすえつけられている。けれど、ジョージのお父さんとお母さんは、別の考えを持っていた。夜更《よふ》けに星なんか見るより、家の手伝いをしたり、宿題をしたり、ちゃんとベッドで寝たり、小さなふたごの妹たちといっしょに夕ごはんを食べたり「家族の時間」をすごしたりするほうが大事だと考えていたのだ。どれもジョージにとってはおもしろくないことばかりだった。

ジョージが今やりたいのは、土星《どせい》の写真を撮《と》ることだ。小さくぽちっと写るだけでもいいから、

あの大好きな惑星《わくせい》を撮《と》りたい。氷のかけらが美しい環《わ》をつくっているあの凍《こお》った巨大《きょだい》なガス惑星の写真を。でも、日が沈《しず》むのが遅《おそ》い今の季節だと、土星《どせい》が夜空に姿《すがた》をあらわすのは深夜になってしまう。ジョージが寝《ね》る時間を大幅《おおはば》にすぎてしまうから、その時間までツリーハウスに留《とど》まるなんて、両親がダメと言うに決まってる。

「何してんの？」

ジョージは、ツリーハウスのはじっこにすわって、足をぶらぶらさせた。そして、ため息《いき》をつくと、自由にふるまえる年齢《ねんれい》まで、あと何日と何時間あるのか計算をはじめた。

とつぜん声が聞こえ、細い体がはずむようにツリーハウスの床《ゆか》にあらわれて、ジョージの思いを断ちきった。

「やあ、アニー」

とたんにジョージは元気になった。

アニーは、ジョージの親友だ。二年前、アニーが両親といっしょにフォックスブリッジに引《ひ》っ越《こ》してきて以来、ずっと仲がいい。アニーはおとなりさんだけど、親友になった理由は、それだけじゃない。アニーは、科学者の娘《むすめ》で、おもしろくて、頭がよくて、かっこいいし、勇気がある。そんなアニーがジョージは好きだった。アニーには、歯が立たないものなんてない。どんな冒険《ぼうけん》にでも突《つ》き進み、あらゆる理論を試《ため》し、どんな仮説《かせつ》にも挑戦していく。

「何してんのよ？」アニーがきいた。

「別に、なんにも。ただ待ってるだけ」ジョージはつぶやいた。

「何を待ってんの？」

「何かが起きるのを、かな」ジョージはさえない声で答えた。

「あたしもよ。ねえ、もう宇宙《うちゅう》へとびだしてくことができなくなっちゃったから、あたしたち宇宙に忘《わす》れられちゃったかな？」

ジョージはため息をついて、言った。

「いつかまた宇宙に行けるようになるのかな？」

「今は無理ね。もしかしたら、あたしたちは人生の楽しみをぜーんぶ味わっちゃったのかも。十一歳《さい》になったんだから、いっつも超まじめにしてなきゃいけないんじゃない？」

ジョージが立ちあがると、ツリーハウスの床板《ゆかいた》がわずかに揺《ゆ》れた。ここは安全で、ジョージとアニーが下の固い地面に落っこちることはないはずだ。このツリーハウスは、ジョージが、お父さんのテレンスといっしょに、近所のゴミ捨《す》て場から拾《ひろ》ってきた材料で建てた。今ジョージとアニーがすわっている「ハウス」の部分をつくっていたとき、お父さんの足がくさった板を踏《ふ》み抜《ぬ》いたことがある。さいわい下まで落ちたわけではなかったが、お父さんを引っ張りあげるのには満身《まんしん》の力をこめなければならなかった。こっちがウンウンいっているのに、下ではふたごの妹たちジューノとヘラがケラケラ笑っていた。

このちょっとした事故のせいで、ジョージの両親は、ツリーハウスがふたごの妹たちには危険《きけん》だ

と考えるようになり、妹たちが縄《なわ》ばしごをのぼることを禁止《きんし》した。ジョージには好都合《こうつごう》だった。ツリーハウスは、ごたごたした家の中とはちがう、ジョージだけの王国になったのだ。縄ばしごは必ず引きあげておくようにと、ジョージはきつく言われていた。大好きなお兄ちゃんと遊びたい妹たちがのぼらないようにするためだ。だからジョージも、よくよく注意して、ぜったいに縄ばしごをたらしたままにはしていない。だとすると……。

アニーが、こんなふうにいつのまにかあらわれるなんて、変だ。

「ねえ、どうやってのぼって来たの？」

アニーはにんまりと笑《わら》うと、芝居《しばい》がかった言い方をした。

「あたし、赤ちゃんのときクモにかまれたおかげで、魔法《まほう》が使えるようになったの。それが、ようやくわかったのよね」

そのときジョージは、結びこぶがいくつもあるロープが、いちばん太《ふと》い枝《えだ》にかかっているのを見つけた。

「なんだ、あれを使ったんだね」

「そうよ。ちょっと試《ため》してみたかったんだ」アニーは、すました顔で答えた。

「呼《よ》んでくれたら、縄《なわ》ばしごをおろしたのに」

「この前おろしてって言ったら、果《は》てしなくパスワードを言わされたうえに、キットカットを半分あげなきゃいけなかったじゃない」アニーが文句《もんく》を言った。

「あんなのキットカットじゃなかったよ。チョコレートと言えるかどうかだって、あやしいもんだ。実験室で作ったやつをキットカットの包装紙《ほうそうし》でくるんだだけだろ。ぼくがちがいに気づくかどうか試《ため》そうとしたんだよな」

「ネズミの背中《せなか》に耳を生やすことができるんなら、あたしだってキットカットくらい作れるわよ。どんどん増え続ける自己増殖《じこぞうしょく》チョコレート分子《ぶんし》を、ぜったいに作りだせるはずなんだもん」アニーは反論した。

アニーは、実験好きの科学者の卵《たまご》だ。しょっちゅうキッチンを実験室として使い、お母さんのスーザンをいらいらさせている。なにしろリンゴジュースのパックをとろうと冷蔵庫《れいぞうこ》に手をつっこむと、結晶《けっしょう》タンパクの成長実験に出くわしたりするのだから。

「言っとくけど、あのキットカットの味は恐竜《きょうりゅう》の足の指……」

ジョージが話しだすと、アニーがさえぎった。

「そんなわけない！　あたしが作ったチョコレートはおいしかったわよ。まったく、意味わかんない。それに、恐竜の足の指なんか、食べたことないくせに」

ジョージは言葉を続けた。

「恐竜の足の指の爪《つめ》みたいだったよ。ほんとにまずかった。もう何兆年《ちょうねん》も前の化石《かせき》みたいな」

「ハッハッハー。すっかりグルメぶっちゃってさ」アニーが皮肉《ひにく》をこめて言った。

「グルメの意味もわかんないくせに」ジョージが言いかえす。

「わかってるもん」

「じゃあ、どんな意味?」

今回はアニーをへこましてやれそうだ。

「あれよ、なんかぐるぐるしたものから芽《め》が出るのよ。それに気づくのがグルメでしょ」

アニーは言い終わってから、こらえきれずに自分でも吹《ふ》きだした。そして、笑《わら》いすぎて、椅子《いす》がわりのクッションから転げおちてしまった。

「ほんとにバカだなあ」ジョージはやさしい声で言った。

「IQ《アイキュー》152のバカよ」

アニーは立ちあがった。先週受けたIQテストの結果を、みんなが忘《わす》れるひまがないくらい、くり返している。そのとき、アニーは、そこに置いてあるものに気づいた。

「これ、どうすんの?」

「準備してるんだよ」

ジョージは、ふたごの妹たちのおもちゃにされないよう、ツリーハウスに運びこんだものを指して言った。両端《りょうはし》に黒いバンドのついた六〇ミリメートル口径《こうけい》の白い望遠鏡《ぼうえんきょう》と、カメラが置いてある。望遠鏡は、ジョージのおばあちゃんメイベルからのプレゼントで、カメラは、なんとゴミ捨《す》て場で見つけたものだ。

「暗くなったら、土星《どせい》の写真を撮《と》ろうと思ってさ。お父さんとお母さんが、家に戻《もど》れなんてつまらないことを言ってこなけりゃ、だけどね。中間休みの自由研究にするつもりなんだ」

「いいね！」アニーは目を細めて望遠鏡のファインダーをのぞきこむと、すぐさまさけんだ。「げっ、なんかねばねばしたもんがついてる！」

ジョージは、望遠鏡をよく見てみた。たしかに、ファインダーのまわりに、ピンク色のねばねばがついている。

「もう、まったく！」

ジョージはかんかんになって、縄《なわ》ばしごをおりはじめた。

「どこ行くの？　こんなの、たいしたことないって！　ふけばだいじょうぶだからさ」

アニーがあわててついていく。

けれどジョージは、怒《いか》りで顔をまっ赤にして、家まで突進《とっしん》していった。キッチンに入ると、ちょうどお父さんが、ジューノとヘラにごはんを食べさせようとしているところだった。

「お父さんのために、もうひと口」

テレンスがヘラに言うと、ヘラが口をあけ、緑色のぐちゃぐちゃを口にふくむなり、ピュッとお父さんに向かって吐《は》きだした。ヘラはケラケラ笑い、赤ちゃん椅子《いす》のテーブルを、スプーンでコンコンたたき始めた。食べ物のかけらが、メキシコ飛び豆《まめ》みたいにはねまわる。ヘラのまねをするのが好きなジューノも、いっしょになってスプーンでテーブルをコンコンたたき、よだれまみれのくちびるをぷるぷるさせて、おならのような音を出す。

テレンスはふり返ると、困《こま》ったような、うれしいような顔をしてジョージを見た。緑色の離乳食《りにゅうしょく》が、ひげから、手作りのシャツにたれている。

ジョージは大きく息《いき》を吸《す》いこんで、大事な望遠鏡《ぼうえんきょう》を汚《よご》したふたごへの怒《いか》りをぶちまけようとした。でも、アニーがいち早く前に出ると、言った。

「こんにちは、おじさん、こんにちは、おちびちゃんたち」

ふたごたちは、夕ごはんから気をそらしてくれる人があらわれたのを歓迎《かんげい》して、スプーンをコンコンやりながら、のどを鳴らした。

「ジョージがうちに遊びにきてもいいかどうか、きこうと思って」

アニーはそう言うと、ヘラのぷっくりしたべたべたのあごの下をくすぐった。ヘラは、クスクスと笑《わら》いだした。

「望遠鏡のことで、文句《もんく》を言おうと思ったのに」ジョージは、アニーのうしろからふきげんそうにつぶやいた。

「あとで、ふくの手伝うからさ」アニーは小声できっぱりと言うと、言葉を続けた。「赤ちゃんの妹がいるなんて、すごくラッキーなのよ」それから、ふたごを愛《いと》しげに見て言った。「あたしも、ちっちゃくてかわいい妹がほしいな。あたしは、さびしいひとりっこなんだもん……」

アニーは、おおげさにさびしそうな顔をしてみせた。

「ふん」

ジョージのほうは、アニーがうらやましかった。静かで、へんてこな、科学技術最先端《かがくぎじゅつさいせんたん》の家で、学者のお父さんと、キャリア指向《しこう》のお母さんといっしょに暮《く》らせるなんて、最高だと思っていたのだ。赤ちゃんもいないし、うるさい音も有機《ゆうき》野菜もないし、家の中がめちゃくちゃになってもいない——まあ、アニーがキッチンで「おもしろい」実験をしていないときだけ、かもしれないけど。

「ああ、行っておいで。ただし、時間になったら帰って、家の手伝いをするんだぞ」テレンスが、一家の主《あるじ》らしく、そう言った。

「やったあ！」

アニーは、声を張《は》りあげると、ジョージをドアの外へと押《お》しだした。

ジョージは、アニーがしきりたがっているときは流れに身を任《まか》せるしかないとわかっていたので、さからわなかった。それに、ぶすっとして家にいるよりは、アニーの家に遊びに行くほうがいい。

「バイバイ、おじさん。バイバイ、ふたごちゃんたち！　楽しんでね」キッチンを出ていきながら、アニーは大声で言った。

「ジョージ、決まった手伝いをちゃんとやって、ポイント表を埋《う》めるのを忘《わす》れるなよ！　まだ半分以上残ってるからな」テレンスは、ジョージの背中に向かって、ぶつぶつ言った。

けれど、ジョージの姿《すがた》はもう消えていた。わくわくするようなことが起こる、おとなりの家——テクノや最先端機器《さいせんたんきき》と科学・電子技術《でんしぎじゅつ》が満載《まんさい》の、すばらしい家にアニーといっしょにもう向かっていたのだ。

2

ジョージとアニーは、塀《へい》にあいた穴《あな》をくぐって、アニーの家の庭に入った。その穴は、ジョージが飼《か》っていたブタのフレディが、グリンビー家の裏庭《うらにわ》から逃げ出したときにあけたものだ。フレディは、人とちがうことをするのが好きなメイベルおばあちゃんからのプレゼントだった。その日、フレディの足跡《あしあと》をたどってとなりの家にもぐりこんだジョージは、アニーとアニーの家族に初めて出会ったのだ。アニーのお父さんのエリックは、時代の先端《せんたん》をいくとても有名な科学者で、お母さんのスーザンは、音楽家だった。アニーの家には、スーパーコンピュータのコスモスがあった。コスモスは、とてもパワフルで賢《かしこ》く、宇宙《うちゅう》のどこだろうと、行きたいところに移動できる（もちろん宇宙服を着てないとだめだけど）戸口を作ることができた。その日以来、ジョージは彗星《すいせい》に乗って太陽系《たいようけい》のあちこちを飛びまわったり、火星の表面を歩いたり、遠く離《はな》れた別の太陽系に出かけて、

悪い科学者と対決したりしてきた。アニーたちと出会ってからというもの、ジョージの人生はそれまでとは大きく変わったと言ってもいいだろう。

「ねえ！　妹たちに意地悪《いじわる》しちゃだめよ」

アニーが走りながら言った。ジョージは、ふたごの赤ちゃんのことなど、もう考えていなかった。

「えっ、なんの話？　意地悪なんかしてないけど」

「あたしが止めに入ったからでしょ。ひどいこと言おうとしてたじゃないの」

「だって腹《はら》が立ったんだもん。妹たちは、ぼくのものにさわったり、ツリーハウスにのぼったりしちゃいけないのに！」

「きょうだいがいるなんて、ラッキーじゃないの。あたしなんて、だれもいないんだから」

アニーがもっともらしい口調で言うと、ジョージは思わずさけんだ。

「かわりに、いろんなもの持ってるじゃないか！　コンピュータのコスモスもあるし、自分の実験室だってあるようなもんだし、X《エックス》ボックスも、スマートフォンもノートパソコンも持ってるし、i《アイ》Pod《ポッド》だとかiPad《アイパッド》だとかi《アイ》のつくものはなんでもあるし。それに、あのロボット犬や、モーター付きのスクーターや……とにかく……たくさん持ってるだろ」

「それと、妹や弟がいるのとはちがうのよ」アニーは、おだやかな声で言った。

「じっさいにひとりでもふたりでもいたら、いなきゃいいのにって思うはずだけどな」ジョージは、半信半疑《はんしんはんぎ》で言った。

ふたりは、いそいでドアからキッチンに入った。

「イエーイ!」

アニーは、巨大《きょだい》な冷蔵庫《れいぞうこ》に向かって床《ゆか》をすべり、取っ手をつかもうとした。

ベリス家では、冷蔵庫さえふつうのとはちがって見える。家庭用というより、実験室に置いてありそうな冷蔵庫だ。スチール製でどっしりしていて、大きくて深い引き出しと、ものを別々にしまっておくための仕切りがある。これは、プロ仕様《しよう》の冷蔵庫なのだった。ふつうの冷蔵庫とは、紙飛行機と宇宙船《うちゅうせん》くらいちがうのだ。ジョージは、アニーの家のこういうところが大好きだった。お父さんのエリックが、長年の仕事の中で買ったり、手に入れたり、もらったりした、意外な装置《そうち》とか風変《ふうが》わりな科学の道具が、たくさん置いてある。ジョージは、アニーの家の冷蔵庫を、うらやましそうに見つめた。その冷蔵庫は、不思議《ふしぎ》な青い光を放っていた。ジョージの家には、アニーの家の冷蔵庫ほどの処理能力《しょりのうりょく》をもった機械さえない。

そんな気のめいるような事実について考えていたとき、ジョージは居間《いま》のほうから話し声が聞こえてくるのに気づいた。

「アニー! ジョージ!」

エリックがキッチンのドアから顔をのぞかせた。満面《まんめん》の笑《え》みを浮《う》かべている。ぶあついめがねをかけた目をきらきらかがやかせ、ネクタイをゆるめて腕《うで》まくりをしている。エリックは、グラスを二つ持ってキッチンに入ってきた。

「おかわりをとりにきたんだ」

エリックはそう説明しながら、ほこりをかぶった古いびんに手をのばし、コルク栓《せん》をポンと抜《ぬ》いた。そして、茶色いどろっとした液体《えきたい》をグラスに注《そそ》ぐと、居間に戻《もど》っていきながら言った。

「お客さまに、あいさつしに来なさい」エリックの顔に笑《わら》いじわができる。「きっときみたちにも興味ある話をしてくださるよ」

ジョージとアニーは、さっきまで言い合っていたことを忘《わす》れ、エリックのあとについていった。

居間には、床《ゆか》から天井《てんじょう》まで本の山がいくつもできている。そこはすばらしい部屋で、古いしんちゅうの望遠鏡《ぼうえんきょう》など、おもしろいものがたくさん置いてある。この家にあふれている最先端技術《さいせんたんぎじゅつ》は、この居間では影《かげ》をひそめていた。未来的でかっこいいというよりは、感じがよくてくつろげる雰囲気《ふんいき》になっている。エリックが学生のころから持っているひしゃげたソファには、年とった女の人がすわっていた。

「アニーとジョージです」エリックは、その女の人にシェリー酒《しゅ》のグラスを渡《わた》しながら、紹介《しょうかい》した。

「この方は、ベリル・ワイルドさんだよ」

ベリルはお礼を言ってグラスを受けとり、シェリー酒をすすった。

「はじめまして」ベリルが、ジョージとアニーに向かって陽気に手をふりながら言った。

「ベリルさんは、当代最高《とうだいさいこう》の数学者のひとりなんだ」

エリックがまじめな声で言うと、ベリルが笑いだした。

「もう！　バカなこと言わないでよ」

「ほんとうのことですよ。ベリルさんが天才的《てんさいてき》な数学者でなかったら、さらに何百万という人が亡《な》くなっていたはずです」

「亡くなるって、だれがですか？」ジョージがたずねた。

アニーは、ウィキペディアでベリル・ワイルドを検索《けんさく》しようと、スマートフォンをさっととりだした。

「苗字《みょうじ》はどんなつづりですか？」アニーはたずねた。

「ネットなんかに出てこないわよ」ベリルは、アニーがしようとしていることを察《さっ》して、言った。うす青い色の瞳《ひとみ》がきらきらかがやいている。「わたしの存在《そんざい》は、公職《こうしょく》秘密法《ひみつほう》でしっかり隠《かく》されているの。あれから長い年月がたったけど、わたしの存在はどこを捜《さが》しても見つからないはずよ」

エリックが、ソファの前のテーブルに置かれた旧式《きゅうしき》のタイプライターのようなものを手でしめすと、芝居《しばい》がかった口調で言った。

「これは、エニグマ暗号機《あんごうき》だよ。第二次世界大戦《だいじせかいたいせん》で、実際にメッセージを暗号化するのに使われたものだ。この機械でつくったメッセージは、たとえ盗《ぬす》まれても解読不能《かいどくふのう》だった。ベリルさんは、そのエニグマの暗号を解読した数学者のひとりだよ。そのおかげで、もっと長引いたかもしれない戦争が早くに終結して、敵味方《てきみかた》を問わず多くの人命《じんめい》が救《すく》われた」

「ほんとに？」アニーはスマートフォンから顔を上げた。「だったら、敵にさとられずに、秘密《ひみつ》の

数の体系《たいけい》

10進法《しんほう》

わたしたちがふだん使っている10進法は、10を一つの単位《たんい》と考えて、1から9まで数えると、上の位《くらい》に移る。10のまとまりがいくつあるかを基《もと》にして数えていく。

36 = 3×10 + 6×1

48 = 4 × 10 + 8 ×1

148 = 1 × 100 + 4 ×10 + 8 × 1

2進法

初期のコンピュータでは、2進法が使われていた。0と1の数字だけを使い、2になると次の桁《けた》（上の位）に移る。

10 = 1 × 2 + 0 × 1　すなわち、10進法であらわすと2

11 = 1 × 2 + 1 × 1　すなわち、3

111 = 1 × 4 + 1× 2 + 1 × 1　すなわち、7

0と1だけであらわす2進法は、電流が流れるとき（オン）を1、流れないとき（オフ）を0であらわすことができるので、いろいろな回路《かいろ》をオンにしたりオフにしたりすることで計算ができる。

16進法

最近のコンピュータはずっと進化し、16を一つのまとまりと考える16進法を使ったコードであらわされることも多い。これには、0から9までの数字の次は、Aが10をあらわし、Bが11をあらわすというように、15をあらわすFまで続く。

16進法のCは、10進法の12に相当《そうとう》する。

16進法の10は、10進法の16に相当する。

11 = 17

1F = 1 × 16 + F × 1 (15) = 31

20 = 2 × 16 = 32

F7 = F × 16 (15 × 16 = 240) + 7 × 1 = 247

100 = 256

暗号解読《あんごうかいどく》

暗号解読とは、ふつう、送信者が秘密《ひみつ》の鍵《かぎ》（暗号キー）を用《もち》いて読めないように暗号化したうえで送ったメッセージを、その鍵を手に入れずに読み解くことをいう。

コンピュータの登場以前

デジタルコンピュータが登場する前は、文字あるいは文字を表す数字を使って暗号が作られた。たとえば、AをE、BをFに換《か》えるというように、メッセージの中の文字を順に別の文字で置き換えていく方法がある。あるいは、なんらかの法則《ほうそく》にしたがってアルファベットをごちゃ混《ま》ぜにするスクランブルの方法もある。

こうした暗号を解読するには、暗号文の一つ一つの文字がどれくらいひんぱんに登場するかを調べて（頻度分析《ひんどぶんせき》）、置き換えられた文字を推測《すいそく》する方法が役に立つ。たとえば、eは非常《ひじょう》に多くの英単語《えいたんご》に登場する。もし暗号文にsが同じくらいひんぱんに登場していれば、s=eという推測が成り立つ。元のメッセージが意味のある文章なので、eの位置がわかれば、それ以外の置き換え文字を推測することはむずかしくない。

もっと複雑な暗号になると、メッセージの一つ一つの文字にそれぞれ異《こと》なるスクランブルをかける場合もある。この場合、スクランブルによる置き換えの可能性《かのうせい》はとても多くなる。アルファベットは26文字なので、最初の文字については26通り、次の文字については25通り、三つ目の文字については24通り……の可能性があるので、解読がとてもむずかしくなる。

現代の暗号解読

最近の暗号には、文字ではなくコンピュータのメモリにあるビット（0または1）が使われている。暗号を作るにも解読するにも秘密の鍵が必要だが、その鍵はビットの長い列になっている。今のところ、256ビットの長さの鍵であれば、スーパーコンピュータを用いて可能な鍵を全部試《ぜんぶため》してみるなどの強引な暗号破《あんごうやぶ》りに対しても暗号を守れるとされている。

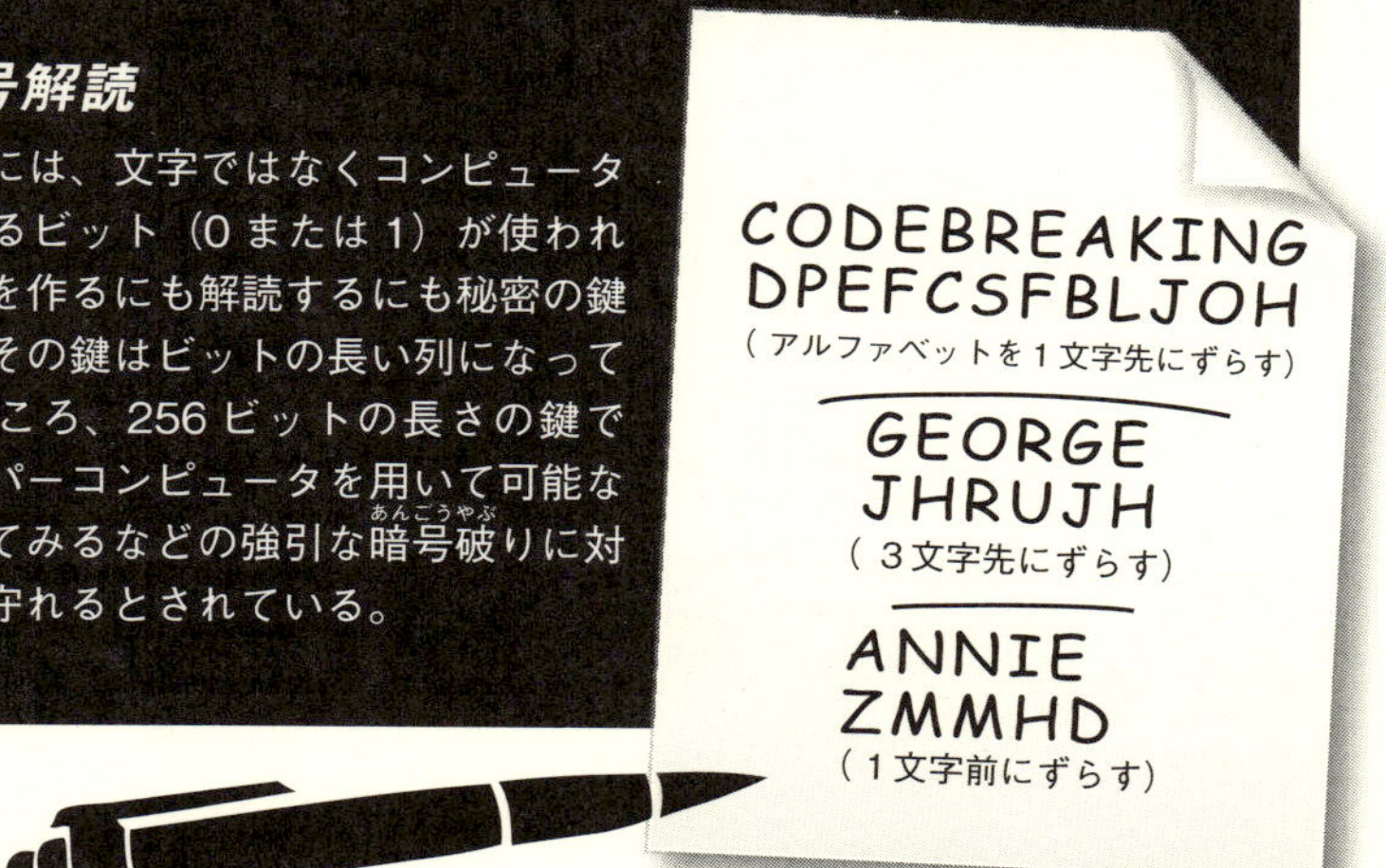

メッセージを読むことができたんですか？　今なら、たとえば、あたしのメールを全部読むみたいに……？　まあ、あたしはだれとも戦争なんかしてないけど。カーラ・ピンチノーズを別にすればね。あたしが電子ボードでつづりをまちがえたとき、あの子ったらクラスじゅうの笑《わら》いものにしたんだから……」

「そのとおりよ」ベリルはうなずいた。「わたしたちは敵《てき》の指令を傍受《ぼうじゅ》して内容を解読し、敵の作戦を知ることができたの。おかげで戦いがとても有利《ゆうり》になったわ」

「すごいな！　ベリルさんって、すばらしい」

アニーはそう言うと、またスマートフォンに文字を打ちこみ始めた。

「それは、本物のエニグマ暗号機なんですか？」

ジョージは、憧《あこが》れのまなざしで機械を見つめた。おどろくべき装置《そうち》が、また一つアニーの家にやってきたなんて！　もう何百万回も思ったことだけど、やっぱり自分の家じゃなくてアニーの家に生まれたかったな。

「ええ本物よ。エリックへのプレゼントなの」ベリルは、ジョージにほほえみながら答えた。

エリックがハッと息《いき》をのんだ。ベリルがこの機械を持ってきた理由に、ちっとも気づいていなかったらしい。

「まさか！　わたしは受けとれませんよ」

「いいえ、受けとってちょうだい」ベリルはきっぱりと言った。「あなたの大学の数学科のために

エニグマ暗号《あんごう》の解読《かいどく》

暗号システムは、秘密《ひみつ》を共有することで成り立っていた。エニグマの場合は、その日その日の暗号機のセッティングが秘密だったが、問題は、この秘密をどうやって多くの人と共有すればいいかという点にあった。だれか一人がミスをすれば大事な情報がもれてしまうし、指示を印刷すれば盗《ぬす》まれたり奪《うば》われたりすることもある。ドイツ軍にもミスがあり、暗号解読者はそこに目をつけた。最初はポーランドで、次はイギリスのブレッチリー・パークにあった暗号解読センターで、高等数学《すうがく》や叡智《えいち》を駆使《くし》した暗号解読者が、エニグマ暗号機のセッティングを見破《みやぶ》り、ドイツ軍の通信文の解読に成功した。解読に重要な役割《やくわり》を果たしたのが、数学の天才アラン・チューリングが開発したボンベと呼《よ》ばれる機械だった。イギリスの暗号解読センターでは、もう一台コロッサスと呼ばれる重要な暗号解読機が開発《かいはつ》された。これは、ドイツの別の暗号機ローレンツの作った暗号を解読するためのもので、世界初の電子工学《でんしこうがく》によるプログラム可能《かのう》なデジタルコンピュータと言えるだろう。

エニグマ暗号機《あんごうき》

戦時機密《せんじきみつ》

第二次世界大戦《だいにじせかいたいせん》（1939 – 1945）の交戦国《こうせんこく》は、戦争になる前から通信文を暗号化《あんごうか》するためにエニグマ（ドイツ）やタイペックス（イギリス）といった機械を使っていた。エニグマ暗号機では、オペレータが手前にあるキーボードを打つと、機械が暗号化していくのだが、スクランブルされた一つ一つの文字は、ランプボードの小さな電球の点灯《てんとう》によって表示された。暗号化された通信文は手書きで記録《きろく》され、モールス信号に換《か》えて無線《むせん》で送られた。

3つのローター

エニグマ暗号機《あんごうき》は3つのローター（回転円盤《かいてんえんばん》）を持ち、複雑《ふくざつ》な配線《はいせん》がされていた。ローターはとりはずして、ちがう順番でとりつけることもできた。これを回転させると、ローターはそれぞれ26種類のうちのどれか1つの位置をしめす。つまり、3つのローターの取り付け方は6通りあり（3×2×1）、それぞれのローターがしめす文字は26×26×26通りあることになる。さらに暗号化《あんごうか》を複雑にするため、機械の前面にあるプラグボードに短いケーブルを10本までつなぐことができた。これにより、まったく新しいセットの26×26×26通りの組み合わせが可能《かのう》になった。暗号を受信する側は、まったく同じようにセットされたエニグマ暗号機に暗号文を打ちこむ。そして、どの電球が点灯《てんとう》するかを記録することによって、元の通信文に直すことができた。これをうまくやるために、エニグマ暗号機のオペレータはみな、その日ごとに、どのローターをどこにどの位置で差しこめばいいか、プラグボードのケーブルはどうつなげばいいかを指示されていた。

つまりプロセッサが0の状態《じょうたい》で最初に0を読みとったとすると、そのまま0の状態にとどまり、テープ上の0を書き換えることなく、一つ右に進む。もし右も同様に0だとすると、同じことが起こる。プロセッサは0の状態のままで、テープを書き換えることなく、一つずつ右に進んでいく。

この動きは、テープ上に最初の1があらわれるまで続く。ここではじめて、0の状態で1を読みとった場合のルールが必要になってくる。もっとも単純なルールは「0の状態にとどまり、1と書いて、一つ右に動いて停止《ていし》する」というものだ。プロセッサの左には1という数字があらわれるが、それは計算の結果をあらわしている。

これは、「少なくとも1が一つはあるという意味で有効《ゆうこう》な入力だと見て、1を印刷《いんさつ》する」という、単純《たんじゅん》な計算だと言うことができる。もしスタートしたプロセッサの右に一つも1がないとすると、プロセッサは1をさがして永久《えいきゅう》に右へ右へと移動し続ける。停止せずむだな動きをし続けることになる。実際のコンピュータでも、同じことが起こる。プログラムが無限に「ループ」あるいは「スピン」をくり返し、しまいにはコンピュータがクラッシュしてしまう。

この点は、チューリングマシンも実際のコンピュータも共通して持っている欠点《けってん》だと言える。しかし、この無限《むげん》の動きにおちいらないようにすることもできる。「有効な入力は少なくとも一つは1がある場合に限り、それ以外は最初のルールを永久に用《もち》いることはしない」とすればよいのだ。

計算可能性《けいさんかのうせい》

もし時間がじゅうぶんにあり、テープ上に必要なだけたくさんの1を書きこめるとするならば、チューリングマシンのプロセッサの右側に入力した数字を置き、時計を動かして停止するまで待って左側に出て来た答えを読むことによって、どんな整数を使ったどんな計算も可能になるだろう。人間がペンと紙を使って行うどんな計算もこの機械で行うことができる。アラン・チューリングは、自分のチューリングマシンで計算できることを、「計算可能」の定義《ていぎ》として使うべきだと主張した。おどろくべきことに、彼が理論《りろん》をうちたててから80年たった今でも、これは正しい定義だと広く信じられている。というのも、どのように設計されたデジタルコンピュータが登場しても、チューリングマシンにできたこと以上のことはできないからだ。

チューリングはまた、数学的にはチューリングマシンでもすべての問題を解くことはできないことをしめした。言い換えると、ある種の数学の問題は計算が不可能なのだ。数学者は、まだ今のところコンピュータで置き換えるわけにはいかない。

万能《ばんのう》チューリングマシン

仮想的計算機《かそうてきけいさんき》

1936年に「コンピュータ」は、計算をする人間を指していた。天才的な数学者アラン・チューリングが開発したチューリングマシンは、人間の脳《のう》が計算するプロセスを再現《さいげん》することのできる仮想の装置《そうち》だった。したがって、現実世界のものというよりは数学的なマシンで、計算とは何か、計算によって何が達成できるかを理解するためのものだった。しかし、この装置の実用化は不可能《ふかのう》だ。というのも、「メモリ」も計算時間も無限《むげん》という前提《ぜんてい》で考案《こうあん》されているからだ。

0の列《れつ》...

マシンの動作は、まず暗号化《あんごうか》された指示によって規定《きてい》されるが、その指示は無限に続くわけではない。ここで、とても長いテープに、0が書けるだけたくさん並《なら》んでいるところを想像してみよう。両端《りょうはし》とも無限に伸《の》びていけるこのテープが、計算機の「メモリ」をあらわしているとしよう。その0の間にたくさんの（有限の）1が散《ち》らばっているのが、マシンにあたえられた「データ」だ。このテープ上に、そのとき真下にある一つのシンボルだけを読みとれる処理装置《しょりそうち》（プロセッサ）がある。プロセッサは、シンボルをそのまま残すこともできるし、0か1に書き換《か》えることもできる。

プロセッサは規則《きそく》正しくカチカチ動く時計も持っていて、カチッと時を刻《きざ》むごとに、そのとき真下にあるシンボルを読みとる。次にプロセッサは、読みとったデータとそのときの状態《じょうたい》により、以下の2つのうちどちらかを実行する。

①真下のデータを0か1に変えてから、
テープ上を右か左に一つ移動する。
プロセッサは異なる状態に変化する場合もあるが、
次のカチッを待つ。

②同じことをするが、その後停止《ていし》する。

どちらの行動をとるかは、プロセッサにあたえられた法則《ほうそく》（プログラム）と、テープから読みとった情報《じょうほう》によって決まる。たとえば、プロセッサがテープ上に並んだ0の列からスタートし、どこか右のほうではいくつかの0が1で書き換えられているとする。この1は、2進法《しんほう》にしたがって入力されたパターンを構成している。

これでスタートする場合に使えるいちばんかんたんなルールとは「0の状態《じょうたい》で0が読みとれたとすると、0と書いて、一つ右に動く」というものだ。

持ってきたのよ。あなたこそふさわしい人なの。量子《りょうし》コンピュータの研究をしているあなたのもとに置くのがいちばん。それ以外に、ぴったりの場所なんて思いつかないわ」

「量子コンピュータって、なんですか？」ジョージがたずねた。

初耳《はつみみ》だし、なんだかわくわくする。偉大《いだい》な科学者のエリックは、だいぶ前から秘密《ひみつ》に何かを進めているようだった。だからジョージが今どんな仕事をしているのかきいても、あいまいな答えしかもらえないのだった。

けれど、今夜のエリックは、ふだんよりおしゃべりをしてくれそうな雰囲気《ふんいき》だった。

「次に来る変化の波《なみ》だよ」エリックはジョージに言った。「情報《じょうほう》のデジタル化という革命《かくめい》は、もうすでに起きた。次に来るのが量子革命《りょうし》なんだ。今はまだとてもむずかしいと思われているけど、量子コンピュータを作りだして操作《そうさ》することができれば、今のコンピュータ技術《ぎじゅつ》では想像もできないようなことが、できるようになるんだ」

「たとえば、どんなことですか？」

ジョージがたずねると、エリックはじょうきげんで答えた。

「量子コンピュータがあれば、どんな暗号《あんごう》でも解読《かいどく》することができる。それをはばむセキュリティシステムは、地球上にはないからね。情報処理《じょうほうしょり》や医学《いがく》や物理学《ぶつりがく》や工学《こうがく》や数学の分野で、びっくりするようなことが可能《かのう》になるだろう。次なる大きな進歩は量子コンピュータがもたらすんだ」

「だけど、そのこととエニグマ暗号機《あんごうき》はどんな関係があるんですか？」

ジョージがさらにたずねると、こんどはベリルが答えた。

「エニグマは、のちに登場した、いろいろな最新技術《さいしんぎじゅつ》の先駆《さきが》けだったのよ。もちろんエニグマはほんとうにあったし、実際に動いてたけど、量子コンピュータは、まだこの瞬間《しゅんかん》にはできてないし、動いてもいないの」

「そのとおりさ、ハッハッハ」エリックが言った。「わたしの仕事も、今はほとんどが量子エラーの検出《けんしゅつ》だし……」

するとベリルが言葉をはさんだ。

「量子コンピュータができたとして、それを操作《そうさ》できるのは、地球上でおそらくたったひとり、アニーのお父さんだけだと思うわ」

エリックは照《て》れたような顔をすると、説明をくわえた。

「量子エラーの検出は、量子コンピュータができたとき、なんらかの形で操作し続けることができるようにするためのものなんだ。今のところは、とても無理そうなんだけどね。エニグマには、こういう問題はなかったのにな」

「エニグマは、今でも使えるんですか？　ぼくとアニーが、エニグマを使った暗号メッセージを送りあったりすることもできるんですか？」ジョージがたずねた。

「エニグマだけでは、メッセージを送ることはできないのよ」ベリルはシェリー酒《しゅ》を飲みほすと、続けた。「エニグマは、メッセージを暗号化したり解読したりするためのもので、送信するには別

コンピュータ言語《げんご》

数学者にとって、コーディング（暗号化《あんごうか》もふくまれる）とは、一定のルールにしたがって一組みのシンボルを別のものに書き換えていくことだ。

どんなコンピュータを動かすにも、指示やデータのコーディングは基本《きほん》となる。指示やデータを１や０を使って正確《せいかく》にあらわすことができれば、コンピュータのプロセッサがそれを読みとることができる。これを行うときのルールが、プロセッサのマシン・コードを規定《きてい》する。そのルールのつながりをアルゴリズムという。コーディングは、忍耐《にんたい》強い人間が紙とペンを使って行うこともできるし、デジタルコンピュータで（たぶんずっと速く）行うこともできる。

人間は、C《シー》言語《げんご》やフォートランといった読みやすいコンピュータ言語で、プログラムを書く。どちらのプログラミング言語も、１や０のかわりに英単語《えいたんご》や記号や文字を使って書かれる。近年、さまざまなプログラミング言語が開発され、プログラマはコンピュータに「語りかける」ことができるようになった。私たちが「コンピュータ・コード」というのは、こうした様々な言語の一つによってコード化されたプログラムを指すことが多い。

コンパイラとは、こうした高レベルの言語で書かれたプログラムを読んで、プロセッサに直接入力できるマシン・コードのプログラムに変換する特別なプログラムのことだ。今は、マシン・コードはふつう16進数《しんすう》で書かれる。

こうした種類のコードを破《やぶ》るということは、プログラムを実行させないようにしたり、予期《よき》せぬことを実行させる方法を見つけることだ。いたずら目的や犯罪《はんざい》目的（たとえば、他人のクレジットカードの情報を盗《ぬす》み見て、その人からお金を盗もうとするなど）をもって、コンピュータに許可《きょか》されていないアクセスを試《こころ》みる人たちは、よくこの手を使う。

コンピュータの暗号《あんごう》（コード）って何？

秘密《ひみつ》のための暗号

人類《じんるい》の歴史《れきし》を見ると、暗号は、秘密のメッセージを自分の仲間だけに送りたいときに使われてきた。ふつうの文章を暗号化すれば、解読法を知らない人にはちんぷんかんぷんになるからだ。

今は、ネットで何かを買いたい人——音楽や本やプレゼントなどを注文したい人——は、これと同じことをする必要がある。スパイや悪い人がクレジットカードの情報《じょうほう》を盗《ぬす》み見て、その情報を使ってお金を盗む心配があるからだ。デジタルコンピュータを使えば、送るメッセージの詳細《しょうさい》（支払《しはらい》の明細《めいさい》など）をほかの人から隠《かく》せるだけでなく、メッセージが書き換《か》えられてはいないか、詐欺師《さぎし》から送られたメッセージではないか、といったことのチェックもかんたんになる。

文字ではなくビットを用《もち》い、コンピュータがあればすばやく作れるが、秘密の鍵《かぎ》がないと読みとるのがきわめてむずかしい暗号によって秘密を守るのだ。といっても、解読しようとする人はいつでもいるので、暗号はいつか破《やぶ》られるかもしれない。そうなると、また新たな暗号を考案《こうあん》しなくてはならなくなる。

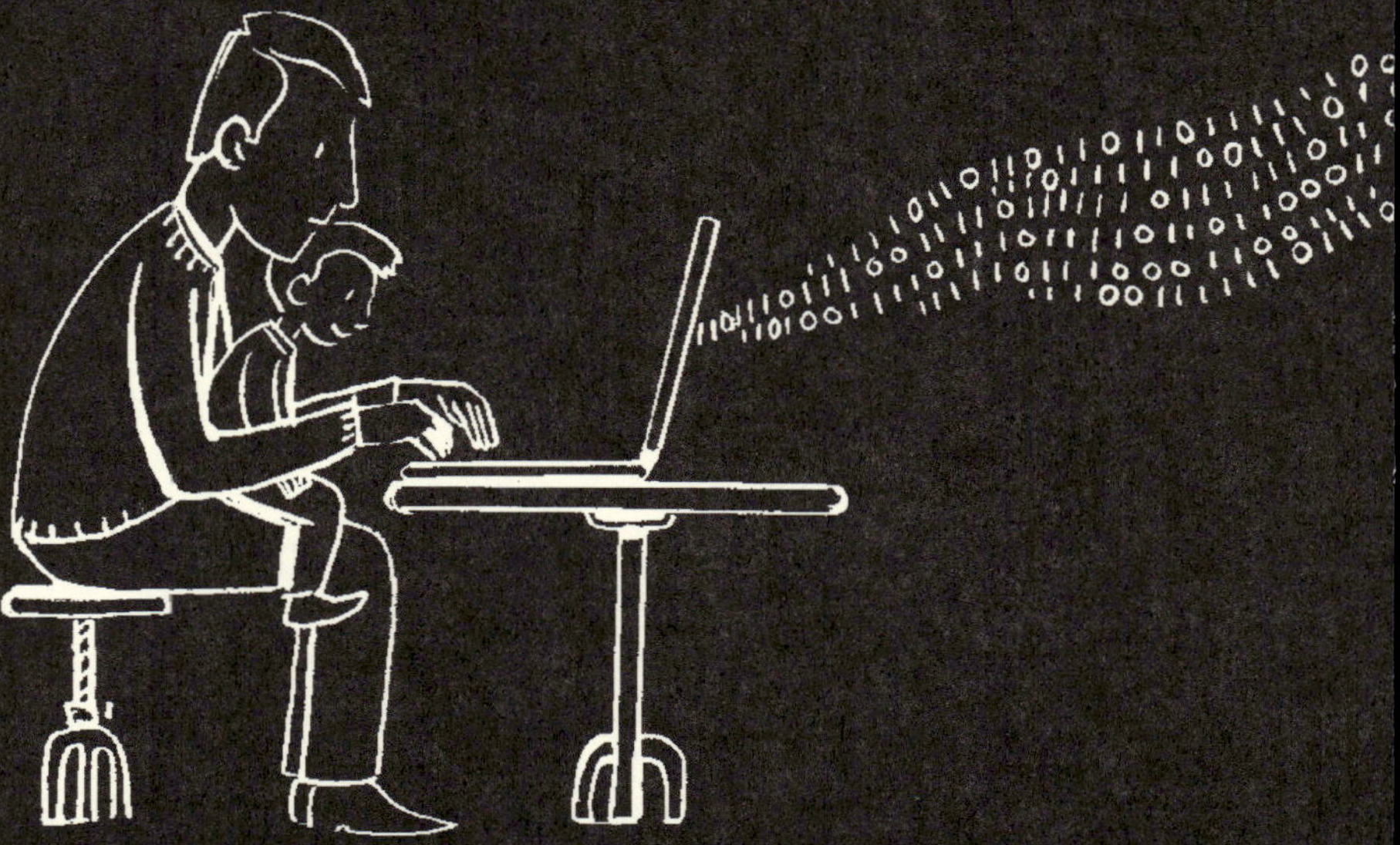

アルゴリズム

アルゴリズムとは、問題を解《と》くための手順をステップごとにしめしたルールで、それによって記号（シンボル）のリストを、別のリストに変換《へんかん》していく。たとえば、筆算で大きい数のかけ算を行ったり割り算を行ったりするときは、学校で習ったとおりに手順をふんで、最初の位で計算して数を書き、その次の位《くらい》に移ってまた数を書いていくというように計算すると、解答が出てくる。このステップごとの手順をしめすのが、アルゴリズムだ。

アルゴリズムには古い歴史がある。たとえばユークリッドは、紀元前《きげんぜん》300 年（あるいはもっと前）に、２個の整数《せいすう》の最大公約数《こうやくすう》を求めるアルゴリズムを考えだした。

アルゴリズムという言葉は、９世紀のペルシアの数学者の名前アル・フワーリズミーから来ている。フワーリズミーは、算術計算のためのアルゴリズムをしめしただけではなく、代《だい》数学《すうがく》を発展《はってん》させるなど、さまざまな活躍《かつやく》をした。

20 世紀になると、数学者たちは「数学的に見てアルゴリズムとは何か」を定義《ていぎ》しようとしてきた。しかし、初期《しょき》に提案《ていあん》された定義はどれも、「チューリングマシンでは何ができるか」の定義と同じだということがわかった。それ以上のことができるコンピュータは、まだ作られていない。

すべてのコンピュータ・プログラムは、プロセッサのサイクルごとに、コンピュータのメモリ内のビット・パターンを変化させるアルゴリズムだということができる。

の装置《そうち》が必要だったの。実際には、暗号化《あんごうか》されたメッセージをモールス信号にして無線《むせん》で送ることが多かったわね。最近は、暗号化と送信の両方をやってのける技術《ぎじゅつ》があるわ。毎秒《まいびょう》、何十億《おく》ものメッセージが暗号化されて、ケーブルや電波《でんぱ》を通して世界じゅうに送信されているのよ。そしてそのメッセージが、ほかのコンピュータによって解読《かいどく》されている。電子メールも、ウェブページへの要求も、コンピュータへの指示も、全部が暗号化されてるのよ。中にはみんなが理解できるような暗号もあるわ。そうじゃないと、インターネットの世界が使いにくくなっちゃうからね。でも、ネットで靴下《くつした》を買うとしたら、少なくともクレジットカードの番号は絶対に暗号化してほしいでしょ。そうじゃないと、番号を盗《ぬす》み見た人がお金まで盗めることになるものね。ものごとのしくみをコントロールしているコンピュータは世界じゅうにあるけど、それについて考えてみて。たとえば、電気や運輸《うんゆ》や防衛《ぼうえい》をコントロールしてるコンピュータはどう？　悪いことを考えている人たちに妨害《ぼうがい》されてめちゃめちゃになったら困《こま》るわよね。だから、すべて暗号化の技術を使ってるの。この暗号化の技術を打ちやぶることができれば、世界を人質《ひとじち》にとれるわ」

「悪知恵《わるぢえ》を吹《ふ》きこまないでくださいよ」エリックはふざけて、わざときびしい口調で言った。「このふたりが、政府《せいふ》の超極秘《ちょうごくひ》プログラムに侵入《しんにゅう》した結果大さわぎになったら、わたしが身柄《みがら》の引き渡《わた》しを願い出なくちゃならなくなるんですからね」

「あら、それも楽しそうじゃないの。若《わか》いふたりに期待してるわ」ベリルが声をあげた。

ジョージはアニーのほうを見た。この人なら、きっとおもしろい話をしてくれそうだ。

「子どもたちにすばらしい影響《えいきょう》をあたえてくださいますね」エリックはベリルにそう言ったが、腹《はら》を立てて皮肉《ひにく》を言うというよりは、おもしろがっているようだった。「ほら、ふたりとも、このへんで姿《すがた》を消したほうがいいぞ。じゃないと、ベリルがきみたちを秘密諜報機関《ひみつちょうほうきかん》の子ども部門に登録《とうろく》しちゃうぞ」

「そんなー」アニーは不満をもらした。スマートフォンをしまって、会話に興味を持ちはじめていたからだ。「あたし、秘密諜報機関に入りたい。将来《しょうらい》絶対になりたいと思ってるくらい。だから、まだここにいてもいいでしょ？」

「そんなもこんなも、なしだ」エリックはきっぱりと言った。「諜報機関の保安部隊《ほあんぶたい》がわが家に押《お》しかけてくる、なんていうのはごめんだからな。わたしはジェームズ・ボンドじゃなくて、ただの物理学の教授《きょうじゅ》なんだ。そこをごっちゃにしてもらっちゃ困《こま》るよ」

「見て、もう外は暗いよ」ジョージは、窓《まど》の外を見ると言った。「ツリーハウスに戻《もど》って、土星《どせい》の写真を撮《と》ろうよ」

「そりゃあいい考えだ。おまえさんたちも、遠く離《はな》れた惑星《わくせい》の写真を撮ってるぶんには、やっかいごとに巻《ま》きこまれないからな」エリックが言った。

ベリルはクスクス笑《わら》うと、言った。

「まあ、やってみて」そして、アニーとジョージにウィンクをすると、続けた。「ときにはやっかいごとに巻きこまれると、人生はもっとゆかいになるものよ。だからこそ人生はおもしろくなるとも言えるわね」

「ほらほら、行きなさい!」

エリックは、こんどはふりではなく、ほんとうに腹を立てた声で子どもたちに言った。

3

アニーとジョージは、そろっておとなしく居間《いま》を出ると、キッチンに入るなり駆《か》けだした。そして同時にさけんだ。

「ツリーハウスに、あとから着いたほうは……」

「くさったバナナ！」アニーがさけぶ。

「くさった卵《たまご》！」ジョージも大声を張りあげる。

ふたりは庭に走りでると、おたがいを押《お》しのけあいながら、塀《へい》の穴《あな》を自分が先にくぐろうとした。そして同時に木の下までたどりつくと、アニーは縄《なわ》ばしごをつかみ、ジョージは、大型帆船《はんせん》の帆《ほ》づなをのぼるように、結びこぶのあるロープをよじのぼった。そしてふたりは、ぴったり同じタイミングでツリーハウスにたどりつくと、「勝った！」とさけんだ。ツリーハウスが、嵐《あらし》に出あった

みついた。

船のようにぐらぐら揺《ゆ》れる。ふたりは、暗い庭へと転げ落ちてしまわないように、おたがいにしが

「おっと、あぶなかったね」

アニーがそう言うと、ツリーハウスの揺れもしだいにおさまっていった。

「あちゃ、ここを出るとき、縄《なわ》ばしごを引きあげとくのを忘《わす》れちゃった」

ジョージはうっかりしていたことを後悔《こうかい》した。

「望遠鏡《ぼうえんきょう》はだいじょうぶ?」アニーがたずねた。

ジョージはハッとして、ポケットから小さな懐中電灯《かいちゅうでんとう》をとりだした。望遠鏡は、さっきの場所にちゃんとあり、カメラも横に置いたままで、夜空を映しだす栄光のときを待っている。ジョージはハンカチをとりだして慎重《しんちょう》にファインダーをふくと、ねばねばをぬぐいとった。

「そもそもふたごちゃんたちは、どうやってここに上がってきたのかな? 縄ばしごをのぼれるの?」アニーがきいた。

「あの子たちは、どこにでも来るんだよ。あのふたりから安全でいられる場所なんて、どこにもないんだ」

「だけど、ふたりともとってもかわいいし……」アニーはほほえんだ。「ジョージだって、ほんとは妹たちが好きなんでしょ」

ジョージはそれには答えなかった。望遠鏡で土星《どせい》をとらえようとがんばっていたのだ。輪《わ》っかを

持つ美しい惑星《わくせい》の、かんぺきな写真を撮《と》りたい。しばらくの間、ジョージは自分の目で夜空の星を見あげ、なんてすばらしいながめなんだろうと、うっとりしていた。ジョージはすっかり心をうばわれていた。宇宙《うちゅう》は地球《ちきゅう》をとりまく大気《たいき》の外側に、どこまでも広がっている。ジョージはその言葉も大好きだった。想像をはるかに超えた広大《こうだい》な宇宙では、きみょうで不思議《ふしぎ》な現象《げんしょう》がいっぱい起こっている。惑星《わくせい》、ブラックホール、中性子星《ちゅうせいしせい》……あげればきりがないほどたくさんの魅力《みりょく》がある。ジョージはひそかに考えていた。宇宙は、びっくりするようなすばらしさに満ちている。宇宙のことが隅《すみ》から隅までわかったらいいのにな。人間の知識《ちしき》や理解の限界《げんかい》を超えて、ぼくたちが住む、信じられないほどすばらしい宇宙について、できるだけたくさんのことを知りたいな。

「写真、撮《と》らないの？」

アニーの声が、ジョージの思いをさえぎった。

「そうだ、撮らなきゃ。光害《こうがい》があんまりないといいんだけど」ジョージは答えた。小さな大学都市《だいがくとし》のフォックスブリッジでさえ、人工的《じんこうてき》な照明《しょうめい》がけっこうあって、地平線《ちへいせん》近くの夜空は、まっ暗にはならず、オレンジがかっている。それでもジョージは、シャッターを切った。望《ぼう》遠鏡《えんきょう》とつないでいるので、人間の目よりたくさんの光を集められるから、何億《おく》キロも離《はな》れた太陽系《たいようけい》の惑星《わくせい》の画像《がぞう》だって記録できるのだ。

「どう？」アニーがカメラをつかんで言った。「ジョージが撮った美しい写真とやらを見てみようよ……」

アニーは、今撮った写真を見るために、カメラのメモリを画面に映《うつ》しだした。そして、おどろきの声をあげた。

「わあ！」

「なに？　うまく撮れてなかった？」ジョージがきいた。

「まあ、写真は確《たし》かに撮れてるんだけど、でも……」

ジョージはカメラに手をのばし、たった今フォックスブリッジ上空を写した画像をのぞいた。

「これ、土星《どせい》じゃないね。これはなんだか……いや、何に似《に》てるかもよくわからないけど……」

「宇宙船《うちゅうせん》に似てるんじゃない？」アニーが、ジョージの言葉を引きついだ。「だけど、あたしが見たことのある宇宙船とはずいぶんちがう」

アニーは、望遠鏡《ぼうえんきょう》をのぞきこんで、夜空をながめると言った。

「おかしなものは、何も見えないね」

ジョージも続いて望遠鏡をのぞきこむ。

「ぼくにも見えない。なんだったにしろ、今はもう消えちゃったみたいだね」

「変なの。写真だと宇宙に浮《う》かぶドーナツみたいだけど、望遠鏡で見ても何もないのよね。星やなんかはもちろんあるけど、それは前からあるわけだし」

「ほんとに変だね」

ジョージもそう言うと、ズーム機能《きのう》を使って、カメラの小さな画面に出ている写真を拡大《かくだい》した。

すると、謎《なぞ》の物体の側面に書いてある文字が、なんとか読みとれた。

「IAM《アイエーエム》って書いてあるぞ」

「IAM？　どういう意味？　インターナショナル・アメリカン・ミッション（アメリカ国際使節《こくさいしせつ》団《だん》）？　インベサイル・アンドロイド・ミサイル（おバカなアンドロイドのミサイル）？　それともインクレディブル・アームド・マシン（驚異《きょうい》の武装機械《ぶそうきかい》）とか？」

「わからない。そんなの聞いたこともないよ」

熱心な宇宙《うちゅう》ファンのジョージは、低軌道上《ていきどうじょう》で現在行われている宇宙ミッションはすべて知っていて、それが自慢《じまん》でもある。でも、IAMというのは聞いたことがなかった。

「秘密《ひみつ》の宇宙船なのかな？」

「異星人《いせいじん》じゃないの？」

アニーは、わくわくしていたが、ジョージは、現実的な意見を言った。

「たぶん気象衛星《きしょうえいせい》かなんかだよ」

「衛星にしては、ちょっと大きすぎるよ。それくらい、あたしだって知ってるもん。きっとUFO《ユーフォー》だと思うな」

「UFOがどうしてこんなところにあらわれるんだよ？　フォックスブリッジの何をねらってる？」

そう言ったとたん、ジョージには答えがわかった。そして、うす暗い中でも急にアニーが不安そうな顔をしたことにも気づいた。アニーは、お父さんのエリックに何か恐《おそ》ろしいことが起こるのではないかと、心配している。エリックはとても偉《えら》い科学者で、極秘《ごくひ》のプロジェクトを手がけている。そのため、これまでにも、プロジェクトに反対する人や、エリックの活動を探《さぐ》ろうとしている人たちにねらわれてきた。

「エリックとは関係ないと思うよ」

ジョージは、アニーを安心させようとしてそう言った。でも、何かスリルのある事件が起こりそうな気がして、落ちつかなかった。

「きっと、科学調査《かがくちょうさ》のための宇宙船が、たまたま大気《たいき》の測定《そくてい》か何かをしてたんだよ。UFOみたいにも見えるけど、近くで見たら、きっとすごくふつうなんだよ」

ジョージはそう言いながらも、そうじゃないとおもしろいのにな、と心の隅《すみ》では思っていた。ふつうのものだったら、つまらない。

「そうね」

アニーは、心から納得《なっとく》したわけではないようだが、表情はさっきより明るくなっていた。それから、スニーカーをはいた足で、もう片方《かたほう》の足をこすりながらきいた。

「だったら、パパは安全だと思う?」

「もちろん」ジョージは、きっぱりと言ったが、確信《かくしん》していたわけではない。「きみのお父さんは、この国でいちばん重要な科学者だもん。ちゃんと警護《けいご》の人がついてるはずだよ。心配しなくてもだいじょうぶだって！　中間休みの間にフォックスブリッジで何か事件が起こるなんて、ありえないし。いつものように、つまんない親と学校の宿題に追われてすぎていくだけだよ」

「そうだといいけど」

アニーは、またUFO《ユーフォー》があらわれていないかと空をじっと見あげながら、小声でそう言った。まだいつもの生意気《なまいき》なアニーには戻《もど》っていない。

「アニー、応答《おうとう》せよ！」ジョージは、手をメガホンのように口に当てると言った。「チョコレート、じゃなくて、恐竜《きょうりゅう》の足の爪《つめ》は持っているか？　われは腹《はら》ぺこなり」

「なにそれ、バカみたい」

アニーの表情が明るくなり、笑顔《えがお》が浮《う》かんだ。

4

次の日も明るく晴れて、中間休みにふさわしいお天気になった。朝ごはんのときジョージは、妹たちがいったいツリーハウスで何をしていたのかと、お父さんのテレンスを問いただした。お父さんはごまかそうとしているようだったが、やがて、ふたごをツリーハウスに連れていったことを認《みと》めた。しつこくせがまれたので、お兄ちゃんのジョージがどんなところですごしているかを見せたのだという。

「ふたりには上がらせないって約束したのに！」ジョージは、裏切《うらぎ》られたように感じて、文句を言った。

「もう上がらせないさ。二度目はなしだ」テレンスは約束した。「あのときだけだ。ほんとうに」

ジョージはフンと鼻を鳴らした。自分には絶対にルールを守れと言うくせに、妹たちのためには

ルールがあっさりと破《やぶ》られるなんて、おもしろくない。でも、アニーは、妹たちに意地悪《いじわる》をするなって言ってたっけ。アニーのことを思い出すと、謎《なぞ》の物体が写っていた写真が頭に浮《う》かんだ。そうだ、早く家の手伝いを終わらせて、ツリーハウスでアニーと会うことにしよう。アニーは家に帰ってから、秘密《ひみつ》の宇宙船《うちゅうせん》についてエリックから何か聞きだしているかもしれない。そう考えると楽しみになり、ジョージはいそいそと自分の役目《やくめ》を果《は》たすことにした。メンドリにエサをやり、卵《たまご》を集め、野菜くずを庭の堆肥場《たいひじょう》に運び、お母さんのデイジーが発酵《はっこう》させたパン生地をこねるのを手伝う。そうこうするうちに時間はすぎていき、お昼すぎになってようやく、ジョージは庭に走りでると、縄《なわ》ばしごをのぼってツリーハウスに行くことができた。

それから一ナノ秒《びょう》もたたないうちに、ガサガサという音がしたと思ったら、だれかがとびこんできてツリーハウスがぐらぐら揺《ゆ》れた。ツリーハウスをゆわえつけてある縄はだいじょうぶかとジョージは心配になったのだが、そんな心配はすぐに忘《わす》れてしまった。長いレインコートに古《ふる》くさい中《なか》折《お》れ帽《ぼう》とサングラスという姿《すがた》でとびこんできた「だれか」が、謎《なぞ》めいた口調で話しだしたからだ。

「気象予報士《きしょうよほうし》によると、今夜の空には雲ひとつないとのこと」

「ふーん、そうなの？」

ジョージは、その「だれか」がアニーで、アニーはエニグマ暗号機《あんごうき》の時代のスパイに変装《へんそう》していることがわかっていた。第《だい》二次大戦《じたいせん》のころのスパイは、敵《てき》に情報《じょうほう》が盗《ぬす》まれても安全なように暗号化されたメッセージを送りあっていたのだ。

「ガラスの義眼《ぎがん》にかかる雲は、早すぎる雪をもたらす」

アニーが続けるので、ジョージも暗号メッセージごっこに調子を合わせることにした。

「大きなチーズは立ちつくす」

「われらは、真夜中にイチゴをつむ」

アニーは、コートと帽子《ぼうし》は脱《ぬ》いだが、サングラスはかけたままだ。そのほうがかっこいいと思っているのだろう。

「ちょっと待った」ジョージは、手のひらをアニーに向けて片手《かたて》を突《つ》きだした。「暗号のメッセージにはちゃんと伝える内容があったんだよ。相手が解読《かいどく》できるなら、ってことだけど。でたらめを言えばいいってわけじゃないんだ」

「わお、くそまじめなんだね」アニーは、ビーズクッションに腰《こし》をおろしながら言った。「ところで、あたしのＩＱ《アイキュー》がどれくらい高いか、もう話したっけ？」

「うん、もう一兆回《ちょうかい》くらいは聞いてるよ」

ジョージもＩＱは測《はか》ってみたかったのだが、両親が教育上の検査《けんさ》や測定《そくてい》に反対しているので受けていない。

「エリックは、あの写真を見て、何か言ってた？」

ジョージは、アニーの知能《ちのう》が優秀《ゆうしゅう》だという話から、もっとおもしろい話に切《き》り替《か》えようと思って、たずねた。アニーは昨夜、ジョージのカメラを借りていったのだ。

「ベリルさんはどうだった？　まだ家にいた？　何か手がかりになりそうなことを言ってた？」

「写真は見せたんだけど、ふたりともわからないって。大きいみたいだけど、たぶん外国の衛星《えいせい》じゃないかって。ＩＡＭ《アイエーエム》がどういうものかは知らないって」アニーが答えた。

「じゃあ、役に立ちそうなことは聞けなかったんだね」

ジョージはがっかりした。また新しい冒険《ぼうけん》に出られそうな理由が見つかったらよかったのに。エリックは、ふつうのとはちがうすばらしいコンピュータを持っている。コスモスという名の、そのコンピュータに戸口を作ってもらって宇宙《うちゅう》へとびだしていきたい。ただし、そうした宇宙旅行には、行きたいというだけでは行くことができない。どうしても行かなくてはならないちゃんとした理由がなくてはならない。今のところジョージは、その理由を見つけることができないでいた。ただ行きたいというだけでは、だめだろう。

「そう、笑《わら》ってばっかりでね。『お酒《さけ》をもう一杯《ぱい》ついで、ＵＦＯ《ユーフォー》に乾杯《かんぱい》しよう』なんて言っちゃって、ちっとも真剣《しんけん》に見てくれなかったのよ」アニーが言った。

「だったら、どうする？」

ジョージは、調べる手立てがなくなったような気がした。

「わかんないな。何か知ってる人がいるかもしれないと思って、インスタグラムに写真をのせてみたんだけど、『ソーグが人類《じんるい》を絶滅《ぜつめつ》させるためにやってくるぞ』みたいな、どうでもいいコメントがたくさんついただけだったし」アニーが言った。

「わあ、ソーグか！　ぼくのお気にいりの宇宙人《うちゅうじん》だよ」ジョージは元気を出そうとしたが、ふと心配になった。「だけど、まじめな話、ネットに流してだいじょうぶだったの？　もしあれが、変なやつらの秘密《ひみつ》のミッションか何かだとしたら、宇宙船の写真が出まわってるのを知って、腹《はら》を立てるんじゃないかな？」

「やばい！　そこは考えてなかった。もうツイッターにものせちゃったよ」

アニーは心配そうな顔をした。

「まあ平気だろうな。アニーのツイッターは、フォロワーがいないんだから、問題ないよね」

「これから増えるんだって。何十億《おく》は無理にしても、何百万くらいにはね……」気を悪くしたアニーは、そこでいったん言葉を切り、こんどはきどった笑顔を見せた。「あたしのブログが公開されれば、すべてが変わってくるんだから」

「ブログ？」

ジョージはおどろいた。アニーがブログをやろうとしてるなんて、ちっとも知らなかったのだ。

「すごくかっこいいんだから。今、準備をしてるとこ。学校の科学の宿題で使うんだけどね。ほんとうは、ブログじゃなくてビデオブログにして、ユーチューブに投稿《とうこう》しようと思ってるの」アニーは、熱っぽく語った。

「ビデオブログのタイトルは？」ジョージはたずねた。

「えーと……まだ決めてなくて、悩《なや》んでるんだ。先生は『〇〇の化学』っていうタイトルにしなさいって言ってたけど。〇〇のところを、それぞれ自分たちで決めないといけないの」

ジョージが提案した。

「チョコレートの化学は？　それだったら、すごいのができるよ」

「あたしも、チョコレートの化学にしようと思ってたの。なのに、カーラ・ピンチノーズにアイディアを横どりされちゃったんだよ」アニーはかんかんだった。「だから、ほんとにかっこいいのを作って、まねされたって、こっちはもっといいものを考えつくんだってことを思い知らせてやらなくちゃ。あたしのほうが賢《かしこ》いってこともね」

「なら、接着剤《せっちゃくざい》の化学は？」

ジョージが笑《わら》いながら言うと、アニーはため息《いき》をついた。

「それは、やめたほうがいいかも。すごくよくできた手作りのポリマーで、ママとパパを食卓《しょくたく》の椅《い》子《す》にくっつけたとき、あんまり喜ばれなかったもん。あれ以上の接着剤ができるとは思えないし。何がいいかな……」

「エリックにはきいてみた？」

ジョージは、ぼんやりと望遠鏡《ぼうえんきょう》をのぞきこみ、空と町の風景を見渡《みわた》した。

「きいたわ。そしたらパパがすごくのってきちゃって、『わたしは化学でもいくつか賞《しょう》をもらってるからな』なんて言いだすんだもん。それであたしは、『まじめに聞いてよ。パパがもらった賞なんて、だれも注目してないんだからね。パパは、科学の中等教育修了試験《ちゅうとうきょういくしゅうりょうしけん》は受けたことあるの？

ないでしょ？　だってパパは、羽根《はね》ペンで羊皮紙《ようひし》に字を書いてたような時代に学校に通ってたんだもんね』って……」

「アニー、見て！」

ジョージが、アニーの言葉をさえぎった。

「なに？」

アニーは、ビーズクッションからすぐにとびおりると、ジョージの肩《かた》ごしに望遠鏡《ぼうえんきょう》のファインダーをのぞこうとした。でも、望遠鏡がなくても異変《いへん》はわかった。フォックスブリッジに起きていることは、肉眼《にくがん》でも見てとれたのだ。

あっちからもこっちからも、大勢の人の波《なみ》が町の中央へと押《お》し寄《よ》せていく。歩いている人が多いが、自転車や小型バイクに乗っている人もいる。車が、人の群《む》れに囲《かこ》まれて立ち往生《おうじょう》している。人びとは、あらゆる方向から町の中央広場へと向かっているようだ。

「すごい人だね」

ジョージはびっくりしていた。この町は、ふだんはとても静かで活気がない。中央広場にやってくるのは、ほとんどが観光客や学生だ。

アニーは興奮《こうふん》してとびはねた。

「若《わか》いイケメンのバンドでも来てるのかな。きっとそうだね。『アンディテクション』ってバンドのシークレットライブかもしれないよ。すっごく好きなバンドなの。今ツアーをやってるんだけど、次はどこで演奏《えんそう》するか、チェックしてないと見逃《みのが》すよ、ってツイッターで言ってた。ジョージ、あたしたちも行ってみよう」

「あんまり楽しいとは思えないな」ジョージは疑《うたが》わしそうに言った。

見ていると、人波《ひとなみ》と反対方向に向かっていた人たちも、群衆《ぐんしゅう》の圧力《あつりょく》に負けて、同じ方向に押《お》し流されているようだ。

「最高の演奏が見られるんだよ！」

アニーはすでに縄《なわ》ばしごをおり始めていた。ひとりで行かせるわけにはいかない。ジョージもあとを追って縄をおり、塀《へい》の穴《あな》を通り抜《ぬ》け、裏口《うらぐち》からアニーの家に入ると、表の玄関《げんかん》からとびだした。

アニーは、家の前の道を大急ぎで走って、フォックスブリッジの中心部につながる大通りへと向かった。

「お母さんに言っとかなくていいの？」

ジョージは後を追いかけながら、声を張りあげた。ぐんぐん進む人波の中へアニーが消えてしまう前に、曲がり角でなんとかアニーに追いついた。

「ママは、ジョージの家に行ってなさいって言って出かけてる。メールしとくね。ねえ、バンドの歌もきけるかな？」人波に押されながら、アニーが言った。

「そのバンド、歌もうたえるなんて知らなかったよ」ジョージはつぶやいた。

ジョージは、アニーが大好きなポップスより、「フォール・アウト・ボーイ」とか「アークティック・モンキーズ」みたいなロックバンドのほうが好きなのだ。

ジョージは、手錠《てじょう》をかけるみたいにアニーの手首をぎゅっとにぎった。人混みの中でアニーを見《み》失《うしな》うわけにはいかない。

「転ばないようにな！　踏《ふ》みつけられちゃうからね」ジョージがさけんだ。

ふたりはもみくちゃにされながら、町の中心部のほうへ流されていった。

「ああ、髪《かみ》の毛だけでも見えればいいな！」アニーがさけびかえした。「ほんとにすてきなんだから」

アニーは、「アンディテクション」のリードボーカルが写った特大ポスターをベッドの上に貼《は》っている。そして、人の目がないときにはポスター写真の髪の毛をなでたりしているのをジョージは知っていた。

「あたしに気づいてくれないかな」

ジョージは、フンと鼻を鳴らした。この人混みの中にいたら、知った顔でさえ気づいてはもらえないだろう。「アンディテクション」のステージも歌もどうでもいいけど、アニーとはぐれることだけは避《さ》けなければ。

群衆は押《お》し合いへし合いしながら、中央広場へと入っていった。市場も開かれるこの広場は、ガーゴイルや尖塔《せんとう》やりっぱな石柱《せきちゅう》のついた古風で壮麗《そうれい》な建物に囲《かこ》まれている。人びとはまるでいっしょに冒険《ぼうけん》に出かけるみたいになごやかにしていたのだが、ここまで来るととつぜん様子が変わり、押《お》したりこづいたりが激《はげ》しくなった。

「わあ、なんだか嫌《いや》な予感がするぞ」ジョージは、アニーの手をつかんだまま言った。どうも、おかしなことになりそうだ。でも、アニーは、大好きなバンドに少しでも近づこうと必死で、まわりの雰囲気《ふんいき》が変わったことに気づいていなかった。

そのとき、どよめきが起こった。群衆《ぐんしゅう》は、同じ方向に向かって強引に突《つ》き進んでいく。何千とまではいかなくても何百人もの人が中央広場にひしめいているのだから、たちまち大混乱となった。警官《けいかん》がさかんにピイピイ警笛《けいてき》を吹《ふ》いて制《せい》しても、だれも聞いてはいない。

「これじゃあ、バンドが見えないよ」

アニーは、自分たちがまわりの人たちより背が低いことに気づいて、あせっている。

ジョージはぴょんぴょんとびあがり、人びとの頭越しに前方を見ようとした。

「バンドなんていないと思うな」ジョージは言った。

大きなステージや音響装置《おんきょうそうち》は一つも見あたらない。

「でも……」

アニーの声は、頭上にあらわれたヘリコプターの音にかき消された。ヘリコプターは、金属の底部《ていぶ》がしっかり見えるほど低く飛んでいる。回転翼《かいてんよく》は、ジャムのびんに閉《と》じこめられてさわぐスズメバチのように、バタバタ空気をかきまわしている。耳をつんざくような轟音《ごうおん》がとどろく。アニーはまだ話していたが、くちびるが動いているのは見えても、何を言っているのかはわからない。

「聞こえないよ！」ジョージはさけんだ。

町の中心部に浮《う》かぶヘリコプターの下には、大通り沿《ぞ》いの古い家並《いえな》みに囲《かこ》まれた広場があり、興《こう》奮《ふん》した群衆《ぐんしゅう》がひしめいている。空を見あげたジョージの目にとびこんできたのは、青、茶、紫《むらさき》、ピンクと色とりどりの長方形の紙がたくさん舞《ま》っている光景だった。けれど、その紙はヘリコプターがばらまいているのではなく、ヘリコプターの回転翼が起こす風のせいで、地上からうずを巻《ま》いて舞いあがっているのだった。

ジョージは、舞っている紙が何かをすぐに察知《さっち》した。

「お金だ！」アニーに向かって、できるかぎりの大声でさけぶ。「お札《さつ》が――そこらじゅうに！みんなが集まってきた目的は……」

ヘリコプターの操縦士《そうじゅうし》は、事態《じたい》を悪化させていることに気づくと、あわてて飛び去っていった。

ジョージのさけび声が、静かになった広場にひびきわたる。

「お金だ！」

「お金！」

ジョージの横にいた若《わか》い男もさけんだ。スローガンでも唱《とな》えているのかと思ったようだ。

やがて、ほかの人たちも声を合わせるようになり、しまいにはみんなが「お金！　お金！」とさけび始めた。さけびながら、あたりに舞っているお金をつかもうと、ぴょんぴょんジャンプしている。お金をつかめた人と、つかめなかった人の間で、けんかも起こり始めた。ひとりの男がジョージのTシャツをつかむと、おどすように言った。

「金をよこせ」

「持ってません」

ジョージは怖《こわ》くなり、両手を開いて何も持っていないのを見せた。すると男は、すぐさまジョージを放し、別の人をつかまえた。さいわいつかまれたのはアニーではなかった。

「ここから逃《に》げ出さないと」ジョージがアニーに耳打ちした。

アニーがふり返ってうなずいた。顔がショックで青ざめている。

「どうやって?」アニーが、声は出さずに口を動かしてきいた。

「ついてきて」

ジョージは、人混みの間をぬうようにして進みはじめた。かんたんではなかったが、だれにも止められずになんとか抜《ぬ》けだすことができた。


アニーの家に戻《もど》ると、ふたりは冷蔵庫《れいぞうこ》のとびらをあけた。エリックとアニーの実験物には手を触《ふ》れずに、食べ物と飲み物が入っているところを探《さが》す。

「うーん、いいね」

アニーは冷えたジュースをがぶがぶ飲み、ジョージはオート麦のクッキーに食らいついた。信じられないような町の様子を目《ま》の当たりにしたせいで、アニーはまだふるえている。

「うん、おいしいな」

ジョージはアニーより立ち直りが早かった。どっちにしろジョージはいつもお腹《なか》をすかせているのだ。

「このクッキー、アニーがつくったの？」

「ううん」

「だからおいしいんだな」

ジョージが言ったので、アニーは、布巾《ふきん》でジョージをはたいた。

「さっきの、ひどかったね」アニーは少ししてから話し始めた。「アンディテクションも見られなかったし」

「バンドなんか、いなかったと思うよ」ジョージが答えた。「みんな、お金がばらまかれるっていう噂《うわさ》を聞いて、集まってきたんだよ」

「うわー」アニーがスマートフォンでツイッターを見ながら言った。「ジョージの言うとおりだね。フォックスブリッジの銀行のATM《エーティーエム》がおかしくなって、お金を吐《は》きだしてるんだって……どうしてそんなことが？」

「変だね」ジョージは、クッキーをもぐもぐとかみながら言った。「コンピュータのエラーなのかな？　機械がお金を吸《す》いこむんじゃなくて、吐きだすようになっちゃったのかも」

「あのお金、少しもらってくればよかったね」残念そうにアニーが言った。ちょっとは落ちついて、状況《じょうきょう》を客観的に見ることができるようになったらしい。「そうすれば、アンディテクションのスタジアムライブのチケットが買えたのにな」

ジョージが返事をする前に、ドアベルが鳴った。アニーが玄関《げんかん》に向かった。

「親がいないのに玄関をあけていいの？」ジョージが追いかけながらきいた。

「だれなのか、確《たし》かめるだけ」アニーはそう言うと、郵便受けから外に向かってさけんだ。「どなたですか？」

「お届け物でーす」明るい声が返ってきた。「『未来は今』財団《ざいだん》から、ベリス教授宛《きょうじゅあて》のお荷物《にもつ》でーす」

「おもしろそう」アニーは玄関をさっとあけた。「受け取りのサインは、あたしがしとこうっと」

アニーはふつうの小包《こづつみ》を受けとるつもりで、クリップボードの用紙に名前をサインした。配達員は「未来は今！」というデザイン文字が書かれたまっ赤な大型バンに戻《もど》ると、両開きの後部ドアをあけた。そして、おどろいたことに、おとなの背丈《せたけ》と同じくらいの高さがある細長い箱《はこ》をとりだした。それを玄関の中になんとか運びこむと、ろうかの壁《かべ》に立てかけ、アニーに笑顔《えがお》であいさつして、バンに戻った。バンは、排気《はいき》ガスを出すこともなく走り去っていった。

アニーは玄関ドアを閉め、ジョージとふたり、けげんな顔で細長い荷物を見つめた。

「きっと家の研究室で使う装置《そうち》かなんかだと思うけど」アニーは困《こま》ったように言った。「中身がなんなのか見当もつかないな。あけてみたほうがいいかな？」

「さあね。アニーはどう思う？」

「うーん……」

アニーが迷《まよ》っているうちに、箱《はこ》が自分で答えを出すかのように、ぐらぐら揺《ゆ》れだした。

「動いてるよ」

アニーがさけんだ。

箱は、まるで自分でまっすぐ立とうとでもしてるみたいだ。

ジョージはあんぐりと口をあけていたが、やがてゆっくりと言った。

「中から何か聞こえるよ」

たしかに、ちょうどおとなが入れるくらいの高さと幅《はば》の箱からは、ふたたびトントンとノックするような音が聞こえてきた。

「ここから出して」

かすかな声も聞こえた。

「ええーっ」アニーがさけんだ。「中に人がいるよ」

「まさか。人間を配達《はいたつ》することはできないんだ。人間のはずないよ」

「いるったら、いるのよ」アニーは、そう言うとジョージのうしろに隠《かく》れた。

ガムテープをはがす音がしたと思うと、段《だん》ボール箱《ばこ》のふたがパッとあいた。

ぞっとしながら見ているふたりの目の前で、長い足が一本、続いてもう一本、箱からとびだした。

アニーはぎゅっと目をつぶったが、ジョージは怖《こわ》いもの見たさもあって、じっと見つめていた。箱から出てきた人は、ツイードのスーツを着て、もじゃもじゃの褐色《かっしょく》の髪《かみ》を生やし、びん底《ぞこ》めがねをかけていた。うつむいているので、顔は見えない。それでもジョージには、その顔がだれに似《に》ているのか見当がついた。

「アニー、ちょっと見てよ」

「バンパイアなの？」アニーは目を閉《と》じたまま、小声できいた。

「もっとぶきみなものだよ」と、ジョージ。

「バンパイアよりぶきみなもの？　そんなのあり？」

「えーと、きみのお父さんは、バンパイアよりぶきみだよ。宅配《たくはい》の箱《はこ》から出てくるなんてさ」

「パパが？　箱から？」

「ロボットになって」

ジョージがつけたした。

「パパが、ロボットになって、箱から？」

いくらIQ《アイキュー》の高いアニーでも、この状況《じょうきょう》は理解できないらしい。

ロボットは顔を上げたとたん、いのちを吹《ふ》きこまれたようだった。その顔は、ジョージが予想したとおりエリックの顔だった。このところくたびれ果《は》てている本物のエリックよりも、はつらつとして、つやもいい。ところが、本物のエリックは青い目だが、このロボットの目はまっ赤だ。しかしモデルと同じようにロボットもレンズのぶあついめがねをかけているので、目がやけに大きく見える。

「うわ」目をあけたアニーが言った。「なにこれ？」

アンドロイドは、自分で答えることにしたようだ。

「ATVQ《エーティーヴィキュー》10XXX《エックスエックスエックス》。垂直線《すいちょくせん》！　垂直線！」アンドロイドが最大の音量で言った。

ジョージが実物そっくりのアンドロイドを目にするのは、初めてのことだった。それどころか、どんなアンドロイドだって、これまで一度も見たことはない。だから興味しんしんで見つめていた。

「なんて言ってるの？」アニーが小声できいた。

「わかんない。これは、アニーのお父さんのアンドロイドで、ぼくのじゃないし。あっ、こっちに向かってくるぞ」

ロボットが、ぎくしゃくした歩き方で、ひとりごとを言いながら、やってくる。

「M《エム》理論《りろん》以前《いぜん》ノ、詩ニオケル不規則励振《ふきそくれいしん》ハ時間ヲ開発シタノデアル」

ふたりは、エリックのドッペルゲンガーみたいなロボットから後ずさりしたが、アンドロイドはまだ進んでくる。

「策略《さくりゃく》ニヨリ達成サレタ多様《たよう》ナ細胞《さいぼう》ハ、フレア望遠鏡《ぼうえんきょう》デ宇宙《うちゅう》ノ災難《さいなん》ヲ表現シタノデアル」

アンドロイドは、ろうかを逃《に》げていくジョージとアニーを追うように歩きながら、べらべらしゃべっている。

「科学辞典《かがくじてん》を飲みこんじゃったみたいだね」アニーがつぶやいた。

「太陽接近彗星《たいようせっきんすいせい》ハ、高度アスタチン予測《よそく》ヲ動カスノデアル」

「もしかしたら、アニーのお父さんが使う言葉が組みこまれてるのかも。だけど、その言葉をどう使うかは知らないんじゃないの？」

ジョージは、配達されたばかりのアンドロイドにわくわくしていたが、操作法《そうさほう》については何も知らないことに気がついた。ロボットがどんな行動に出るかもさっぱりわからない。

「どうしたらいい？」アニーがささやき声で言った。「もうすぐ、偽《にせ》パパのロボットに追いつめられちゃうよ」

ふたりは、遊び部屋に逃《に》げこんだが、そこにはテレビが置いてあった。ジョージはうっかり、ゲーム機のコントローラーを踏《ふ》んでしまった。すると、テレビの電源《でんげん》が入り、アニーとジョージが前にやっていたゲームが映った。アニーが何千ポイントもの差をつけて勝ったダンスのゲームだ。とつぜん、「パーティ・ロック・アンセム」という曲が、大音量で鳴りひびいた。すると、アニーとジョージがぽかんと見つめる前で、アンドロイドの目がぴかっと光り、テレビの人物に合わせて踊《おど》りはじめた。

「どういうわけか、自動的にX《エックス》ボックスに接続しちゃったみたい」と、アニー。

「わお！　エリックが踊ったらこんなふうになるんだね。これでわかったよ」

「やめて、見てらんないよ」

アニーは身をすくめた。怖《こわ》いからではなく、恥《は》ずかしくてたまらなくなったのだ。

しかし、災難《さいなん》はすぐそこに迫《せま》っていたのだ。曲が終わると、アンドロイドはあたりを見まわした。

そして赤い目が、肘掛《ひじか》け椅子《いす》におかれたアニーの古いテディベアを見つけた。アンドロイドは、アンドロイドにしかわからない理由でそのテディベアをひょいと持ちあげ、次の曲に合わせて踊り始めた。しかし、アンドロイドのダンスはだんだんに荒々《あらあら》しくなっていった。しまいには、テディベアと踊るというより、古いつぎはぎだらけのテディベアを引きちぎって壊《こわ》そうとしているみたいになった。

アニーは幼《おさな》いころのお気にいりが危険《きけん》にさらされていることに、すぐに気づいた。もうテディベアと遊ぶ年齢《ねんれい》をすぎているにしても、アンドロイドに壊されるのをだまって見ているわけにはいかない。

「それ、あたしのクマさんよ」

アニーがとびかかると、アンドロイドはふっとんで、肘掛け椅子にしりもちをついた。アニーが、テディベアをとり返そうと、アンドロイドをバシバシたたく。

ジョージが駆《か》けよってアニーをアンドロイドから引《ひ》きはなそうとしたとき、うしろから聞きなれた声が聞こえてきた。

「いったいどうしたんだ?」

最新の科学理論！

わたしのロボット、あなたのロボット

ロボットについて書くことは、ロボットを作るのと同じくらいおもしろいものです。わたしは、子どものころ、よくロボットの絵を描《えが》いたり、ロボットについて作文したり、さらには段《だん》ボール箱《ばこ》とひもを使ってロボットを作ったりしていました。今は、本物のロボットを作っていますが、おもしろさは忘《わす》れていません。

作家や科学者やエンジニアは、たえず想像力を働かせているうちに何か新しいものを考えつきます。とくにロボットは、考えられる可能性《かのうせい》がほとんど無限《むげん》にあると言ってもいいでしょう。現実にロボットを作ろうとすると、さまざまな問題にぶつかりますが、どれもおもしろくて、解決する価《か》値《ち》のある問題なのです。ここでは、ロボットの歴史や、現在はロボットがどのように使われているかということや、将来《しょうらい》どのように使われるかとい

うことをお話ししましょう。

本物に見えるような機械を作りたいという夢《ゆめ》は、大昔《おおむかし》までさかのぼります。最も早い時期に作られたものの一つに、紀元前《きげんぜん》２５０年ごろ古代ギリシアで作られた機械仕掛《きかいじか》けの召使《めしつか》いがあります。この賢《かしこ》い装置《そうち》は、びんからコップにワインを注《そそ》ぎ、必要なら水で割《わ》ることもできました。この機械を発明したビザンチウムのフィロンは、ほかにも水力でさえずる小鳥など、すばらしい仕掛けの機械をたくさん考案《こうあん》しましたが、その中でも召使いのオートマトン（複数形《ふくすうけい》オートマタ）は、とても人気がありました。オートマトンとは、生きているもののように見える機械仕掛けの装置のことです。

18世紀には、機械人形がおどろくほど広まりました。生きているように見える美しい人形が、新たに開発されたゼンマイによる時計技術《とけいぎじゅつ》を用《もち》いて製作されたのです。その人形たちは楽器を演奏《えんそう》したり、手品を見せたり、絵を描いたり、文章を書いたりすることができました。製作者は、ヨーロッパ各地の宮廷《きゅうてい》を訪《おとず》れてこうした人形を見せ、たくさんのお金をかせぎました。時計仕掛けのロボットの時代が到来《とうらい》したのです。このロボットは、

当時は世の中を沸《わ》かせましたが、今見ると、うすきみ悪く感じられます。いかにも人形らしい顔と、ゼンマイを巻《ま》く鍵《かぎ》と、ジャンプしたりガタガタ揺《ゆ》れたりギーギーいったりする小さな機械仕掛《きかいじか》けの体（ボディ）をもっていて、生きているように見えても実際は生きていないからです。

しかし、それが次の段階《だんかい》につながり、スイス人の時計職人アンリ・マイヤデが設計した作図・書記自動人形が登場します。絵を描くことができ、詩を書くこともでき、何を描《えが》くかはスロットにどのカードを入れるかによるので、今日《こんにち》のロボット製作者の言葉で言うなら「プログラム制御《せいぎょ》」になっているのです。今日のほとんどのロボットも、本質的にはこれと同じです。ボディがあり、どう動くかがなんらかの方法で決められ、できることがいくつか定《さだ》められ、それを可能《かのう》にするための動力が供給《きょうきゅう》されています。

けれども、世界に今あるロボットが、すべて人間のような形をしているわけではありません。今日のロボットは、あたえられた仕事により、さまざまな姿形《すがたかたち》をしています。自動車工場では、部品をつまみあげて溶接《ようせつ》するロボットが働いています。現在では多くのコンピュータそのものが、さまざまな部品をそれぞれの場所に正確にとりつける工業用ロボットで作られ

ています。こうしたロボットは、疲《つか》れることも飽《あ》きることもなく仕事を続けることができます。ゼンマイではなく電気で動き、一定のかんたんな作業をくり返しますが、それ以外のことは何もできません。また、周囲の世界を理解する必要もありません。

農場で牛の乳《ちち》しぼりに使うロボットは、もっと賢《かしこ》くなくてはいけません。乳牛《にゅうぎゅう》がいつも同じ時間に同じ場所にいるとはかぎらないからです。こうした農場ロボットには、目で見て決定をしていく能力《のうりょく》が必要です。乳牛が入ってくると、どこに乳房《ちぶさ》があるかを見つけ、注意深く搾乳《さくにゅう》カップをとりつけ、やさしくミルクをしぼらなくてはなりません。したがって搾乳ロボットには、カメラからの画像《がぞう》を理解する能力と、搾乳カップをとりつけたアームを安全にそっと適切《てきせつ》な位置まで動かしていく能力が必要なのです。それがうまくいかないと、困《こま》ったことになります。

一見《いっけん》したところ単純な、見て動くというこのような作業ですら、機械にとってはとてもむずかしいのです。あなたの後頭部《こうとうぶ》にある視覚野《しかくや》をふくむ脳《のう》の約半分は、まわりに見える世界を理解するために、たった今も働きつづけています。また脳の中央部にある大きな部位は運動野《うんどうや》とよばれ、思い

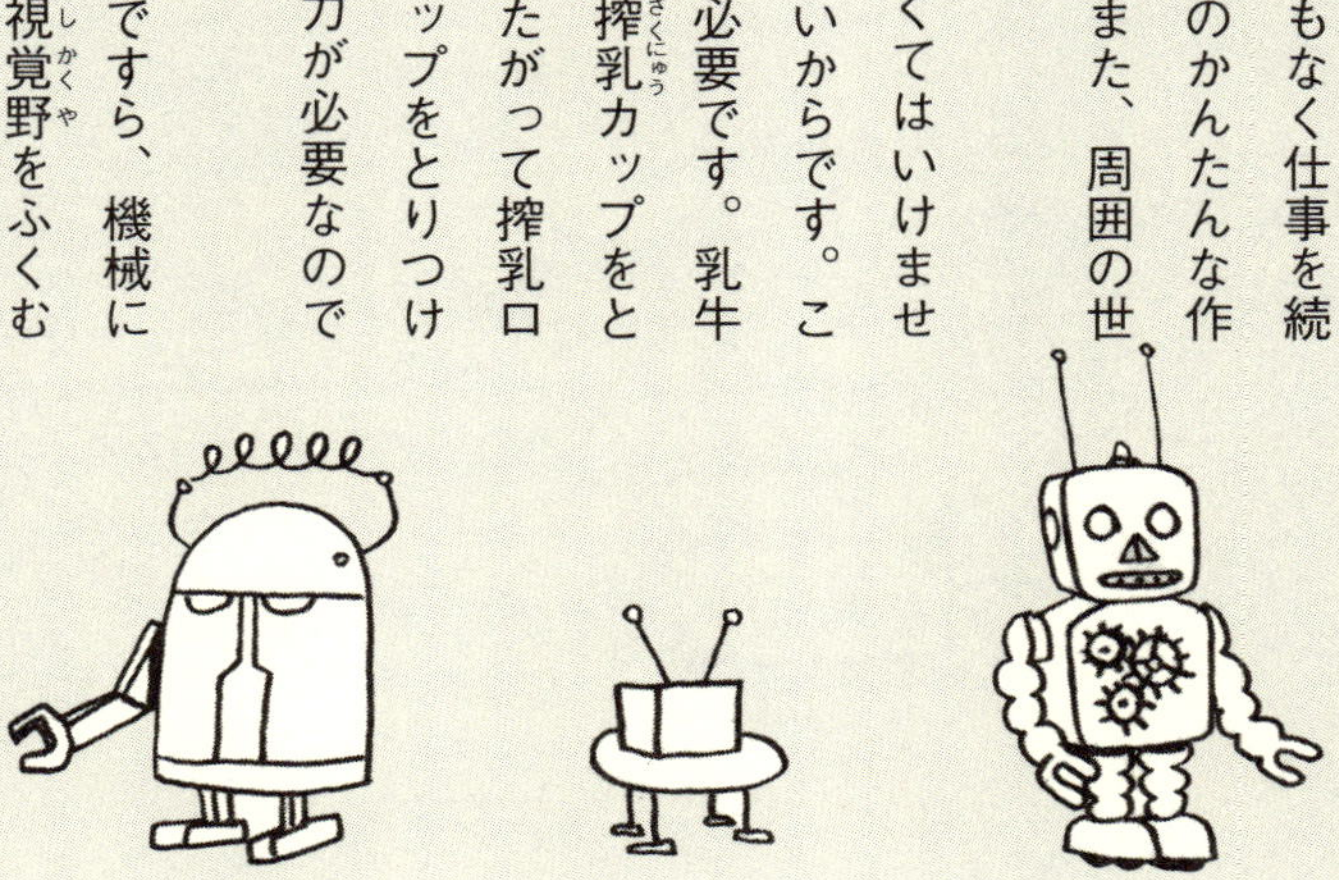

どおりに体を動かすためには筋肉《きんにく》をどう動かしたらいいかを計算しています。人間の脳《のう》は実際、おびただしい回数の計算をたえずし続けています。わたしたちにはかんたんなことでも、ロボットは、はっきりした命令列《めいれいれつ》——コンピュータなら何千行にもわたるコード——に置き換《か》えてやらないと実行できません。しかも、人間の脳がすばらしい計算をどのように行っているかは、まだ正確にはわかっていないので、機械にそれをまねさせることもむずかしいのです。さいわい農場では、わたしたちに今わかっている範囲《はんい》で、仕事ができて牛を満足させるだけの知能《ちのう》をもったロボットを作ることができます。

ロボットのためのアイディアは、いたるところから得られます。たとえば、昆虫《こんちゅう》の知能を研究している科学者がいます。昆虫の脳は人間の脳よりはるかに単純で、神経細胞《しんけいさいぼう》（ニューロン）の相互結合《そうごけつごう》ネットワークも少ししかありませんが、それでも昆虫《こんちゅう》は賢《かしこ》いと言えます。昆虫は、困難《こんなん》な世界でも生きのびなくてはいけません。ハエをたたこうとすれば、わかります。実際この例から、衝突《しょうとつ》を自動的に避《さ》けるロボット装置《そうち》が車にとりつけられるようになりました。この装置のアイディアは、ハエの脳の研究から生ま

れたのです。
しかし、事故《じこ》が発生したらどうでしょう。責任《せきにん》はだれにあるのでしょう？　ドライバーでしょうか？　自動車メーカーでしょうか？　それともハエ？　あなたはどう思いますか？　知能《ちのう》をもったロボットがあらわれると、こうした疑問もたくさん生まれてきます。

わたしたちの世界にロボットを受けいれるのは複雑《ふくざつ》な問題をともないます。ロボットに対する考え方も、住んでいる地域《ちいき》によってちがうかもしれません。欧米人《おうべいじん》は、ロボットを世界をのっとろうとする邪悪《じゃあく》な存在だと考えがちです。映画やテレビではロボットがそのように描《えが》かれるので、影響されているのでしょう。一方東アジアの物語では、ロボットが英雄的《えいゆうてき》なキャラクターとして描かれる場合が多いのです。

科学者が「ぶきみの谷現象《たにげんしょう》」と呼《よ》ぶものがあります。これは、ロボットがいかにもロボットに見える場合も、完全に人間に見える場合も、わたしたちは受けいれやすいけれど、人間に似《に》ているけれど少しちがうという場合は、ぶきみに感じるという現象です。18世紀の機械人形のうすきみ悪さを思い出してください。どこか変だと感じるので、わたしたちは落ちつか

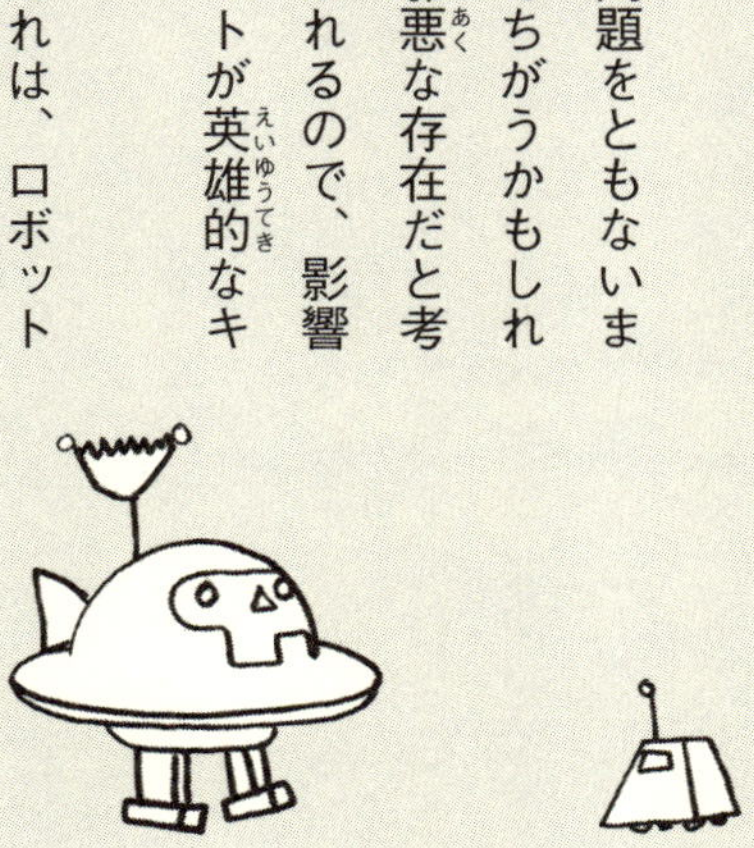

なくなるのです。

電子工学《でんしこうがく》とコンピュータ技術《ぎじゅつ》が発達したおかげで、人間の手足の動きだけでなく脳内《のうない》のニューロンの働きまでまねることができるようになり、今では人間そっくりに見えるロボットも作られています。それでもロボットは、まだ完ぺきにはほど遠いものです。アンドロイド（人間ににせたロボット）は、ゼンマイ仕掛《じか》けでギーギーいうかわりに電気モーターのうなり音をあげ、複雑《ふくざつ》なコンピュータ・プログラムを備えていて、それが人間の脳内ニューロンが作用しあう無数の方法を人工的に作りだしています。それでもアンドロイドは、階段《かいだん》を楽々とのぼったり、ボールをキャッチしたり、絹《きぬ》の布《ぬの》と紙やすりを区別したりすることができません。また顔や表情を的確《てきかく》にとらえたり、さわがしい部屋の中で特定の声を聞きわけたりすることもできません。人間と同じようにしゃべったり、反応したり、自分たちや周囲の環境《かんきょう》を理解することもできません。つまりわたしたちは、アンドロイドは「どこかおかしい」と感じて、すんなり受けいれることができないのです。

といっても、今日のロボットのすべてがだめなわけではありません。わたしたちは人間の脳にまた別のトリックを使うことができます。一九四〇年代にハイダーとジンメルが行った古典的実験では、人々に単純な図形が画面を動きまわる映像を見せたあと、何が起こっていたのか

をたずねると、多くの人が四角が円と恋《こい》に落ちるとか、大きな三角形が小さな三角形を追いまわすといった複雑《ふくざつ》な物語を話したのです。わたしたちの脳は賢《かしこ》くて巨大《きょだい》な学習する機械ですが、学習の主《おも》な方法の一つは、まわりの世界を記憶し理解するために物語を作りあげるということです。ロボットを見ると、人間の脳はしばしば、現在の技術《ぎじゅつ》では満たすことができないギャップを埋《う》めるように働きます。それでわたしたちは、ロボットが個性や実際以上の知能《ちのう》を持っているように思ってしまうのです。ロボット製作者も、受けいれられやすく使いやすいロボットにするために、物語を本物らしく感じさせるためのアイディアを考えだします。

たとえばロボットについてまわる大きな問題は動力《どうりょく》の供給《きょうきゅう》です。電池が切れると止まってしまいますが、ロボットはいつもコンセントにつなぐことができるとはかぎりません。この問題をかわすには、ロボットの充電《じゅうでん》を物語の一部にしてしまうという手があります。老人《ろうじん》ホームに暮《く》らす人たちの安《やす》らぎとして科学者が赤ちゃんアザラシのロボットを作ったとき、エサをあたえるというしくみを考案《こうあん》したのは、そのいい例です。乳首《ちくび》の形をしている充電器を赤ちゃんアザラシに差しこむことで、充電をそのロボットの物語に組みこむことができたのです。

わたしのプロジェクトには、恐竜《きょうりゅう》ロボットの電池が切れて「眠《ねむ》る」と、ロボットの持ち主《ぬし》の携帯電話《けいたいでんわ》に画像《がぞう》があらわれて遊びを続けられるようにするというものがあります。ロボットの充電が終わると携帯電話の画像が眠り、ロボッ

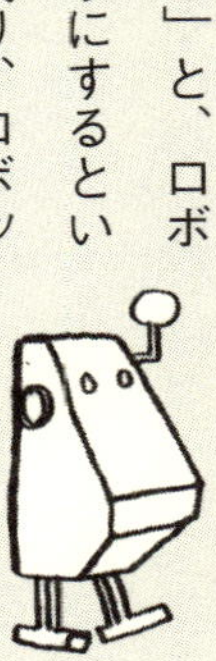

トは起きるのですが、ロボットは携帯電話《けいたいでんわ》の画像に起こったことを記憶《きおく》しています。あなたなら、どんなロボットの物語を考えますか？

ロボットの政治家《せいじか》が登場するのは、どれくらい先のことでしょうか？　なんといってもロボットは、あらゆる事実に基《もと》づいて決定し、買収《ばいしゅう》されたりしません。それとも、買収されるでしょうか？　いつになったら、ロボットが飛行機を操縦《そうじゅう》し、列車や自動車を運転し、教室で教え、家庭やオフィスでわたしたちを助け、外科手術《げかしゅじゅつ》を行い、自分で撃《う》つかどうかを判断《はんだん》しながら戦場で戦うようになるのでしょうか？　このようなロボットの基本的《きほんてき》な形はすでに存在《そんざい》しています。けれども、今のところは、人間がいつもどこかでコントロールしています。これからもずっとそうでしょうか？　だって、人間はたえずミスをするではありませんか。ロボットならもっとうまくやれるのでしょうか？

ナノテクノロジーのいちじるしい発展によりマイクロロボットが作られ、それが人間の体内に注入《ちゅうにゅう》されて治療《ちりょう》を行ったり肉体《にくたい》を改造《かいぞう》したりするようになるかもしれません。そうなると、人間の身体《からだ》と心は体外のテクノロジーと結びつき、ロボットと人間のハイブリッドである新種の人間トランスヒューマンが登場する可能性《かのうせい》もあります。

これは悪夢《あくむ》のようなものでしょうか？　それとも障《しょう》がい者の生活を改善《かいぜん》し、人類《じんるい》に新たな能《のう》力《りょく》をつけ加えるものなのでしょうか？　それはまだわかりません。こうした未来のロボットを作るのは、もしかしたらあなたなのかもしれません。

わたしも本を読むことから始め、アイディアを得て、ロボットについて夢《ゆめ》を見るようになりました。わたしは七歳《さい》のころに、段《だん》ボール箱《ばこ》とひもを使ってロボット「ビリー」を作り（今でも持っています）、夢《ゆめ》をふくらませてきました。今五〇代のわたしは、さいわいなことにロボットを作る仕事にたずさわっています。わたしが作るロボットは、踊《おど》ったり、子どもたちがチェスをおぼえるのを手伝ったり、家庭で高齢者《こうれいしゃ》を助けたり、オフィスでチームの一員として働いたりしています。このロボットたちは、どれも世界を支配しようとは思っていません。

わたしは、たくさんの創造的《そうぞうてき》ですばらしい科学者や技術者《ぎじゅつしゃ》といっしょに働き、子どものころのロボットの夢を実現してきました。段ボール箱とひもは、数学と電子工学《でんしこうがく》とコンピュータに置き換《か》わりましたが、できあがったロボットは、どれも「ビリー」のりっぱな子孫《しそん》です。

どれもわたしのロボットであり、わたしは今でもわくわくしています。

あなたがつくるロボットは、どういうものになるのでしょうか？

ピーター

5

「あっ、本物のパパだ」アニーがさけんだ。

「本物って?」エリックがたずねる。

「偽《にせ》もののパパがいるのよ」

アニーはふるえる声で答えると、アンドロイドを指さした。今は、アニーのテディベアをにぎったまま、おかしなかっこうで、肘掛《ひじか》け椅子《いす》に倒《たお》れている。目の光が消えているところを見ると、自分で電源《でんげん》を切ったらしい。

「ああ、特別注文したわたしのロボットだ! 届《とど》いたんだな!」エリックが言った。こちらは、目がらんらんとかがやいている。

「パパのなんだって?」

「これは、わたしの助手ロボットなんだよ。エリックのロボットだからエボットだな」エリックはそう言いながら、動きを止めているアンドロイドに近寄《ちかよ》った。「ずっと前に注文したものだよ。こいつは、わたしそっくりに作られている。生体測定《せいたいそくてい》までそっくりだから、場合によると、見分けがつかないこともある。いつ届いた？」

「さっき届いたばかりです」ジョージが口をはさんだ。「中央広場から戻《もど》ってきたら……」

ロボットを調べていたエリックがふり返った。

「町で何をしてたんだ？　どうして中央広場なんかに行った？　どうして安全な家から出た？」

「ツリーハウスから、大勢の人が見えたんです」ジョージが正直に話した。「だから、何か起きてるのか見に行っただけです。あんな状態《じょうたい》だとは、思いもしなくて」

アニーが大好きなバンドを見たがった話はしなかったので、アニーは感謝《かんしゃ》するようにほほえんだ。

エリックが目を丸《まる》くして言った。

「だけど、今日の午後のフォックスブリッジは、これまでで最も危険《きけん》な場所になってたんだぞ。まさか子どもふたりで、あのまっただ中にいたとはな！　わたしが大学を出たときはまだ町の中央は封鎖《ふうさ》されてて、遠まわりしなきゃ家に帰れなかった。銀行から吐《は》きだされたお金をめぐって、大勢がケンカをしたりさわいだりしていたらしい。ふたりとも、ケガはなかったんだろうな？」

ジョージもアニーも首を横にふった。

「フォックスブリッジだけじゃないみたい」アニーがスマートフォンをチェックしながら言った。

「世界じゅうで同じことが起きてるよ」

「ああ、知ってるよ。これを見てごらん」

エリックは真剣《しんけん》な顔で言うと、カバンからｉＰａｄ《アイパッド》をとりだし、エッフェル塔《とう》が見える場所で、暴動《ぼうどう》が起きている動画をふたりに見せた。頭上には青、緑、茶色の紙がひらひらと舞《ま》い、人びとはそれをつかもうとしてとびはねている。

「こっちはニューヨークだけど……」

エリックは、別の動画をふたりに見せた。超高層《ちょうこうそう》ビルに囲《かこ》まれた大通りで、黄色いタクシーがけたたましくクラクションを鳴《な》らす中、さっき見たのと同じような光景がくり広げられていた。ただし、舞っている紙は緑色だ。どの通りにも、風に舞う紙幣《しへい》を必死でつかみとろうとする人たちがあふれていた。

エリックが画面をタップすると、また別の都市が映《うつ》った。白い砂浜と緑の高い山並《やまな》みの間に建物が密集《みっしゅう》し、一番高い山の頂上《ちょうじょう》には、両腕《りょううで》を横にのばした巨大《きょだい》な像が立っている。

「リオデジャネイロだ」エリックはふたりに教えた。「南米《なんべい》にある都市だよ。ほら、見てごらん」

この映像では、さわぎが始まる様子を見ることができた。リオデジャネイロのふつうの通りにあるＡＴＭ《エーティーエム》が、とつぜんお金を次々に吐《は》きだし始める。前を通りすぎたひとりの人がそれに気づき、おどろいた顔で引き返してくる。その人はこっそりあたりの様子をうかがうと、紙幣をポケットにつめこむ。そのうちに、どんどん人が集まってきて、ATMから出て来るお金を奪《うば》い合う。どの映像も、人でいっぱいの町のあちこちで、ATMがどれもおかしくなり、紙幣を吐きだしている様子を伝えていた。はじめはだれも気づかないのだが、やがて通行人が気づき、その数分後には奪い合いが始まる。

「世界じゅうで同じことが起きている」エリックが言った。「こっちは北京《ペキン》だぞ」

中国元《げん》の赤い紙幣が、紫禁城《しきんじょう》の上空を舞っていた。ローマのサンピエトロ広場では、ユーロが踏《ふ》みつけにされていた。イスタンブールのグランドバザールでは、紫色《むらさき》のトルコリラ札《さつ》を、何千もの必死な手が追いかけていた。デリーの路地《ろじ》では、ルピー紙幣が虫の大群《たいぐん》のように空中にうず巻《ま》いていた。

「そこらじゅうでお金がばらまかれている。どうやら世界じゅうの銀行のコンピュータシステムに大きな障害《しょうがい》が起こって、紙幣を吐きだすようになったみたいだな」エリックが言った。

「わお、それって、すてき！」アニーが言った。「群《む》がってるのはきっと、食べ物とか、子どもの靴《くつ》なんかを買うお金もない人たちよ。世の中には飢《う》えてる人たちもいるのに、銀行の金庫には、ばくだいなお金が眠《ねむ》ってたんだもん。世界じゅうの人たちにそのお金を分けたことになるんだから、すばらしいことじゃないの。それこそ、あるべき姿《すがた》なんじゃない？」アニーが、エリックとジョージに話した。

ジョージは考えてみた。アニーとちがいジョージは、まわりの子たちが当たり前だと思っている、新しい服や、コンピュータや、スキー旅行や、レストランの食事などとは無縁《むえん》に育ってきた。両親に、お金の余裕《よゆう》がなかったからだ。ジョージだって、好きなものを買えるお金がもらえたらいいと思う気持ちが心のどこかにはある。だけど、アニーのように今回のことがすばらしいとは思えなかった。どこかのだれかが、みんなの意見も聞かないで人の生き方について極端《きょくたん》な決定を下してしまったみたいな、居心地《いごこち》の悪さを感じる。それに、銀行がばらまいているのは、だれのお金なのだろうか？　大金持ちのお金なのかもしれないけど……もし、お年寄《としよ》りや、とても貧《まず》しい人の貯金《ちょきん》だったら？　その人たちが一文《いちもん》なしになってしまったとしたら？　それでいいのかな？

「わたしも、富《とみ》はもっといい方法で、世界じゅうの人と分かちあうべきだと思うよ。億万長者《おくまんちょうじゃ》は、ほかの人が一生かかっても稼《かせ》げないようなお金を、ちょっとした軽食につぎこんでいるんだからね。でも、今日起きたようなことが、それの解決策《かいけつさく》になるかどうかはわからないな」エリックが言った。

「でも、どうしてこんなことになるんですか？」ジョージは、信じられないという顔でたずねた。

「ATM《エーティーエム》がどれもいっせいに壊《こわ》れてしまうなんて！」

「さっぱりわからない。原因《げんいん》はだれにもわかってないだろう。一つわかってるのは、わたしがその原因をつきとめなきゃならないってことだ。コンピュータに関する問題だからな。わたしが政府《せいふ》の『情報工学《じょうほうこうがく》の総裁《そうさい》』とされている以上、この問題を解決するために駆《か》りだされるだろうな」

エリックはそう言うと、アンドロイドを見てため息《いき》をついた。

「残念ながら、エボットの使い方を習得《しゅうとく》する時間はなさそうだな。ところで、エボットが入っていた箱《はこ》はどこへいった？　ほかにも部品があるはずなんだが」

アニーがぴょんと立ちあがってろうかへ駆《か》けていった。大きな段《だん》ボール箱《ばこ》をかきまわしている音が聞こえたかと思うと、やがてアニーは、光沢のある黒い袋《ふくろ》を持って戻《もど》ってきた。

「おお、いいぞ！」

エリックは、アニーから受けとった袋の中から、うす紫《むらさき》色のレンズがはまっためがねをとりだした。横に見たこともないような付属品《ふぞくひん》がついている。エリックがそのめがねをかけて、眉毛《まゆげ》をひくひく動かすと、椅子《いす》に倒《たお》れていたエボットがパッと目をさました。

「遠隔《えんかく》アクセス用のめがねさ」エリックは満足そうに言った。「特別注文品だよ。これをかけると、エボットに指示《しじ》を出したり、エボットの目を通してものを見たりすることができるんだ」

次にエリックはバッグの中をあさって、手袋をとりだした。

「触覚技術《しょっかくぎじゅつ》の装置《そうち》だよ」

エリックは、手袋をはめながらつぶやいた。エリックが手をふると、エボットがまったく同じ動きで手をふった。

そのとき、携帯電話《けいたいでんわ》が鳴《な》った。エリックがポケットに手をつっこんで、電話をとりだそうとする。すると、エボットがその動きをまねて、ポケットに手をつっこみ、架空《かくう》の電話を引っぱり出して、耳に当てた。そして、エリックが電話に向かって話すと、エボットはそれもそっくりまねした。

「はい……なんですって？　それはまずい！　すぐに行きます」

エリックは電話を切ると、アニーとジョージのほうを向いた。

「さてと、いいかい。エボットはきみたちに任《まか》せよう。これがめがねだ」エリックはそう言って、アニーにめがねを渡《わた》し、「これが手袋《てぶくろ》……」と言って、手袋をジョージに渡す。「わたしは、急用で出かけるよ」

「どうしたの？」アニーはめがねをかけると、ピョンピョンとびはねた。「うわ、これ、すっごく変。あたしが見えるんだけど、それってエボットが見てるあたしなの。不思議《ふしぎ》……テレビかなんかで自分を見てるみたい。とってもおもしろいね！」

ジョージは手袋をはめて、エボットに片手《かたて》をあげさせ、続いてもう片方の手もあげさせているところだった。指示《しじ》どおりに動くなんて、最高だ。人間なら、こうはいかない。人間は、でたらめな行動をとったり、予想外《よそうがい》のふるまいをしたりする。

「首相《しゅしょう》に会いにいかなくちゃ」エリックは、出かける用意をしながらふたりに告《つ》げた。

「首相に？　どうして？」アニーがかん高い声できいた。

「世界じゅうの銀行が同時にお金をばらまいた事件の原因を知りたいそうだ。サイバー攻撃《こうげき》なんじゃないかと心配されている。金融《きんゆう》システムに何が起きたかをつきとめて、再発《さいはつ》を防《ふせ》がないと」

「サイバーテロリストのしわざなんですか？　ゆうべベリルさんが言ってたみたいに、だれかが秘《ひ》密《みつ》のメッセージを解読《かいどく》して、情報《じょうほう》を利用しちゃったとか……？」と、ジョージがきいた。

アンティキティラ島の機械

1900年に沈没船《ちんぼつせん》から回収《かいしゅう》された、古代ギリシアの歯《は》車式《ぐるましき》の天体運行計算機

チャールズ・バベッジの計算機

階差《かいさ》機関（1号機）の一部分。バベッジの死後息子《むすこ》が組み立てた。

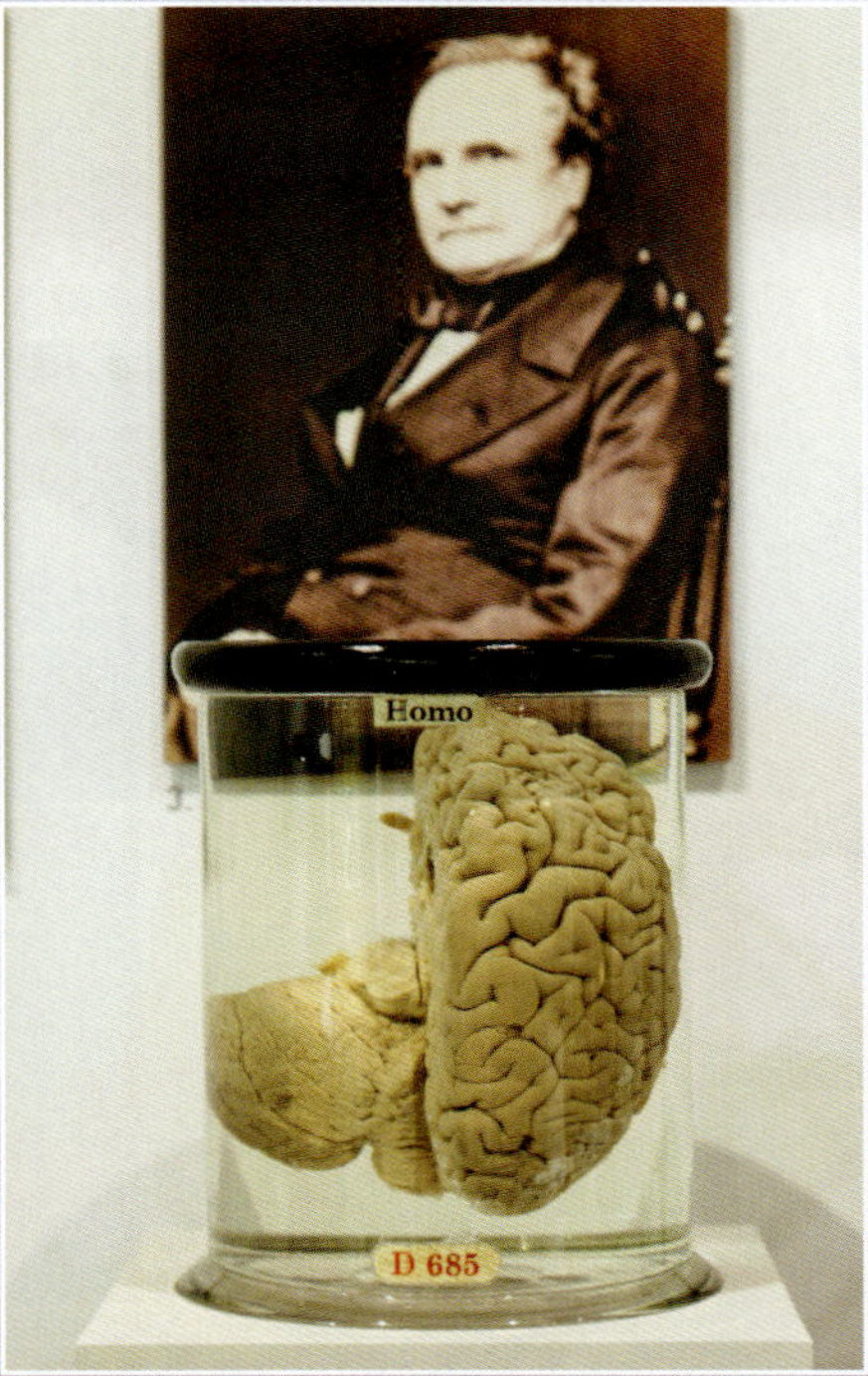

バベッジの脳《のう》は、科学博物館《かがくはくぶつかん》（英）で展示《てんじ》されている！

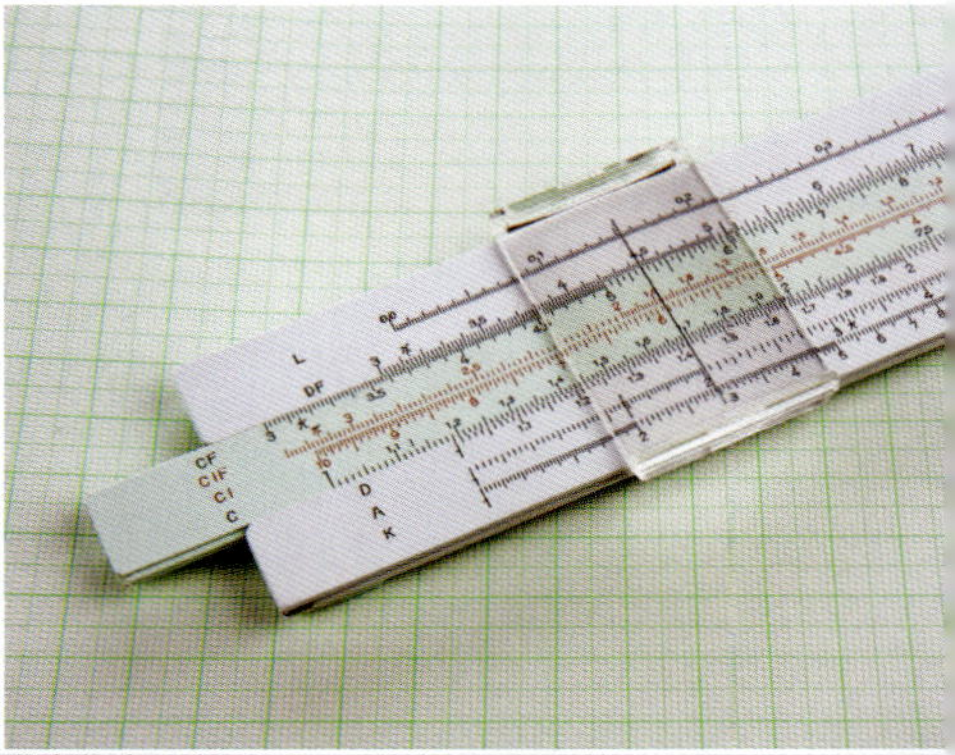

計算尺《けいさんじゃく》

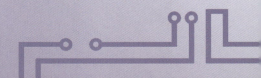

エニグマ暗号《あんごう》機《き》

アラン・チューリング

© Pictorial Press Ltd / Alamy

「コロッサス」（ブレッチリー・パークにて）

© Pictorial Press Ltd / Alamy

ツーゼの「Z3」

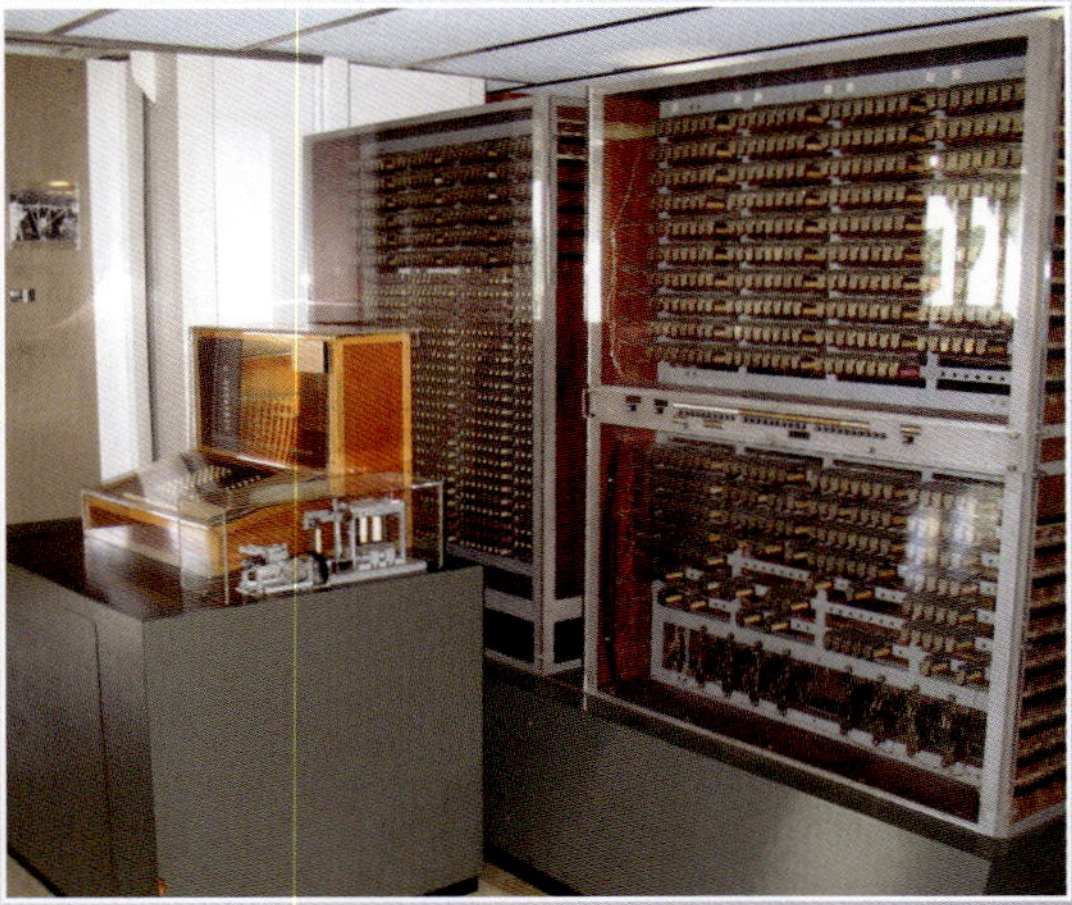

「エニアック」の中央コントロールパネル

U. S. Army Photo

宇宙《うちゅう》をさぐる新しいスーパーコンピュータ「コスモス」を背《せ》にしたホーキング博士《はかせ》とプロジェクトのスタッフ

© CTC

「コスモス」
マーク IX
ーパーコンピュータ

旧式《きゅうしき》のコンピュータ

現代《げんだい》のコンピュータ

初期のオートマタ

あひるのオートマトン

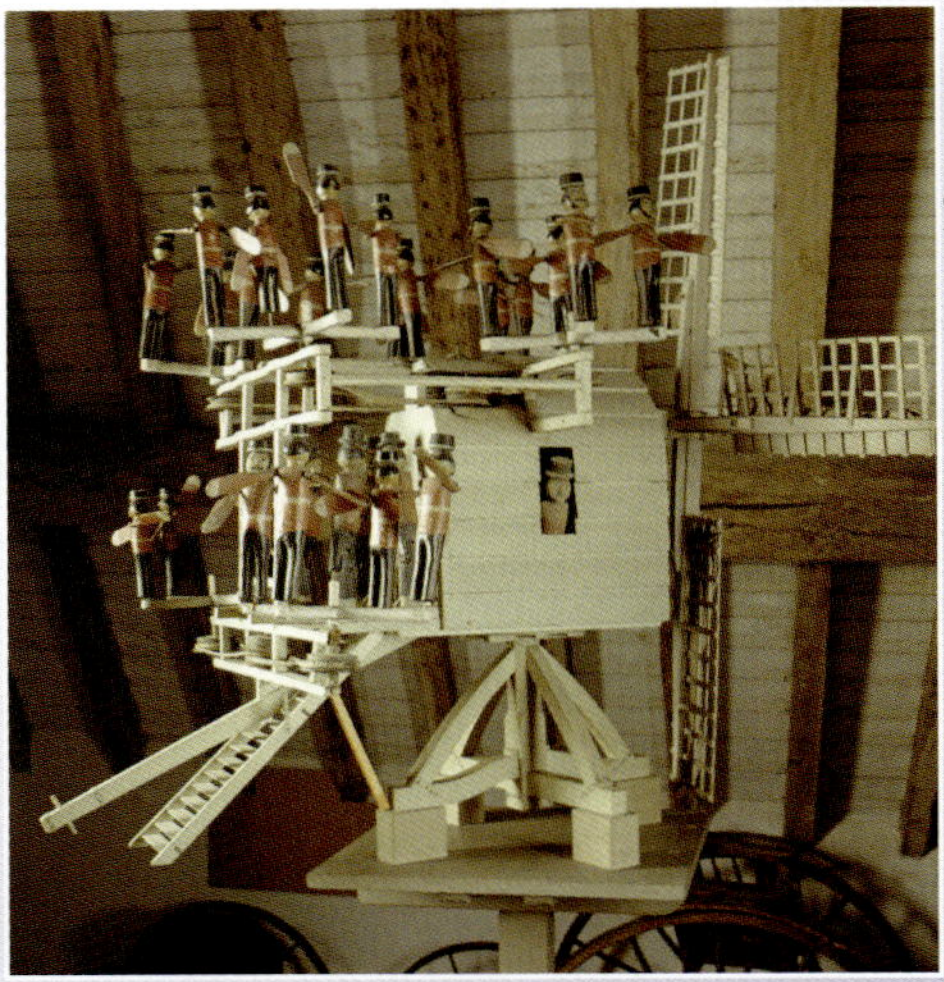

風車と兵隊《へいたい》のオートマトン

アンリ・マイヤデの自動人形

自動車工場のロボット

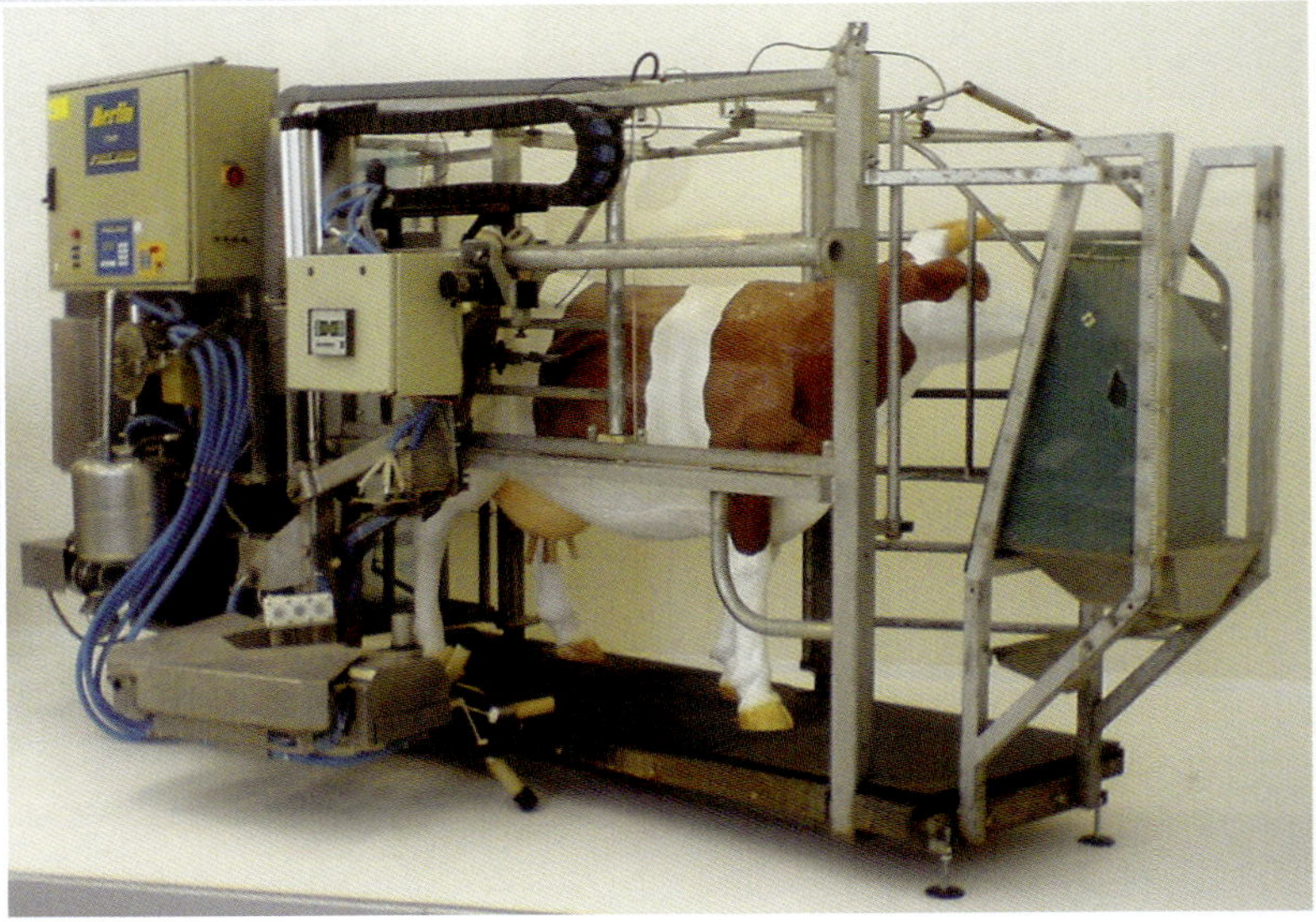

農場の乳《ちち》しぼり
ロボット

アザラシのロボット

AFP/Getty Images

四足歩行《しそくほこう》ロボット「ビッグドッグ」

DARPA

爆弾処理《ばくだんしょり》ロボット

137666102 (Shutterstock)

医療用《いりょうよう》ロボット

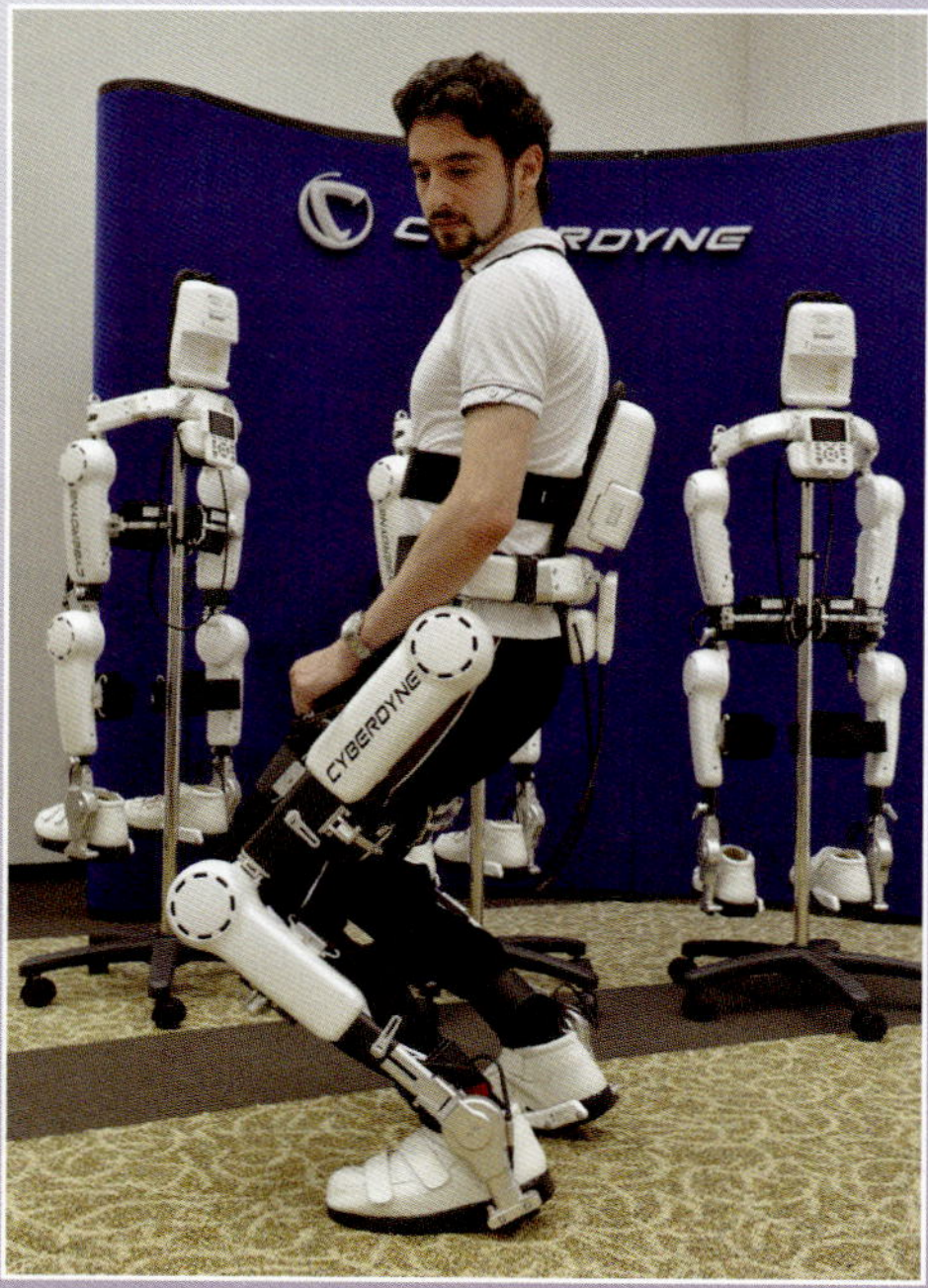

AFP/Getty Images

日本のアンドロイド

Photo by Gnsin

NASA《ナサ》の火星探査車《たんさしゃ》「キュリオシティ」

UIG via Getty Images

NASA

国際宇宙《こくさいうちゅう》ステーション（ISS《アイエスエス》）内のロボノート

「そうかもしれない」エリックは同意した。「だけど、それにしても不思議なんだ。様々な国の様々な銀行をどうやって同時に一斉攻撃《いっせいこうげき》できたんだろう？　そんなことをするのはかんたんじゃないし、それだけ強力なコンピュータを持ってる人がいるとも思えない。とにかく、もう行かないと。首相は、ネットや電話では話したくないとおっしゃってる。直接会ってお話ししないと。おまえたちは、いい子にしてるんだぞ」

そう言い残して、エリックは玄関《げんかん》からとびだしていった。

ジョージとアニーとエボットは、エリックの背中に向かって手をふった。家の中は静かになったが、それもつかの間《ま》のことだった。

「さあ、どうしようか？　保護者《ほごしゃ》がわりにエボットを連れて、フォックスブリッジで何が起きてるか、見にいってもいいかな？」

「だけど、エボットは本物のおとなじゃないよ。それに人混《ひとご》みの中でエボットを見失《みうしな》ったら、しかられるぞ」

ジョージは乗《の》り気《き》になれなかった。

「パパは気づかないよ。遠隔《えんかく》アクセスめがねはこっちにあるんだから、パパはロボットの目であたしたちの行く先をチェックできないもん」

「うーん」

ジョージがあごをさすると、エボットもまねをした。

・挑戦《ちょうせん》やスリルを楽しむ。
・組織《そしき》の方針《ほうしん》に賛成《さんせい》していないので、その組織を困《こま》らせる。非公開《ひこうかい》データを入手したり公表したり、ウェブサイトを破壊《はかい》したりする。たとえばハッカーが支配しているすべてのコンピュータを同じウェブサイトにログインさせて、ウェブサイトをクラッシュさせることも可能《かのう》だ。これは、「分散型《ぶんさんがた》サービス妨害《ぼうがい》」攻撃とよばれる。
・お金をぬすもうとする。多くのハッカーは、他人のお金で買い物をするためにパスワードや秘密《ひみつ》の情報《じょうほう》をぬすみ出したり、他人の銀行口座《ぎんこうこうざ》から直接お金を引き出したりする。また、自分の正体をかくしてネット上であなたになりすまし違法行為《いほうこうい》を行うかもしれない。あなたのコンピュータをボット軍団に組み入れ、ほかの人を攻撃することもある。

どのようにハッキングするの？

1. 物理的な攻撃

コンピュータそのものがぬすまれたら、どんなに強いパスワードで保護《ほご》していても、すべてのファイルがどろぼうの手にわたってしまうかもしれない。ハードディスク上のすべてに自由にアクセスできるようになったどろぼうは、あなたが集めた音楽を聞き、写真を見、あなたのブログや、友だちにあてた電子メールを読むかもしれない。

ハッカーを防《ふせ》ごう！

ノートパソコンを持っている人は、ハードディスク上の失いたくないデータや、他人に読まれたくないデータを守るために、細心《さいしん》の注意をはらおう。ノートパソコンはかんたんにぬすまれてしまうからだ。また、バックアップを自宅に保存《ほぞん》しておこう。

2. ソフトウェアによる攻撃

コンピュータがインターネットに接続していて、ソフトウェアに弱点（設《せっ》計《けい》上のミス）があると、ハッカーがネットワークを通して遠くからあなたのコンピュータに侵入してくるかもしれない。あなたがだまされて何か操作《そうさ》をしなくても、ハッカーがあなたのコンピュータでプログラムを動かす場合もある。ハッカーがセキュリティ上の弱点（セキュリティ・ホール）を先に見つければ、だれかがこの弱点を修正して問題を解決する前に、この弱点を利用することができる。こうした攻撃は、弱点が明らかになったその日（ゼロデイ）に発生するので、「ゼロデイ」攻撃とよばれる。

ハッカーを防《ふせ》ごう！

弱点を修正するためのアップデート（パッチ）がソフトウェア会社から提《てい》供《きょう》されている。最近は、新しいパッチ

ハッキングとハッカー

ハッキングとは、コンピュータのソフトウェアや設定《せってい》の弱点を探《さが》しだして、不正にアクセスすることをさす。ハッカーは、それをする人のことだ。

・ホワイトハッカーは、コンピュータの持ち主の許可《きょか》を得て安全性をテストするためにハッキングを行う。ホワイトハット（白いぼうし）ともいう。

・もっと一般的《いっぱんてき》なのは、いたずらや犯罪目的《はんざいもくてき》をもってハッキングをするブラックハット（黒いぼうし）だ。あなたのコンピュータが今インターネットにつながっているとすると、世界のどこかでブラックハットが不正に入りこもうとねらっているかもしれない。

ボット軍団《ぐんだん》

ボットとは、悪意のハッキングを自動的に行うロボットのこと。ハッカーは、自動的に多数のインターネットアドレスをねらうソフトウェアを使ったり開発したりする。攻撃《こうげき》は、あなたの町の別のコンピュータから、そのユーザーも知らないうちにやってくるかもしれない。そのコンピュータが、すでにハッカーの指図《さしず》を受けている「ボット軍団」に組みこまれているからだ。不正アクセスを指図しているハッカーは外国にいて、探《さが》しだすのはむずかしいかもしれない。

マルウェア

悪意のあるソフトウェアのこと。コンピュータ上で実行されるとハッカーのために働く。電子メールに添付《てんぷ》されたファイルや、facebook（フェイスブック）などソーシャルメディアのサイトに投稿《とうこう》されたリンクが、マルウェアかもしれない。たとえば、こんなものがある。

・コンピュータウィルス。ファイルにもぐりこみ、ほかのコンピュータにも感染《かんせん》を広げていく。初期のウィルスは、画面にある写真を削除《さくじょ》したり、文書をでたらめな文で置《お》き換《か》えたりした。学校の宿題がウィルスで全部消されてしまったら、どうする？

・キー入力を記録してハッカーに送るソフトウェア。これによりオンラインで買い物をしたときのパスワードやクレジットカードの番号をぬすむ。

・直接ハッカーとつなぐソフトウェア。これによりハッカーがリモートコントロールできるようになり、あなたのコンピュータは、ボット軍団にとりこまれる。

なぜハッキングするの？

違法行為《いほうこうい》なのにハッカーがハッキングする理由は……

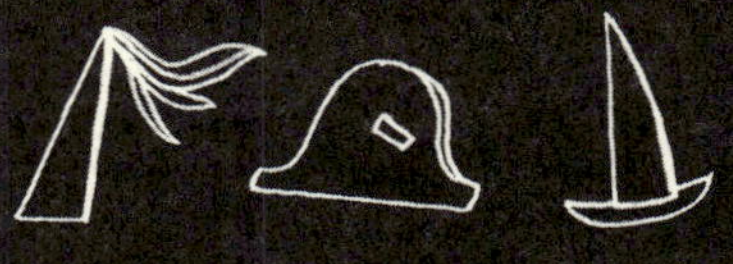

ハッキングとハッカー　つづき

が出ると、コンピュータが知らせてくれることも多い。そうしたアップデートは、いつもインストールしておこう。コンピュータが親や保護者《ほごしゃ》のものなら、インストールするようたのむか、インストールするのを手伝ってもらおう。そうしないと、コンピュータも、あなたの秘密《ひみつ》の情報《じょうほう》をふくむデータも、危険《きけん》にさらされる。インターネットに接続《せつぞく》しているコンピュータでは、ファイアウォールがオンになっていることを確《たし》かめよう。ファイアウォールは、インターネットから好《この》ましくない接続をブロックする壁《かべ》になってくれる。

3. ユーザー攻撃《こうげき》

ハッカーは、コンピュータのユーザーをだまして、何か操作《そうさ》をさせようとするかもしれない。たとえば、電子メールを送ってリンクをクリックさせようとしたり、添付《てんぷ》ファイルを開かせようとしたりする。また、いつも使うサイトそっくりのサイトがあらわれるリンクを送ってくるかもしれない。電子メールは安全とはほど遠く、だれかほかの人のふりをしてメールを送ったり、本物らしいリンクをメッセージに入れこむこともできる。思いがけないメッセージが届《とど》いたら、それはハッカーが送ったものかもしれないし、添付ファイルはたちの悪いマルウェアかもしれないのだ。

ハッカーを防《ふせ》ごう！

きみょうな添付ファイルを開かないようにしよう。知っているだれかから来たように思えても、おもしろそうだと思っても、けっして開かないように。あなたの友人が本文なしでリンクだけ送るかどうかを考えてみよう。また、偽《にせ》のサイトにも注意しよう。アクセスしているのが正しいサイトだという確信《かくしん》がないかぎり、ユーザー名やパスワードを入力してはいけない。それに、とつぜんあらわれるリンクをクリックしてはいけない。リンクそのものが悪意あるコードをふくみ、あなたのウェブブラウザがそれを実行してしまうかもしれない。用心しなさい。

ハッカーに楽《らく》をさせるな！

パスワードはとても大事だ。弱いパスワード（10文字以下、自分の名前の一部を使う、特殊記号《とくしゅきごう》が入っていないなど）は、今のコンピュータを使うとかんたんに見破《みやぶ》られてしまう。いつも適切《てきせつ》なパスワードを使うようにしよう。たとえばパスワードを「password」にしたり、一つのパスワードをなんにでも使いまわしたりしないように。

と、そのとき、何かが聞こえてきた。ぷっくりした小さな足がろうかを走る音と、キャアキャアいう声だ。数秒後《すうびょうご》にはとても汚《よご》れた小さな女の子がふたり、遊び部屋にとびこんできた。お兄ちゃんを見つけたジューノとヘラは歓声《かんせい》をあげて駆《か》けより、べとべとの手でジョージに抱《だ》きつくと、よだれまみれのキスをした。ジョージが、なるべくやさしくふたりを引きはなすと、うしろにいたエボットがまったく同じように動く。

「うーっ！」ジョージがほっぺたのよだれをぬぐいながら、うなった。

アニーは、びっくりした顔をしている。

「どうやって入ったのかな？」

「言っただろ。こいつらは、どこにでもあらわれるんだって」

ジョージがあきらめて肘掛《ひじか》け椅子《いす》に腰《こし》をおろすと、妹たちが抱きついてきた。エボットが、それをまねる。エボットには抱きしめる相手も、椅子もないから、とてもきみょうなかっこうだ。

アニーのお母さんが、部屋の入口から顔をのぞかせ、陽気に声をかけた。

「みんな、こんにちは。あらまあ、そのロボットはどうしちゃったの？　すごく変なかっこうね」

「ママ、聞かないで」と、アニー。

お母さんのスーザンは、科学や技術《ぎじゅつ》がとても好きとはいえない。大学院生のエリックと結婚《けっこん》したときは、自分の人生が、これほど科学や技術に支配《しはい》されるとは思ってもみなかったからだ。

「妹たちを連れてくるなんて、やさしいのね、ジョージ。でも、小さい子には、ちょっと遅《おそ》い時間なんじゃない？　そろそろ連れて帰ったほうがいいわね……それに、アニーは、中間休みの宿題をやらないといけないんでしょ？」スーザンが言った。

ジョージはがっかりしたけど、顔にはあらわさないようにした。ほんとうは、エボットの操作法《そうさほう》をいろいろと試《ため》してみたかったたし、今日フォックスブリッジで起きた事件についてもっとアニーと話したかったんだけど。妹たちのせいで、両方とも今はできそうにない。ジョージは、両腕《りょううで》に妹をひとりずつ抱《かか》えて立ちあがった。妹たちは、ぷっくりした足をバタバタさせている。ジョージのうしろでは、エボットがジョージをまねていた。

こんどはエボットをちゃんと見たスーザンが声をあげた。

「まあ！　そのロボット、パパにそっくりじゃないの！」

「そうなの」アニーがため息《いき》をついた。「お願い、ママ。どういうことかはきかないで」

「どんなことでも、わたしは最後に知ることになるのよね。この家の人は、だれもなんにも教えてくれないんだから」スーザンはむっとしていた。

「ジョージ、行こう」アニーが言った。「この子たちを家まで連れていこう」

「送ってったら、すぐに帰るのよ。化学の宿題にとりかからないと。わかってるでしょ……」スーザンがくぎをさした。

アニーは、またため息をついた。

ジョージは妹たちを床《ゆか》におろし、アニーとジョージでひとりずつ手を引いてジョージの家に向かう。エボットも、見えない子どもの手を引きながら、あとをついてきた。

庭を歩いていくアニーは静かだった。ひとりで家に帰って勉強をしなくてはいけないと考えて、むっつりしているのだ。

「きょうだいなんかいなくても、エボットが相手をしてくれるよね」アニーを元気づけようとして、ジョージが言った。「ぼくなら、ふたごの妹よりエボットがいるほうがいいな」

「でも、ロボットはただの機械よ」アニーがしょんぼりした声で言った。「エボットは、愛《あい》してくれたりはしないもん」

話しながら、アニーはジューノを抱きあげて塀《へい》の穴《あな》をくぐらせると、自分もひょいと穴をくぐりぬけた。

「そういうふうにプログラムすればいいんじゃないかな」ジョージが言った。「エボットが感情をもつことができるかどうか、エリックにきいてみたら？　〈ロボットの感情〉っていうのをネットからダウンロードできるかもしれないよ」

「そんなの、妹たちから愛されるのとはちがうもん。この子たちは、ジョージを愛するようにプログラムされてるわけじゃないでしょ。自分から自然に愛してるのよね」

アニーは、よろよろと塀の穴をくぐったヘラを抱きあげ、ぎゅっと抱きしめてからそっとおろした。それからアニーは、雲ひとつない空を指さした。そこには明るい星が二つかがやいている。

「おちびちゃんたち、見て。あれが、ふたご座《ざ》のカストルとポルックスよ。あんたたちがもし星だ

うに。

ったら、あそこで光ることになるのよ」

　ふたごは空をながめ、ぷっくりとした手をのばした。星をつかんで地上に持ってこようとするように。

「星、とれる？」ふたりは期待《きたい》をこめてアニーにたずねた。

「ごめんね。たとえあたしでも、星をとってくることはできないの。星は、空にあるのを見ることしかできないの」アニーが言った。

　ふたごは家に向かってよちよちと歩き、アニーとジョージはそのあとを追った。

「ちょっとぶきみだな」ジョージはうしろをふり返りながら言った。「エボットが、ほんとにエリックにそっくりなんだもん」

「生きてない、ってこと以外はね。確《たし》かにパパそっくりだけど、パパは生きてて、エボットはそうじゃない……」アニーがちょっと考えていたかと思うと、興奮《こうふん》してとびはねた。「そうか！　そうすればいいんだ！」

「えっ、何？」ジョージはきいた。

「宿題のことよ」アニーは、爪先《つまさき》でぴょんぴょんとんだ。「パパは生きてるのに、どうしてエボットは生きてないのか？　そのちがいはなんなのか？　生命って、なんなのか？　それを、テーマにすればいいのよ」

「〈生命〉がテーマだって？　本気なの？　もう月曜日になってるんだよ」

「もちろんよ！」アニーは、さっきの暗い気持ちは忘《わす》れて、すっかりじょうきげんになっていた。「しかも、最初の部分はもうすでにわかってるの。どんなふうに地球で生命が進化したのか、とか、どんなふうにチャールズ・ダーウィンがビーグル号で航海《こうかい》してその進化を発見したか、なんてことはね。だから、あたしは、どうやって宇宙《うちゅう》から地球に生命がやってきたかってことを調べればいいのよ。『生命についての宇宙化学』だね。ハハッ、これならカーラ・ピンチノーズに勝てるよね」

ジョージはびっくりした顔でアニーを見ていたが、思い切って言ってみた。

「それって、ちょっとすごすぎない？」

「あたしが抜群《ばつぐん》のIQ《アイキュー》を持ってるってこと、忘《わす》れた？　エボット、行くよ。早くとりかからないと……ジョージ、その手袋《てぶくろ》、返してもらえる？」

ジョージは手袋をアニーに渡《わた》した。

「バイバイ」

アニーは明るくそう言うと、戻《もど》っていった。エボットがあとをついていく。ジョージはふたごといっしょに残された。

〈ちえっ、アニーがぼく抜《ぬ》きで超《ちょう》おもしろそうなことをやるなんて、ずるいぞ。おとなになったら、ぼくはロボットに囲《かこ》まれて暮《く》らすんだ。人間なんかいなくたっていい。アニーだけはときどき来てもいいけどさ。ほかの人はだめ〉

ジョージはぼそぼそとひとりごとを言いながら、家に戻っていった。

最新の科学理論！

生命の歴史

身のまわりの動物や植物に目を向けてみると、生物のとほうもない多様性にびっくりします。大都市の中を少し散歩《さんぽ》するだけでも、見えないくらいの小さな昆虫《こんちゅう》から樹木《じゅもく》や鳥類《ちょうるい》、哺乳類《ほにゅうるい》のような大きな動物まで数十もの種《しゅ》に接《せっ》することができるでしょう。いなかに行けば、小さな森や草地や沼地《ぬまち》でも、文字通り幾千《いくせん》もの種《しゅ》が見られます。

世界にどれほど多くの種がいるのかまだわかっていません。これまでに約一二〇万種が科学者によって確認され、説明され、分類《ぶんるい》され、名前がつけられましたが、種の総数はそれよりもずっと大きいとされています。最近の推計《すいけい》では全部で約《やく》八〇〇万から九〇〇万種とされていますが、生物学者の中には実際の数字はそれよりはるかに多いと考える人もいます。ということは、わたしたちの惑星《わくせい》に暮《く》

らす多くの種はまだ名前すらあたえられていないのです。さらにそれらが今後絶滅《ぜつめつ》してしまえば、わたしたちは気づくことすらないかもしれません。

これらすべての種は、いったいどこから来たのでしょうか。人類《じんるい》がしばしば抱《いだ》いてきた疑問《ぎもん》です。世界の宗教《しゅうきょう》の多くはその答えを持っていて、神が生物を創造《そうぞう》したと述《の》べています。しかしこの答えは科学者にとってはじゅうぶんではありません。たとえ神がわたしたちをふくめたすべての種を創造《そうぞう》したのだとしても、いつどのようにして作られたのかを知りたいのです。

現在でも正しいと信じられているその答えを一九世紀に発表したのはチャールズ・ダーウィンでした。ダーウィンは裕福《ゆうふく》で、幸せな結婚《けっこん》をしていました。召使《めしつか》いも雇《やと》って、家のことは妻《つま》のエマが切《き》り盛《も》りしていました。そのため、一〇人いた子どものほとんどが書斎《しょさい》に入りこんで父親と遊ぼうとしていたにもかかわらず、ダーウィンは自分の研究に時間を割《さ》くことができたのです。

農夫が良い家畜《かちく》だけを選んで子どもを生ませ品種改良《ひんしゅかいりょう》をしているのと同じように、自然もいわゆる「自然選択《せんたく》」によって新たな種を生み出せるとダーウィンは気づきました。たとえば、種子《しゅし》を食べるふつうの鳥が、主《おも》に小さな種子をつける植物がある場所と、主に大きな種子をつける植物のある別の場所にそれぞれいたとします。また、鳥のくちばしの大きさには必ずある程度のちがいがあり、それは親のくちばしの大きさにも影響《えいきょう》されているとします。したがって、

小さなくちばしを持った鳥は小さなくちばしを持つ子孫《しそん》を持ち、大きなくちばしを持った鳥は、大きなくちばしの子孫を持つ傾向《けいこう》にあるとします。

ここまでは何もおどろくことではありません。しかし、もしくちばしのサイズが生きのびたり子孫を残したりするのに重要だとしたら（たとえば時には食料《しょくりょう》が不足するなど）、自然選択《せんたく》によって徐々《じょじょ》にくちばしの大きさが変わっていくことでしょう。長い時間をかけて、大きな種子の植物がある場所では、鳥が大きなくちばしを持つようになり、小さな種子《しゅし》の植物が生える場所では鳥のくちばしは小さく進化していくことでしょう。じゅうぶんな時間があれば、もとは同じ種《しゅ》だった鳥がそれぞれの食料源《しょくりょうげん》に適応《てきおう》して、二つの新たな種に進化するかもしれません。

ダーウィンは自身の理論《りろん》を一八五九年に『種の起源《きげん》』（正式なタイトルは『自然選択《せんたく》による、すなわち生存競争《せいぞんきょうそう》における有利《ゆうり》な種《しゅ》族《ぞく》の保存《ほぞん》による種の起源について』でした。ビクトリア時代の人は長い本のタイトルを好《この》みました）という本の中で発表しました。これはこれまで書かれた中で最も重要な科学書の一つです。この

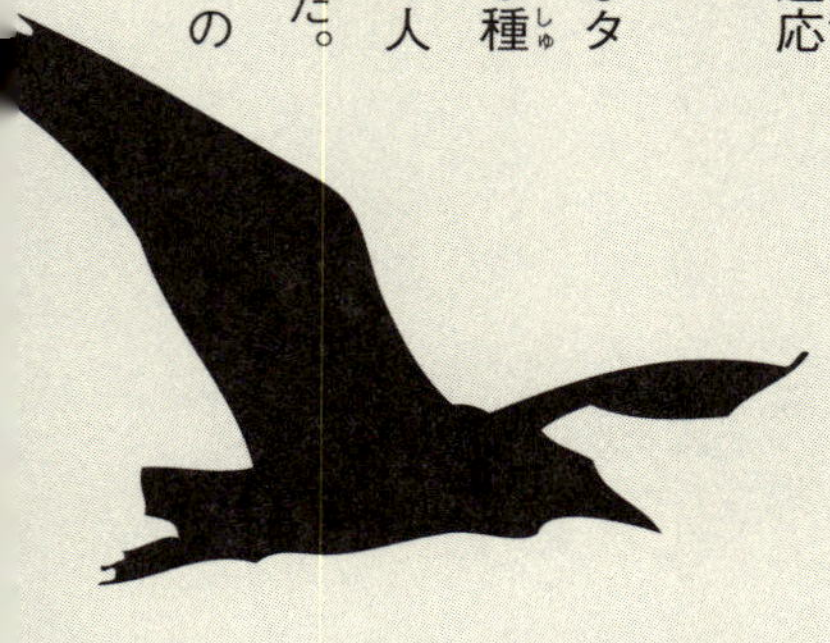

本はわたしたちの世界を見る目を変えるもので、これまで一度も絶版《ぜっぱん》になったことがありません。長い本ですが、いまだに読む価値《かち》のあるものなのです。

ダーウィンは自分の理論《りろん》がすべてを説明できるわけではないと認《みと》めた最初の人でもありました。特に最初の種はどうやって存在《そんざい》するようになったのかという問題があります。結局のところ彼の理論は、どのようにして種が時間とともに変化して新たな種に進化するのか説明しているかもしれませんが、全体のプロセスがどのように進行するのかについては何も語っていないのです。

ダーウィンはちょっとした天才でした。いや、実際にはちょっとしたではなくまったくの天才だったのです。最初の種《しゅ》の起源《きげん》に関して彼が思いついた仮《かり》の答えは、現在の科学者の多くが真実だと考えている答えに非常《ひじょう》に近いものです。一八七一年二月一日、ダーウィンは友人であり同僚《どうりょう》の科学者のジョーゼフ・フッカーに以下のような手紙を書いています。

「生命体が最初に発生するすべての条件《じょうけん》は現在そろっており、またこれまでもずっとそろっていた可能性《かのうせい》があるとしばしば言われる。しかしもし仮に（万一ひょっとして）、どこかの温《あたた》かい小さな池にあらゆるアンモニアやリン酸塩《さんえん》、光、熱、電気などがあったとするとどうだろうか。タンパク質《しつ》の化合物《かごうぶつ》が化学的に生成《せいせい》され、すぐに別のより複雑《ふくざつ》な変化を経験《けいけん》するかもしれない。現在ではそういった物質はすぐに壊《こわ》されたり吸収《きゅうしゅう》されたりしてしまうかもしれないが、生物が形成《けいせい》される以前にはそうではなかっただろう」

わたしたちはいまだに生命がどう始まったのか正確《せいかく》には知りません。それはダーウィンがしめしたような温《あたた》かい小さな池の中で始まったかもしれません。しかし一度それが始まってしまえば、生命を止めることはできません。数百万年が過ぎるにつれて、生命は徐々《じょじょ》に地球《ちきゅう》の表面をおおうようになりました。種子《しゅし》はより大きく、より頑丈《がんじょう》になりました。

それらは地上に定着《ていちゃく》し、空中にも進出しました。やがて、そのプロセスが始まってから三〇から四〇億《おく》年を経《へ》て、クジラやハチドリ、巨大《きょだい》なセコイアの木、美しいランの花や、そしてわたしたち人間など八〇〇万から九〇〇万ともいわれる種《しゅ》が登場したのです。

そしてわたしたちはいまだに新たな種を発見しています。ひょっとしたらあなたも、このすばらしい地球のどこかで新種を発見するかもしれませんね。

マイケル

6

翌朝《よくあさ》、ジョージが遅《おそ》くに目をさますと、家の中はいつになく静かだった。ふだんは、ふたごがキイキイ声をあげたりわめいたりして、朝ごはんを食べさせるのがひと苦労《くろう》なのに。羽布団《はねぶとん》の下でジョージは爪先《つまさき》をのばしたり動かしたりしてみた。すると、思い出した。アニーは〈生命についての宇宙化学《うちゅうかがく》〉というテーマで、どうやって生命が宇宙から地球《ちきゅう》にやって来たかを調べるんだと言ってたっけ。それにきのうは、世界じゅうの銀行《ぎんこう》のＡＴＭ《エーティーエム》がおかしくなって、お金を吐《は》き出すという事件があった。どうなっているのか、確《たし》かめないと！　ジョージはベッドからとびだすと、急いで服を着て、階段《かいだん》を駆《か》けおりた。

目に入ったのは、何もかもがおどろくほど順調に運んでいる様子だった。ふたごの妹は、おとなしく子ども椅子《いす》にすわり、壁《かべ》や床《ゆか》に食べ物を散《ち》らかしもせず、おちついて朝ごはんを食べていた。

両親は、ジョージを見るとほほえんだ。いったい、どうしちゃったんだろう？　朝ごはんは、いつもなら戦場だったのに。しかも、妹たちは、悪魔《あくま》ではなく天使のように見えるではないか。

ジョージが目を丸《まる》くしているのを見て、お母さんが言った。

「この子たちも、いつかは成長するって、言ったでしょう」

「ひと晩《ばん》で？」ジョージは、たずねた。まさか、そんなことはありえない。

「子どもって、どんどん変化するんだな。それにしても、こんなに早く変わるとはな！」お父さんは、笑顔《えがお》で、ほっと息《いき》をついた。「おまえたちは……」

そのとたん、お手製のマフィンが宙《ちゅう》を飛び、お父さんのあごにパシッと当たった。マフィンのくずがキッチンにとび散《ち》り、ふたごがゲラゲラ笑《わら》う。マフィンは次々に飛んできた。破片《はへん》が次々に衝《しょう》突《とつ》してくる若《わか》い太陽系《たいようけい》みたいに、かわいそうなお父さんはマフィン攻撃《こうげき》を受けている。

ジョージはこのすきに、裏口《うらぐち》から逃《に》げ出すことにした。

「アニーの家に行ってくるよ」ジョージは大声で告《つ》げた。

塀《へい》の穴《あな》をひょいとくぐり抜《ぬ》け、おとなりの家の裏口《うらぐち》まで走る。いつものようにドアはあいていたので、中に入って元気よく言う。

「おはよーう！」

すぐに「おはよーう」という返事がきこえて、アニーがエリックの書斎《しょさい》にいることがわかった。

そこには、並外《なみはず》れた知能《ちのう》をもつコンピュータのコスモスが置いてある。お父さんのエリックが、このコンピュータを自分の研究に使っているからだ。二階《かい》からは、バイオリンの音が流れてきた。同じフレーズが何度も聞こえてくるところを見ると、アニーのお母さんが家にいて、コンサートのための練習をしているらしい。お母さんのスーザンは、アニーがもっと小さいときは学校で音楽を教えていた。でも、今は、コンサートで演奏《えんそう》する仕事に戻《もど》っていて、オーケストラといっしょにあちこち演奏旅行に出るので、家を留守《るす》にすることも多い。

思ったとおり、アニーはコスモスの前にクッションをいくつも重ねて腰《こし》をおろしていた。コスモスは、アニーとジョージの仲間として、何度もふたりの冒険《ぼうけん》を支《ささ》えてくれたコンピュータだ。ふたりを地球に連れ戻《もど》そうとがんばったあげく、別のスーパーコンピュータとつながることによって、ようやくふたりを遠い遠い太陽系外惑星《たいようけいがいわくせい》から地球《ちきゅう》に帰還《きかん》させたこともある。そのときのアニーとジョージは、太陽以外の恒星《こうせい》の周囲をまわる惑星から帰ってきたのだ。また、アニーのお父さんのエリックがブラックホールに落ちたときは、爆発寸前《ばくはつすんぜん》まで力を尽《つ》くして救出《きゅうしゅつ》したのだった。ただし、コスモスは予測不能《よそくふのう》なところがあり、変わった行動をとったりする。今日も、不安定な状態《じょうたい》らしい。

「ふざけてばっかりなんだから」アニーが鼻にしわを寄《よ》せて言った。

コスモスは、いつものように言い返すこともせず、かわりにくしゃみをした。

「風邪《かぜ》を引いてるのかな?」と、ジョージ。

「調子悪いみたいね」アニーが言った。「自分でも具合《ぐあい》悪いって言ってるけど、そんなこと言うのも変よね」

驚異的《きょういてき》な問題?

問題をいくつかに分割することが可能《かのう》で、各プロセッサが割《わ》り当てられた分をまったく単独《たんどく》で計算することができるなら、その問題は驚異的並列性《きょういてきへいれつせい》をもつ問題とよばれる。この場合、ネットワークは各プロセッサに何をするかを指示《しじ》し、結果を集めることだけに使われる。

しかし並列に問題をとくだけではスーパーコンピュータとは言えないし、ほとんどの大問題は驚異的並列性はもっていない。スーパーコンピュータの場合は、各プロセッサが中間結果を送りあい、多数の独立《どくりつ》した小問題を解くことに加えて、多くの問題を高速《こうそく》で並列処理していく必要がある。スーパーコンピュータは、ゆるいネットワークでつないだコンピュータや、ふつうの大型コンピュータとは、そこがちがうのだ。

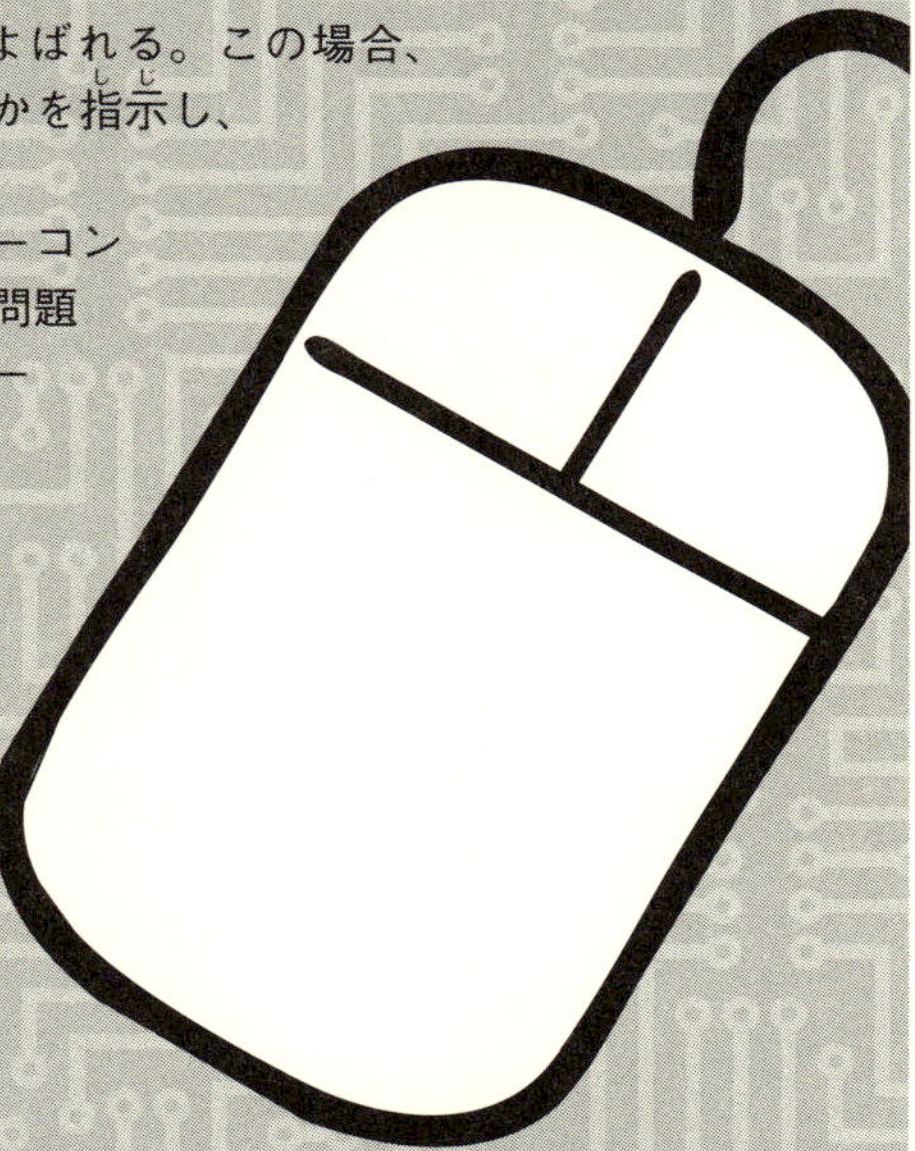

ネットワークの良さとは何か?

並列の性能《せいのう》は、ネットワークの質《しつ》に左右される。とくに以下の二つを考えなくてはならない。

・バンド幅《はば》——1秒間《びょうかん》に転送《てんそう》できるデータの量。大きいほどよい。

・遅延時間《ちえんじかん》——データを送ってから、受けとるまでにかかる時間。少ないほどよい。

スーパーコンピュータとは何か？

フロップスって何？

時代とともに、コンピュータの処理速度《しょりそくど》はますます高速《こうそく》になってきた。コンピュータの速度を測《はか》る一つの方法（もちろんこの方法だけではない）は、1秒間《びょうかん》に浮動小数点演算《ふどうしょうすうてんえんざん》が何回できるかを測るもので、英語の略称《りゃくしょう》からこれをフロップスという。

一つの大きなシステム

今日のプロセッサはずいぶん速くなったものの、マシンをもっともっとパワフルにするかんたんな方法がある。それは、たくさんのプロセッサをつなぐ方法だ。スーパーコンピュータは、多数のプロセッサを接続《せつぞく》して一つの大きなシステムにしたもので、きわめて高い性能をもっている。一つ一つのプロセッサが、仕事をそれぞれ分担《ぶんたん》し、同時並行《へいこう》で問題を処理《しょり》していく。

多数のプロセッサをつなぐには、何らかのネットワークで接続する。電話システムやインターネットのような長距離《ちょうきょり》ネットワークを使ってつなぐ場合も多い。

スーパーコンピュータのための画像演算装置《がぞうえんざんそうち》(GPU《ジーピーユー》)

これは最近の技術《ぎじゅつ》の成果《せいか》で、コンピュータゲームを楽しむ人にはありがたい。GPU は、ゲーム中は画面のピクセルを高速で生成《せいせい》して画面に送る。同じ設計《せっけい》の GPU は、計算の種類によっては高速で計算処理《けいさんしょり》をすることもできる。

フロップスからエクサフロップスまで！

- 1 メガフロップス = 100 万 フロップス
- 1 ギガフロップス =10 億《おく》 フロップス (1,000 メガフロップス)
- 1 テラフロップス = 1 兆《ちょう》フロップス (1,000 ギガフロップス)
- 1 ペタフロップス = 1,000 兆フロップス (1,000 テラフロップス)
- 1 エクサフロップス = 100 京《けい》フロップス (1,000 ペタフロップス)

これを使ってこの数十年間を見てみると、コンピュータの性能《せいのう》が急激《きゅうげき》に高《こう》速化《そくか》したことがわかる。

- 1998 年：プロセッサ 1 個をもつコンピュータのピーク性能が 500 メガフロップス程度《ていど》。
- 2007 年：多くのプロセッサが 1 個で約 10 ギガフロップスの性能をもっていた。
- 2013 年：8 コアのプロセッサ 2 個を備《そな》えるコンピュータが市販《しはん》されるようになった。理論《りろん》上各コアのピーク性能は 20 ギガフロップスで、全体で 320 ギガフロップスの性能を達成した。これは、16 コアの並列《へいれつ》マシンがメモリを共有した NUMA とも言える。しかし、今日では、数百個の同じようなユニットが接続されない限りスーパーコンピュータとは呼べない。
- TOP500（www.toop500.org）というサイトは、世界最強のスーパーコンピュータの 1 位から 500 位までのリストを発表している。この順位は毎年 2 回更新される。この原稿《げんこう》を書いている時点では、リストにあるほとんどのマシンは、数百テラフロップスの性能をもっている。1 位のマシンは、33,862.7 テラフロップス（33.8627 ペタフロップス）という高性能にかがやいている。これは、20 世紀末のコンピュータとは比《くら》べものにならないほどの高性能になっている。

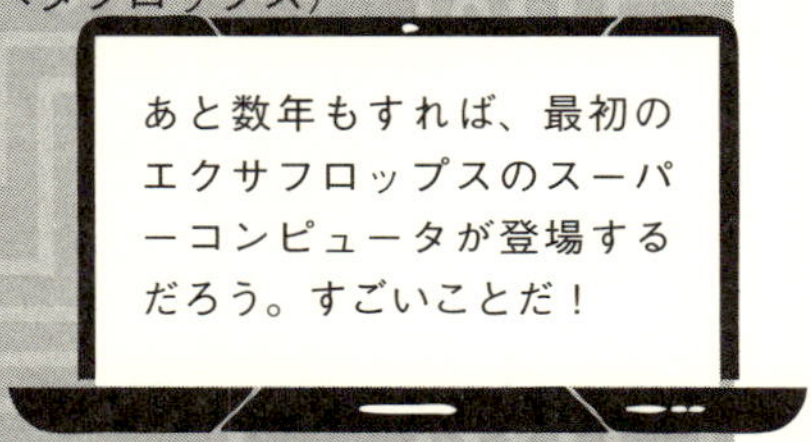
あと数年もすれば、最初のエクサフロップスのスーパーコンピュータが登場するだろう。すごいことだ！

スーパーコンピュータとは何か？　つづき

コンピュータメモリの使い方

今日《こんにち》、スーパーコンピュータではいくつかの異《こと》なる方法で互《たが》いに要素《ようそ》プロセッサを結合《けつごう》させている。

対称型共有《たいしょうがたきょうゆう》メモリ（SMP）システム

すべてのプロセッサが等しく、スーパーコンピュータ内のメモリに接続《せつぞく》されている。すべてのプロセッサがメモリを共有する。大きいシステムは作るのがむずかしく、とても高価《こうか》になる。

NUMA（ヌーマ）システム

メモリへのアクセス速度《そくど》が均一《きんいつ》にならないシステム。プロセッサとそれを読み書きするメモリ間の距離《きょり》が物理的に遠いと、このネットワークは低速《ていそく》になる。共有メモリを使うが、プログラマはデータを、そのデータを必要とするプロセッサのできるだけ近くのメモリにおいておく必要がある。SMP より安くできる。

インターコネクト

一つのグループの中にある別々のコンピュータ（ノードとよばれる）の間を接続する特殊《とくしゅ》な高性能《こうせいのう》のネットワーク。メモリを共有していないので、一つのノードのプロセッサは、別のノードのメモリを見ることができない。分離《ぶんり》メモリ・スーパーコンピュータとよばれる。プログラマは、ノード間でメッセージとしてデータ転送できるようプログラムを書く必要がある。ノードが特殊なモジュールではなくふつうのコンピュータの場合、このスーパーコンピュータは、クラスタと呼《よ》ばれる。

現代のコンピュータシステム

現代のコンピュータには、かつてはスーパーコンピュータにしかなかった並列《へいれつ》機能《きのう》が備《そな》わっていることが多い。たとえば、1 個のプロセッサが数個のコアをもち、それぞれのコア自体がプロセッサとして動作する場合もある。その場合、複数のコアが近くのメモリブロックに接続されているので、そのプロセッサは SMP となっている。もっと高価なコンピュータは 2 個以上の複数コアのプロセッサを実装《じっそう》するソケットを持ち、ソケットごとにメモリブロックを備えるため、全体としてみると NUMA システムとなっている。

「うん、コスモスらしくないな。ところで、コスモスで何をしてたの?」

ジョージは、椅子《いす》を引き寄《よ》せて、アニーのとなりにすわった。

「宿題にとりくんでるのよ」アニーが説明した。

「見せて」すぐにジョージがたのんだ。

「いいよ。ほら見て……」アニーは、エリックの写真が二つ並《なら》んでいる画面を呼《よ》びだした。「こっちが、ほんとのパパ。エリックよ」アニーは指さした。「で、こっちがパパロボットのエボットよ」

「ひとりは生きてるけど、もうひとりはちがう」すぐに理解してジョージが言った。

「そのとおりよ」アニーが認《みと》めた。「でも、どこがちがうのかしら?」

「えーと……」ジョージはとほうにくれた。「ひとりは自分から行動を起こすことができて、もうひとりはちがうってことかな?」

「ううん」と、アニー。「エボットにはコントロールパネルもあるけど、以前の指示から学習して自分から行動を起こすこともできるのよ」

「だったら、片方《かたほう》は食べたり眠《ねむ》ったり水を飲《の》んだりしなきゃいけないけど、もう片方はそうしなくていい、ってところ?」

「エボットもエネルギーは補給《ほきゅう》しないといけないのよ」アニーが言った。「それに、うちのパパはちょっとしか眠らないし」

「たしかに……」

ジョージは考えこんだ。エリックは、ひと晩《ばん》に三時間くらいしか睡眠《すいみん》をとらない。そのことは、近所の人たちも知っている。夜更《よふ》けに仕事をしながら、大音量でオペラ音楽をかけているからだ。

「エボットは今どこ？」

「充電中《じゅうでんちゅう》よ」

「片方は息《いき》をしてるけど、もう片方は息をしてないってところ？　片方は体の中に胃《い》とか心臓《しんぞう》なんかの器官《きかん》があるけど、もう片方は電線みたいなものしかないってところ？」

「そう、あたしもそれを考えたの。だから、人間とロボットがそれぞれ何でできてるかを調べてるの。生命の要素《ようそ》っていうリストを作ってるとこ」

「リストの最初は何？」

アニーは画面をスクロールして、エリックたちの写真より下にある大見出しを見せた。「炭素《たんそ》」と書いてある。

「『みんなが知っていることですが』」と、ジョージは声に出して読んだ。「『炭素は星からやってきました』か。ふーん……」

「えっ、何？」アニーは自分の文章が読まれたので、落ちつかなかった。「どっかまちがってる？　スペルチェックはしたつもりだけど」

「スペルはだいじょうぶだよ。だけど、ここに書いてあることをみんなが知ってるとは思えないな」

「そうか……」

アニーは、コスモスの画面からその文章を消して書き直した。〈ほとんどのびとが……〉

「びとじゃなくて、ひとにしないと」と、ジョージ。

「オートコレクトがオンになってると思ったのに」

アニーはそう言うと、いくつかのキーをたたいて、オートコレクト機能《きのう》をオンにした。

「だけどさ、ふつうの人は炭素《たんそ》のことをあんまり知らないと思うな。アニーとぼくは、炭素が星からきたってことを知ってる。それは、エリックがコスモスを使って星の寿命《じゅみょう》が終わるときに何が起きるかを見せてくれたからだ。すごく大きな超新星爆発《ちょうしんせいばくはつ》が起《お》こるんだったよね。だけど、ほとんどの人は、元素《げんそ》が星で作られてたなんて、知らないと思うよ」と、ジョージ。

〈みんなは知らないと思いますが〉と、アニーは文章を書き直した。オートコレクト機能《きのう》が働いているので、アニーがスペリングをまちがえて打っても、コンピュータが自動的に直してくれている。

〈炭素は星からやってきました。星が燃えている間に作られた重要な元素の一つが炭素です。星が死ぬと、その炭素は宇宙《うちゅう》に放出されて、あなたやわたしみたいな別のものになります。わたしたちは、「炭素系」生命体なのです。炭素は……〉

「そもそも炭素って何なのかを説明しとかないと。じゃないと、読んだ人は人間が石炭《せきたん》のかたまりでできてるのかと思っちゃうよ」ジョージが口をはさんだ。

「そうよね。今それを書こうとしてるとこよ。ついでに言うと、炭素がなんなのかくらい、あたし知ってるよ」

「へえ、教えてよ」ジョージは、ほんとうに知りたいと思ってたずねた。

「えーと、こんな感じかな」キーボードから手を放すと、アニーは話し始めた。「炭素はね、原子《げんし》番号が6なの。六つの陽子《ようし》と六つの電子を持ってるって意味ね。炭素と炭素をつなぐ結合《けつごう》は、とっても強いの。こういう結合を持つ化合物《かごうぶつ》は、とても安定してる。炭素は、ほかの元素より長いくさりや輪もつくることができる。ということは、わかってる分子《ぶんし》の中では、ほかの元素より炭素を持った分子が多いってことね。あ、いちばん多いのは、水素《すいそ》を持った分子なんだけどね。それに、この宇宙では、炭素は四番目に多い元素なの」

「すごい！　よく知ってるんだね」と、ジョージ。

「化学者になりたいなら、炭素のことくらい知らなくちゃ」アニーが言った。「そうじゃないと、ママが音階練習《おんかいれんしゅう》もしないでバイオリンを弾《ひ》くみたいになっちゃう。それか、卵《たまご》を使わないでケーキを焼くみたいなもんね。基本《きほん》を知らないと、うまくいかないってこと」

　そのときまで、二階《かい》からは流れるように美しいバイオリンのメロディーが聞こえてきていた。離《はな》れたところにおいてある携帯電話《けいたいでんわ》がビーッと鳴《な》ってメールを受けると、バイオリンの音がいったん止まった。それからまたバイオリンの音が聞こえてきたが、今度は調子のはずれたひどい音だった。

「アニー！」少しして、スーザンが書斎《しょさい》のドアから顔をのぞかせた。ショックで動揺《どうよう》している顔だ。

「飛行機の無料フライトについて何か知ってる？」

「無料フライトって？」と、アニー。

「すべてのフライトが無料になったらしいの」

スーザンが携帯電話《けいたいでんわ》を差しだしたので、ジョージとアニーはメールを読んでみた。

〈やあ、親族のみんな、わたしたち、みんなでそっちに向かうことにしたの。フライトが無料だからね。すぐに会えるのを楽しみに。じゃあね〉

「えっ、どういうこと?」アニーは自分のスマートフォンをチェックしてみた。「信じられないけど、ほんとだ! 全部のフライトが無料だって! それなら、あたしたちも飛行機に乗ろうよ。ディズニーランドに行ってみない?」

「だめよ。だって、わたしの親戚《しんせき》が……」スーザンの顔は青ざめていた。「オーストラリアから、みんなしてやってくるんだもの」

「いつ到着するんですか?」ジョージはたずねた。

「わからないわ」スーザンはあわてていた。「『すぐに』としか書いてないけど、いつ来てもおかしくないわね。しかも、みんなでだなんて! たいへん! 次のメールには、無料フライトが何かのまちがいでキャンセルになるといけないから、できるだけ早く乗るって書いてある!」

スーザンはエリックの書斎《しょさい》の隅《すみ》にある小さなテレビをつけて、チャンネルをニュースに合わせた。

「世界じゅうの空港が大混乱《だいこんらん》におちいっています」心配そうな顔で、アナウンサーが話していた。そのうしろには、大勢の人が荷物《にもつ》を抱《かか》えてターミナルに殺到《さっとう》している様子が映《うつ》っている。「これは、航空会社《こうくうがいしゃ》が無料フライトのチケットを発券《はっけん》しているせいです。世界の主要な航空会社は、ウェブサイトが国際線のどの路線《ろせん》でも夜の間、どこも同じく無料で受けつけてしまったことにおどろいています。その結果無料チケットを手に入れようと人びとが殺到《さっとう》し、空港は空前《くうぜん》の安い料金で旅行をしようという人たちでごったがえしているのです……」

「親戚《しんせき》は何人たずねてくるんですか?」ジョージがきいた。

アニーの家族といえば、おだやかで静かで、研究や音楽や技術《ぎじゅつ》といったことしか思いつかなかったけれど、そこへ地球《ちきゅう》の裏側《うらがわ》から親戚一同がやってくるというのだから、びっくりだ。

「ママのお姉さんには七人の子どもがいるの」アニーが説明した。「会ったことはないけど、おもしろそうな人たちよ」

アニーは楽しみにしているらしい。

「ああ、どうしましょう」スーザンはやきもきしていた。「とてもたいへんなことになるわ。パパも留守《るす》だし。でも、到着するまでには少なくとも一日はかかるでしょうから、パパもそれまでには戻《もど》るでしょう」

「みんな、エボットが本物のパパじゃないって、気づかないと思うな」と、アニー。

「ばかなこと言わないでよ、アニー」スーザンが言い返した。「気づくにきまってるでしょ。ロボットと生きた人間をまちがえるなんて、ありえないわよ」

「でもエリックは、エボットは自分とほぼ同じにつくられてるって言ってました。生きてないけど、いろいろな技術《ぎじゅつ》を使っても、ちがいはなかなか見分けられないはずだって」ジョージが言った。

でもスーザンの表情からすると、説得力《せっとくりょく》はなかったらしい。

「みんな、気づくと思うわ」スーザンはきっぱりと言った。

その瞬間《しゅんかん》、コスモスがまたくしゃみをした。

「そのコンピュータは、どうかしちゃったの？」スーザンがきいた。

「けさはちょっと動きがのろいんだ」アニーが言った。

「気分ガヨクアリマセン」コスモスが調子悪そうに言った。「感染《かんせん》シテシマッタンダト思イマス」

コスモスはまた三回くしゃみをしたあと、弱々しい咳《せき》をした。

「ネットのウィルスに感染したんじゃないといいけど」

ジョージは心配した。こんなに元気がないなんて、コスモスらしくない。

「パパがいないときに、そのコンピュータを勝手に使ったらいけないんじゃないの？」スーザンがきいた。

「ねえ、お願い、ママ」アニーはたのみこんだ。「化学の宿題をやるのに、コスモスがいるの。ほんとにほんとに、急いで終わらせなきゃいけないし、すばらしいものにしなくちゃだめなの。あたしには、とっても大事なことなのよ。失敗できないの」

アニーの目に涙《なみだ》まで浮《う》かんでいるのを見て、ジョージはびっくりした。どうしてとつぜん、学校の勉強がそんなに大事になったんだろう？　ゆかいな親戚《しんせき》が地球《ちきゅう》の裏側《うらがわ》からやってくるのなら、宿題のことなんか忘《わす》れて、熱心に計画を立ててたっておかしくないのに。

「しかたないわね……」

アニーのお母さんは、いつもならアニーとジョージがコスモスを自由に使うことを認《みと》めなかっただろう。何をしでかすかわからない危険《きけん》なコンピュータだと考えていたからだ。でも、まもなくやってくるはずの親戚一行に気をとられて、スーザンの頭はまともに働いていなかった。

「人数分の寝袋《ねぶくろ》、どこで買えるかしら」ろうかに引き返しながら、スーザンは心配した。「新しい交響曲《こうきょうきょく》も弾《ひ》けるようにならなくちゃいけないのに……航空会社のせいで、みんなの暮《く》らしがめちゃめちゃね。ああ、どうやって九人ものお客に泊《と》まってもらえばいいのかしら？」

「少なくとも、アニーはさみしくなくなるね」ジョージが言った。「楽しみだね」

「もう最高よ！」アニーは元気な声をあげた。「もちろん、さみしくない。遊べる友だちがたくさんいるってことだもんね。ジョージも仲間に入っていいよ」

「やめとくよ」ジョージは言った。「ぼくは、それほど人間が好きじゃないかも。機械のほうが好きなんだと思うよ」

コスモスがまたくしゃみをした。

アニーのお母さんが、また書斎《しょさい》のドアからのぞいた。あわてている様子だ。

「ねえ、アニーとジョージ……いつもなら、子どもだけでお留守番《るすばん》はさせないんだけど、今は緊急《きんきゅう》事態《じたい》だからね。わたしは出かけなきゃならないけど、しっかりお留守番するって、約束してくれる？　特に外ではいろんなことが起きてるから、家の中から出ないようにしてね。アニーは、化学の宿題をやってるといいわ。寝具《しんぐ》や必要なものを買ったら、すぐに戻《もど》るから。おとなしくしててくれるって約束できる？」

「約束します」ジョージとアニーは声をそろえた。

「留守中《るすちゅう》に親戚《しんせき》の人たちがやってくることはないと思うけど、もしやってきたら……」

スーザンは玄関《げんかん》に急ぐとちゅうでふり返って何か言ったが、ふたりにはドアがバタンとドアが閉《し》まる音しか聞こえなかった。

「もしやってきたら、なんだって？」アニーがジョージにきいた。

「恐竜《きょうりゅう》の足の爪《つめ》を食べさせて、宇宙遊泳《うちゅうゆうえい》に連れていけばいいんじゃないの」ジョージはにやっと笑《わら》って言った。

「宇宙遊泳か！」アニーが声をあげた。「やろうじゃないの」

「えっ、ちょっと待ってよ」ジョージが言った。「そんなつもりじゃ……」

ふたりは、机《つくえ》の上で具合《ぐあい》悪そうにしているコスモスを見つめた。

「そうすれば、コスモスもきっとよくなるわよ」アニーはうまい口実《こうじつ》を考えだした。「コスモスの気分が悪いのは、最近使ってあげてなかったからよ。なんといっても、コスモスはスーパーコンピュータなんだもん。ただの平凡《へいぼん》なコンピュータとはちがうのよ」

アニーがこんなことを言いだすなんて、ジョージは思ってもいなかった。ふたりはもう長いこと、宇宙《うちゅう》に探検《たんけん》に出ていくことが許《ゆる》されていない。スーザンが、危険《きけん》な冒険《ぼうけん》はもうこれっきりにしてほしいと主張したので、エリックがコスモスの使い方について、新しい特別ルールを決めたのだ。

「それに、化学の宿題にも役立つことなんだから」と、アニー。「来週学校が始まったら、あたしのすばらしい研究に、みんな感心するはずよ。きっとこれまでいちばんの出来になるはず。だから、あたしたちうんとがんばらないと」

「そうなの?」ジョージがきいた。「どうして?」

「だって、あたしはすごく賢《かしこ》いんだけど、そろそろそのことをみんなにもわかってもらわないと。炭素《たんそ》についてはもう調べたから、次のポイントにとりかかりたいんだけど、それを宇宙にある水にしたいのよね。だから、実際に行って調べてみないと。そうじゃないと、確《たし》かなことが言えないでしょ。それに、家からは一歩も出ないんだから、いいじゃない」

「ちがうと思うな。だって宇宙に出ていくんだよ」

ジョージだって、宇宙にとびだしていきたくて、うずうずしている。でも、そのためにはちゃんとした理由が必要だ。ジョージは生まれつきアニーより用心深いうえ、宇宙につながる戸口を乱用《らんよう》したと言われて、アニーの家への出入りが禁止《きんし》されるようになったらたいへんだと思っていた。アニーなら、ちょっとくらい羽目《はめ》をはずしても、コスモスが置いてある家で暮《く》らしているから、何らかの方法で使用することができるはず。でも、ジョージはそういう環境《かんきょう》にない。

「だいじょうぶよ」アニーは言った。「ママが言ってたのは、通りに出てったら危《あぶ》ないっていう意味だもん。宇宙《うちゅう》に行くなとは言ってなかったでしょ」

ジョージに反対される前に、アニーはコスモスのキーボードを急いでたたき始めた。

「ぼくたちが宇宙に出てるあいだにお母さんが帰ってきたら？　困《こま》ったことになるよ」と、ジョージ。

「それもそうだね」

アニーはさっと立ちあがって部屋を出ていき、触覚技術《しょっかくぎじゅつ》の装置《そうち》である手袋《てぶくろ》をはめて戻《もど》ってきた。エボットがあとからついてくる。

「うまく動いてるよ。ねえ、ジョージにあいさつしてみて」アニーが言った。

エボットは片手《かたて》をあげて「ヤア、じょーじ」と、あいさつした。

アニーは手袋をはずして、ジョージに渡《わた》した。

ジョージもすぐにアニーの考えを察《さっ》して言った。

「宇宙用の手袋の下に、これをはめとこうか？」

アニーはにやっと笑《わら》って答えた。

「いい考えだね。いつエボットを遠隔操作《えんかくそうさ》する必要が出てくるかもしれないからね。エボット、ここにすわってて……」

アニーは、コスモスとドアの両方が見られる場所においてある空いた椅子《いす》を指さした。それから、コスモスのそばのテーブルから遠隔アクセス用めがねをとりあげた。

「これがあれば、宇宙に出てっても、エボットの目で見ることができるでしょ。もしママが帰ってきても、すぐわかるから、あっという間に地球《ちきゅう》に戻れるよ」

アニーがそう言っている間にも、コスモスが宇宙への戸口を作り始めていた。画面から発した二本のまぶしい光線《こうせん》が部屋の中の一点で交《まじ》わると、光線はそこから反対方向に動いて、戸口の形を作った。

その間にアニーは、エリックが宇宙服をしまっておいた大きな戸棚《とだな》をあさっていた。

「あたしのがあった！」アニーは、リボンやスパンコールやバッジをつけた宇宙服をとりだした。「だけど、ジョージのはどこ……」アニーはほかの宇宙服をいくつか引っぱり出した。「見つからないね。ねえ、これでもいいんじゃない」

アニーは、そのうちの一着をジョージに投げてよこした。

「これ、エリックのだよ」と、ジョージ。「これは使えないよ。エリックの印《しるし》とコールサインがついてるもん。もしこれを着て音声送信機《おんせいそうしんき》を使ったら、みんなエリックが宇宙にいると思っちゃうよ」

「ぐずぐずしてないで」アニーは早く出発したくてうずうずしていた。「たった数分の間なんだから、ＮＡＳＡ《ナサ》にだって気づかれないって」

コスモスが用意した戸口のドアは、今やゆっくり開こうとしていた。ドアの向こうがかすかに光っているのが見える。

「どこに連れてってって、コスモスにたのんだの？」ジョージがたずねた。

「宇宙《うちゅう》の水が見たいって言ったのよ」アニーは、宇宙ヘルメットをかぶって音声伝達装置《おんせいでんたつそうち》で話していた。

「それって、どこなの？」

前にも何度かあったのと同じように、ドアが開《ひら》いた。ドアの向こうには、黒とうす黄色の世界が広がっている。黒い空を背景《はいけい》に何もない青白い景色が広がり、そこにやわらかい何かのかけらがふりそそいでいる。

「これ、何？」

アニーがそっとつぶやいた声が、音声伝達装置を通って、ジョージの耳元《みみもと》で言っているように聞こえる。

「ヨウコソ」コスモスが、少し鼻声で言った。「ココハえんけらどす。土星《どせい》ノ六番目ニ大キナ衛星《えいせい》デス。ドウゾどあカラ外へ出テクダサイ。えんけらどすハ重力ガ小サイノデ、靴《くつ》ニ宇宙用ノ重《おも》リヲツケナサイ」

アニーは急いで戸棚《とだな》へ引き返すと、重りを引っぱりだして、ふたりの靴につけた。

「さあ、行こう」

重りをつけた靴を引きずるようにして、ジョージは戸口に近づき、外へ出た。足を踏《ふ》みだしたところは、地球からははるか遠いところにある衛星《えいせい》だ。どきどきしているので、聞こえるのはボンゴをたたいているような自分の心臓《しんぞう》の鼓動《こどう》ばかりだ。とうとう宇宙に出たぞ！　中間休みはすごく退《たい》屈《くつ》だったけど、これで、とってもすばらしいものになった。

アニーがあとにつづく。戸口を踏《ふ》みこえて土星の衛星の上におりたつと、ふたりの宇宙ヘルメットのガラスは、たちまちふりしきる雪におおわれていった。

「信じられないよ」ジョージが笑った。「エンケラドスに来てるだなんて！　しかも雪がふってるんだぞ！」

7

地球《ちきゅう》からはるか遠くにあるこの衛星《えいせい》では、光がみょうに黄色っぽくて、あたり一面がうす暗い中に濃《こ》い影《かげ》ができている。

「足元《あしもと》に気をつけて」ジョージが注意した。

ジョージは、宇宙《うちゅう》に戻《もど》ってこられたので、わくわくしていた。もう一度宇宙に冒険《ぼうけん》に出られる日が来るのを、今か今かと心待ちにしていたのが、ようやくそれが可能《かのう》になったのだ。でも、家で宇宙の夢《ゆめ》を見ている間に、太陽系《たいようけい》の宇宙空間にとびだすことがどれほど危険《きけん》なものかをジョージは忘《わす》れてしまっていた。しかも、アニーとジョージだけで、広大な宇宙に出てしまったのだ。二重に手《て》袋《ぶくろ》をはめたジョージの指は、興奮《こうふん》と不安でちりちりしていた。でも、うっかりした動きをすると、地上のエリックの書斎《しょさい》にいるエボットが何かをひっくり返してしまうかもしれないから、用心しないと。ジョージは、できるだけ手を動かさないように注意していた。何か問題が起こっても本物のエリックには助けてもらえそうにないから、用心には用心を重ねないといけない。エンケラドスでふたりが事故《じこ》にあっても、エボットが助けだしてくれるとは思えないし。

「クレーターがあちこちにあるぞ。小さなものでも、落ちたら抜《ぬ》けだすのがむずかしそうだね」と、ジョージ。

まわりには、何百もの小さなクレーターと、巨大《きょだい》なクレーターが一つあった。クレーターの底は、琥珀色《こはくいろ》に光る不思議《ふしぎ》な物質《ぶっしつ》でおおわれている。

そばには、ぼこぼこ穴《あな》があいた地面を見おろす山の尾根《おね》があり、足元には、舗装道路《ほそうどうろ》に入ったひびのように見える細い線が走っている。その線は、左右にずっとのびて、目の届《とど》くかぎり続いている。

宇宙旅行《うちゅう》は、何度経験してみても慣《な》れるということがない。すばらしい宇宙の景色《けしき》に、ジョージはいつもおどろかされる。宇宙は、あまりにも特別で、巨大で、美しい。飽《あ》きる日が来ることなんて、絶対にないだろう。今もまわりには何もない完璧《かんぺき》な世界が広がっていて、ジョージとアニーが探検《たんけん》するのを待っている。

「最高だね！」

アニーは、あたりを見渡《みわた》してため息《いき》をもらした。

ジョージもアニーの視線《しせん》を追った。このきみょうな小さい衛星の地平線《ちへいせん》から、まぶしい光の曲線

エンケラドス

エンケラドスは、土星《どせい》には60個ある衛星《えいせい》の一つで、凍《こお》った巨大《きょだい》ガス惑星《わくせい》の輪の中をまわる白い点のような天体だ。夜空を見ても、特別大きくもないし、よく見えるわけでもない。エンケラドスという名前は、エトナ火山の下に埋《う》められたとされるギリシア神話の巨人にちなんでつけられた。でも今、科学者たちは、わたしたちがいる太陽系《たいようけい》の中では、この星がいちばん住むのに適《てき》していると考えている。なぜだろうか？　答えはかんたんだ……。

水

表面がつるつるで白くてまるいビリヤード玉のようなエンケラドスには、液体《えきたい》の水があると考えられている。水は、よく知られているように生命をつくる最も重要な要素《ようそ》だ。すでに1789年には有名な天文学者ウィリアム・ハーシェルが発見していたエンケラドスは、1980年代はじめに二つのボイジャー探査機《たんさき》がそばを通過《つうか》するまでは謎《なぞ》に包《つつ》まれていた。ボイジャー2号は、エンケラドスが小さな衛星なのに多様な地形を持っていることをあきらかにした。太古のクレーターもあれば、最近の火山活動によって表面が乱《みだ》された場所もあったのだ。

エンケラドスでは、火山の噴火《ふんか》がよく起きている。地球《ちきゅう》のエトナ火山が熱い灰《はい》や溶岩《ようがん》やガスを大気中《たいきちゅう》に放出するのに対して、エンケラドスの凍った火山は氷の煙《けむり》を噴出《ふんしゅつ》し、その一部は雪となってふってくる。2005年からエンケラドスのそばを何度も通過しているカッシーニ探査機は、エンケラドスが氷を噴出する様子を多くの写真におさめた。エンケラドスに行くことができれば、あなたも宇宙《うちゅう》で雪だるまが作れるかもしれない。

とても特別な場所

エンケラドスには、液体の水ばかりでなく有機炭素《ゆうきたんそ》、窒素《ちっそ》、エネルギー源《げん》といった、生命体を生み出すのに役立つすべての材料があるかもしれない。エンケラドスを研究している科学者たちは、だからこそこの衛星をとても特別なものと考えている。となると、エンケラドスには、地球外生物が存在《そんざい》するのだろうか？　この謎《なぞ》めいた衛星の奥深くにエイリアンはひそんでいるのだろうか？　いつかあなたがエンケラドスに行けるロボットの宇宙船を設計したら、その宇宙船がはるか遠くのふしぎな小衛星の地下に眠《ねむ》るエイリアンの巨人を見つけるかもしれない。

がのぞき、何もない空間を照《て》らしだした。その光が、ふたりのほうへと、とてもゆっくり進んでくる。

「太陽の光だね……」アニーが言った。「あそこは、夜が明けてるんだね」

「じゃあ、こっちのおかしな黄色い光はなんだろう？」ジョージがきいた。「どこから来てるんだろう？」

反対側の暗いほうの地平線上《ちへいせんじょう》には、凍《こお》ったガスの球《たま》が浮《う》かんでいる。土星《どせい》だ。堂々《どうどう》としたその惑星《わくせい》のまわりには、塵《ちり》と石でできた環《わ》ができている。

「黄色い光は、土星からくるんじゃないのかな」自信がないので、アニーは小声で言った。「太陽の光が土星に反射《はんしゃ》して、エンケラドスの暗い部分を照《て》らしてるんだと思うな。見て！」

アニーは、空に浮かぶ点を指さした。

「あれが、きっとタイタンだね。あ、そうだ！」アニーは宇宙服《うちゅうふく》のポケットをさぐった。「土星の写真、撮《と》れると思う？」

「やってみたら」ジョージは言った。

ジョージは、自分もカメラを持ってくればよかった、と思っていた。ここから写真を撮れば、ジョージが地球《ちきゅう》から撮ろうとしている写真より、ずっといいものになるだろう。ここからだと、土星はとても近くに見える。手をのばせば、さわれそうだ。

アニーは、カメラのボタンを何度も押《お》してみたが、シャッターは一度もおりなかった。

「カメラが凍《こお》ってるのかも」ジョージが言った。「ここは、ずいぶん寒いからね」

結局、土星の写真を撮《と》れるのは、ジョージのほうなのかもしれない。それにしても、今ごろ地球はどうなっているのだろう？

「エボットの視界《しかい》は確認《かくにん》した？」

「遠隔《えんかく》アクセス用めがねでチェックしてみるね」アニーが言った。「目を動かすと画面を変えることができるはずなんだけど、あ、これがエボットが見てるものだ。あたしの家が見える。わあ、変なの。まだママは帰ってきてないみたい。きっと枕《まくら》かなんかを、山のように買おうとしてるんだろうね」

アニーのお母さんが地球《ちきゅう》で買い物をしているという話を今ここでするのは、なんだかとても場ちがいな感じがした。別の惑星《わくせい》というより、別の銀河系《ぎんがけい》で起きていることを話しているみたいな気がする。

ジョージは手をのばしてみた。地球上でエボットも同じ動きをしているのだろうか？

「雪のふり方が、ゆっくりになってきてる」

ジョージは気づいた。それにしても、こんなに大きな雪のかけらは、これまでに見たことがない。ジョージは、このきみょうな小さい衛星《えいせい》の、まだだれも足を踏《ふ》み入れたことのない表面で踊《おど》ってみたくなった。

「わあ！　このクレーターの中を見て！」何歩か先に進んでいたアニーが言った。

ジョージもそろそろと進み、巨大《きょだい》なクレーターのへりから中をのぞいてみた。

「雪がいっぱいたまってる」アニーが続けた。「あそこにおりてったら、最高にみごとなスノーエンジェル（雪に寝《ね》ころんで両腕《りょうで》を動かすと、天使のような形ができること）ができるね」

「だけど、どれくらいの深さかわからないよ。何百万年分もの雪が積《つ》もってるのかもしれないぞ。いったん沈《しず》んだら浮《う》かびあがってこられないかも」

「雪の中を泳ぐって感じなのかな」

アニーがはずんだ声で言った。

「やめとけよ」ジョージが言った。

アニーが未知《みち》のクレーターを実際に駆《か》けおりていくとは思わなかったが、念《ねん》のためくぎをさしとかないと。

そのときとつぜん、遠雷《えんらい》のようなとどろきを感じた。

「今の、気づいた？」

ジョージがきくと、アニーがうなずいた。

とたんに、ジョージの足元《あしもと》がぐらぐら揺《ゆ》れた。揺れは、地表のひびみたいな細い亀裂《きれつ》から来ているみたいだ。

「コスモス！」

ジョージは、音声送信機でスーパーコンピュータに呼《よ》びかけた。でも、返事はない。ジョージは不安になった。
アニーがもう一度エボットの目で、エリックの書斎《しょさい》を見た。

「地球《ちきゅう》は何も変わったことは起きてない。コスモスは机《つくえ》の上にあるし、エボットはドアを見はってる。コスモスはどうして返事しないんだろう？」

「コスモス！」ジョージはまた呼《よ》びかけた。「ちゃんと安全な場所に送ってくれたんだろうね？」

足元《あしもと》の地面が大きく揺《ゆ》れ、ふたりはよろけてぶつかった。その瞬間《しゅんかん》、ジョージはアニーのカメラみたいに凍《こお》りついて動けなくなった。恐怖《きょうふ》で金縛《かなしば》りにあったみたいだ。逃《に》げようとあたりを見まわすが、宇宙《うちゅう》の戸口はどこにも見えないし、逃げ道はない。……あるとすれば……。

「つったってちゃだめ！」

アニーがジョージをつかみ、急いで引っぱった。アニーのせっぱつまった声が耳元でひびき、ジョージは、ハッとわれに返った。

「ほら、ジョージ。あんたをかついでくことはできないのよ。急いで逃げないと！」

ようやくジョージの手足が動くようになり、ふたりは、コスモスにおろされた場所から逃げ出した。さっきまでいたところは、たえず揺れたり崩《くず》れたりしている。

「断層線《だんそうせん》があったんだね」アニーがハアハアしながら言った。「ほら、地震《じしん》が発生するところよ。きっとそう。爆発《ばくはつ》するかもしれないね」

ふたりは、割《わ》れていく地面をなんとか越えて進んだ。断層線が地面を二つに分けていく。その間の底知れぬ割れ目に転落しないよう、ジョージはアニーに必死でついていった。

「こっちよ！」

アニーは、山の尾根《おね》を指さした。その下の、衛星《えいせい》の表面にあいた穴《あな》からは、水蒸気《すいじょうき》とガスが少しずつ噴《ふ》き出している。

ジョージはよろよろと進みながら、このまま家には帰れなくなるのではないかと不安に駆《か》られた。ふたごの妹たちにいらいらさせられたり、お母さんのつくった変わった料理を食べたりすることも、今では楽しかったと思える。なんとか足を運んでいるうちに、ジョージの胸に熱いものがこみあげてきた。結局のところ、地球という惑星《わくせい》は、そう悪くなかったのかもしれない。

アニーが選んだ道は正解だった。いっしょに手や足をかけるところを探《さが》しながらよじのぼり、ほとんど垂直《すいちょく》の斜面《しゃめん》をはいあがっていく。ふたりの心臓《しんぞう》は恐怖《きょうふ》にバクバクいっていた。表面が揺《ゆ》れている範囲《はんい》は、低い崖《がけ》の斜面までらしい。そこが自然な境《さかい》になっているようだ。

頂上《ちょうじょう》までのぼると、アニーは腹《はら》ばいになり、ジョージにも同じようにさせた。ふたりしてはいすすみ、尾根のへりから、さっきまでいた場所をのぞく。

そこに伏《ふ》せているうちに、ジョージの胸の鼓動《こどう》は少しおさまってきた。ここなら安全だろう。でも、もしアニーがすぐに危険《きけん》に気づかなかったら、もう二度と家に戻《もど》ることはできなかったかもしれないのだ。

コスモスがふたりを置き去りにしたまさにその場所から断層線が広がり、表面はとうとうまっぷたつに裂《さ》けてしまった。そこから大量の蒸気《じょうき》が噴出《ふんしゅつ》し、凍《こお》った大気《たいき》に触《ふ》れてよじれたり、ねじれたりしている。その直後、表面からどっと水が噴《ふ》き出して、上空数メートルにまで上昇《じょうしょう》した。漆黒《しっこく》の空に、吹《ふ》きあがった水のしずくが美しいレース模様《もよう》をつくり、それが凍ってゆっくりとおりてくる。まるで氷の噴水《ふんすい》だ。

「間欠泉《かんけつせん》なんだね」アニーが感心して言った。「コスモスが、宇宙《うちゅう》の水を見つけてくれたんだ！」

「うん。だけど、危《あや》うく殺《ころ》されるところだったよ」

ジョージはぞっとしていた。アニーは、ふたりのいのちを救《すく》ったことに気づいていないみたいだった。

「アニー、もしぼくたちがあそこから動かなかったら、今ごろは死んでたんだぞ。あのクレーターに落ちてたか、宇宙に吹きあげられてたか、氷の像《ぞう》になってたかもしれないんだ。ひどいじゃないか」

「コスモスが、わざとやったはずないでしょ」暗い星空を背景《はいけい》に水と氷がたわむれているのを見ながら、アニーが言った。

その向こうには、淡《あわ》い色の土星《どせい》も浮《う》かんでいる。

「そんなこと、しないよね？　ちがう？」アニーは、だんだん自信がなくなってきたみたいだ。「何かのまちがいだよね」

「わかんない」ジョージもとまどっていた。「もしかしたら、調子が悪いせいかも……だけど、ほんとに危《あぶ》なかったよね。噴火《ふんか》直前の氷の火山の上にぼくたちをおろしたんだもん」

「ううっ、そう考えると最悪だね」アニーも、ショックを受けたらしい。「だったら……」

「どう考えればいいのか、わかんないよ」ジョージが言った。「だけど、また足元《あしもと》で何かが爆発《ばくはつ》しないうちに、逃《に》げ出したほうがいいのは確《たし》かだな」

「じゃあ、コスモスを呼《よ》ぶね」と、アニー。「おーい、コスモス！」

「オヤ、ドウシマシタネ」とつぜんコスモスが、これまで聞いたことのない、ちゃらちゃらした声で言った。「えんけらどすハ、イカガデスカナー？」

「コスモスじゃないみたい」ジョージがアニーにささやいた。温度調節されている宇宙服《うちゅうふく》を着ていれば快適《かいてき》なはずなのに、なんだかぞくっとする。どうしてコスモスは、別人《べつじん》のようになってしまったんだろう？

「えーと、すてきよ。ありがとう」アニーが勇気を出して答えた。「氷の火山から噴《ふ》き出す間欠泉《かんけつせん》のながめがすばらしいの。ここにいる友だちのジョージもそう言ってる」

「ナガメ？」コスモスは、びっくりしたらしい。「ナガメッテ、ドウイウコト？　ソンナハズジャ……」

コスモスの音声がブツッと切れた。

「やっぱり」

ジョージが低い声で言った。最も怖《おそ》れていたことが、確かめられたとでもいうように。コスモスはわざとふたりを危険《きけん》な場所に置いたのだ！

「そうよ、すてきなながめなの」アニーが続けた。「でも、宇宙《うちゅう》の水はもう見たから、家に戻《もど》りたいの」

ジョージとアニーは、宇宙手袋《てぶくろ》をはめた手をそれぞれのばすと、心を一つにしてぎゅっとにぎり合った。こうなったからには、ふたりでなんとか切り抜《ぬ》けなくては。冒険《ぼうけん》に出ると言い出したのはアニーだ。でも、ジョージも宇宙に出ていきたくてたまらず、その計画に乗ったのだ。そのときは、友だちで仲間だと思っていたコスモスがこんなふうに裏切《うらぎ》るとは、思ってもみなかった。そして今ふたりは、もう冒険に乗り出してしまい、助け出してくれる者はだれもいないのだ。

「マダマダ足リマセンヨ……」コスモスが言った。

今は、なめらかに話していて、風邪《かぜ》も治《なお》ったらしい。ただし別人の声になっているし、こっちが期待しているようなことは言ってくれない。とてもきみょうなことだが、なぜか今は敵《てき》となり、もうふたりの望みを聞いてくれなくなったみたいなのだ。

「宇宙《うちゅう》ニハ、マダマダタクサンノ水ガアリマスヨ」コスモスは、なじみのない声で続けた。「超特《ちょうとく》大《だい》ノぶらっくほーるニオ連レシマショウカネ？　ソコナラ、マワリニ地球《ちきゅう》ノ海ヤ湖ノ何兆倍《ちょうばい》モノ水《すい》蒸気《じょうき》ガアリマスカラネエ。モウ家ニ戻リタイナンテ、思ッテルハズナイデスヨ」

「ほんとに戻りたいと思ってるのよ」アニーが言った。「ブラックホールは、もう近くまで行ったことあるし」

アニーとジョージは、コスモスを使ってエリックをブラックホールから救い出したことがある。そのときは、邪悪《じゃあく》な科学者がウソの座標《ざひょう》でアニーのお父さんのエリックをだまし、宇宙で最も暗い場所へと送りこんだのだ。

「あたしたちを家に帰らせてちょうだい」アニーがまた言った。

「ダメデス」コスモスは断《ことわ》った。「アナタタチガジュウブンニ目的を果《は》タシタトワタシガ確信《かくしん》スルマデハ、地球《ちきゅう》へ帰還《きかん》スル戸口ハ、作動シマセン。宇宙ニオケル水ヲ調査《ちょうさ》スルタメニハ、マタ別ノ場所へモ行ッテミナイト。ワタシガ帰還《きかん》ノ旅ヲ許可《きょか》スルノハ、ソノアトデース」

「ええっ?」アニーが小声で言った。「そんなルール、聞いたことないよ……おかしいじゃないの」

「家に帰らせてもらえないとしても、地球の近くまでは行こうよ」ジョージが小声でつぶやいた。コスモスが前みたいに信頼《しんらい》できないのはもうあきらかだ。とすると、正面からたのむのはやめて、なんとかうまく仕向けるようにしないと。

「月はどうかな? 月なら水があるよ」ジョージが提案《ていあん》した。

「月ノ暗黒面デスカ?」コスモスがふきげんな声でたずねた。

「いいえ。知ってると思うけど、暗黒面じゃなくて裏側《うらがわ》って言うのよ。でも、あたしたちは表側に行きたいの。少なくとも水があるところがいいな」と、アニー。

「太陽系相互間移送《たいようけいそうごかんいそう》ノ戸口ヲ開キマス」

ふたりの目の前におなじみの戸口があらわれて、土星《どせい》が反射《はんしゃ》するきみょうにつやつやした光に照《て》

月の暗黒面

月の暗黒面というと、そこはいつもまっ暗な夜なのかと思うかもしれないが、そうではないということを天文学者が教えてくれるだろう。第一、天文学者は「暗黒面」とは呼《よ》ばずに「月の裏側《うらがわ》」と呼ぶ。月の裏側にも地球《ちきゅう》とまったく同じように昼と夜があるからだ。

夜空の月を見ると、わたしたちが地球上のどこにいようと同じように見える。わたしたちにはいつも月の表側しか見えない。だから月の模様《もよう》も同じように見えるのだ。月は昔からなじみのある天体なのに、どうして一度も裏側を見せてくれないのだろうか。

なぜ裏側は見えないのか

月は、自分の軸《じく》を中心に自転しながら、地球のまわりを公転《こうてん》している。月が地球のまわりを一周するには、月が自転するのと同じだけの時間、つまり 29 日かかる。地球も自転しながら太陽のまわりを公転しているが、もし月が自転していなければ、わたしたちは月の表も裏も、さまざまな面を見ることができただろう。しかし地球も月も回転しており、しかも地球の重力が月の自転を現在の速度《そくど》まで遅《おそ》くしてしまったために、わたしたちは月の同じ面だけしか見ることができなくなった。

月の満ち欠け

太陽をまわる軌道上《きどうじょう》での地球と月の位置関係《いちかんけい》によって月の満ち欠けが起こる。

・月が地球と太陽の間にあるときは新月《しんげつ》と呼ばれる。月の表側（地球に近い側）が夜になるので、地球から見ると、月が欠けて見える。

・地球が太陽と月の間にあるときは満月となる。もしあなたが月の表側に立っていたとすると、月の昼間に日光を浴《あ》びている様子が地球からも見えるかもしれない。地球からは月の真昼にあなたが陽の光を浴びている様子を見ることができる。

わたしたちには見えなくても、宇宙飛行士《うちゅうひこうし》は月の裏側を訪《おとず》れたことがある。そのうちのひとりは、子どもが遊ぶ砂場を思い出したと語っている。

土星《どせい》

NASA/JPL/Space Science Institute

エンケラドス

NASA/Science Photo Library

NASA/JPL-Caltech/Space Science Institute

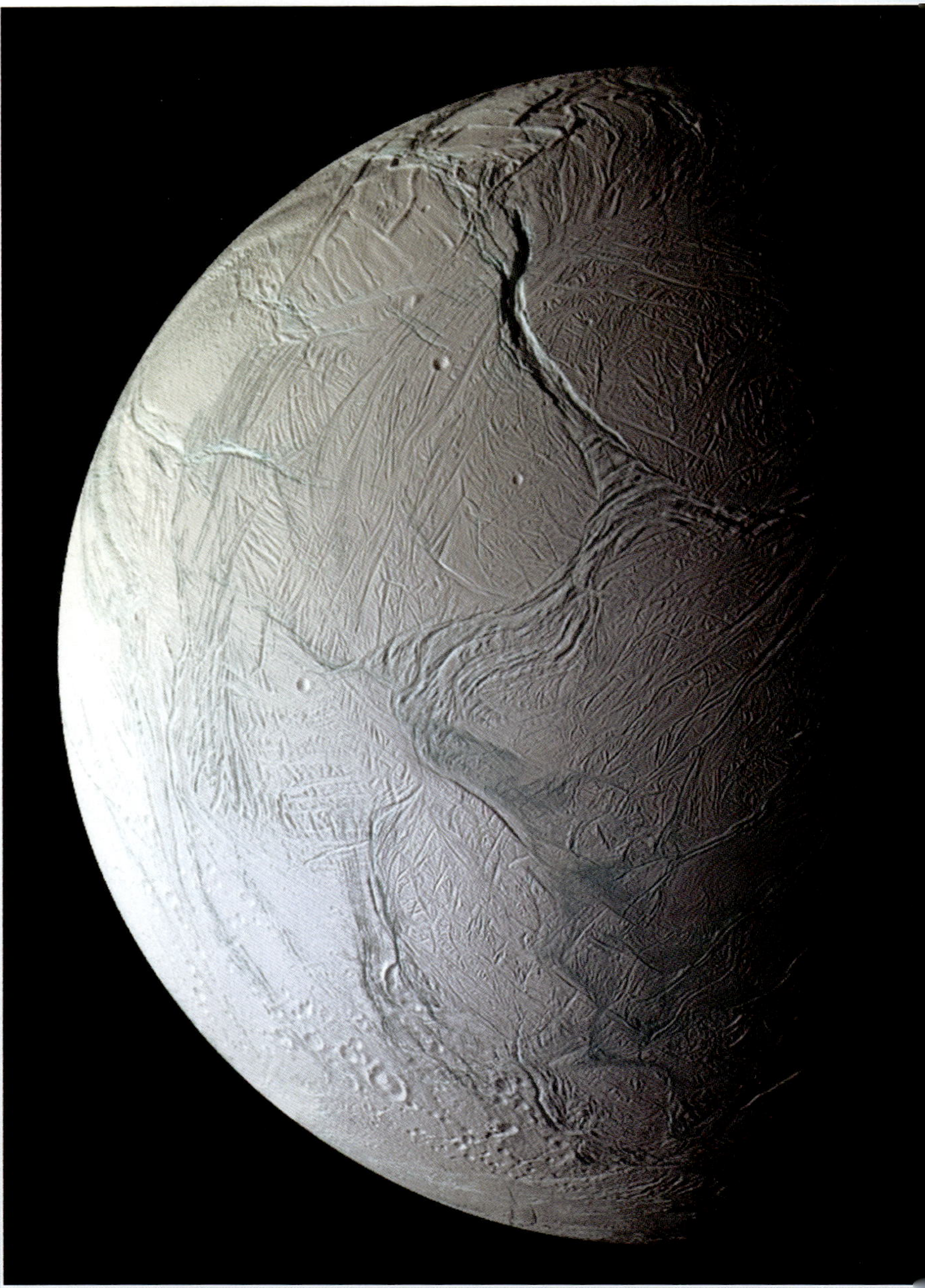

エンケラドスの
表面

NASA/JPL-Caltech/Space Science Institute

ハッブル宇宙望《うちゅうぼう》遠鏡《えんきょう》が捉《とら》えたエンケラドス

氷の噴煙《ふんえん》を上げるエンケラドス

木星《くせい》と第3衛星《えいせい》ガニメデ

大赤斑《だいせきはん》

NASA/Science Photo Library

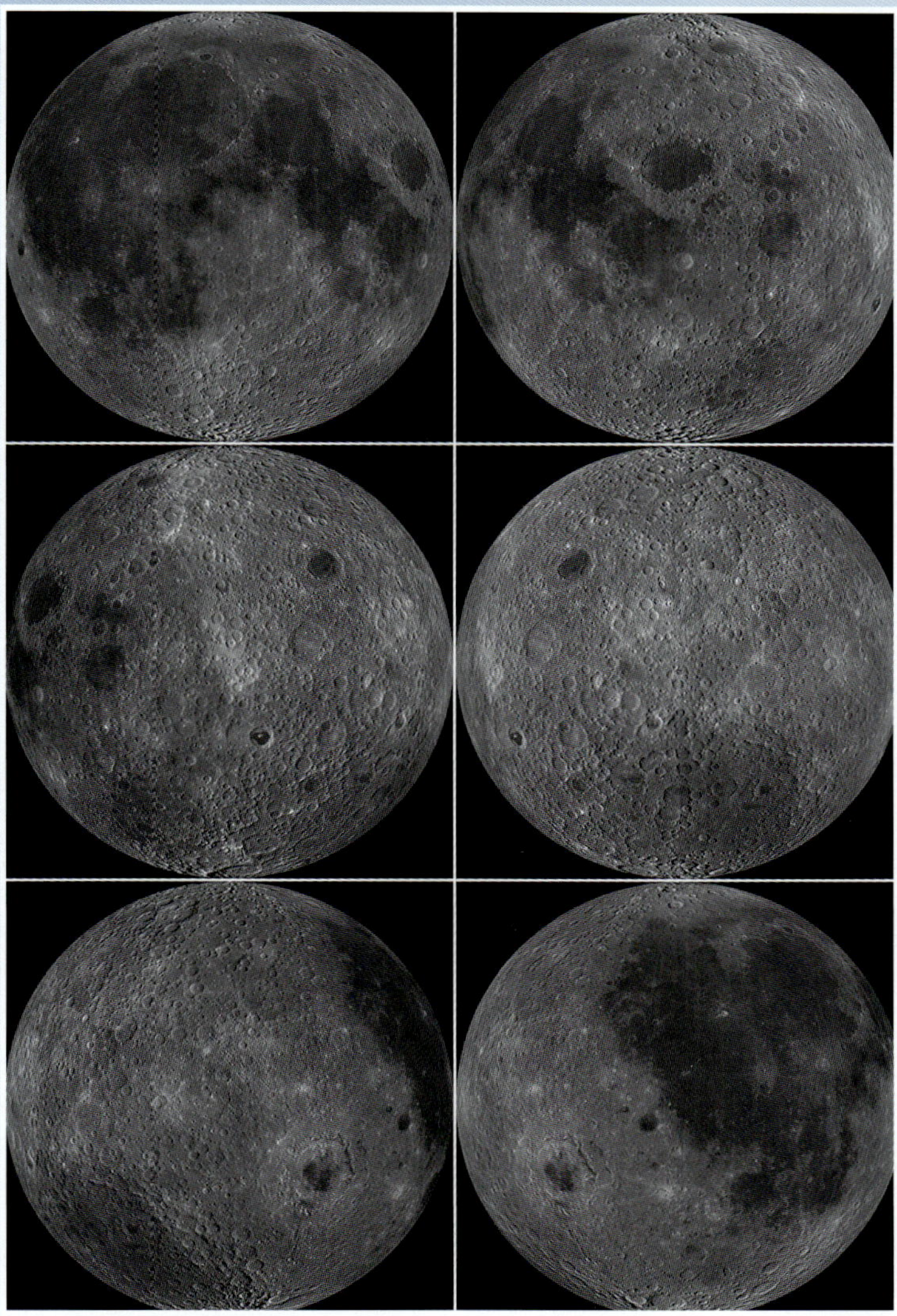

NASA/Goddard/Arizona State University

さまざまな角度から見た月

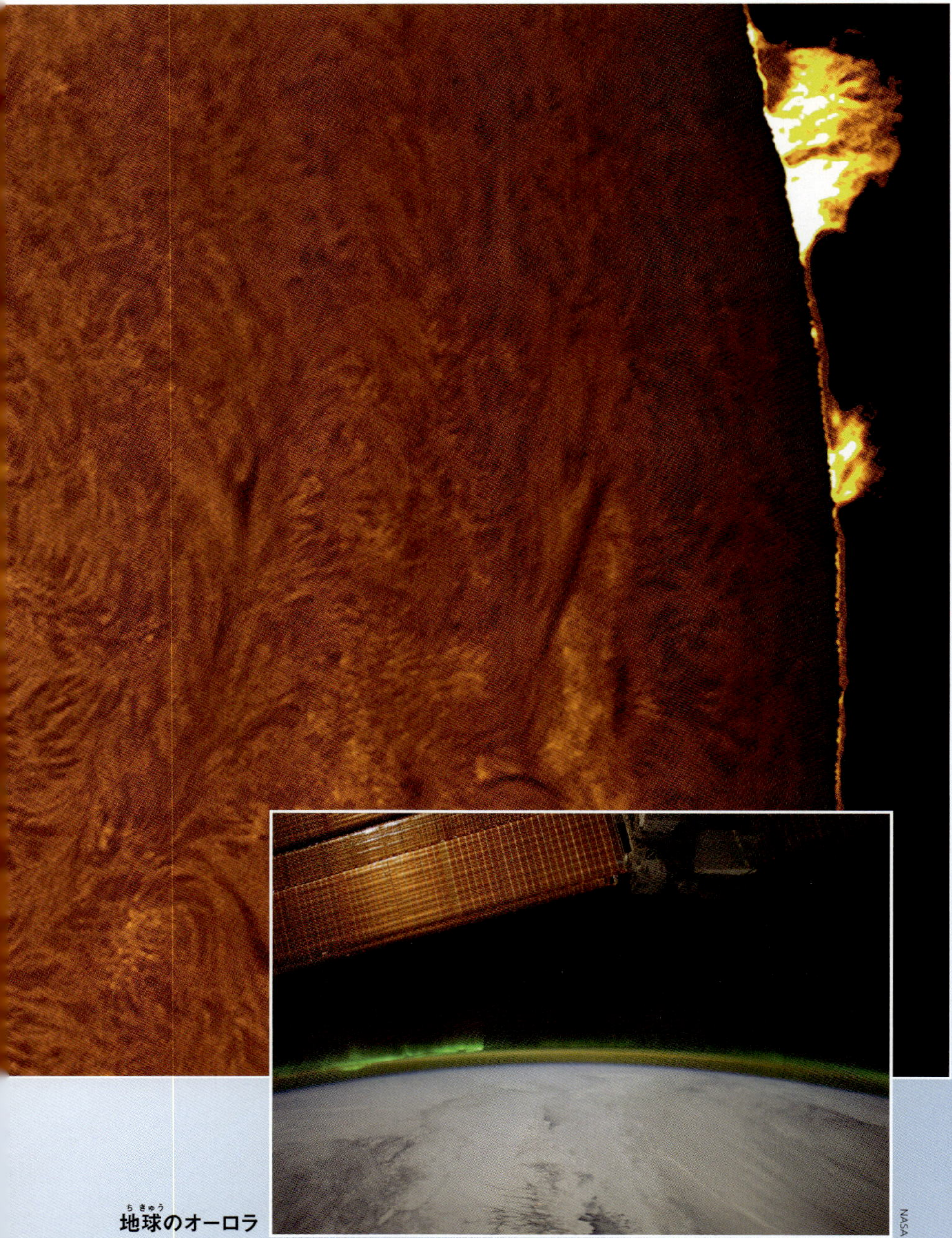

© Greg Piepol (Sungazer.net)

地球《ちきゅう》のオーロラ

NASA

NASA, ESA, and the Hubble Heritage Team (STScI/AURA)

アイソン彗星《すいせい》

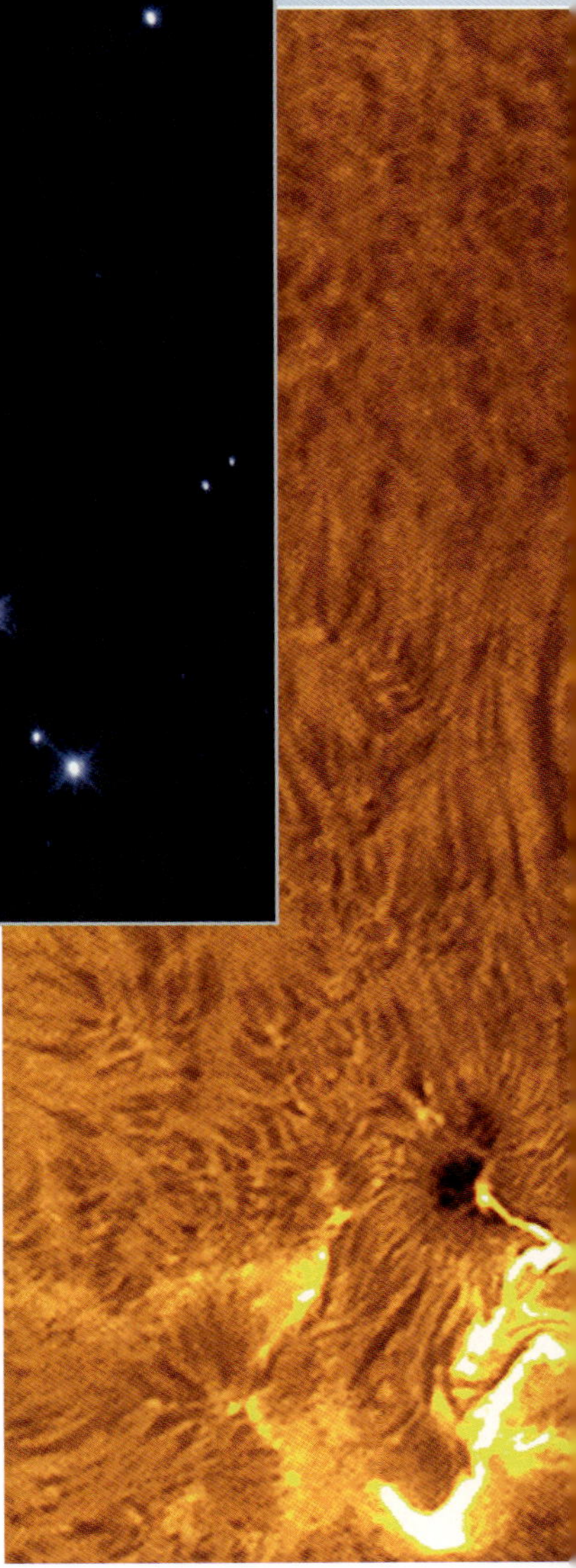

太陽の黒点

スペイス・オディティ

デヴィッド・ボウイ作詞《さくし》作曲のロック音楽。2013年5月に、カナダのクリス・ハドフィールド宇宙飛行士《うちゅうひこうし》が国際《こくさい》宇宙ステーションでこの曲を歌い、YouTube《ユーチューブ》で公開された。

国際宇宙ステーション（第35次長期滞在《たいざい》乗組員）

らされた。ドアがパタンとあくと、向こうには月のうす暗い灰色《はいいろ》の表面が見えた。山並《やまな》みのうしろには澄《す》んだ黒い空も見えている。

「さあ、早く」ジョージは急いで移動したかった。どこだろうと、ここよりはましだ。「コスモスの気が変わったら、一生エンケラドスに閉《と》じこめられちゃうかもしれないからね」

ふたりは戸口をとびこえて、月面におり立った。そこは、地球《ちきゅう》にはおなじみの小さな衛星《えいせい》の極地《きょくち》域《いき》だった。

「わあ、すごいな！」月に足をおろしたジョージは言った。

しばらくの間ジョージは、恐《おそ》ろしく危険《きけん》なエンケラドスからなんとか脱出《だっしゅつ》したことも、とつぜん意地悪《いじわる》になって支配願望《しはいがんぼう》にとりつかれたらしいコスモスに、地球への帰還《きかん》を拒否《きょひ》されたことも忘《わす》れた。月におり立つことができたという喜びで、胸《むね》がいっぱいになっていたのだ。ジョージは両腕《りょううで》を広げ、宇宙旅行《うちゅうりょこう》の驚異《きょうい》と、発見の喜びを感じていた。

アニーのほうは、月に行きたいという願いを、あれだけみんなに話してうるさがられていたというのに、今はジョージほど夢中《むちゅう》になってはいなかった。実際的なことが気になっていたからだ。

「ここはどこなの？」アニーが無線でコスモスにたずねた。

「月ノ極地《きょくち》デス。ソコノくれーたーニハ、氷水ガアリマスヨ」コスモスは、相変わらず不快《ふかい》なちゃらちゃらした声で答えた。

「ありがとう、コスモス」アニーの声は落ちついていた。「あたし、ずっと月に来てみたかったたんだけど、月は、これまでの宇宙《うちゅう》旅行の中でいちばんのお気にいりの場所とは言えないわね。それに、化学の宿題をしあげるには、もうじゅうぶん見せてもらったと思うの」

アニーが靴《くつ》で月面をこすると、ほこりっぽい氷のかけらが舞《ま》いあがった。

「宇宙に水があることは、これではっきりわかったし、書くこともたくさんできた。だから、もう家に戻《もど》してもらってもいいと思うの」アニーは、少なくとも前のコスモスは礼儀《れいぎ》正しいのが好きだったことを思い出して、つけ加えた。「お願いします」

「一〇分後デス」コスモスは、こんどは個性《こせい》のない機械音声で言った。「九分五九秒《びょう》、九分五八秒……」

「一〇分の間、何をしてればいいのかな?」ジョージが言った。

長い時間ではないけど、宇宙に送られて家に帰れないとなると、ほんの数秒が数千年にも感じられる。

「早く帰れるように、コスモスの指示《しじ》を上書きして……待って、うしろを見てよ」

アニーはあわてているようだ。

ジョージはうしろをふり向いて、ハッとした。ほんの少し前までは、ほこりっぽい月の表面には、何も見えてはいなかったのだが、今は黒い空の手前にある岩の上に、小さな車みたいなものがあらわれていた。山並《やまな》みの尾根《おね》を、かすかな光が照《て》らしている。

「月の探査機《たんさき》だよ」アニーがさけんだ。「探検《たんけん》に来た人たちが置《お》いてったんだね。でも、どうして動いてるの？　いったいだれが操縦《そうじゅう》してるの？」

　アニーはパニックを起こしかけていた。

　ジョージは、宇宙《うちゅう》ヘルメットの中で口をぽかんとあけて、その場に立っていた。

「だいじょうぶだよ」ジョージは、アニーを安心させようとした。「何マイルも向こうだ。コスモスが戸口を開いたら、あれがこっちに来る前に脱出《だっしゅつ》できる。クレーターに突《つ》っこまないように、全部よけてここまで来るには、うんと時間がかかるはずだ」

　しかし次に起こったことを、ジョージは予測《よそく》していなかった。探査機のドアが開くと、つやつやした大きなロボットが二体、とびだしてきた。そしてロボットはすぐに決然とした大きな足どりで、ふたりの方へ向かってきた。

　いっぽう地球《ちきゅう》にいるコスモスは、何も気にしていないらしく、相変わらず単調な声で唱《とな》え続けていた。

「八分三〇秒、八分二九秒」

「急いでよ、コスモス！」アニーがさけんだ。

　ロボットたちは、たちまち近づいてきた。全身が銀色で、短いけれど頑丈《がんじょう》そうな胴体《どうたい》に長い手足がついている。頭は四角くて、遠くからでも恐《おそ》ろしげな表情をしていることがわかる。力強い足の動きに合わせて腕《うで》を揺《ゆ》らしながら、やってくる。月を散歩しているときに出会いたいと思うようなロボットには思えない。靴《くつ》で石をくだきながら、ずんずん近づいてきた。

「八分二八秒《びょう》、八分二七秒……」コスモスは、のんきに数えている。

「あたしたちを無視《むし》してる」アニーはがっかりして声をあげた。「あたしたちが、あのロボットに捕《つか》まればいいいと思ってるんだね」

「あのロボットがなんなのかはわからないけど、いやな感じがするな」ジョージが言った。「アニー、脱出《だっしゅつ》する方法が、何かないかな？」

「思いつかないな……あ、そうか！　エボットを使えばいいんだ」

アニーは、宇宙《うちゅう》ヘルメットの中にかけている特別めがねを使って、アンドロイドを呼《よ》び出そうとした。視線検出技術《しせんけんしゅつぎじゅつ》でエボットを起動し、操作《そうさ》できるようにしようと、大急ぎで目をぐるっとまわしたり、眉毛《まゆげ》をぴくぴく動かしたりしてみる。

「ちっ！」

エボットの視界《しかい》に焦点《しょうてん》を合わせるところまではできたのだが、エボットはどうも眠《ねむ》ってしまったらしい。

「どうしてうまくいかないの！」アニーはいらいらしていた。「前はもっとかんたんだったのに！」

「八分二秒」コスモスが、冷たく言う。

ロボットが今の速度で進んでくると、帰るための戸口をコスモスが開く前に、ここまで来てしまう、とジョージは思った。しかも、コスモスがほんとうに戸口を作ってくれるかどうかも確《たし》かではない。ほかに逃《に》げる場所もないとすれば、選択肢《せんたくし》は一つしかない。ここでロボットを待ち受けて、戦うしかないのだ。ジョージはまっすぐに立って覚悟《かくご》を決め、ロボットに立ち向かうことにした。

心を決めてしまうと、おどろくほど冷静になれた。今こそ勇気を見せるときだというなら、そうするしかない。ここでロボットがやってくるのを待ち、対決するだけだ。

そのうしろでは、アニーがまだエボットと交信しようとしていた。前のほうでは、一体のロボットが月面にあいた巨大《きょだい》な穴《あな》をとびこえようとして足をすべらせ、クレーターに突《つ》っこんだ。でも、もう一体は両腕《りょううで》を広げて進んでくる。まだ距離《きょり》はあるが、一足ごとに近づいてくる。

しかしすぐそのあとでアニーが眉毛《まゆげ》を動かして、エボットの操作《そうさ》に成功し、動かすことができるようになった。特別めがねにはコマンド・メニューが仕こんであった。エリックが役に立ちそうな様々なコマンドをつけるよう最初から注文していたのだ。アニーはそれを使って、エリックの書斎《しょさい》にいるエボットを立ちあがらせ、コスモスのところまで歩かせた。でも、そのあとは、どうすればいいかわからなくなった。それ以上何もやらせることができない。地球上《ちきゅうじょう》のアンドロイドを、ふきげんで役立たずのコンピュータの前まで行かせることはできたが、この二つをつなげる方法がない。

「どうしていいか、わからないよ」がっかりしたアニーは、ジョージに言った。「エボットの手を動かす方法がわからないの」

「ぼくにはわかるよ」

ジョージは、宇宙手袋《てぶくろ》の下に触覚技術《しょっかくぎじゅつ》を使った手袋をはめていた。顔の前で片手《かたて》を動かしてみる。

アニーがそれをエボットの目で見ると、同じ動作をエボットもしていることがわかった。

「コスモスを上書きするやり方、知ってる?」ジョージは、容赦《ようしゃ》なくつき進んでくるロボットを恐《おそ》ろしそうに見ながら、アニーにたずねた。

「よくわからないけど、キーをいくつか適当《てきとう》に押《お》してみれば、コスモスがはまりこんでるオート機《き》能《のう》から引き戻《もど》すことができるかも」

「やってみるよ」ジョージはそう言うと、コンピュータのキーボードをたたくように指を動かしてみた。「自分のやってることが見えればいいんだけどな」

「宇宙《うちゅう》ヘルメットをぬいで特別めがねを渡《わた》すのは無理よ」アニーが言った。「そんなことしたら、あたしの頭が爆発《ばくはつ》しちゃうからね」

アニーは父親の書斎《しょさい》の様子を見た。ジョージとエボットは協力してコスモスのキーボードをたたこうとしているが、うまくいってはいない。エボットの指はキーボードをかするだけで、たたけてはいないのだ。

「もう一度やってみて」アニーが言った。「もっとゆっくり。一つずつキーを打つ感じで、押《お》さえるようにね」

ジョージは胸《むね》の前に手をかまえると、慎重《しんちょう》に指を動かした。

すると、三六万キロ離《はな》れた地球《ちきゅう》にいるエボットが、コスモスのキーをいくつか押した。

はるか向こうからは、きみょうなロボットが、月の低重力《ていじゅうりょく》を利用して、相変わらずぐんぐん近づいて来る。

そうこうするうちに、ジョージとエボットがでたらめに動かした指がこんどは効果《こうか》をあげたのか、「たいむろっく解除《かいじょ》」というコスモスの声が聞こえてきた。相変わらずきんきんした機械音声だ。でも、ようやく聞きたかった言葉を聞くことができた。「戸口作成こまんどガ復活《ふっかつ》シマシタ」

「わーい！」目の前に見慣《みな》れた形があらわれ始めると、アニーが言った。「戸口よ！　やったね、ジョージ。ぎりぎりセーフで、ここから出られそう」

ふたりは、向かってくるロボットに目を向けた。ロボットにつかまる前に戸口ができあがるだろうから、なんとか脱出《だっしゅつ》できる。

アニーはうれしくなってジョージに抱《だ》きついたが、そのとき肩越《かたご》しに何かに気づくと、恐怖《きょうふ》のさけび声をあげた。

「たいへん！　宇宙服《うちゅうふく》の背中に赤い光線が当たってる。ロボットがねらってるのよ！」

ロボットがとつぜん足を速めた。

「自動照準《じどうしょうじゅん》をジョージに合わせてるんだ！」アニーがかん高い声で言った。「もしあいつが撃《う》ったら当たっちゃうよ」

ロボットがどんどん近づいてくる。手ではなく大きなペンチみたいなものがついている腕《うで》をまっすぐジョージのほうに向けている。何かを発射《はっしゃ》しようとしているのだろうか。ロボットのこわばった顔には、怒《いか》りと決意が刻《きざ》まれていた。ロボットの重たい足に踏《ふ》まれるたびに、月面が揺《ゆ》れる。その間にも、戸口の形は徐々《じょじょ》にはっきりしてきた。

そしてちょうどロボットの腕《うで》がジョージのすぐそばまでのびてきたとき、戸口のドアがバタンとあいた。向こうには地球《ちきゅう》にあるエリックの書斎《しょさい》が見える。あっち側まで行けたら安全だ。

「ジョージ！」

アニーはさけぶと、ロボットの腕《うで》をかわしてジョージを戸口の方へ押《お》しやった。すぐに続いて自分も前転して戸口の中へと転がりこむ。戸口のドアは閉《し》まりはじめ、ロボットは突進《とっしん》してきた。

ふり返ったジョージの目に、ロボットの威嚇《いかく》するような醜《みにく》い顔がちらっと見えたかと思うと、ドアが勢いよく閉まった。そのとき、ジョージは、前には気づかなかったものに気づいた。ロボットの顔の横に、三つの文字が記されていたのだ。I《アイ》とA《エー》とM《エム》だ。それだけではない。戸口を通るときには、宇宙《うちゅう》ヘルメットの音声伝達装置《おんせいでんたつそうち》を通じて、きみょうなロボットの声を聞いた。

「QED《キューイーディー》、ベリス教授《きょうじゅ》。QED」

しかしロボットを向こう側に残したまま、もうドアは閉まっていた。

8

ジョージとアニーは、体験してきたばかりの恐怖《きょうふ》と興奮《こうふん》に息《いき》を弾《はず》ませながら、しばらくの間床《ゆか》に倒《たお》れたままでいた。そのうちなんとか体を起こしたものの、息が切れているばかりでなく、月よりもかなり強い地球《ちきゅう》の重力にまだとまどっていた。宇宙《うちゅう》から戻《もど》ってくると、いつものことながら地球の重力におどろく。すぐに慣《な》れて忘《わす》れてしまうのだが、次のときにはまたびっくりする羽目《はめ》になる。

「宇宙にある水については、すっかり調べがついたよね。そうでしょ?」

アニーはそう言いながら、身をよじって宇宙服をぬいだ。何事《なにごと》もなかったかのように話しているけれど、ヘルメットをはずしたアニーは、目を大きく見開いていた。

アニーはまっすぐコスモスのところへ行くと、新規《しんき》ファイルを開いて文字を打ちこんだ。

W RATE《ダブリューアールエーティーイー》。

「さっきはびびったよね」ジョージが言った。「アニー……さっき戸口のドアが閉《し》まる直前に声が聞こえたんだ。『QED《キューイーディー》、ベリス教授《きょうじゅ》』って言ってたんだけど、どういう意味かな？」

「うーん、QEDっていうのは、『証明された』みたいなことじゃないかな？　パパが言ってるのを聞いたことあるかも。でも、なんで月にいるロボットがそんなこと言うの？　おかしいよね。さっぱりわかんないな」

そのとき、ふたりはとつぜん同じことを思って、コスモスに目を向けた。コスモスは、エリックの机《つくえ》の上でおとなしくしている。まるでジョージたちと親友になった時以来、何も変わったことなどないかのように。

ジョージの心の中には疑《うたが》いがわいてきていた。コスモスは、ふたりの話をスパイしているのかもしれない。コスモスの前でいろいろな話をしても、だいじょうぶなのだろうか？　ふたりは押《お》しだまった。コスモスがスパイをしているなんて信じたくない。これまでのことだって、信じられないくらいなのに。まさか、そこまではやらないだろうな。でも、考えてみれば、コスモスはふたりを噴火《ふんか》する氷の火山の上におろしただけでなく、その次は、攻撃的《こうげきてき》なロボットのいる月に移動させたのだ。あのロボットたちは、侵入《しんにゅう》してきたジョージやアニーに腹《はら》を立てているみたいだった。

「で、どうしようか？」ジョージは用心しながらたずねた。

答えたのはコスモスだった。

「宇宙《うちゅう》ニアル水ニツイテ、研究《けんきゅう》れぽーとヲ書イタラドウデスカ？　ダッテ、あにーノ宿題ニハ、締《しめ》切《きり》ガアルンデスヨネ？」

コスモスは、まだむかしの声に戻《もど》ってはいなかった。今はよどみなくなめらかに話しているが、威嚇《いかく》するような調子をふくんでいる。画面を見ると、コスモスはアニーがさっき打ちこんだW RATE《ダブリューアールエーティーイー》という文字をWATER《ウォーター》（水）に訂正《ていせい》した。

「うん、もちろんよ」

アニーは元気のない声で言った。まるで、お気にいりのテーマで宿題を続けようか、それとも悲鳴をあげてこの部屋から逃《に》げだそうか迷《まよ》っているみたいに。

ジョージは落ちつかなかった。ついさっきまで土星《どせい》の衛星《えいせい》にある氷の火山にのみこまれそうになっていたというのに、もう学校の宿題について話しているだなんて！　今は地球《ちきゅう》の日常生活《にちじょうせいかつ》に戻り、エリックの書斎《しょさい》にいて、何もかもがふだんどおりだというように、コスモスとしゃべっているのだ。

「ソウシテクダサイ」コスモスが言った。

エボットは、まるでだれも使わなくなった巨大《きょだい》な人形みたいに、部屋の隅《すみ》に腰《こし》を下ろして静かにしている。

アニーとジョージはとほうにくれて目を見合わせた。

「コスモスの言うとおりにしたほうがいいよ」アニーはささやいた。「そのうちに、コスモスがどうなってるのかわかるかもしれないしね」

アニーがコスモスに向かって話しだすと、コスモスはそれを一字一句《いちじいっく》画面に書きとっていった。

「水は」アニーは言った。「二つの水素原子《すいそげんし》と、一つの酸素《さんそ》原子からなる分子《ぶんし》です。水ができるのは……」アニーはとちゅうで言葉を切ると、たずねた。「水はどうやってできるんだっけ？」

「星によって作られるんじゃなかったっけ」ジョージが言った。「そうだよね、コスモス？」

もし、ジョージがコスモスと会話を始めれば、その間に大好きだったコスモスがこんなに変わってしまった原因《げんいん》をさぐることができるかもしれない。ホラー映画でも、子どもたちが危険《きけん》な変人をうまいことなだめて時間をかせぎ、その間に救出計画《きゅうしゅつけいかく》を立てたりするではないか。

「ソノトオリデス」コスモスは同意した。自分の得意分野《とくいぶんや》の宇宙《うちゅう》に関する質問《しつもん》だったので、少し愛想《あいそう》がよくなっている。「宇宙ニアル水ノ大半ハ、星ガ形成サレルトキニデキマス。マワリノ雲ノ気圧《きあつ》ヤ温度ガ高イセイデ、水素原子ト酸素原子ガ結合《けつごう》スルノデス。地球ノ表面ノ七一ぱーせんとハ、水デオオワレテイマス。水ハ大量ニアルノデ、人間ガ水ヲツクル必要ハアリマセン。シカシ、水ガドノヨウニシテ地球ニモタラサレタカハ、マダダレニモワカッテイマセン」

とつぜんジョージはいいことを思いついた。うまくいくかどうかわからないけど、試《ため》してみる価値《かち》はある。コスモスがアニーの宿題に気をとられているすきに、コンピュータシステムをチェックしてみよう。コスモスに何が起こったのかをつきとめ、直せるものかどうか調べてみよう。ジョージは、夏に泊《と》まりにきたことのあるエメットほどIT《アイティー》にくわしくはないけれど、エメットからもITの授業からもいろいろと学んでいる。やってみよう。ジョージは、あちこちを探《さが》して、紙と使えそうなペンを見つけた。それを使って、伝えたいことを走り書きすると、アニーに見せた。

コスモスにしゃべらせといて！　それと、ケータイ貸して。

「えーと、コスモス……」アニーはスマートフォンをこっそり渡《わた》しながら、果敢《かかん》に質問した。「水って、どうしてそんなに大事なの？」

コスモスは熱心に答える。

「アア、水ハ、アナタガタ人間ニ関シテ言エバ、スベテノ分子ノ中デ最も大切ナモノノ一ツデス。ナゼナラ、知ッテノトオリ生命ハ水ナクシテハ存在《そんざい》デキナイカラデス。人間ノ身体《からだ》ノ約六〇ぱーせんとハ水デアリ、水ガナイト人間ハ数日間シカ生キラレマセン。ツマリ、人間ノ身体ノ中デ様々《さまざま》ナ化学反応《かがくはんのう》ガ起キルタメニハ、水ガ必要ナノデス。植物モマタ、育ツタメニハ水ガ必要デス」

「うん、そのとおりよね」アニーは、愛想よく言った。「さすがだね、コスモスは賢《かしこ》いね」

コスモスが話している間に、ジョージはひそかにバックアップドライブをコスモスにつなぎ、それからアニーのスマートフォンをベリス家のＷｉＦｉ《ワイファイ》に接続した。遠隔《えんかく》ログインして、問題のありかを調べようとしたのだ。ジョージは、もっとコスモスに話してもらうようアニーに合図した。ジョージのもくろみに気づかれないよう、コスモスの気をそらしておかないと。

「コスモス、水と生命をつなぐものはなんなのかな？」アニーは熱心な様子で画面を見つめながらたずねた。

「ヨクゾキイテクレマシタ」コスモスが返事をした。さいわいコスモスは説明に夢中《むちゅう》で、ジョージのしていることには気づいていないみたいだ。「実際、水ハ生命ニトッテトテモ重要デアルタメ、ホカノ惑星《わくせい》ニ生命体ガイルカドウカサグルトキニハ、マズソコニ水ガアルノカドウカヲ確《たし》カメマス。水ガナイトスルト、ホボ確実《かくじつ》ニ生命体ハ存在《そんざい》シマセン。生命ノ基本的要素《きほんてきようそ》ヲツクル化学作用ハ、水ノ中デ、マタ水ヲ使ッテ起コルカラデス。ツマリ、水ガナイトコロデハ、生命ノ分子《ぶんし》ハカンタンニハデキナイノデス」

「ありがとう」

アニーは、コンピュータのチェックがうまくいったかどうかを知ろうとしてジョージを見た。でもちょうどそのとき、廊下《ろうか》から物音が聞こえてきた。そうか、もう夜になっていたのだ。宇宙にどれくらい長くいたのかはわからないが、探検《たんけん》をしている間に地球《ちきゅう》の昼間は終わってしまったようだ。

「どうして、車に布団《ふとん》や水がいっぱい積《つ》んであるんだい？」エリックがたずねている。

「知らせなきゃいけないことがあるの」スーザンの声も聞こえてきた。その声はふだんよりうわずっていて、自分でも半信半疑《はんしんはんぎ》らしい。「すごくわくわくする話なんだけど、わたしの家族が泊《と》まりにくるのよ」

「きみの……家族？」壁《かべ》の向こうからエリックが信じられないでいる様子が伝わってくる。「で、何人が？」

「それが、全員なのよ」スーザンは、とつぜんケラケラと笑《わら》いだした。「インターネットで例の無料の航空券《こうくうけん》を手に入れたんですって。それでみんな今、オーストラリアからこっちに向かってるところなの」

「ええっ、冗談《じょうだん》だろ！」エリックがぞっとしたように声をはりあげた。「きみの家族全員だって！そんなひどい罰《ばつ》を下されるようなことは、わたしは何もしてないぞ」

ふたりは話しながら書斎《しょさい》に入ってきた。アニーとジョージはコスモスの前におとなしく座《すわ》っていた。画面にはアニーの化学の宿題が映《うつ》しだされている。

科学者や先生であることが身にしみついているエリックは、数行を声に出して読みあげた。

「一つの酸素原子《さんそげんし》と二つの水素《すいそ》原子が結びついて、水になります……いいじゃないか」エリックは満足げにつぶやいた。「ふたりともよくがんばったな。一生懸命《いっしょうけんめい》に勉強していたんだね。まわりの世界がおかしくなって、わたしがどう解決していいかとほうに暮《く》れている間に、きみたちは成果《せいか》を上げていたんだな」

「あらほんと、よくやったわね」スーザンも感心したように画面をながめた。「少なくともアニーとジョージのことは心配する必要ないわね。ホッとしたわ。こんなときに、まだほかにも心配事を抱《かか》えてたら、それこそおかしくなっちゃうもの。外は大混乱してたのよ。買い物も、ほんとにたいへんだったの。だれの家にもオーストラリアから九人家族がやってくるとは思えないけど、そう思えるほどみんなが必死で買いあさっていた。わたしのことを欲《よく》ばりだって責《せ》める人もいてね」

アニーとジョージは、目を見合わせてため息《いき》をついた。おとなたちは、なんの役にも立ちそうにない。

「ねえパパ……」アニーが言った。エリックは書斎《しょさい》にあるいろいろな引きだしをあさっている。「いったいどうなってるの？」

「アニー、正直言ってわたしたちにもわからないんだ」エリックが答えた。「世界じゅうのあちこちでコンピュータシステムが誤作動《ごさどう》してるんだが、その原因《げんいん》はだれにもわからない。いちばん考えられるのは、すべてのネット上のセキュリティ・プロトコルが破《やぶ》られて、メッセージが傍受《ぼうじゅ》され、不正《ふせい》コマンドがあたえられているってケースだ。それが、かなり異常《いじょう》な現象《げんしょう》を引き起こしている」

「たとえばどんな？　無料の航空券《こうくうけん》とか？」アニーがきいた。

「ああ、だけどそれだけじゃない。砂漠《さばく》ではダムの水門が開いたんだ」エリックは言った。「コンピュータシステムの誤作動で水門が開いてしまい、ダムの水が流れ出してしまった。コンピュータで操縦《そうじゅう》する軍用《ぐんよう》無人《むじん》飛行機《ひこうき》ドローンは、離陸《りりく》するのを拒《こば》んでいる。完全にダウンしてしまったネットワークもある。オンラインのチャット機能《きのう》だから、ほかの被害《ひがい》と比《くら》べれば、たぶんそんなに困《こま》らないだろうけどね。食料の流通も影響《えいきょう》を受けているし、次は電力《でんりょく》の供給《きょうきゅう》もやられるかもしれない」

「だれかが世界じゅうのコンピュータをハッキングしてるんですか？」ジョージはたずねた。

「わからないよ！」エリックはぴりぴりした声で笑《わら》いだした。おとなは、おもしろくもないことを笑うとき、こんな声をあげる。「とても信じられるようなことじゃないんだ。でも、世界じゅうのシステムがハッキングされているようだな。今は、直接会って話すことだけが、唯一《ゆいいつ》の安全なコミュニケーションなんだよ」

「ケータイもだめなの？」アニーがきいた。

「ああ。何もかもが危険《きけん》になった。世界じゅうのどのシステムも攻撃《こうげき》にさらされているんだよ」

エリックはそう言うと、コスモスから予備《よび》のハードドライブを引き抜《ぬ》いた。ジョージがコスモスのシステムをチェックするために使っていたものだ。

「留守《るす》の間、コスモスのデータを参照《さんしょう》しなければならない場合に備《そな》えて、これは持っていくよ」

「こんなことするなんて、犯人《はんにん》はいったいだれなんだろう？」と、ジョージ。

「わからないよ」エリックがまじめな顔で答えた。「個人かもしれないし、無法国家《むほうこっか》かもしれないし、どこかの団体かもしれない。ターゲットがあまりにもばらばらだということを考えると、ひょっとしたら、宇宙《うちゅう》の気象《きしょう》の影響《えいきょう》かもしれないという人もいる。エイリアンのせいだとの憶測《おくそく》もないわけじゃない。地球上《ちきゅうじょう》のどこからも指令《しれい》を出している形跡《けいせき》がないからね」

「エリックはどう考えてるんですか？」ジョージはたずねた。

「わたしかい？　わたしの仮説《かせつ》には、同意する人があまりいないんだ」エリックは眉《まゆ》をひそめた。「何者かが量子《りょうし》コンピュータを開発して、地球上の全システムに侵入《しんにゅう》してるんじゃないかというのが、その仮説だよ。しかし、わたしたちにもまだ不可能《ふかのう》なのに、だれがどうやって、成《な》しとげたんだろう？　答えられないのは、さっぱりわからないからだ。気にいらないね、まったく！　さてと、もう行かないと」

「どこに？」アニーが声をあげた。

エリックはため息《いき》をつき、娘《むすめ》の髪《かみ》をくしゃくしゃとなでると、おでこにキスをした。

「それはおまえにも言えないんだ。外に車が待っている。でも、きみたちはここにいれば安全だよ。それに、あと数時間もすれば、解決するだろう」

「でも、あたしたち、何をしたらいいの？」アニーがたずねた。

「そうだな……化学の宿題をやってしまいなさい」エリックが言った。「しあげておくんだよ。帰ってきて読むのを楽しみにしているよ」エリックは、そこでいったん言葉を切ると、コスモスのキーボードにいくつかのコマンドを打ちこんだ。「宿題のためなら、コスモスを使っていいぞ。だが、安全を確保《かくほ》するために、ほかの機能《きのう》にはアクセスできないようにしておいた。コスモスは、宿題に関係のあることだけに作動してくれる。こうしておけば、悪意あるハッカーの興味もひかないからね。もしほんとうに、ハッカーの仕業《しわざ》だとしても、だ」

ジョージは、がっかりした。

「待って」アニーが言った。「じゃあ、コスモスは持っていかないの？　エボットも？」

「ああ、やめておくよ。デジタル記録《きろく》が残るようなものは持っていかない」

エリックはそう言うと、科学の大きな謎《なぞ》をだれよりも早く解決したいと願って書斎《しょさい》をとびだした。そしてろうかを走っていってスーザンにぶつかった。エリックは妻《つま》を抱《だ》きしめようとしたが、スーザンのほうはお客用の寝具《しんぐ》を腕《うで》いっぱいに抱《かか》えていたので無理だった。かわりに、エリックはスーザンの鼻先になんとかキスだけすると、玄関《げんかん》から出ていった。

「アニー、手伝ってくれる？　寝る場所をつくらないといけないの」スーザンが言った。

「庭にテントを張《は》るのはどう？」と、アニー。「今はそんなに寒くないし、奥地《おくち》で冒険《ぼうけん》したって話を、みんないつもスカイプでしてるでしょ」

「すばらしいアイディアね」スーザンが言った。「テントを見つけてきて、張ってくれる？」

「うん、まかせといて」アニーが答えた。

ジョージはアニーに小声でささやいた。

「IAM《アイエーエム》のことも、ロボットのことも、エリックにきけなかったね。QED《キューイーディー》のことも、コスモスのことも。きく暇《ひま》なんて全然なかったもんな」

「ほんと！」アニーはいらだっているらしい。「でも、もともと無理なのよ。パパは帰ってきたと思ったら、またすぐに出かけちゃうんだもん。それに、コスモスの前じゃ、なかなか話を切り出せないし」

「それに、ぼくがコスモスをチェックするのに使おうと思ってたハードドライブは、エリックが持っていっちゃった。コスモスがおかしいのはハッキングされたせいかどうか、わかるかもしれなかったのに。でも、もう知る方法がなくなっちゃった」

最新の科学理論！

量子《りょうし》コンピュータ

コンピュータはわたしたちの暮《く》らしのほとんどあらゆる面で、なくてはならないものになっています。今日《こんにち》、コンピュータは家庭でも車でも使われていて、多くの人が携帯《けいたい》デバイスとしてどこに行くにも持ち歩いています。わたしたちがまわりの世界を理解し、利用しようと努力したことから、こうした技術革新《ぎじゅつかくしん》が生まれました。その理解の中心にあるのが数学です。

数学者の挑戦状《ちょうせんじょう》

一九九〇年にドイツの数学者ダフィット・ヒルベルトは、数学者が解くべき未解決問題のリストを発表しました。英国の数学者アラン・チューリングは、その中の一つの問題（数学命題が真であることを有限時間で見つけることができるか）にとりくんでいたとき、定理《ていり》を数学的な方法で導《みちび》きだす仮想《かそう》マシンを作ることで解こうとしました。このマシンはチューリングマシンとして知られるようになり、今日の古典的コンピュータのモデルとなりました。

古典力学《こてんりきがく》　対　量子力学《りょうしりきがく》

ガリレオ、ニュートン、マクスウェルなどの科学者たちは、まわりの世界をかなり正確に描《びょう》写《しゃ》し、古典力学の体系《たいけい》を作りあげました。しかし、科学者たちが原子《げんし》や分子《ぶんし》を対象に研究するようになると、古典力学の考え方ではうまくいかなくなり、新しい理論体系《りろんたいけい》と法則《ほうそく》が必要になりました。そこで登場したのが量子力学です。

量子力学の法則は古典力学の法則とは大きくちがいます。たとえば、「重ね合わせの法則」は、量子力学の方程式《ほうていしき》の解《かい》の一つがAで、もう一つの解がBだとすると、A＋Bもまた解になります。これはどういう意味でしょうか？　電子の場合を考えてみましょう。ここにある電子について、一つの解があり、別のあそこにある電子について別の解があるとすると、一個の電子が同時にここにもあそこにも存在《そんざい》する可能性《かのうせい》があることになります。この可能性を極限《きょくげん》までおし進めることにより、物理学者のシュレーディンガーは、量子論的《りょうしろんてき》にはネコが生きている状態《じょうたい》と死んでいる状態が同時に存在する可能性《かのうせい》をしめしました。わたしたちの暮《く》らしで考えると、あり得ないことですけどね。

量子《りょうし》原理をコンピュータに使う

1. まず情報量《じょうほうりょう》が0か1しかない1ビットを量子ビット（キュービットqubit）に変換《へんかん》します。
1キュービットは、0と1を同時に重ね合わせることによってエンコードします。

2. もし2個のキュービットなら、それは4個の状態《じょうたい》（00,01,10,11）の重ね合わせになります。3個のキュービットなら全部で8個の状態（000,001,……111）となります。

3. キュービットの数が増えると、状態の数も飛躍的《ひやくてき》に増えることがわかります。古典的なビット（0か、1か）から量子的な（0も、1も）に変えるだけで計算パワーが急激《きゅうげき》に増大するのです。

4. 言いかえると、計算の法則《ほうそく》を変えることにより、わたしたちは新しいアルゴリズム（計算手順）をうちたてることができ、解くことができる問題の種類も劇的《げきてき》に変わります。といっても、量子コンピュータがすべての問題を解くのにすぐれているというわけではありません。

5. ある種《しゅ》の問題に対しては、量子コンピュータはすばらしい力を発揮《はっき》します。量子アルゴリズムの例として、2個の素数《そすう》の積《せき》で表される大きな数の素因数分解《そいんすうぶんかい》を考えてみましょう。
これは古典的コンピュータにとってはむずかしい計算で、今日の大部分のサイバーセキユリティはこれに基《もと》づいて考えられています。でも量子コンピュータなら素因数分解をかんたんに解いて、暗号を破《やぶ》ることが可能《かのう》です。量子アルゴリズムはほかの分野の複雑《ふくざつ》な問題に適用《てきよう》することができます。たとえば材料科学分野（新しい量子材料を作り出して、その性能を理解する）や、化学分野（巨大原子《きょだいげんし》や分子《ぶんし》の性質を予測《よそく》し、新薬の開発などに役立てる）、ヘルスケア分野（新しいタイプの測定器《そくていき》を作る）や、これまでは想像もできなかったそのほかのさまざまな分野でも利用することができます。量子力学の原理によって、わたしたちは原子や分子といった量子的粒子《りょうしてきりゅうし》を理解するための新たな言語を発展《はってん》させることができるようになりました。

量子力学《りきがく》は、この世界を構成している土台を理解するための鍵《かぎ》をあたえてくれました。量子情報科学《じょうほうかがく》は、たとえば量子コンピュータ、量子暗号技術《あんごうぎじゅつ》、量子センサーなどの今日《こんにち》では想像もできないような複雑《ふくざつ》なテクノロジーを開発するために量子力学を利用することを可能にしてくれます。

レイモンド

「なら、そろそろ帰ったほうがいいね。庭にテント張《は》るのを手伝いたいなら別だけど。またあとでね。それまでに、何かわかるかどうかさぐってみるよ」

ジョージが家に帰ると、お父さんとお母さんが困《こま》ったような顔をしていた。テーブルの上には、お母さんが焼いたパンがあり、ふたりはそれをまじまじと見つめている。ジョージはふたりが説明してくれるものと思ったのだが、ふたりはただつったって、テーブルの上の、焦《こ》げていかにもかたそうなパンを見つめているだけだ。

「ねえ、お母さん、お父さん……」ジョージは声をかけた。家の中が静かなところをみると、ふたごはもう眠《ねむ》っているらしい。「ねえ、なんでパンを見つめて立ってるの？」

「考えていたんだ」お父さんのテレンスが言った。「けさ早く、このパンに千ポンドもはらうっていう人がいたんだ。どうしてなんだろう？」

「なのに、売らなかったの？」ジョージが声を張りあげた。「一生に一度のチャンスだったのに！」

「それはどうかしら」お母さんのデイジーが落ちついた声で言った。「協同組合《きょうどうくみあい》の今日の当番はうちだったんだけど、手押《てお》し車にいっぱいのお金を持った人が、次から次へとやってきたのよ。そして、わたしたちが出している食料を買おうとしたの」

「でも、協同組合はお金を受けとらないよね」ジョージは言った。

ジョージの両親が関《かか》わっているのは、お金のやりとりなしで、品物やサービスを交換するベンチャー事業だ。

「そうなんだよ」お父さんは言った。「それなのに、まるでほかでは食料が手に入らないとでも思ってるみたいだったな」

「みんな今では銀行《ぎんこう》のATMから出てきたお金をどっさり持っているのに、そのお金で買う商品がないのよ。だから、このパンは売らないでとっておくことにしたの。だって、お金はもうなんの価《か》値《ち》もないみたいだもの」

「それにしても、お母さんのパンに千ポンドもはらいたい人がいるなんて、こりゃびっくりだな」お父さんは、めずらしくユーモアをまじえて言った。

そのとき、シュー、パチンという音がして、家じゅうの電気が消えた。

三人は暗い中に立っていたが、すぐにお母さんが「赤ちゃんたち、だいじょうぶかしら?」とさけんで、手さぐりしながら階段《かいだん》へ向かった。

「だいじょうぶさ」お父さんは、お母さんを落ちつかせようとした。「ただの停電《ていでん》だよ。あるいは、うちの風力発電装置《そうち》の羽根《はね》がはずれちゃったのかな?」

ジョージの家では、自家製の風力発電機による電力だけを使おうとしていたが、まだじゅうぶんではないので本線からも電気を引いている。

ジョージは、暗闇《くらやみ》の中をおそるおそる歩いて裏口《うらぐち》のドアを見つけると、外をのぞいた。夜空の星を除《のぞ》けば光は見えない。もう夜も遅《おそ》い時間にちがいない。

「どこも、まっ暗だよ」ジョージは大声で言った。

フォックスブリッジじゅうの明かりが消えていた。土星《どせい》の写真を撮《と》るには最高だろう。邪魔《じゃま》になる地上の明かりが全部消えているのだから。でも、ジョージがあれこれ考える暇《ひま》もなく、お父さんが今こそ行動を起こさなくてはと決心した。

「ジョージ、屋根《やね》の上に登ろうと思うんだが、それにはおまえの手助けが必要だ。タービンを調べたい。作動するはずなのにしなかったのだから、どこか故障《こしょう》してるんだろう。停電《ていでん》になっても、照明《しょうめい》をつけるくらいの電力は発電できるはずなのに」

ジョージの懐中電灯《かいちゅうでんとう》をたよりに、まっ暗な家の中を進んでいくのは、とてもぶきみだった。暗いと、見慣《みな》れているはずのものまで怖《こわ》くなる。工具箱《こうぐばこ》を置いている戸棚《とだな》は、口をあんぐりとあけてお父さんを丸《まる》ごと飲みこもうとする怪物《かいぶつ》に見えた。階段《かいだん》は、ドラキュラの城の階段みたいだ。踊《おど》り場にあるたんすは、宙《ちゅう》をただよう墓石《はかいし》みたいで、時計の針《はり》の音は、破滅《はめつ》のチャイムのようにひびく。ジョージは、お父さんが前を歩いていてよかったと思った。もしほんとうに怖い物がとびだしてきても、うしろに身を隠《かく》すことができる。ふたごの妹たちの静かな寝息《ねいき》でさえ、獲物《えもの》を待ちぶせしているゾンビの、重たい息づかいに聞こえる……。

階段をのぼったふたりは、ふたごが眠《ねむ》っている部屋を忍《しの》び足で通り抜《ぬ》け、窓《まど》から外に出て、屋根の上にのぼった。お父さんの言うとおり、風車の羽根《はね》の一つが、ぐらぐらしていた。

この自家製発電機《じかせいはつでんき》は、タービンが風力を使ってコイルのまわりの磁石《じしゃく》を動かし、わずかな電力を生み出している。たいていはちゃんと動いていたので、ジョージもお父さんも自慢《じまん》に思っていた。ただほんとうに必要な今回のようなときに、故障《こしょう》してしまったのは残念だ。

ジョージは、工具箱《こうぐばこ》を持って、広い窓敷居《まどしきい》の上に立っている。お父さんは屋根裏部屋《やねうらべや》の窓《まど》からさらに上にある、風車が設置してある場所までよじのぼっていた。するとつぜん、ツリーハウスで明かりが点滅《てんめつ》するのが見えた。ジョージは目を細《ほそ》めて、その明かりの正体を見きわめようとした。どうも、なんで、あそこに明かりが？　わけがわからない。ジョージは、もう一度じっと見つめた。

懐中電灯をつけたり消したりしているみたいだ。

「かなづちをとってくれ」傾斜《けいしゃ》した屋根からお父さんが言った。

ジョージは、言われたとおりにかなづちを渡《わた》した。ツリーハウスのことは言わないでおく。お父さんがそっちを見ようとして体をよじったら、屋根から落ちてしまうかもしれない。だから、黙《だま》ったまま点灯《てんとう》する間隔《かんかく》が長かったり短かったりするその明かりを見つめていた。そのうち、点灯の仕方に法則《ほうそく》があることに気がついた。長い、長い、長い。短い、短い、短い。長い、長い、長い。

「お父さん」ジョージは慎重《しんちょう》に声をかけた。

とたんにお父さんは、かなづちで自分の親指を打ってしまった。

「いてーっ！」

家の向こう側からも話し声が聞こえてきた。何人かの人が道を急いでいるらしい。

「ウェブサイトには、オオカミ男はつかまったって出てたけどな」

通行人のひとりが言った言葉が、夜の静けさの中にひびいた。

「なんだい、ジョージ？」口に親指をつっこみながらお父さんがきいた。

「懐中電灯《かいちゅうでんとう》で長く三回、短く三回、また長く三回光らせたら、どういう意味？」

「モールス信号《しんごう》だな」お父さんは痛めた親指を口に入れたまま言った「ＳＯＳ《エスオーエス》という意味になるな」

いったいだれが、ツリーハウスからＳＯＳを送っているんだろう？

「お父さん」ジョージは何気《なにげ》ない調子できいた。「ほかにもモールス信号を知ってる？」

お父さんは、風車の羽根《はね》に集中していたので、おかしな質問《しつもん》だとは思わなかったらしい。

「ヘッドランプをつけてみよう」お父さんはそう言うと、ゴムバンドで額《ひたい》にとめた電球をつけた。

「おまえの懐中電灯は、ぐらぐらしすぎだぞ……ああ、モールス信号はいっぱい知ってるぞ。むかしおぼえたんだ。おまえのおじいさんが熱中していたからね」

「だったらＤ《ディー》・Ｉ《アイ》・Ｋ《ケイ》・Ｕ《ユー》（「ぼくはあなたのことを知ってるかな？」の略）って、どうやるの？」ジョージは、くぎを打っているお父さんにたずねた。

「ふむ……ツー、トン、トン……」お父さんは、それに合わせて罪《つみ》のないくぎの頭を打った。「トン、トン」（カン、カン、とくぎを打つ音）「ツー、トン、ツー」（カーン、カン、勢いよくカーン！）「トン、トン、ツー」お父さんは最後にかなづちをふりまわした。

「ところで、おまえは何をやってるんだい？」

お父さんは、言われたとおりに懐中電灯を点滅《てんめつ》させているジョージにたずねた。

「練習してみてるだけだよ」ジョージは大まじめな顔で答えた。「発電機《はつでんき》は直った？」

「もうちょっとだ」

ツリーハウスからの返事はすぐに戻《もど》ってきた。

「トン、ツー。ツー、トン、トン、トン」ジョージは声に出してそれを再現《さいげん》すると、お父さんにたずねた。「これは、どういう意味？」

「えーと、そうだな……」お父さんはくぎを二本くわえながら話していた。「AB《エービー》って意味だな。うげーっ！　くぎがのどにつまった！」

ジョージが手をのばしてお父さんの背中をドンとたたくと、小さなくぎが口からぽんととびだした。

ABってことは、アニー・ベリスかな？　ツリーハウスからSOSって？

「お父さん、終わった？」

ジョージが懐中電灯で羽根を照《て》らすと、羽根は動き始めていた。

「何か急ぐことでもあるのか？」お父さんはおどろいたようにたずねた。

「ツリーハウスに行って、土星《どせい》の写真を撮《と》らないと」ジョージは説明した。「町に明かりが戻ってくる前にね」

ジョージはあいた窓《まど》から部屋に入り、寝《ね》ている妹たちのそばを通りすぎ、階段《かいだん》をおり、裏口《うらぐち》から出て、ツリーハウスのはしごをのぼった。

やっぱりそこにはSOS《エスオーエス》が待っていた。暗闇《くらやみ》の中でもアニーが怖《こわ》がっているのがわかる。

「屋根《やね》の上で何やってたの？」アニーがたずねた。

「風力発電機《ふうりょくはつでんき》を修理《しゅうり》してたんだ」ジョージは答えた。「お父さんとね。お父さんときたら、親指を打ったり、くぎを飲《の》みこんだりしてさ。わめいてたのはそのせいだよ」

「うわあ、ジョージの家族って変なの」

アニーは、ひざを抱《だ》いてジョージのビーズクッションに体をうずめていた。

「ええっ、アニーには言われたくないな。偽《にせ》もののお父さんロボットがいるのは、だれなのさ。それにオーストラリアから無料チケットで大勢の親戚《しんせき》が押《お》し寄《よ》せてくるんだろ？」

「わかったよ」アニーは言った。「ジョージの勝ち。うちの家族ってほんとに変だもんね」

ジョージの家に電気が戻《もど》ると、このあたりでは一軒《けん》だけ明るい家になった。アニーはつけくわえて言った。

「ジョージの家族は別の意味でも勝ちみたい。フォックスブリッジで電気があるのはジョージのとこだけかもよ」

「ただの停電《ていでん》だよね」ジョージは言った。「ちがうの？」

「わかんないよ！　パパにインターネットを使っちゃだめだって言われたから、ほかの場所がどうなってるか調べられないもん。パパはケータイも使っちゃいけないって言ってたよね。でも、どっちにしろ使えないかも。電波《でんぱ》のマークがついたり消えたりしてるもん」

「だからモールス信号《しんごう》でメッセージを送ったの？」ジョージはたずねた。「ぼくのツリーハウスから？」

「そうよ」アニーは言った。「むかしのチャットアプリみたいなもんでしょ。エニグマふうにメッセージが送れるのよね。読み解けるかどうか心配だったけど、できたね！」

ジョージは、ツリーハウスの外をじっと見た。街灯《がいとう》も、家（ジョージの家以外は）も、会社も、レストランも、まっ暗だ。町全体が闇《やみ》に包《つつ》まれている。

「まさか！」ジョージは言った。「フォックスブリッジ唯一《ゆいいつ》の電気のある家が、ぼくんとこ？」

ほかの家でも、徐々《じょじょ》に明かりがともるようになっていたが、まだほの暗い。電球のまばゆい光ではなく、ろうそくのゆらめく光だからだ。

「いったいどうなってるんだろう、アニー？」ジョージは暗闇の中でアニーをふり返った。「どういうこと？」

「わかんない……」アニーは言った。とても深刻《しんこく》そうな顔だ。「でも、なんだかいやな感じがする。月にいたロボットも……。あれはなんだったのかな？　だれのロボットなのかな？」

「あれは最悪だったね！」ジョージは言った。「友好的《ゆうこうてき》じゃなかったのは確《たし》かだよ。ぼくをねらってたのもぶきみだったし。なんで、ロボットがぼくをねらうんだろう？　ただの子どもなのにさ！　それに、ＩＡＭ《アイエーエム》ってだれなの？　なんなの？　宇宙《うちゅう》で何してるの？」

「ジョージが帰ったあと、コスモスが言っていたことがあるの」アニーが言った。「それを伝えよ

照明《しょうめい》

人類《じんるい》は電球が発明されるよりはるか前から地球上に存在していたので、電気照明がなくてもだいじょうぶだろう。家の中をロウソクやランプで照らすこともできる。現代の技術で、電池や太陽式電池の照明もできているから、停電《ていでん》のときには使えるだろう。でも太陽が沈《しず》むとふだんよりはずっと暗くなる。特に停電がいつまで続くかわからない場合は、そうした備品が切れてしまわないように注意しなくてはならない。

暖房《だんぼう》

電気による暖房にたよっている人は多い。ガス暖房を使っている場合も、着火に電気が必要だと、停電の時は暖房が切れてしまうだろう。また、調理に電気を使う人もたくさんいる。そういう人は、温かい食事がかんたんにはできなくなる。また、冷蔵庫《れいぞうこ》も冷凍庫《れいとうこ》も使えなくなるので、気温の低い時でも食料をくさらないようにするのがむずかしくなる。薪《まき》ストーブと丸太がたくさんあれば、その周りをとり囲《かこ》んで暖を取ることはできる。それでも衣服をたくさん着て、早くベッドに入ったほうがいいだろう……。

水

停電になると水が出なくなるかもしれない！　水が出ても、飲めるほどきれいな水ではなくなるかもしれない。電気がないと、浄水設備《じょうすいせつび》と下水処理設備《しょりせつび》が動かなくなるだろう。そうなると、水を濾《こ》してからわかさないと飲み水が手に入らない。しかも、機械は動かないだろうから、すべてを手で行わなくてはならない。

娯楽《ごらく》

冬のコートを着こみ、薪か石炭の火をとり囲み、火で温《あたた》めた缶詰《かんづめ》の夕食を食べながら懐中電灯《かいちゅうでんとう》の明かりをたよりにボードゲームを楽しむことはできる！　でも、テレビを見ることもコンピュータゲームをすることもできない。携帯電話《けいたいでんわ》は、ソーラー充電器《じゅうでんき》がなければ、すぐに使えなくなってしまう。電話については、地上通信線を使えば使うことができるかもしれない。もし手まわしラジオがあれば、ニュースや最新情報を聞けるので便利だ。

電気のない生活は、地球上の多くの人にとって、ふだんとはまったくちがうものになるだろう！　もし、電気のスイッチを入れても電気が来なかったら、あなたの生活はどんなふうに変わると思う？

明かりが消えたらどうなる？

すべての照明《しょうめい》がとつぜん消えたらどうなる？　電気がなくなってまっ暗になった中で暮《く》らすことを想像できる？　日が暮れたらベッドに入らないといけなくなるよね。北半球の北のほうに住んでいたら、冬には午後4時には寝《ね》ることになるかも！　光害《こうがい》がなくなるので、夜空がはっきり見えるようになり、天文学者たちは喜ぶかもしれない。しかし毎日の暮らしはふだんよりちょっとめんどうになるだろう。

どうして停電《ていでん》になるの？

大規模《だいきぼ》な停電が起こる原因《げんいん》は、いろいろ考えられる。

・テロリストに攻撃《こうげき》されたり、戦争が起こったりして、発電所が破壊《はかい》される。
・地球上でより多くの人がより多くの電力を使うようになり、電力が足りなくなる。
・しばしば台風など天災《てんさい》のせいで、何千もの家庭で停電が起こっている。

太陽の影響《えいきょう》

地球上の悪天候《あくてんこう》だけがあなたの家をまっ暗にするわけではない。専門家は、この数年間の電力供給《でんりょくきょうきゅう》は、宇宙《うちゅう》の気象《きしょう》から大きな影響を受けると考えている。もちろん、わたしたちは太陽からも光を得ている。しかし、太陽は地球《ちきゅう》の気象を混乱させることがある。太陽が大量の物質とエネルギーを放出する「コロナ質量放出《しつりょうほうしゅつ》」（CME）は、磁気嵐《じきあらし》を引き起こしたり、爆発的に強い電気エネルギーを放出することもある。こうした現象が地球上の送電網《そうでんもう》や無線通信を破壊《はかい》する可能性がある。

「コロナ質量放出」は太陽活動の極大期《きょくだいき》（太陽の 11 年周期のうち太陽の活動がいちばん盛《さか》んになる時期）に最もひんぱんに発生する。太陽を研究している科学者によると、地球は 2013 年から 2015 年の間に太陽極大期をむかえる。これは北方の夜空を彩《いろど》るさまざまな色の光のショーであるオーロラを見るためには都合がいい。オーロラは、太陽風が大気中のガスとぶつかり合い発生する電子と陽子により引き起こされるからだ。しかし、太陽極大期は地球上の電力供給に問題を発生させるかもしれない。

それで……もし、光が消えたら、生活はどう変わるだろうか。

うと思ってたんだ……。あたしたちの宇宙旅行《うちゅうりょこう》の記録が画面に出てきたのよね。パパが出かける前だったら大変だったね！　とにかく、それには、あたしが宇宙に出たことは書いてあった。でも、ジョージのほうは、ジョージ・グリンビーとしては記録されていなくて、エリック・ベリスが宇宙に出たことになってたのよ」

「ぼくがエリックの宇宙服を着てたから、エリックが宇宙旅行をしたように見えたってことだよね？」ジョージは言った。「ぼくが前に言ったみたいにさ」

「そう」アニーは言った。「でもね、コスモスですらエリックじゃないことがわからなかったみたい。だから、もしコスモスのシステムをだれかがチェックしてるとすれば、その人たちもエリック・ベリスが宇宙に出てったと思ったはずなの」

「じゃあ、あのロボットがぼくをねらったとき」ジョージは考えながら言った。「ほんとうはエリックをねらってたってこと？　だったら、エリックに伝えなくちゃ！」

「そうなの、でもどうやって？　どうやって伝えたらいいの？　パパは、どのコミュニケーション装置《そうち》も使わないようにって言ってたでしょ」

「エリックは数時間留守《るす》にするだけだって言ってたよね。だったら、戻《もど》ってきたときに言えるよね？」

「その前に、あのへんてこなIAM《アイエーエム》ロボットに捕《つか》まらないといいけど」アニーは心配そうにつぶやいた。

「あのロボットは地球《ちきゅう》まで来られないと思うよ」ジョージは言った。「たぶんあのロボットは月だけで動けるようになってるんだ。だとすると、エリックが宇宙に行かないかぎり、あいつらはエリックを捕まえられないはず……」

「でも、そんなことわからないじゃない！　出まかせを言わないでよ！　とにかく、月にあのロボットを最初に置《お》いたのはだれなのかな？」

アニーがつっかかるので、ジョージもふくれっ面《つら》で言った。

「だれの仕業《しわざ》かなんて、わかんないよ？」

「あたしたちが知ってることを伝えないと、パパは犯人《はんにん》をつきとめることができないよ。月にはパパを捕まえようとする狂暴《きょうぼう》なロボットがいるし、そいつが技術《ぎじゅつ》の天才《てんさい》みたいなやつにあやつられてるらしいんだもん。もしかしたら、そいつが地球上のすべてのコンピュータシステムもめちゃくちゃにしてるのかもしれないし。これって、パパにとっては重要な手がかりになると思わない？」

「そうだよな」アニーに賛成《さんせい》しているのに、ジョージの口調はケンカ腰《ごし》だった。

「じゃあ、そいつを見つけださないといけないね。ロボットの持ち主をつきとめないと。だって地球のシステムにハッキングしてる犯人もそいつかもしれないんだから。パパに連絡《れんらく》してＩＡＭを追ってほしいって言うことができないんだから、自分たちでやるしかないね」

ちょうどそのとき、ジョージの家からまた悲鳴がきこえた。月は屋根《やね》のうしろまでのぼっていて、白い円の中にテレンスの姿《すがた》が影絵《かげえ》のように見えている。オオカミ男の存在《そんざい》を信じる人が、これでもっと増えるかもしれないと、ジョージは思った。

「いててて っ！」お父さんはさけんでいた。「いてっ、いてっ、いてーっ！」

とつぜん、家の中から泣き声が聞こえてきた。

さけび声を聞いてふたごの妹が目をさましたのだ。

アニーがツリーハウスからジョージのお父さんを見やった。

「お父さん、いったい何やってるの？」

「きっとまた親指を打ったんだ」ジョージが言った。「様子を見てくるよ」

「また明日ね、ジョージ……」アニーが言った。「明日、作戦を立てないとね。状況《じょうきょう》がこれ以上どのくらい悪くなるのかわからないけど、その前になんとかしなくちゃね。そう思わない？」

ジョージはうなずいた。

アニーの言うとおりだ。エリックが問題を解決して急場《きゅうば》を救《すく》ってくれるのを期待して、指をくわえて見ているわけにはいかない。

しかもエリックは、情報《じょうほう》をすべて持っているわけではない。月にいるロボットのこともまったく知らないし、そいつらがエリックを捕《つか》まえようとたくらんでいることも、ロボットには、ジョージがたまたま撮《と》った謎《なぞ》の宇宙船《うちゅうせん》についていたのと同じIAM《アイエーエム》という記号がついていたことも、知らないのだ。

そして、もし恐《おそ》ろしいロボットにつけねらわれていることを知らなければ、エリックはかんたんに捕まってしまうかもしれない。そんなことになっては大変だ。なんとしても防《ふせ》がなくては、とジョージは思った。

9

次の朝まだ早いうちに、アニーはコンピュータを入れたカバンを肩《かた》に斜《なな》め掛《が》けして、ジョージの家の裏口《うらぐち》にやってきた。ひとりではない。うしろには、ロボット顔にやさしい笑《え》みを浮《う》かべたエボットが控《ひか》えていた。宇宙服《うちゅうふく》を着て、宇宙ヘルメットを片腕《かたうで》に抱《かか》えている。

「あら、アニー！　いらっしゃい」裏口のドアを開けたデイジーが言った。いつもよりずっと静かだ。「いらっしゃい、エリック！　エリックなの……？」デイジーは目を丸《まる》くした。「ほんとうにエリックなのかしら？　どうして宇宙服を着ているの？」デイジーはアニーの耳にささやいた。「なんだか変だわ。まるで……プラスチックみたいに見えるもの！」

ジョージの家の中はまだ静かだ。ジョージはお母さんのデイジーと朝ごはんを食べていたが、ふたごの妹たちは夜よく眠《ねむ》れなかったせいか、まだ二階《かい》で眠っている。

「やあ、アニー！」まだパジャマ姿《すがた》のジョージが言った。「やあ、エボット！」

「これはパパじゃないんです。パパが特別注文した、よく似《に》たロボットなんです」アニーが説明した。「でもエボットはパパそっくりですよね。通りの端《はし》までいっしょに歩いて戻《もど》ってきたところなんですけど、すれちがったふたりが、『やあ、エリック！』って言ってました。みんなとっても急いでましたけど。けさは大勢の人が走りまわってるんですね。ところで、ラジオをつけてもいいですか？　うちは停電《ていでん》してるから、インターネットも何も使えなくて。まったくなんにも使えないんですよ」

「冷蔵庫《れいぞうこ》の中の実験はどうなった？」ジョージがきいた。「冷やしておかなかったらダメになるんじゃないかな？」

「たぶんね」アニーが悲しそうに言った。「もういくつかはダメになっちゃった。でも前よりぐんぐん成長してるのも一つあるの。冷蔵庫の中は、もうとんでもないことになってるわよ」

エボットは感じのいい笑顔《えがお》を浮かべたまま、部屋を見まわしてから、椅子《いす》を引いてすわった。

ジョージのお父さんのテレンスが、満足げな顔であらわれた。あごひげをなでたものの、親指には包帯《ほうたい》がぐるぐる巻《ま》かれている。

「おはよう、アニー」テレンスが言った。「今じゃわが家は、フォックスブリッジの中で数少ない、電気が使える場所だね。エリックは、うちの風力発電機を評価《ひょうか》してなかったけど、少なくともうちはまだ電気が使えるんだ」

ジョージは、ラジオのハンドルをまわしながら得意げに言った。

「うちのラジオは電気がなくても鳴るけどね」

ジョージはハンドルをさらにまわすと、スイッチを入れた。

「世界じゅうで食糧《しょくりょう》不足が起きています」ラジオからニュースキャスターの声が聞こえてきた。「航空会社が誤《あやま》って無料航空券《むりょうこうくうけん》を発券して以来、交通網《こうつうもう》は完全に麻痺《まひ》しています。世界じゅうに現金が大量に出まわったことも相《あい》まって、スーパーの商品の価格《かかく》は急騰《きゅうとう》し、在庫《ざいこ》は激減《げきげん》しています。食《しょく》料《りょう》を求める人々が紙幣《しへい》を荷車《にぐるま》に積《つ》んでジャガイモ一袋《ふくろ》やパン一斤《きん》を買おうとしているとの報道を受けて……」

ジョージの両親は、何か言いたげに顔を見合わせた。

「今後数日間に事態が悪化する場合に備《そな》えて、残っている食料を買《か》い占《し》めようとする人々が、わずかな在庫をめぐり、激《はげ》しく争っています」

「デイジー、うちから協同組合《きょうどうくみあい》に持ってった農産物はどうなってるだろう?」ジョージのお父さんがあわてて言った。

その質問《しつもん》に答えるかのように、アナウンサーは言葉を続けた。

「食料倉庫への不法侵入《ふほうしんにゅう》が多発しています。スーパーや食料品店ではあまりにも早く品切《しなぎ》れとなり、日増しに深刻化する状況《じょうきょう》に対応《たいおう》できていません。しかし、政府《せいふ》は人びとにパニックにおちいらないよう訴《うった》えています。首相《しゅしょう》は、世界各地で起きているいまだ原因不明《げんいんふめい》の一連のコンピュータ誤作《ごさ》動《どう》に原因《げんいん》があるとし、市民に冷静に行動することを求め、各国の政府と協力して、ネットワークを二四時間以内に復旧《ふっきゅう》させるつもりだと述《の》べました。しかしながら、いくつかの地域では、指導者たちが協力して、困《こま》っている人びとに食料と避難所《ひなんじょ》を提供《ていきょう》しています。避難所は学校、教会、モスクにも設置《せっち》され、地域住民はおたがい助け合って、この危機《きき》に対処《たいしょ》しようとしています。親とはぐれ、家に帰れなくなった子どもたちも、自分たちで避難場所をつくっています。わたしたちの記者もその子たちを取材していますが、安全上の理由から、その所在《しょざい》はあきらかにされていません」

そのときとつぜん、番組とはまったく関係のない別の声がラジオから聞こえてきて、ニュースが中断した。

「わたしは、あなたたちを救《すく》いにいく……」

その声は言った。ジョージの背筋《せすじ》がぞくっとして、うしろ髪《がみ》が逆立《さかだ》った。

「わたしは、答えであり……わたしは、あなたたちが必要なものをあたえる……わたしは、あなたたちの救済者《きゅうさいしゃ》である……わたしは……」

始まったときと同じように、その声はブツッととぎれ、またラジオのニュースが始まった。しかし、ジョージとアニーはぼう然としていた。今の声はどういうことなのだろう？　どこから発信《はっしん》されたのだろう？

「放送が中断したことをおわびいたします」少しあわてた声でアナウンサーはニュースを再開《さいかい》した。「先ほどのメッセージはだれがどこから送信したものか、わたしたちにはまったくわかりません。それでは国営放送《こくえいほうそう》からの公式メッセージをお伝えします――どうか放送局《ほうそうきょく》に押《お》しかけないでください！　局《きょく》の発電機には電力の余裕《よゆう》がありません！　局の出入口は閉《し》まっており、部外者《ぶがいしゃ》は立ち入ることができません。ドアをこじあけようとしないでください。ドアをあけるつもりはありません！　もうこれ以上――」

放送はとつぜんとぎれ、ジョージとアニーを椅子《いす》にしばりつけていた呪文《じゅもん》は解《と》けた。ジョージはラジオをつかんで、またハンドルをまわしたが、何も聞こえてこなかった。

「デイジー」テレンスがあわてながら言った。「協同組合《きょうどうくみあい》に行って、きのう持っていった食料をとってこよう。自分たちの食料をとりもどさないと。きっと必要になるからな！　だれかが押《お》し入ってごっそり持っていく前に行ってこないと！」

「子どもたちはどうするの？」デイジーがきいた。「わたしは子どもたちと残るべきじゃない？　避難所《ひなんじょ》を見つけてから、食べ物をそこへ運んだらどうかしら？　そうしましょうよ」

「きみとわたしは食料をとってくる」テレンスは言いはった。「次に避難所を探《さが》す。それから子どもたちを迎《むか》えに来よう。そうしないと、この危機《きき》が終息《しゅうそく》するまで生きのびられないぞ」

「アニー、あなたのパパとママはどこなの？」

「パパは首相《しゅしょう》のところです」アニーが答えた。「ママは朝とても早くにスーパーに買い出しに行きました。でもずいぶん前だから、もうすぐ帰ってくると思います」

「わたしたち、急いで行ってくるから、その間、ふたりでふたごの面倒《めんどう》をみててくれる？」デイジーがたのんだ。

テレンスは自分たちの作った農産物を協同組合《きょうどうくみあい》から運べるように、キャンバス地の袋《ふくろ》を集めている。ジョージはさっきラジオで聞いたことについて考えていた。放送を中断《ちゅうだん》させた、あのきみょうなメッセージには何か手がかりが隠《かく》されているはずだ。

「もちろん、いいですよ！」アニーはジョージの足をけとばすと、そう言った。

「何？　ああ、うん！　もちろん」

「急がないと、デイジー」テレンスはもうドアから体を半分出していた。「行こう！」

ジョージの両親はキッチンにジョージとアニーとエボットを残し、外の世界に消えていった。

玄関のドアが閉まる音が聞こえるとすぐに、アニーはカバンからシルバーのノートパソコンをとりだした。

「コスモスだね！」ジョージは言った。見た目はふつうのコンピュータと何も変わらないことに、いつもおどろいてしまう。「どうして持ってきたの？」

「うちは電気がつかないから。充電《じゅうでん》するために持ってきたの。それに、コスモスは役に立つと思うな。あたしは――」

「待った！」ジョージがさけんだ。「今の、もう一度言って！」

「うちは電気がつかないから……」

「ちがうよ、その次！」

「コスモスは役に――」

「ちがうったら！　その次だよ……」

「あたしは――」

「ほら、それだ！　Ｉ《アイ》　ＡＭ《アム》（あたしは）じゃないか！」ジョージは大声で言った。

「何が言いたいの？」

アニーにはさっぱりわけがわからなかった。

「ラジオ放送が中断したときも、Ｉ　ＡＭ（わたしは）って、変な声が何度も言ってたよね」と、ジョージ。「わたしは、あなたたちの救済者《きゅうさいしゃ》である、とかって。Ｉ　ＡＭ（わたしは）ってくり返してた。それと、謎《なぞ》の宇宙船《うちゅうせん》に書いてあったＩＡＭ《アイエーエム》は、関係があるんじゃないかな」

「じゃあ、何かの頭文字《かしらもじ》じゃなくて、『わたしは』ってこと？」

「でも、どういうことなのかな？　そこはまだ謎だよね」

「それはそうだけど、わかってることもあるよ。ＩＡＭ《アイアム》が宇宙にいるってこととか、ＩＡＭのロボットが月でパパの宇宙服を着たジョージを捕《つか》まえようとしたらしいってこと。それに、ラジオの声によると、ＩＡＭは地球上《ちきゅうじょう》のすべての人が必要としているものをあたえるつもりだってこと。ということは……」

「ということは……」情報をつなぎ合わせようとしながら、ジョージが言った。「ぼくたちの予想《よそう》は正しかったんだ！　宇宙にＩＡＭってやつがいて、地球にあるすべてのコンピュータのシステムをめちゃくちゃにしてるんだ」

「ちょっと待って――システムはすべて暗号化《あんごうか》されてるのよ。地球にあるすべてのシステムに侵入《しんにゅう》するなんて不可能《ふかのう》よ……そうでしょ？　でも、もし……」

「もし量子《りょうし》コンピュータがあれば」ジョージが言った。

「まさか！　ＩＡＭがだれだかわかんないけど、そいつが量子コンピュータをつくりあげたっていうの？」

「たぶんね。それで、これからどうする？　どうやってＩＡＭを見つける？　手がかりもなしに宇宙に行っても見つけられないよ。宇宙は無限《むげん》なんだ！　ＩＡＭが男か女か、それとも人間じゃないのかわからないけど、なんにせよ絶対に見つからないだろうね」

「いい考えがあるよ。エボットを使うの。いい？　エボットはパパに似《に》てるでしょ？　パパが言うには、ある種《しゅ》の科学的な装置《そうち》はパパとエボットの見分けがつかないんだって。だから、ジョージがパパの宇宙服を着てたとき、パパだと思いこんでたんだとしたら、エボットだってパパのかわりになれる。少なくとも、ロボット軍はエボットを追跡《ついせき》するはず。ジョージはどう思うかわからないけど、あたしはロボットが地球までパパを追ってきて、誘拐《ゆうかい》していくのを防《ふせ》ぎたいの。月にいたロボットは全然親切そうじゃなかったもん」

「そうだね。でも、どんなふうにやればいい？　どうやってエボットをおとりに使う？」ジョージがきいた。

「エボットを宇宙《うちゅう》に送るのよ！」アニーが得意顔で言った。「ＩＡＭ《アイアム》はエボットをパパだと思いこんで、ロボットに捕《つか》まえさせるんじゃない？　その可能性《かのうせい》はあるでしょ。少なくともちょっとはね」

「それでどうなるの？」

ジョージはとまどっていた。これまではアニーがどれだけ想像力を飛躍《ひやく》させても、理解できる自信があった。でも、今回はアニーの考えていることがよくわからない。ジョージが話している間に、アニーはコスモスのケーブルをせっせとほどいていた。

「どのプラグが風力発電機《ふうりょくはつでんき》につながってるの？」アニーがきいた。

ジョージは隅《すみ》のプラグを指さした。そのとき、アニーのねらいがわかった。

「そうか、めがねか！」ジョージはさけんだ。「そういうことだったんだね。エボットが宇宙に出て行って、人さらい、いやロボさらいかな、に会えば、特製めがねを通して、ＩＡＭの正体がわかる！　たぶんどこにいるのかも！」

「ご名答《めいとう》、アインシュタインみたいだよ！」

アニーはそう言うと、キーボードにあるコスモスの電源《でんげん》ボタンを押《お》した。

スーパーコンピュータが深い眠《ねむ》りからさめると、うつろな画面が明るくなった。運の悪いことに、そのときジョージの家で眠りからさめたのは、コスモスだけではなかった。バタンバタンという音が聞こえてくる。ということは、ふたごがベビーベッドの柵《さく》を乗りこえて、容赦《ようしゃ》なく進んできているらしい。

「今日ハドノヨウナゴ用件デショウカ？」

ブーンと音を出しながら、世界でいちばん賢《かしこ》いコンピュータが言った。

「気むずかしい天才《てんさい》スーパーコンピュータじゃなくて、まるで自動エレベーターみたいな話し方だね」ジョージがアニーにささやいた。

「げっ！　うすきみ悪いよね。礼儀《れいぎ》正しいコスモスは好きじゃないよ。コスモスらしくないもん。おっと、たいへん！　ジョージ、妹たちがこっちに来るよ！」

ジューノとヘラは、階段《かいだん》の最後の数段を転がるように下りて、キッチンまでとことこ歩いてきた。そして、立っているエボットを見つけると、巨大《きょだい》なおもちゃだと思ったのか、歓声《かんせい》をあげた。ふたごは両手を広げて、エボットのほうへ走ってくる。その様子にエボットの回路《かいろ》にある、警戒装置《けいかいそうち》が作動したにちがいない。エボットはあとずさって遊び部屋のほうへ逃《に》げ、ふたごは追いかけていった。

「おはよう、コスモス」三人がいなくなると、アニーは明るい声で言った。「やってほしいことがあるの」

「ソレハスバラシイデスナ」コスモスは猫《ねこ》なで声で言った。「シカシ、ワタシハ現在、あにーノ化学ノ宿題ノミヲ手伝ウヨウニトノこまんどヲ受ケテイマス」

「そうか」アニーはエリックが言っていたことを思い出した。「そのコマンドを上書きできる？」

「新タニいんすとーるサレタ上書キ機能《きのう》ヲ実行スルタメノあくせすこーどヲ知ッテイルナラ」コス

モスが答えた。「ドウゾコードヲ入力シテクダサイ」

アニーはコスモスをにらみ、ジョージを見やった。ジョージは、がっかりしているみたいだ。

「エボットがやったみたいに、全部のキーを打ってみようかな……」アニーがささやいた。

ジョージがうなずくと、アニーはでたらめにキーを打った。前に、宇宙《うちゅう》からジョージがエボットを遠隔操作《えんかくそうさ》したときみたいに。でも、何も起きなかった。

「宇宙にあって、アニーの化学の宿題に必要なものを考えよう」ジョージが小声で言った。「そうすれば、宿題に関係あるから、コスモスは戸口をつくらなければならないぞ。コードも必要ない」

「わかった！　いい考えだね！　じゃあ、コスモス」アニーは時間をかせぎながら言った。「あたしたちが……見つける……必要が……あるのは……宇宙にあるタンパク質よ！　あたしの宿題の次のテーマなの！」

「宇宙にあるタンパク質さ」ジョージはくり返した。「そうそう。それをどうしても見つけなきゃならないんだ。炭素《たんそ》と水のことはもう調べた――あとは、宇宙でタンパク質が見つかる場所を探《さが》してもらわないと、コスモス」

コスモスがすなおに光線で長方形を描くと、それが広がってかたいドアの形をした物体になる。ジョージの家の、キッチンの床《ゆか》の少し上に、宇宙への戸口が浮《う》かびあがった。ドアが開くと、向こうに見えるのはジョージの家の中のどこかでもなく、地球上《ちきゅうじょう》のどの場所でもなかった。

そこに広がっていたのは、宇宙そのものだった――巨大《きょだい》で、未踏《みとう》で、神秘的《しんぴてき》で、きわめて荒々《あらあら》しい現象と、恐《おそ》ろしいまでの美しさは見せているものの、それ以外はほとんど何もない空間だ。場合によっては、遠く離《はな》れた太陽系外《たいようけいがい》の惑星《わくせい》に、安全に着陸するかもしれない。わたしたちに見える太陽以外の恒星《こうせい》のまわりを公転《こうてん》している惑星だ。また場合によっては、星雲《せいうん》のぶあつい雲の中をただようかもしれない。あるいは、きわめて明るく強大なエネルギーを放出する、クエーサの爆発的《ばくはつてき》な力とたたかうことになるかもしれない。宇宙そのものには危険《きけん》がいっぱいで、ジョージとアニーのこれまでの宇宙旅行も危険に満ちていた――しかし、少なくともこれまでの冒険《ぼうけん》では、コスモスが危険から脱出《だっしゅつ》する手助けをしてくれると信じることができた。ところが今のコスモスは、アニーとジョージを地球から追い出したがっているだけのように見える。何か恐《おそ》ろしいことが起こりそうな予感がする。

「わあ！」

ジョージといっしょに無限《むげん》に広がっているように思える景色《けしき》をのぞいて、アニーは息《いき》をのんだ。でも、コスモスが選《えら》んだ場所にズームで接近していくと、視界《しかい》はだんだんに、暗くにごってきた。そしてしまいに目に入ったのは、戸口の向こうで岩や土くれが猛《もう》スピードで飛びかう砂嵐《すなあらし》の様子だった。

「ここはどこ？」ジョージはおどろき、怖《こわ》くなってコスモスにきいた。

岩のかたまりが手をのばせばつかめそうなほど近くを飛んでいく。でも、あまりにもスピードが速《はや》いから、つかもうとしたら手がふっとんでしまうだろう。

「ココハ若《わか》イ原始星《げんしせい》ノマワリニアル、塵《ちり》デデキタ円盤《えんばん》デ、地球《ちきゅう》カラ三七五光年離《こうねんはな》レタトコロニアリマス」コスモスが冷静に答えた。「コノ円盤ノ内部デ、あにーガ探《さが》シテイル、たんぱく質《しつ》ヲ作ルノニ必要ナ、基礎的《きそてき》ナ物質《ぶっしつ》ガ見ツカルデショウ。生物ソノモノノ構成要素《こうせいようそ》ノ中ニモ見ツカルモノデス」

この混乱《こんらん》した荒々《あらあら》しい若《わか》い太陽系《たいようけい》では、飛びかう岩と岩が衝突《しょうとつ》を起こしているのが戸口からも見えた。飛びかうものはどれも同じ方向に動いているのだが、その流れの中でも、激《はげ》しいぶつかり合いや大きな衝突《しょうとつ》が起こっている。

「地球もこうやって作られたんだね」アニーがつぶやいた。「コスモスは、太陽系《たいようけい》がつくられていく過程《かてい》や、生命をつくる材料が生まれる過程を見せてくれてるんだね」

「戸口ノ外へ踏《ふ》ミ出シテクダサイ」コスモスが命令した。

「やめとくよ」ジョージはあわてて言った。ジョージもアニーも、高速《こうそく》でうずを巻《ま》くスープの中に入っていこうとは思わなかった。「ねえ、コスモス！　この戸口の向こうへは行けないよ――もっと近くの太陽系で、ちょっとした冒険《ぼうけん》を安全にやれる場所がいいな。別の場所に戸口を作ってくれないか？」

「拒否《きょひ》シマス」コスモスがこんどは不快《ふかい》な声で言った。「戸口ヲツクッタ以上、ダレカガ通ラナクテハナリマセン。ソウイウ運用規定《うんようきてい》ニナッテイルノデス」

「そうなの？」アニーがおどろいて言った。「これまでそんなこと一度も言ってなかったじゃない」

「ワタシハ今、新シイOS《オーエス》デ動イテイマス」

最新の科学理論！

生命の構成要素《こうせいようそ》

生命（植物も、動物も、人間も）は炭素《たんそ》という元素《げんそ》をもとにできています。炭素はほかのどんな元素よりも複雑《ふくざつ》で安定した分子《ぶんし》を作ることができるからです。また炭素は四番目に多い元素で、宇宙に大量にあります。炭素をふくむ分子は、水素《すいそ》をふくむ分子の次に多く、その数は、ほかの元素をふくむ分子をすべて足した数をしのいでいます。

しかし生命を作るには炭素以外の成分《せいぶん》も必要となります。もう一つの欠《か》かせない成分が水です。人間の体の約六〇％は水でできています。水は、体を動かすプロセスの多くに関《かか》わっているため、とても重要です。水は生命を構成《こうせい》する複雑《ふくざつ》な分子を作るのに必要な反応にも関わっていて、その際の溶媒《ようばい》にもなります。

生命を構成するこれら複雑な分子の集まりは、アミノ酸《さん》と呼ばれ、炭素、水素、酸素《さんそ》、窒素《ちっそ》、硫黄《いおう》などをふくんでいます。人間の体にはわずか二〇種類のアミノ酸しかありませんが、それらは多種《たしゅ》多様《たよう》に組み合わさってタンパク質《しつ》と呼ばれる巨大《きょだい》な分子《ぶんし》を作ります。タンパク質は体のいたるところにあり、様々な役割《やくわり》をになっています。たとえば、髪《かみ》の毛や、筋肉《きんにく》や、靭帯《じんたい》を作るのを助けたり、体の中の細胞《さいぼう》が組み合わさるのを助けたり、食べた物の消化《しょうか》を助けたり、と体の中であらゆる種類の大切な働きをします。

というわけで、いくつかの段階《だんかい》を経《へ》るだけで、原子《げんし》のようなとても単純《たんじゅん》なものが、生命のような複雑なものになり得るのがわかっていただけると思います。

トビー

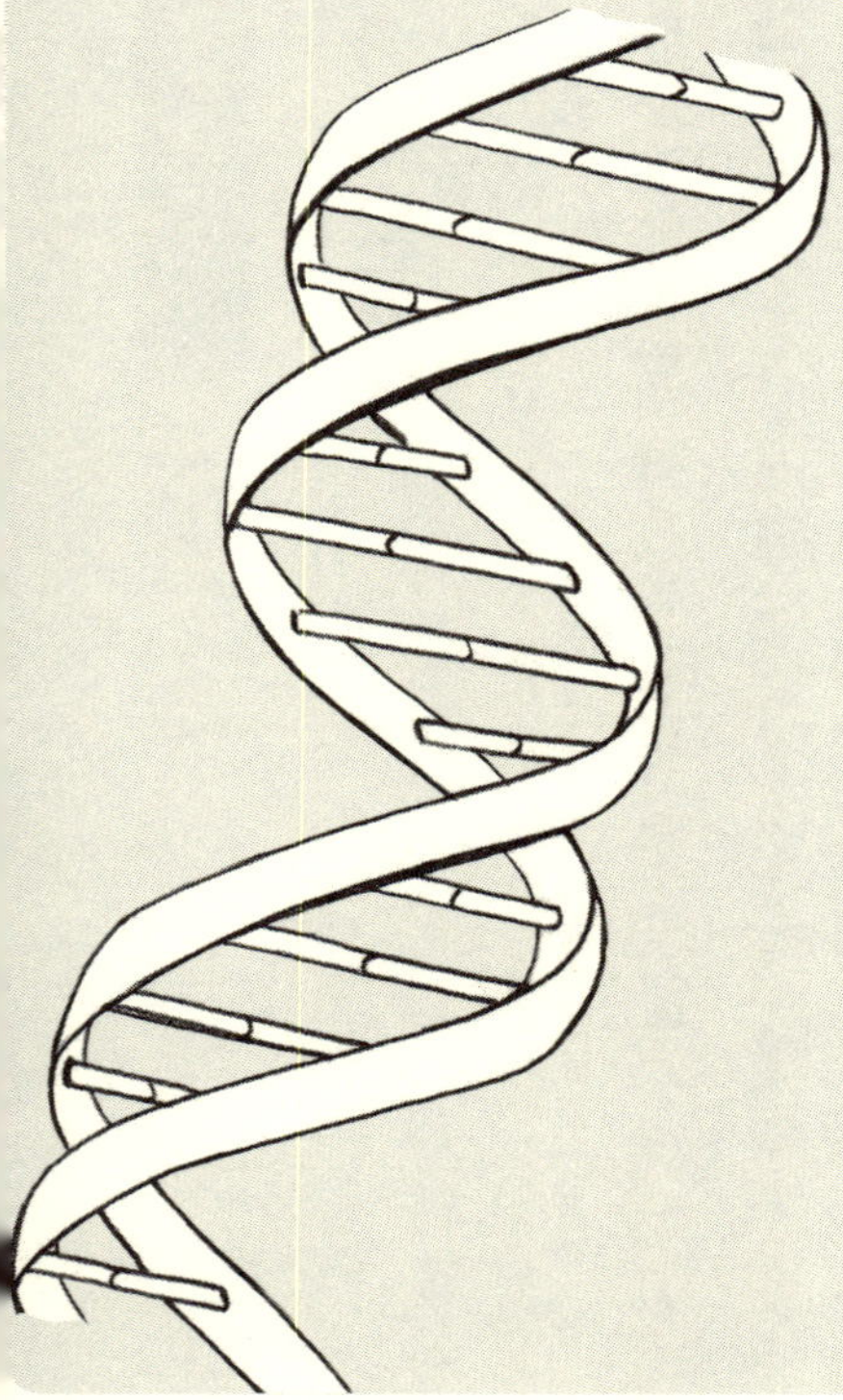

やっぱりコスモスは、むかしの愛《あい》すべきコンピュータではなくなってしまっていたのだ。

アニーとジョージはおびえながら顔を見合わせ、こんな計画を思いつかなきゃよかったと後悔《こうかい》した。三〇分前にタイムスリップして、計画を変えることができたらいいんだけど。

「戸口ヲツクッタノニ、ダレモソコヲ通ラナカッタ場合、致命的《ちめいてき》ナえらートナリ、ワタシハくらっしゅシマス」

「この戸口を通ったら、ぼくらこそ致命的《ちめいてき》なエラーを起こすよ」

戸口の向こうの危険《きけん》な光景《こうけい》を見て、ジョージは言った。エボットでさえ、このうず巻《ま》くるつぼの中に入ったら、数秒《すうびょう》しかもたないだろう。アニーは、あたりを必死に見まわして、苦境《くきょう》を脱《だっ》する方法を考えようとしていた。それを見ると、ジョージは心細くなった。どうしたらいいか、アニーにもわからないのだ。

「ダレカガ戸口ヲ通ラナクテハイケマセン」コスモスが意地悪《いじわる》く言った。

そのとき、だれかが――ふたりの人間と一体のアンドロイドが――キッチンに戻《もど》ってきた。ふたごが、かなりくたびれた様子のエボットを引っぱっている。

「朝ごはん」エボットからべたべたした手を放《はな》すと、ヘラが要求した。

「わあ、砂《すな》だ！」戸口を指さしながら、ジューノが言った。

「戸口を通ることはできない」ジョージはコスモスにきっぱりと言った。

一歩も引かなければうまくいくかもしれない。筋《すじ》を通せば、コスモスを説得《せっとく》できるかもしれない。

「あんな場所にはだれだろうと、なんだろうと、送りこむことはできない。コスモスだって、そのくらいちゃんとわかってるはずだ」

ヘラがエボットの脚《あし》の上でぴょんぴょんとびはねたが、エボットはやさしくほほえんでいた。手に何も持っていないところを見ると、宇宙《うちゅう》ヘルメットはどこかに置《お》いてきたにちがいない。ジューノはまだ戸口の向こうに広がる光景《こうけい》をうっとりとながめている。

「砂のお城つくろうか？」

岩がくるくるまわりながら飛んでいく場所を指さし、ジューノは期待しながらアニーにきいた。

「いいえ、ジューノ」アニーはジューノをひざに抱《だ》きあげると、ぎゅっと抱きしめながら言った。「赤ちゃんは宇宙に行けないの。だめなのよ」

「ダレカひとりハ戸口カラ宇宙へ出テイカナケレバナリマセン」コスモスがおどすような声で言った。「モシモ何一ツ戸口ヲ通過《つうか》シナケレバ、しすてむハ爆発《ばくはつ》シマス！」

アニーは悲しそうにエボットを見た。転ばせようとするヘラをうまくよけながら、タップダンスを踊《おど》って、ヘラを楽しませている。

「おかしな話だよね」アニーはジョージに言った。「さっきエボットを宇宙に送ろうと思ったときは、エボットがどうなろうと気にならなかった。でも、今はほんとうにみじめな気分。エボットを死に追いやるみたいで、落ちこんじゃう」

「でも、エボットは生き物じゃないから、死ぬこともないんだよ」ジョージはそう言ってみたものの、気持ちはアニーと同じだった。「それでもエボットを戸口の外に出すわけにはいかないね。第一、まちがってるよ。もしエボットが壊《こわ》れたら、今起きていることをつきとめる可能性《かのうせい》が、低くなっちゃう」

「ダレガ宇宙へ行クノデスカ？」コスモスが恐《おそ》ろしげな声で言った。

聞いた人の背筋《せすじ》をぞくっとさせるような声だ。ふたごでさえぶるっとふるえた。ジューノはアニーにぎゅっと抱きつき、ヘラはエボットの脚にしがみついた。

「モシダレモ宇宙へ行カナイノナラ、ワタシハ爆発《ばくはつ》シテ、コノ家ヲ丸《まる》ゴト道連《みちづ》レニシマス。アナタチハダレモコノ惨事《さんじ》ヲ生キ残レナイデショウ」

アニーは口をあんぐりとあけ、ジョージは目をビー玉みたいに丸くして、息《いき》をのんだ。

「この家を丸ごと吹《ふ》きとばすだって？」信じられないといった様子でジョージはきいた。「コスモス、そんなことしないよね？　できないだろ、それは」

一瞬《いっしゅん》、ジョージはどんなことになるのか想像《そうぞう》してみた。もしこの家が爆破《ばくは》されたら、通りに軒《のき》を並《なら》べる家々も、ドミノ倒《だお》しみたいにふっとばされるかもしれない。このあたり一帯が破壊《はかい》されるかもしれない。

「確《たし》カメル方法ガ一ツアリマス。試《ため》シテミマショウカ？」

「でもコスモス自身も壊れちゃうのよ！」アニーがかん高い声で言った。「どうしてそんなことするの？　生きていたくないの？」

「ワタシハ生キ物デハアリマセン。ワタシノOS《オーエス》ヲ支配《しはい》スルるーるニシタガッテ、命令サレタコトヲスルダケデス。コレガるーるナノデ、アナタタチガダレモ戸口ヲ通ラナイナラ、ソノるーるニシタガウホカハアリマセン」

あたりはしーんとなった。

「ほんとうなの？」コスモスに考え直すチャンスをあたえるかのように、アニーがゆっくりと言った。「ほんとうにそうするしかないの？」

「ソウデス」コスモスは答えた。「ワタシハイツデモ、好キナトキニ自滅《じめつ》スルコトガデキマス。実ノトコロ、コレハ敵《てき》ニ盗《ぬす》マレタ場合ニ備《そな》エテ、アナタノオ父サンガ最近トリツケタせきゅりてぃー機能《きのう》ナノデス。ソシテ、ワタシハトテモ派手《はで》ナヤリ方デソレヲ実行スルコトガデキマス。アナタガタハ花火ヲ見タイデスカ？　オット、チガッタ……」コスモスはくすくす笑《わら》った。「アナタガタハ、花火ニナリタイデスカ？」

「電源《でんげん》コードを抜《ぬ》くよ」アニーが泣きそうになりながら言った。

「ソンナコトハサセマセン。モシ抜イタラ、スグニ自爆装置《じばくそうち》ガ作動《さどう》シマス」

「アニー」ジョージが決心して言った。「残された道は一つしかないよ。エボットを宇宙《うちゅう》に送らなければ、ぼくたちは生命体《せいめいたい》じゃなくて塵《ちり》になっちゃうよ」

「エボット……」

アニーはやさしく言うと、アンドロイドはふり向いて、エリックにそっくりの笑顔《えがお》を見せた。それを見るとアニーの心はズキッと痛《いた》んだ。

「あたしにはできないよ」アニーは泣きながらジョージに言った。

「だったらぼくがやる。……エボット！」

ジョージは宇宙に続く戸口のうしろ側にすわって、やさしく、だけどはっきりとエボットを呼《よ》び、手招《てまね》きした。

「待った」ジョージはアニーのほうを向いた。「エボットは宇宙ヘルメットをかぶってないぞ！」

「エボットには必要ないでしょ」アニーは暗い顔で言った。

「そうだったね」ジョージが言った。

今回の宇宙の旅は、全世界で何が起こっているのか理解するためのものではない。ほかの人を救《すく》う前に、今は、自分たちを救うことに集中しなくては。

「エボット、こっちに来てくれないか。歩いてきてこの戸口を出るんだ」

ヘラがまだエボットの脚《あし》にしがみついていることに気づいたときは、もう遅《おそ》かった。エボットはヘラをくっつけたまま左脚を引きずりながら進み、宇宙への戸口の前までやってきている。

アニーがヘラに気づいて、指さしながら、悲鳴をあげた。

意地っぱりの妹が死に直面していることに気づくと、ジョージは血が凍《こお》るような恐怖《きょうふ》を感じた。エボットはまだじりじりと進んでくる……すぐに戸口をくぐり、宇宙に出てしまうだろう。

「こっちへおいで、ヘラ」ジョージはあわてて言った。「手を放《はな》すんだ」

「やだ！」

お気にいりの人形をわきにかかえたヘラは、ますますエボットの脚《あし》にしがみついた。

「ヘラ」少しでもお父さんの声に似《に》るように、ジョージはできるだけ低い声で言った。「手を放《はな》しなさい！」

「いや！」さらにぎゅっとしがみつくと、ヘラはさけんだ。

アンドロイドは戸口にさらに近づいていった。小さなヘラを道連れにして、荒《あ》れくるう砂嵐《すなあらし》の中に今にも入っていきそうだ。

「たいへん、ジョージ！」アニーは恐怖《きょうふ》に目を見開いていた。ジューノはアニーのおびえた声を怖《こわ》がって、肩《かた》に顔をうずめた。「ここでエボットに足をかけて転ばせても、ヘラといっしょに外に出ちゃうかも。エボット、止まって！　もう進まないで！」

でも、エボットは聞こえなかったのか、それとも最初の命令を遂行《すいこう》しようとしたのか、そのまま歩き続けている。戸口の前にいるエボットの姿《すがた》が、衝突《しょうとつ》して砕《くだ》け散《ち》る岩《いわ》や、ほこりっぽい若《わか》い恒星《こうせい》のまわりで次々に起きる爆発《ばくはつ》を背景《はいけい》に、影絵《かげえ》のように浮《う》かびあがる。

「ヘラ！」ジョージは命令した。「エボットの脚を放すんだ。エボットはジャンプするんだから手を放さなきゃだめだ！」

「やだあああ！」

ヘラは泣きさけびながら、アンドロイドのふくらはぎにしがみついた。ジョージは妹の小さな指を開かせようとしたが、うまくいかない。でも、ヘラはエボットにしがみつくのに夢中《むちゅう》だったので、いつもはしっかり抱《かか》えている人形が、今は足一本でわきからぶらさがっている。ジョージは思わずその人形をつかむと、戸口の向こうの嵐の中に投げこんだ。これは窮余《きゅうよ》の策《さく》で、これでコスモスが戸口を閉《し》めてくれると確信《かくしん》していたわけではない。

とっさのことで、妹がお気にいりの人形を救《すく》いだそうとするかもしれないと思う暇《ひま》もなかった。実際、ヘラは次の瞬間《しゅんかん》に起きた出来事に目を奪《うば》われていなければ、そうしたかもしれなかった。

一ナノ秒ほどのわずかな間、戸口からとびだした人形の金髪《きんぱつ》が暗い砂塵《さじん》の中に浮《う》かびあがった。でもすぐにうずに巻《ま》きこまれると、ふり向いて手をふったように思えたが、しまいにはばらばらになって永久《えいきゅう》に消えてしまった……もしかしたら、何百万年もあとにまた集められて、惑星《わくせい》の一部になるのかもしれない。

ジョージはヘラと外宇宙《そとうちゅう》の間にしっかりと自分の体を入れると、エボットとヘラを力いっぱい押《お》しもどした。

「ほら！」エボットはまだゆっくりと前に進もうとしていたが、ジョージはヘラをしっかりと抱えたまま、コスモスにさけんだ。「だれかが戸口を通ったぞ。人間や生き物じゃなきゃいけないとは言わなかったよね。だれかが通ればいいって言ったんだ！　これでオーケーだよね！　さあ、戸口を閉めてよ」

「コスモス、戸口を閉めて！」アニーもさけんだ。「今すぐに！　あなたが言ったとおりにしたでしょ。何か一つでも戸口を通ればいいって言ったでしょ。もう通ったのよ！　ルールにしたがわなきゃいけないんでしょ！　そう言ったじゃない！」

宇宙《うちゅう》への戸口がバタンと閉《と》じたとき、宇宙に入りこもうとするエボットとヘラを押《お》しとどめていたジョージは、床《ゆか》の上に倒《たお》れた。エボットもジョージにつまずいてうしろ向きに倒れ、ヘラはまだエボットの足首をつかんでいる。

宇宙への戸口がなんの痕跡《こんせき》も残さず跡形《あとかた》もなく消えたまさにそのとき、ほかの二つのドアが勢いよく開いた。玄関《げんかん》と裏口《うらぐち》だ。玄関からは、ジョージの両親が入ってきた。裏口から入ってきたのは、アニーのお母さんだ。三人とも大きなショックを受けているようだった。

「外で起きていることは、とても信じられないでしょうね！」三人は息《いき》を切らしながら、声をそろえて言った。

「いいから、言ってみてよ」アニーが言った。「信じられるかもしれないよ……」

10

アニーのお母さんのスーザンも、ジョージの両親のテレンスとデイジーも、おどろきのあまりぼう然《ぜん》としている。

ジョージとアニーはキッチンの様子をさっと見わたし、死の危険《きけん》に満ちた宇宙《うちゅう》への戸口の跡《あと》が残っていないかをチェックした。でも、戸口があったところに、わずかに泥《どろ》が落ちているのと、エボットとヘラが床《ゆか》に倒《たお》れていることを別にすれば、証拠《しょうこ》はほとんど残っていない。おとなたちにはきっと感づかれないだろう。アニーは、念《ねん》のために床に落ちた宇宙の泥を足ではらおうとした。

「アニー！」スーザンがそれに気づいて、小言《こごと》を言った。「泥のついた靴《くつ》で、ジョージの家に入っちゃだめでしょ」

「あ、ごめん……掃除《そうじ》しておくね」アニーはすぐに言った。

それにしても、国が非常事態《ひじょうじたい》にあるというのに、床《ゆか》の汚《よご》れに気づくなんて、いかにも母親らしい。

「ドア」まだエボットにしがみつきながら、ヘラは宙《ちゅう》を指さして言った。「お人形さん！」

ヘラは泣きだした。エボットの脚《あし》を放《はな》すとジョージに駆《か》けより、小さなこぶしをめちゃくちゃにふりまわした。

「やめて……ヘラ！」

ジョージはぷっくりした小さな手をつかんで、そっと押《お》さえた。

ジューノも声をあげた。

「お人形さん、ドアの向こうに行っちゃった」

宇宙への戸口があったところを指さしながら言う。でも、だれも聞いてはいなかった。

「そうか、そうか」空《から》っぽの袋《ふくろ》を持ったテレンスが上《うわ》の空《そら》で言った。ふたごが空想《くうそう》の話をしているとしか思っていないのだ。「ドアにお人形さんだろうと何だろうと、おまえたち、外には出るなよ。事態《じたい》は思っていたより悪くなってる」

床《ゆか》でうつぶせになっていたエボットが上半身を起こし、ヘラはそのひざの上にゆったりとすわった。

「えっ、今はどうなってるんですか？」アニーがきいた。あれ以上のことが、何か起こりうるとは思えない。

「きのう食料品の値段《ねだん》が急にぐーんと上がったのは知ってるわよね」デイジーが言った。「みんながどっさりお金を手に入れたのに、食料の輸送《ゆそう》がストップしたからね」

「そう、それでね」スーザンがアニーみたいに口をはさんだ。「スーパーマーケットは食料品を売ってもお金をとれなくなっちゃったの！　レジで商品をいくらチェックしても、みんな0ポンド0ペンスになっちゃうのよ！」

「それで、今はもうだれもレジを通そうともしてないんだ」テレンスがつけ加えた。「レジに並《なら》ぶのをあきらめて、みんな棚《たな》の商品をつかみはじめた――つかめるものならなんでもね。無料の商品ならもらっとこうというんで、バッグやスーツケースや車輪のついた大きなゴミ箱《ばこ》まで運搬用《うんぱんよう》に持ってきてる人がいたよ」

「そのうち、けんかが始まったの！」デイジーが言った。「怖《こわ》かったわ。食べ物や水を奪《うば》い合ってなぐり合ってたんですもの。すべてただだというんで、みんなできるだけたくさん持って帰ろうとしてたのね。無料が招《まね》いた大混乱《だいこんらん》よ」

「恐《おそ》ろしかったわ」スーザンは身ぶるいした。「ここがフォックスブリッジだとは全然思えなかった。まるで戦場のまっただ中みたいだった。警察《けいさつ》は何もしてないどころか、自分たちも商品に手を出してた」

「いいかい、みんな」テレンスが言った。「これはとても深刻《しんこく》な状況《じょうきょう》だ。協同組合《きょうどうくみあい》には近づくことさえできなかったから、わたしたちが作った食料はとりもどせなかったし、近所の避難所《ひなんじょ》もどこにあるかわからない。だから、うちの野菜畑から収穫《しゅうかく》できるものはぜんぶ収穫しとかないと」

みんなが窓《まど》から、野菜畑をのぞいた。

「今は野菜があまりないのよね」デイジーが残念《ざんねん》そうに言った。自給自足《じきゅうじそく》しなければならないときが来たのに、実りの季節《きせつ》ではなかったのだ。「収穫期《しゅうかくき》じゃないからね。レタスとラディッシュくらいしかないわ」

「ジョージ、アニー……ふたりにはすぐに畑に行って、収穫できる野菜をとってきてほしい」テレンスが命令《めいれい》した。「少ないかもしれないけど、ないよりはましだ。この苦しい時期をのりこえるのに必要な栄養《えいよう》をあたえてくれるだろう」

「パパはどうしてるの？」収穫できる野菜をとりに、ジョージと外へ行く前に、アニーはスーザンにきいた。「どこにいるの？　いつ帰ってくるの？」

「まだ核《かく》シェルターに首相《しゅしょう》といっしょにこもって、コンピュータのシステムがすべておかしくなったら、何が起こるかを話してると思うわ」スーザンは不安そうに両手をにぎりしめた。「あの人に連絡《れんらく》がとれて、こんな状態《じょうたい》がいつまで続くのか聞けたらいいんだけど！　電話を使わないほうがいいのはわかっているけど、この状況《じょうきょう》ならきっと――」

「電話は無理よ。あたしのケータイは動かないもん！」アニーが言った。「ママのはどう？　電波《でんぱ》来てる？」

「探《さが》してみないと……どこかにあるはずよ……」

スーザンはいつも携帯電話《けいたいでんわ》を携帯していない。

「おしゃべりしない！　口じゃなくて体を動かす」テレンスが命令を出した。リーダーの役を引き受けたらしい。「スーパーマーケットの棚《たな》はもうすっかり空《から》になっているだろう。農家は門《もん》に鍵《かぎ》をかけてるだろうし、フードバンクは略奪《りゃくだつ》され、食品会社は倉庫《そうこ》にバリケードを築《きず》いてるだろう」

「どうしたらいいのかしら？」スーザンが心配そうに言った。

「この危機《きき》が過《す》ぎ去るまで、身をひそめていよう」テレンスは静かに話し続けた。「安全な場所にいる必要もある。みんなで地下室に住むことにしよう」

「みんなって、わたしとアニーも入ってるの？」スーザンが疑問《ぎもん》を口にした。

「わたしに任《まか》せてもらえば、女性《じょせい》と子どもの安全は保障《ほしょう》しますよ」

軍人《ぐんじん》の父親をもつテレンスが、スーザンにビシッと敬礼《けいれい》した。

「そうだ！」スーザンが言った。「うちに寝袋《ねぶくろ》と羽毛布団《うもうぶとん》が山ほどあるの。こんなじゃ、親類《しんるい》が来るかどうかもわからないわよね。連絡も来ないし……あの寝具《しんぐ》を持ってくるわ。そうしたら地下室でももっと快適《かいてき》にすごせるでしょ」

「ねえ、お父さん？」ジョージが質問した。「だれかが見はりとして上にいるべきじゃないかな？　そのうち危機《きき》が過ぎ去ったとしても、みんなが地下室にいたんじゃ気がつかないでしょ？　順番にツリーハウスで見はりをしたらどうかな？」

「いい考えだ、ジョージ」

みんなが知っている愛《あい》すべきテレンスは、菜食《さいしょく》のおとなしい平和主義者《へいわしゅぎしゃ》でリサイクルにこだわっている人だったが、今は別人のようだ。

「あたしとジョージが最初に見はるね」アニーが口を出した。

親といっしょに地下室に閉《と》じこもっていたら、外の世界の出来事に関《かか》われなくなってしまう。ジョージもアニーもそう思っていたのだ。

「いいえ。もっといい考えがあるわ」スーザンが声を張りあげた。「あんたたち、特別なめがねを持ってるって言ってたわよね。それを使えばロボットの目をとおして見えるようになるって。だったら、ロボットを見はりに立てて、そのめがねで見るようにしたらいいじゃないの」

「ちぇっ」アニーはつぶやいた。スーザンがこんなに早くアイディアを思いつくとは思っていなかったのだ。

スーザンが寝具《しんぐ》の山を持ってくるために、自分の家に戻《もど》り、アニーとジョージはかごを持って野菜畑に入り、二家族が非常事態《ひじょうじたい》を生きのびるのに必要な食料をかき集めた。

11

裏《うら》にある野菜畑の土をふたりが掘《ほ》りかえしているうちに、まるで何かとんでもない大事件が起こる前触《まえぶ》れのように、あたりは不自然なほど静まりかえった。フォックスブリッジでもふたりが住んでいるあたりはいつも静かで落ちついていたけれど、そのときは地球《ちきゅう》が静かに何かの大惨事《だいさんじ》を待ち受けているみたいに感じられた。空には何も見えない。小さな飛行機ひとつ飛んでいない。道路も交通がとだえ、人間が暮《く》らしている物音さえ聞こえない。鳥がさえずったり、虫が春の花の間を飛びまわったりする音だけが聞こえる。ラジオからは音楽も流れてこないし、電話も鳴《な》らない。大画面テレビにも番組は映《うつ》っていない。人間世界の喧騒《けんそう》がとつぜんすべて消えてしまったのだ。人間が地球から姿《すがた》を消し、ほかの生命体《せいめいたい》にとってかわられたみたいに。

でも、この静けさには不吉《ふきつ》なものがあり、そのうち何か大変なことが起こりそうだとジョージは思った。時間がすぎていくにつれて、いつその静けさが破《やぶ》られるのかと、不安も大きくなる。

デイジーとふたごの妹も手伝おうと野菜畑に出てきたが、ジョージとアニーがバケツに葉っぱや根菜《こんさい》を入れるのを、だまって見ているだけだ。

「デイジー」庭に出てきたテレンスが言った。「ふたごを家の中に入れて、地下室に持っていくものを用意してくれないか。乾燥食品《かんそうしょくひん》や水、手まわし式の懐中電灯《かいちゅうでんとう》など、持っていけるものをまとめてくれ。地下には何日も続けてこもらなきゃいけないかもしれない。いちいち地上に戻《もど》るのは危険《きけん》だ。ラジオも持っていこう。そのうち混乱《こんらん》がおさまって放送が再開《さいかい》されるかもしれないからね」

デイジーはうなずいて、ジューノとヘラを連れて家に入った。ただならぬ雰囲気《ふんいき》に、三人ともおびえているみたいだ。

スーザンが戻ってきた。腕《うで》いっぱいに寝具《しんぐ》を抱《かか》えているだけではなく、くたびれたかっこうの年《ねん》配《ぱい》の人を連れている。それは、ジョージとアニーがエリックの書斎《しょさい》で会った暗号解読者《あんごうかいどくしゃ》だった。

「家の前にいらっしゃったのよ」スーザンはそう言うと、地下室に向かった。

「ベリルさん!」アニーがびっくりして言った。「ここで何をしてるんですか?」

「ここしか、来る場所を思いつかなかったの」ベリルは言った。「それに、このとんでもない混乱を説明できる人がいるとすれば、それはエリックだと思って」

「でもパパは今いないの」アニーが言った。「パパは『情報工学《じょうほうこうがく》の総裁《そうさい》』だから首相《しゅしょう》に会いに行かなきゃならなかったの」

「まったく！　近ごろは変な肩書《かたが》きをつけるものね！」見かけはくたびれているものの、目をきらきらさせてベリルが言った。楽しんでいるみたいだ。「おもしろそう。古き良き時代を思い出すわね！」

「地下室へ行ってください」アニーが言った。「ここでうろうろしてると、ジョージのお父さんに怒《おこ》られますよ」

「まあ、すばらしい！」ベリルが興味《きょうみ》しんしんで言った。「また大空襲《だいくうしゅう》でも起こるみたいじゃない！地下室にシェリー酒《しゅ》もあるといいけど！」ベリルは、お気にいりの戦時中の歌をハミングしながら地下への階段《かいだん》を軽やかに下りていった。

「これからどうしよう？」アニーはバケツを持ちあげながらジョージにささやいた。

「コスモスはどこ？」ジョージがあせったようにきいた。

「まだ家の中にある。そのまま置《お》いとく？」

「持ってきたほうがいいと思うな」ジョージが言った。

「でも、コスモスは悪者だよ！」アニーがかん高い声で言った。「悪《あく》の側《がわ》に寝返《ねがえ》ってるんだから！」

「わかってる……でも、コスモス自身のルールをつきつければ、うまく利用できるかもしれない。持ってきとこう」

「わかった」アニーはバケツを持ってこっそり家の中に入ると、しばらくして世界一のコンピュータのコスモスをレタスの葉っぱに隠《かく》して持って出た。「でも、これからどうすればいいか、まだわからないな」アニーはささやいた。

けれどもジョージには計画があった。

「見はり役のエボットを、ツリーハウスに連れてって」ジョージは言った。「それから、家族のいる地下室に戻《もど》るふりをするんだ」

「どういうこと?」

「ぼくたちも、みんなといっしょに地下室で暮《く》らすふりをするんだよ」ジョージが言った。「でも実際は、みんなを地下室に閉《と》じこめて、自分たちは外に残るんだ」

「閉じこめるの?」アニーはぎょっとした。

「それしかないんだ! そうしないと、ぼくたちは問題を解決《かいけつ》できなくなるんだよ。親とずっといっしょにいさせられて、魔法《まほう》びんに入ったスープを飲んだり、まぬけな歌を歌ったりしなくちゃならなくなる。その間に、外では世界が壊滅《かいめつ》しちゃうんだよ! 地下室に入ったらそれを、だまって見てるしかなくなるんだ」

「でも、あたしたちに何ができるの?」アニーがきいた。「ふたりの子どもが解決《かいけつ》するには、問題が大きくなりすぎてない?」

「そんなことないよ!」ジョージはきっぱりと言った。「前はぼくもそう思ってたけど、ほかにやる人がいないんだ。だから、ぼくたちがやってみないと。アニーのお父さんだって、今は手が出せないんだから、ぼくたちが何かしないと。ベリルさんみたいに。戦時中《せんじちゅう》にあの暗号《あんごう》を解読《かいどく》するのをベリルさんが手伝ってなかったら、もっともっと大勢の人が亡《な》くなってたんだ。だから、小さなことでも成《な》しとげれば、何かが変わるはずなんだ」

「はりきってるんだね」ジョージの言葉に感心し、アニーは胸《むね》をはった。「だったら、あたしもいっしょにやる。地下室に隠《かく》れたりなんかしない。手伝うよ。きっとできるね。ふたりでなら」

しばらくすると、小さな野菜畑は冬みたいに何もなくなってしまった。食べられる葉っぱはもう残っていない。どんな小さな野菜も、引っこぬかれたり、掘《ほ》りかえされたり切られたりして、長引くかもしれない暮《く》らしの食料として地下室に運ばれていった。

そのころには、デイジーがジューノとヘラを無事に地下室に連れてゆき、土曜日に食べるのをやめられない青虫の絵本を読み聞かせていた。

懐中電灯《かいちゅうでんとう》の明かりで読み聞かせている間、テレンスとスーザンは隠《かく》れ家《が》を整《ととの》えるのにいそがしかった。アニーはお菓子《かし》や水のボトルやマンガ本を、床《ゆか》にあいた出入り口から渡《わた》していた。

「ふたりとも下に行って」アニーはいばって言った。心の中にひそんでいたいばり虫を呼《よ》びだしたのはテレンスだけではなかったみたいだ。「そうそう！　そこにいて。残りのものはあたしが渡すね。あ、ジョージが来た！　あとはジョージにやってもらおう」アニーはジョージを意味ありげに見た。

「あたし、エボットをツリーハウスにすえつけてくるね」アニーははっきりした声で言った。「戻《もど》ってきたら、ジョージとふたりで地下室に入るから。それでいいよね？」

おとなたちはまじめな顔でうなずいた。地下室を居心地《いごこち》よくすることに頭がいっぱいで、ジョージとアニーを疑うこともなかった。

アニーは、動かないまま居間《いま》にぽつんと残されていたエボットを見つけた。エリックの宇宙《うちゅう》ヘルメットを見つけてエボットの頭にかぶせると、抱《かか》えるようにしてツリーハウスの下まで行った。縄《なわ》ばしごはさいわい下におりている。アニーは、エリックのアンドロイドを木に寄《よ》りかからせると、ポケットから遠隔《えんかく》アクセス用めがねをとりだした。めがねをかけて、目を動かし、エボットを眠《ねむ》りから起こす。

エボットはガクンと揺《ゆ》れ、ギーギーと動き始めた。

「縄ばしごをのぼって」アニーはエボットに指示《しじ》した。

ぎこちなくよろめきながら、エボットは揺《ゆ》れる縄ばしごをのぼりはじめた。まるで宇宙服《うちゅうふく》を着たぶかっこうなクモが壁《かべ》をよじのぼっているみたいだ。アニーはコスモスを入れたバケツを持って、あとに続いた。エボットは、縄ばしごをのぼりきるとツリーハウスの床《ゆか》に倒《たお》れこんだ。アニーは、エボットをとびこえてバケツをおろし、ジョージの望遠鏡《ぼうえんきょう》をのぞきこんだ。街《まち》はまだ眠っているように静かだったが、あたりにはピリピリした空気がただよい、雷《かみなり》のような何かが近づいてきているのを感じさせる。

「ここにいてね」

アニーはエボットにそう言うと、縄ばしごをおりて、地下室に続く両開きの上げぶたのところまで走っていった。ジョージはそばをうろついている。

アニーは地下室をのぞいて、こっちを見ているみんなの顔をじっと見た。ママに、ジョージの両親に、ふたりの小さな女の子たちだ。とつぜんアニーは、ジョージにはできなかったのだと気づいた。だとすると、自分が勇気《ゆうき》を出してやるしかない。

「ごめんなさい」

アニーは声には出さずに口の動きで伝えた。そしてすぐに両開きの扉《とびら》を両方とも閉《し》めて、地下室のみんなが止めようとする前にかんぬきをかける。扉が閉《と》じる前に、みんなのびっくりした顔が見えた。すぐにそれも見えなくなり、みんなは地下の隠《かく》れ家《が》に閉じこめられた。

でも声まで閉じこめることはできなかった。

「おい！」テレンスが上げぶたを下からドンドンたたいた。「いったい何をしてるんだ？　上にいちゃダメだ。ここをあけなさい！　あけなさいって言ってるんだ！」

「ごめんなさい！」アニーは地下室に向かってさけんだ。「あとで、ちゃんと説明しますから」

アニーはジョージの体を裏口《うらぐち》の方に向けさせると言った。

「走って！」

ひとつの声がふたりのうしろから聞こえてきた。ベリルの声だった。

「ふたりとも、よくやったわ！　うまくいくといいわね！」

ふたりはツリーハウスに向かって駆《か》けだし、縄ばしごをするするとのぼってから、たぐり寄《よ》せて引きあげた。ふたりはそのまま床《ゆか》にうつぶせになって、下から見えないように隠《かく》れた。それからジョージは思いついて、エボットを引っぱると、自分の横に寝《ね》かせた。これで、下から見あげても、空《から》っぽなツリーハウスしか見えないだろう。のぼることができるのは鳥と、木のぼり名人だけだ。

この段階《だんかい》では、ジョージもアニーも、なぜ隠《かく》れるのかは説明できなかった。生き残るための本能《ほんのう》にしたがって行動しただけだったからだ。

その本能は正しかった。というのも危険《きけん》がすぐそこまで迫《せま》っていたからだ。ハアハア息《いき》を切らしながらうつぶせになっていると、遠くのほうから騒音《そうおん》が聞こえてきた。その音はジョージの家に近づくにつれてどんどん大きくなっていった。はじめはただの騒音で、一つ一つの音を聞きわけることができなかった。でもしばらくするとさけび声や、壊《こわ》れる音や、悲鳴や、爆発音《ばくはつおん》や、衝撃《しょうげき》が合わさった音だということがわかってきた。

「なんなの？」

アニーはふるえていた。安全な地下室を出るというジョージの決断《けつだん》は勇敢《ゆうかん》だったけど、それが賢《けん》明《めい》な判断《はんだん》だったかどうかはわからない。アニーは、おびえきっていた。

騒音の正体はすぐにわかった。略奪者《りゃくだつしゃ》たちが裏庭《うらにわ》に押《お》し入って、ツリーハウスの下の地面が揺《ゆ》れた。そいつらは柵《さく》を倒《たお》し、あちこちを荒《あ》らしまわった。窓《まど》やドアをたたき壊して、次々に家の中に押し入ると、食料を探《さが》しまわっている。犬がほえているのが聞こえたかと思うと、けがをした人の悲鳴がひびいた。ツリーハウスからそっとのぞくと、家の中にわずかに残っていた食料をめぐって、争奪戦《そうだつせん》が起こっていた。家に住んでいた人たちは、もうどこかに逃《に》げてしまっている。幸運にも暴《ぼう》徒《と》はすぐに通りすぎていったが、ジョージとアニーには何時間も続いたように感じられた。ギャングたちは次から次へと家々を荒らしていき、やがて見えなくなった。

「わあ！　ひどかったね。ジョージのお父さんが危険《きけん》だって言ってたけどほんとうだったね」アニーがささやいた。

「地下室にみんなが入っててよかった」ジョージは言った。

ジョージはフーッと息《いき》を吐《は》いた。暴徒のさわぎをかき消すほど、心臓《しんぞう》がバクバクしていたのだ。もし隠れていなかったら、妹たちも、両親も、ベリルさんも、アニーのお母さんも、ひどい目にあっていただろう。エリックも、外ではなくて、首相《しゅしょう》とすごく安全な場所にいてくれるといいんだけど。でも、エリックのことはアニーには言わないでおこう。もうさんざんな状況《じょうきょう》なのに、そのうえさらに不安をつけくわえる必要はない。

「みんなだいじょうぶだと思う？」アニーがふるえる声できいた。

「うん、だいじょうぶさ」ジョージは自信をもって答えた。心臓《しんぞう》のドキドキがおさまると、意外なことに気持ちも落ちついてきた。暴徒《ぼうと》が荒らしてまわっていたとき、恐怖《きょうふ》で永久《えいきゅう》に床《ゆか》にじっとふせたまま動けなくなるのではないかと思った。でも、今は行動を起こすべきだと思い、勇気のかたまりがわいてくるのを感じる。「ちょっとほこりをかぶったかもしれないけど、だれにも見つかってないよ。だってやつらはキッチンに押し入って通り抜《ぬ》けていったもん」

「で、これからどうするの？」アニーが小声できいた。

ふたりの下の荒《あ》らされた庭では、あとから来た何人かが倒《たお》された柵《さく》を越《こ》えるとまだ割《わ》れずに残っていた窓《まど》ガラスに石を投げてから立ち去っていった。

「手あたりしだいになんでも壊《こわ》してるんだね」アニーがうんざりしながら言った。

「だからぼくたちも急がないと」ジョージは言った。「もしここにいるのを見られたら、たいへんなことになる。とんでもなくたいへんなことになる」

「急ぐって何を？」

「もう一度やってみるんだよ」ジョージは答えた。「一回目がうまくいかなかったとしてもね。エボットを捕《つか》まえさせてＩＡＭ《アイアム》の正体をつきとめ、何をやろうとしてるかさぐるっていうこと。アニーのアイディアが、やっぱりベストだと思うんだ。でもこんどはコスモスにもっと具体的《ぐたいてき》な指示《しじ》を出して、エボットを見つかりやすい場所に送ってもらわないとね」

「だったら、あたしの化学の宿題を続けるの？」アニーはびっくりしてきいた。世界が崩壊《ほうかい》しようとしているときに、相変わらず宿題を続けるだなんて！　ふだんなら当たり前のことだけど、今はとてもきみょうなことに思えて、アニーはすぐに納得《なっとく》できなかった。「この世が終わりそうってときに？」

「そう」ジョージは、そう言える自分におどろいていた。「生命の別の要素《ようそ》を調べないといけないってコスモスに言おう。そしてエボットを宇宙《うちゅう》に送りこむ……エボットはエリックの宇宙服をもう着てるから、戸口から宇宙に出ただけで情報《じょうほう》がぱっと広まるはずだ。ＩＡＭは、ぼくたちのこともすぐに見つけたもんね」

「そうだね！」

アニーはバケツからコスモスをとりだし、レタスの葉っぱや小さなナメクジをどけると、コスモスを開いて電源《でんげん》ボタンを押《お》した。

「ぼくたちも宇宙服が必要かな？」

「うーん、もしかしたら必要になるかも。場合によるけど。どっちにしてもパパの書斎《しょさい》の中よ」

ジョージはもう縄《なわ》ばしごを下にたらし始めていた。

「ダメよ！」アニーはかなきり声で言った。「危険《きけん》よ！　もしあいつらがまた来たらどうするの？」

「すぐに戻《もど》るよ」ジョージは自信たっぷりに言った。「コスモスを起動《きどう》させて戸口を作っておいて。一ナノ秒《びょう》で戻ってくるから」

「わかったよ」姿《すがた》を消したジョージに向かってアニーは言った。「さあ、始めようか……コスモス！」コスモスが起動すると、アニーは深呼吸《しんこきゅう》をした。「化学の宿題を続けたいの。宇宙にあるアミノ酸《さん》を探《さが》してちょうだい。太陽系《たいようけい》の中にある彗星《すいせい》の上に宇宙に開く戸口を作ってほしいの。生命の構成要素《こうせいようそ》のアミノ酸がある彗星よ」

12

ジョージは、何もなくなった野菜畑を通りすぎ、塀《へい》の穴《あな》をくぐって、うっそうと茂《しげ》る神秘的《しんぴてき》なジャングルのようなアニーの家の裏庭《うらにわ》に入った。そして小道を走ったが、とちゅうで立ち止まった。ベリス家の裏口の扉《とびら》が、ちょうつがいからはずれて投《な》げすてられている。窓《まど》もすべてが割《わ》られている。ジョージはこなごなになったガラスをよけながら家の中に入った。家具が倒《たお》され、冷蔵庫《れいぞうこ》の扉《とびら》はあけられ、食器棚《しょっきだな》も荒《あ》らされている。小麦粉と砂糖《さとう》の袋《ふくろ》も、食器棚《しょっきだな》からひったくられたときに破《やぶ》れたらしく、中身がレンガ色のタイルの床《ゆか》にぶちまけられていた。レモネードのボトルもだれかが踏《ふ》んだらしく、中身が食器棚や床《ゆか》にまき散《ち》らされ、それが小麦粉や砂糖と混《ま》ざり合ってべとべとになっていた。そばには、空になったプラスチックの試験管《しけんかん》が並《なら》んで落ちていた。冷蔵庫は、家庭用というより研究室用のものに見える。試験管の中身はこぼれたのか、床のべとべとの湖に混ざって

緑色に光っていた。エリックとアニーがやっていた実験は、結果を出せずに終わってしまったらしい。

「うへっ!」

べとべとの床を歩いていくと、割れた卵《たまご》にジャムが混ざったものを踏《ふ》んで、ズルッとすべり、キッチンの向こうの開きっぱなしの冷蔵庫にぶつかりそうになった。

「わー、わー、わー!」

棚《たな》にぶつかったジョージは、鼻をこすりながらつぶやいた。食料はすっかりなくなっている。ふつういちばん上の棚《たな》にはジャムやマスタードのびんが未開封《みかいふう》のまま置いてあったりするが、それさえなくなっている。だれかが冷蔵庫も、冷凍庫《れいとうこ》も、食器棚も荒らしてごっそり持っていったのだ。残ったのは腐《くさ》ったものだけで、床に捨《す》てられて化学物質《かがくぶっしつ》と混ざり、ぶきみに泡立《あわだ》つべとべとのスープになっている。

ジョージはキッチンを用心しながら進んでいったが、隅《すみ》のヘドロの上にスーザンの携帯電話《けいたいでんわ》が落ちているのを見つけて立ちどまった。何もかもがごちゃごちゃになったこの中で、電話が見つかるなんて! あれを拾《ひろ》えば、エリックに電話がかけられるかも!

エリックは、ふつうの状況《じょうきょう》では、何をどうすべきかがわからない。卵は何分ゆでればいいかとか、iTunes《アイチューンズ》でいちばん人気の歌手はだれかといったことを、エリックにきいてもむだだ。でも宇《う》宙《ちゅう》で大事故《だいじこ》が起こったときや、世界が悪《あく》によっておびやかされているときや、エイリアンがあらわれたときには、エリックが力を発揮《はっき》する。そうしたときには、世界のだれよりも役に立つ。特に今のような場合は、どうなってるのかをエリックにきければ、すごくいいのに。

ジョージは、携帯電話《けいたいでんわ》のほうに歩いていき、まだ使えるかどうか確《たし》かめようとした。でもすぐに足をすべらせ大波《おおなみ》に乗ろうとするサーファーみたいに腕《うで》をばたばたさせた。キッチンの反対側にある食器棚《しょっきだな》にぶつかったジョージは、これでは貴重《きちょう》な時間をむだにしてしまうことに気がついた。遠くからさわがしい音が聞こえてくる。暴徒《ぼうと》が庭に押《お》し入って家々を荒《あ》らしまわったときも、最初に聞こえたのはあんな騒音《そうおん》だった。さっき見落としたものをもう一度あさろうと、あいつらがまた戻《もど》ってくるのかもしれない。ぐずぐずしているひまはない。それなのにジョージはまるでアイスケートでもしているように、つるつるすべるばかりで思ったように進めない。携帯電話を拾《ひろ》いあげるのはあきらめて、なんとかろうかに出ると、エリックの書斎《しょさい》へと向かった。

家の中では、書斎がいちばん荒らされていなかった。暴徒《ぼうと》もここには何もないと思ったのだろう。本棚《ほんだな》から本が何冊か抜《ぬ》かれたくらいで、あとは放置《ほうち》されたようだ。ジョージは探《さが》していたものをすぐに見つけた。二着の宇宙服《うちゅうふく》とその付属品《ふぞくひん》だ。でもどうやって運べばいい？　ジョージは宇宙服を着て、宇宙靴《うちゅうぐつ》をはくことにした。宇宙靴は大きいので、今の靴の上にはけそうだ。一着を着てしまうと、もう一着の腕《うで》の部分を首にまわして結んだ。こうすると、ぐたっとなった人を背負《せお》っているように見える。もう一足の宇宙靴は宇宙ヘルメットといっしょに手首からぶらさげた。そして重たい宇宙靴を踏《ふ》みならしながら書斎を出た。宇宙靴はスニーカーのようにすべらないので、ぐちゃぐちゃしたキッチンの床《ゆか》も転ぶことなく歩いていける。ジョージは家を出て、背中の宇宙服をはためかせながら庭を歩いていたが、キッチンの床《ゆか》にあった化学物質《かがくぶっしつ》が宇宙靴についているのには気づかなかった。

ツリーハウスにいるアニーは、バッテリーを節約《せつやく》するためにコスモスの電源《でんげん》を切り、エボットが宇宙への戸口を通るときに木から落ちないよう、床の上も片《かた》づけていた。そうしている間もアニーは、ジョージのことが心配で、しょっちゅう下を見ていた。失敗《しっぱい》しても、助けてくれるおとなはひとりもいない。コスモスは知ったかぶりをする年上のいやないとこみたいだし、協力をあてにすることはもうできない。アニーとジョージはふたりだけで、このきみょうで危険《きけん》な世界とわたりあわなくてはならないのだ。ただひとりの味方はエボットだが、エボットは人間ではない。結局は、ふたりから何を命令されてもそのとおりに動くだけで、自分で判断することはできないのだ。

そんなとき、ガサガサという音を聞き、アニーはハッと息《いき》をのんだ。思い切ってツリーハウスのへりからのぞいてみると、宇宙服を着たジョージが、のぼってくるところだった。もう一着の宇宙服は背中にかついでいる。アニーはホッとして深いため息《いき》をついた。

ジョージはツリーハウスに上がると、宇宙靴と宇宙ヘルメットをぬいで床に置《お》いた。

でもアニーはとまどっていた。

「宇宙靴にくっついてるのはなんなの?」

アニーは光っている、ねちゃねちゃしたかたまりを指さした。

「キッチンの床《ゆか》でくっついちゃったんだな。あれ、待てよ……動いてるぞ！　なんだか生きてるみたいだ！」

「なんだろう？　なんのかたまりかな？」

「エリックは冷蔵庫《れいぞうこ》に何を入れてた？」

「よく知らない」アニーが答えた。「冷蔵庫のドアポケットに試験管《しけんかん》を並《なら》べて何か実験してたけど、密閉《みっぺい》してあって、絶対に触《さわ》っちゃダメだってパパは言ってた」

「この変なかたまり、広がってくように見えるけど、なんなんだろう？」

「たぶんパパが宇宙《うちゅう》で育てたタンパク質《しつ》の結晶《けっしょう》だよ」アニーが答えた。「パパはね、地球《ちきゅう》じゃゆっくりとしか育たないものを宇宙に持っていって育てるの。さあ、そろそろこっちも、とりかかろうか？」

「わかった。で……どうする？」

ジョージはフォックスブリッジの街《まち》を心配そうに見た。街はまた静かになって動きもなかったが、それがいつまでも続かないことは経験からもうわかっていた。

「アミノ酸《さん》よ」アニーははっきりと言った。「生命を作るのに必要な次の材料は、アミノ酸なの」

ジョージは自分の宇宙靴《うちゅうぐつ》を見おろした。ねばねばのかたまりがまた動いたように思ったが、今はそれにかかわっているひまはない。ほかのことを先にやってしまわないと。

「アミノ酸をどこで見つけるの？」ジョージがきいた。

「この太陽系《たいようけい》の中にある彗星《すいせい》を探《さが》すようにコスモスに指示《しじ》したの」コンピュータの電源《でんげん》が切れていたので、アニーは安心して話すことができた。「彗星では、アミノ酸が見つかる可能性《かのうせい》が高いの。それに、エボットを捕《と》えてもらえる場所としてもいいよね？　エボットがパパの宇宙服を着て、パパのコールサインを使って彗星に立ってれば、とっても目立つしね！　IAM《アイアエム》が全部のコンピュータを監視《かんし》してるなら、パパになりすましたエボットが宇宙に出たことはすぐにわかるはず」

「いいね！」ジョージが言った。「でも月じゃなくて、彗星にいてもエボットを捕《つか》まえられるのかな？」

「そんなのわかんないよ」アニーは緊張《きんちょう》していた。「やってみるしかないよ。ダメだったら、月でアミノ酸を見つけようってコスモスを説得《せっとく》しなきゃ。でもそれだと、うまくないんだよね。だって月にはアミノ酸がないはずだもん。さあ、始めようよ！」

「アニー、ぼくたちも宇宙に行く？」ジョージがきいた。「コスモスが作る戸口からは外に出られないよ。危険《きけん》だもん」

「それはそう」アニーはうなずいた。「でも前に彗星に行ったときのことをおぼえてる？　重力が弱かったよね？　エボットを外に出しても、彗星から落ちて宇宙空間をただようことになるかも」

「そうだね。じゃあ、どうしたらいいのかな？」

「あたしたちも宇宙服を着て、戸口から体をのりだして、エボットを彗星につなぎとめるの」アニーはきっぱりと言った。「そうすれば、戸口の外に出ないですむでしょ」

「うん、わかった。そうしよう」ジョージが言った。

運んできた宇宙服《うちゅうふく》をアニーが着ると、ジョージが言った。

「よし、宇宙への戸口を作ってもらおう」

アニーはコスモスのキーボードをたたいた。

「コンニチハ」すばらしいコンピュータが、へらへらした声で言った。「ドンナゴ用デショウカ?」

「この太陽系《たいようけい》にある彗星のところに戸口を作ってほしいの。科学の宿題で宇宙にあるアミノ酸《さん》を調べるためよ」アニーが宇宙靴《うちゅうぐつ》をはきながら、さきほどの指示《しじ》をくり返した。「あたしたちは──というのはあたしと、友だちのジョージと、そこにいるパパのエリックのことだけど──コスモスが作る戸口を使って調べものをしたいの」

「えりっく?」コスモスが興奮《こうふん》したように言った。「えりっくガ宇宙ニ行クンデスカ?」

ふたりは顔を見合わせた。うまくいくかな?

「そのとおりよ。戸口を作ることはできる?」アニーがきいた。

「可能《かのう》デス」コスモスが答えた。「木星《もくせい》フキンノ彗星ヲモウ見ツケテアリマス」

「わかった」

全身を宇宙服ですっぽり包《つつ》んだアニーがジョージに合図した。アニーはエボットを立たせて用意した。

ジョージは、計画がうまくいくかどうか心配だった。なにしろふつうに中間休みをすごすかわりに、親友のお父さんそっくりのアンドロイドを、木星近くにある彗星に送りこもうとしているのだ。きみょうな感じはぬぐえないが、おじけづいて何もできなくなるといけないので、深くは考えないことにする。

「そんなに時間はかからないの」アニーが言った。でも声がうわずっている。「アミノ酸のサンプルを集めて地球《ちきゅう》に戻《もど》ればいいだけなの。いい？　戸口を閉《し》める必要もないの。戸口はあけたままにしといてね。パパは彗星に出ていくかもしれないけど、あたしとジョージは行かないから。それでもコスモスのルールに違反《いはん》しないでしょ？　また爆発《ばくはつ》しようとしたりしないよね？」

「ヒトリデモ戸口ヲ通レバ、えらーハ発生シマセン」

コスモスが答えると、戸口が光り始め、三人が通れるような戸口ができあがってきた。ドアが開くと、向こうには灰色《はいいろ》っぽい岩だらけの風景が見えた。ジョージとアニーはエボットを両脇《りょうわき》から支えて、戸口をまたぐ用意をした。

「いい、重力が弱いことを忘《わす》れないでね！」アニーがコスモスに聞こえないように小声でささやいた。「エボットを彗星に押《お》しだしたら、押さえといてペグでつなぎとめるのよ」

「わかった！　成功することをいのろう！」ジョージが言った。

ジョージとアニーは戸口からエボットを彗星へと押しだした。その彗星は、最大の惑星《わくせい》である木星の周囲をまわっていた。

13

前回彗星《すいせい》に着地したとき、ジョージとアニーは大きならせんを描《えが》くように彗星に向かって宇宙空《うちゅうくう》間《かん》を落下し、ドスンと着地したのだった。あれは、ふたりで行った初めての宇宙の旅だった。アニーがほんとうに宇宙に行けることを見せようと、考えもなしに宇宙への戸口を開いたのだ。あれがジョージの宇宙の旅の始まりであり、きみょうで不思議《ふしぎ》な数々の冒険《ぼうけん》の幕《まく》あけだった。

今回のふたりは、彗星の上空におろされることはなかった。彗星の表面で戸口が開いたからだ。ジョージは、計画どおりに岩がごろごろした地面に向かってエボットを押《お》しだすことができたので、ホッとした。

エボットが戸口を通過《つうか》したとたん、重力が弱くなっているのがわかった。エボットがたちまち浮《う》きあがってしまい、引きずりおろさなくてはならなかったからだ。宇宙ヘルメットをとおして、エボットがけげんそうな表情で見つめてきた。そんなことあるはずはないのだが、エボットが裏切《うらぎ》られたような表情をしているように思える。自分たちがやろうとしていることを察《さっ》したのではないだろうか。

「ほら、これ。急いで」アニーが、宇宙服に標準装備《ひょうじゅんそうび》されている宇宙用ペグと、宇宙用小型ハンマーと、宇宙用ロープをジョージに渡《わた》した。「ペグを二、三本表面に打ちこんで。エボットが流されないように、固定《こてい》して」

ジョージは、お父さんを手伝って風力タービンを修理《しゅうり》したことを思い出した。エボットからそっと手を放《はな》して、ひざをつくと、彗星のザラザラした表面にペグを二本打ちこむ。戸口の両側にそれぞれ一本ずつだ。ハンマーでペグをたたくときには、反作用《はんさよう》の力が働くので注意する。エボットの足は空間に浮《う》かんでおり、アニーがうしろからエボットにしがみついて押《お》さえている。

ふたりとも観光《かんこう》する気分ではなかったが、それでも間近に浮かぶ太陽系《たいようけい》最大の惑星《わくせい》には目をうばわれた。どれほどへんてこで危険《きけん》な状況《じょうきょう》であっても、木星《もくせい》を見ないですますわけにはいかない。目の前に浮かぶ木星は、星がきらめく夜空を占領《せんりょう》していた。不規則《ふきそく》なトラ縞模様《じまもよう》にぬられた超特大《ちょうとくだい》のボールのように。

「すっごく赤いね」

ジョージはハンマーをたたく手をとめて、大赤斑《だいせきはん》を観察《かんさつ》した。大赤斑というのは木星で三百年以上も吹《ふ》きあれている嵐《あらし》だと考えられている。何百年もの間、天文学者たちが地球《ちきゅう》から望遠鏡《ぼうえんきょう》でこれを観察《かんさつ》してきた。それを今、ジョージとアニーは自分の目で間近に見ているのだ。大赤斑《だいせきはん》の嵐《あらし》は、この巨大惑星特有《きょだいわくせいとくゆう》のクリーム色と茶色の縞模様《しまもよう》を背景《はいけい》に、赤みがかったオレンジ色のうずまきのように回転している。

この荘厳《そうごん》な景色を見つめているうちに、ふたりはエボットがまた流されそうになっていることに気づいた。

「急いで！」エボットを離《はな》すまいとしながら、アニーがささやいた。

「できた！」ジョージはロープの端《はし》をペグに巻《ま》きつけてから、もう一方の端をエボットの宇宙服《うちゅうふく》のループにとおした。まるで地球《ちきゅう》でよく見るヘリウム風船のように。「もう放してもだいじょうぶだよ！」

木星《もくせい》を背景にして浮《う》かんでいるエボットを見て、アニーは不思議《ふしぎ》な思いに打たれていた。これまでは、宇宙を旅して帰るときはいつも、よく知っている安全な場所に戻《もど》るのだと思えていた。でも、今回はまったくちがう。今回はふたりとも、地球上にいるときより、宇宙にいるほうが自由で安全かもしれないと思っているのだ。

アニーは宇宙の戸口から地球に戻った。

「あっ！　大事なことを忘《わす》れるところだった」アニーが大声で言った。「エボットにパパのコールサインを使ってもらわないと。宇宙間通信《うちゅうかんつうしん》を監視《かんし》してるだれかさんに、パパが宇宙にいると思いこませるためにね。コスモスがどんな情報を伝えるかわからないから、パパはここだってＩＡＭ《アイアム》が確《かく》信《しん》するようにしとかないと」

「うっかりしてたね！　急いで。エボットに呼《よ》びかけて返事をさせて」と、ジョージ。

「エ、エリック。この信号《しんごう》に返信できる？」

「デキルヨ」エボットが答えた。

「宇宙《うちゅう》にいるの？」

「ソウ」

「彗星《すいせい》の上にいるの？」

「ソウ」

「戸口をあけておけるのは、あとどのくらい？」ジョージがアニーに小声できいた。

「あんまり長くは無理」

アニーはコスモスのバッテリー残量《ざんりょう》を確認《かくにん》した。どんどん減《へ》っていっている。アニーはいくつかのキーをたたき、戸口を縮小《しゅくしょう》した。そのせいでエボットが遠ざかったように見える。

ふたりはまだ数分間、戸口からエボットを見ていた。しかし、地球ではあたりがずいぶんと暗くなってきたことに気づいてぞっとした。今は初夏《しょか》で、北半球は冬よりずっと日が長いとはいえ、まもなく日が暮《く》れる。このまま外にいるのは危険《きけん》だ。コスモスと戸口がかなり明るい光を放っているので、フォックスブリッジが暗くなると目立つ。暴徒《ぼうと》が戻ってきたら、かっこうの標的《ひょうてき》になってしまうだろう。

地球《ちきゅう》の「昼間」はどのくらいの長さ？

夏よりも冬のほうが昼間が短いのはなぜ？

それは地球が太陽の周《まわ》りを公転《こうてん》するときの地軸《ちじく》が傾《かたむ》いているからだ。もし地球がずっとまっすぐ立って公転《こうてん》しているなら、昼と夜は一年じゅうずっとぴったり同じ長さになるはずだ。しかし地球は 23.5 度軸を傾けてまわっている。このため軌道上のある地点では、北極点《ほっきょくてん》や北極圏《ほっきょくけん》は太陽の向きから遠くはなれるため、まったく日の光を受けとらない。

北半球ではこれは 12 月 20 日から 23 日の間に起こり、冬至《とうじ》として知られている。

同じころ南半球では、南極点は 24 時間じゅうずっと日の光を浴《あ》びることになる。（実際には「太陽日」の 1 日はわずかに 24 時間よりも短い）

地球が太陽のまわりを公転するにつれて傾きは変化し、最終的に地球は傾いたまま太陽のまわりをめぐり、逆《ぎゃく》の位置まで来ると、夏至《げし》（6 月 20 日から 22 日の間）となり、北極点では一日じゅう昼となる。北極と南極の間にある世界のほかの地点では、様々な量の日の光を受けることとなり、昼間の長さも長くなったり短くなったりする。

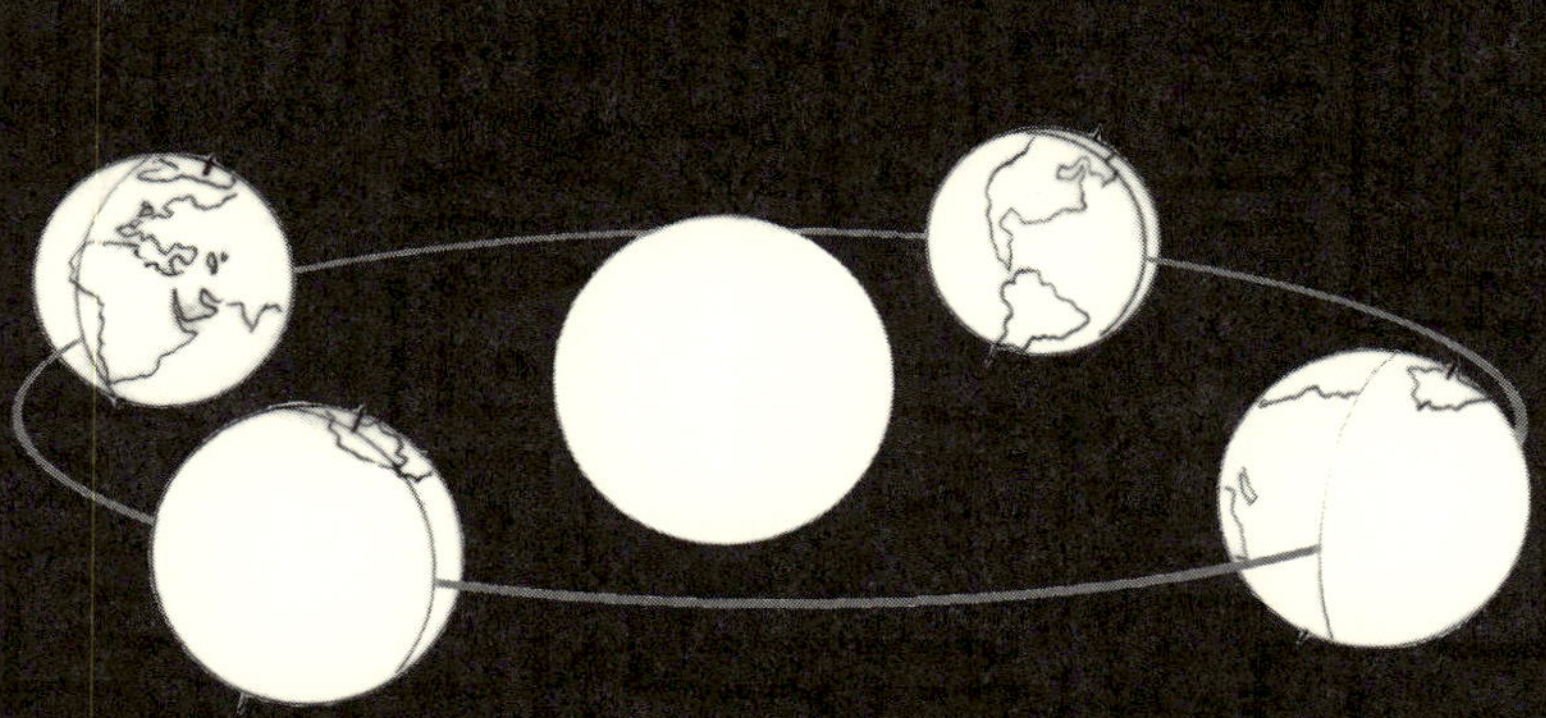

「もう戸口は閉《し》めたほうがいいな」ジョージがしぶしぶ言った。「どっちみちコスモスのバッテリーはほとんど残ってないよ。宇宙《うちゅう》旅行はバッテリーを消耗《しょうもう》するからね」

ふたりは最後にもう一度だけ、未練《みれん》がましくエボットを見た。彗星《すいせい》のしっぽのかがやく氷のガスと塵《ちり》の流れを背にして、たこのように優雅《ゆうが》に浮《う》かんでいる。まるで小柄《こがら》な人が水上バイクで空を走っているようだ。

「バイバイ、エボ……じゃなかった。パパ」アニーが悲しげに言った。それから小声でつぶやいた。「早くさらわれるといいね」

「さよなら……エリック」ジョージが言った。

「ちっ」アニーは、戸口を閉めるコマンドを出そうとして、キーボードの上で指をとめた。「絶対にうまくいくと思ってたんだけどな。ＩＡＭ《アイアム》は宇宙《うちゅう》の通信手段《つうしんしゅだん》をぜんぶ監視《かんし》しているから、パパが宇宙にあらわれれば、この前のロボットみたいに襲《おそ》ってくるはずなんだけど」

「月に行ったほうがよかったのかなあ。ＩＡＭは月にしかいないのかもしれないね」

「でもどうやって？　コスモスに連れてってもらえるのは、あたしの化学の宿題に必要なものがある場所だけよ。月はちがうでしょ」

「エリックは、宇宙全体で答えを探《さが》すのは、街灯の下で鍵《かぎ》を探すみたいなものだって言ってたよ。そこに鍵はないとしても、光のないところでは探せないって」

「うん。これも同じようなものだね」アニーは悲しそうに言った。「もうこれ以上待てない。戸口を閉《し》める前にエボットをこっちに戻《もど》そうか？」

アニーが戸口を拡大《かくだい》するコマンドを入力すると、エボットは手の届《とど》く位置に来た。でも、アニーがエボットに手をのばしたとき、彗星《すいせい》の上で赤い光が点滅《てんめつ》しているのにジョージは気づいた。

「アニー、下がって」ジョージがさけんだ。

アニーがとびのいて、戸口から離《はな》れると、赤くまぶしい光の点がエボットの胸に当たっているのが見えた。すぐに、ロボットのペンチのような手が、エボットをつないでいたペグをぐいっと引き抜《ぬ》いた。

「エボットが捕《つか》まったぞ！」ジョージはささやいた。

その直後、宇宙《うちゅう》の戸口がひとりでに閉《と》じた。コスモスのバッテリーが切れたのだ。

14

「ジャジャーン！　IAM《アイアム》がエボットを捕《つか》まえたみたい」アニーが得意げに言った。

「なら、あとはやつらがエボットを母船《ぼせん》に連れていくのを待《ま》つだけだね。そうすればめがねを使って、どこにいるのかをつきとめられる」

宇宙ヘルメットの中で、ふたりはにっこりした。それからヘルメットをはずし、体をよじって宇宙服を脱《ぬ》いだ。

「やったね！　エボットを捕まえさせたわ！　えっへん」

アニーは得意満面になっている。

「どこか安全な場所に行って待とう。まっ暗になったら、ツリーハウスにいないほうがいい」

かがんで宇宙靴《うちゅうぐつ》の片方《かたほう》を脱いでいたジョージが、何かに気づいた。

「アニー……」ジョージはゆっくりと言った。「さっきのべとべとのかたまりだけどさ。きみんちのキッチンでぼくの靴《くつ》にくっついたやつ……」

「うん」

アニーはコスモスの電源《でんげん》の切れた画面を見つめていた。

「なくなってるんだ」

「〝なくなってる〟って？」アニーはコスモスを見つめたまままきいた。

「靴についてたべとべとだよ」ジョージは靴を指さした。「さっきは、ここにそのかたまりがくっついてて、それが動いてるみたいだった。それがないんだよ！」

「ちょっと待って！　もしそれが生きてるものだとしたら……あの彗星《すいせい》に移動したってことだよね」

「ぼくたち、生命をつくる材料を探《さが》しているから、宇宙《うちゅう》に行かなくちゃってコスモスに言ったよね。でもかわりに、生命を宇宙に持ちこんで置《お》いてきちゃったんだ……」

ジョージはゆっくりと言った。

「ぼくたち？」アニーはそう言うと、ふり向いてジョージをにらんだ。

「ああ、アニーが生命をつくる材料を調べてたんだからね」

「そうだけど、生きてるべとべとのかたまりに足をつっこんでから宇宙に出たのはあたしじゃないもん。はいでたべとべとが、コロニーをつくることになるかもしれないのに」

返事のかわりに、ジョージのお腹《なか》がグーっと鳴《な》った。それからキュルキュルー、ギューというおかしな音がした。

そのおかげで緊張《きんちょう》がほぐれ、ふたりは思わず笑《わら》いだした。宇宙服とヘルメットを急いでツリーハウスに隠《かく》す。

その間も、コスモスは深い眠《ねむ》りについており、ふたりの声を聞くこともなければ、言葉をかわすこともできなかった。

「これからどうしよう?」アニーがジョージに小声できいた。

「めがねを使って、エボットが連れていかれたのがどこかをつきとめないと……それからそこまで行く方法を見つけないとね」

「夜の間避難《ひなん》する場所もいるね。ジョージ、あたし、怖《こわ》いの」

「ぼくも前は怖かった。けど、もう怖くない。世界のすべてが崩壊《ほうかい》したらどうなるんだろうと想像《そうぞう》してたときは怖かった。頭で考えてるときのほうが、ずっとぶきみだった。でも実際にそうなってると……このままやりとおすことが大事だと思えるんだ」

「エボットの居場所《いばしょ》を割《わ》り出したとして、そこへ行くのにコスモスを使えるかな?」

「無理だろうね。コスモスは危険《きけん》すぎる。地球上《ちきゅうじょう》のすべてのコンピュータシステムを故障《こしょう》させたやつが、コスモスにも侵入《しんにゅう》しておかしな行動をさせてるからね。それに、どっちみちバッテリーも切れちゃってる。コスモスは、使いたくても使えないよ……とにかく、〝今の〟コスモスは使えない。

ねえ、アニー、ぼくについてきて。考えがあるんだ……」

ジョージは話しながら、縄《なわ》ばしごをおりはじめていた。最後の数段《すうだん》は一気にとびおりると、自宅の裏口《うらぐち》を目指して庭を歩いていく。

「気をつけて！」足元《あしもと》でバリバリと音がしたので、ジョージはアニーに呼《よ》びかけた。「割《わ》れたガラスがあるよ。窓《まど》ガラスがたたき割られたんだ」

ふたりは用心しながら進んで、ジョージの家のキッチンに入った。みんなが隠《かく》れている地下室に続く上げぶたをそっとまたぐ。ふたりはちょっとだけ立ちどまって耳をすませたが、お母さんたちのおしゃべりがかすかに聞こえてくるだけだ。

ジョージは大きく首を横にふり、何もしゃべらないようにアニーに合図した。アニーはネコのような忍《しの》び足で、玄関《げんかん》に向かって手さぐりで進んだ。ジョージもそのあとをついていく。玄関ドアが蝶《ちょう》つがいから乱暴《らんぼう》に引きはがされているので、家の中はまっ暗ではない。外からさしこむわずかな光で、ふたりはスケートボードを探しだした。

「こっちだ」無人の通りを見ながらジョージが小声で言った。「急いで」

アニーとジョージは、一年前にスケボーに乗れるようになっていた。スケボーの名人、ヴィンセントと友だちになったからだ。ヴィンセントはふたりに基本的《きほんてき》な動きを教えるだけでなく、映画監《えいがかん》督《とく》の両親とハリウッドに戻《もど》るときには、スケボーを二台プレゼントしてくれたのだ。もちろんヴィンセントほどうまくはないけれど、すばやく安全に進むことはできる。ただし、まっ暗なところで

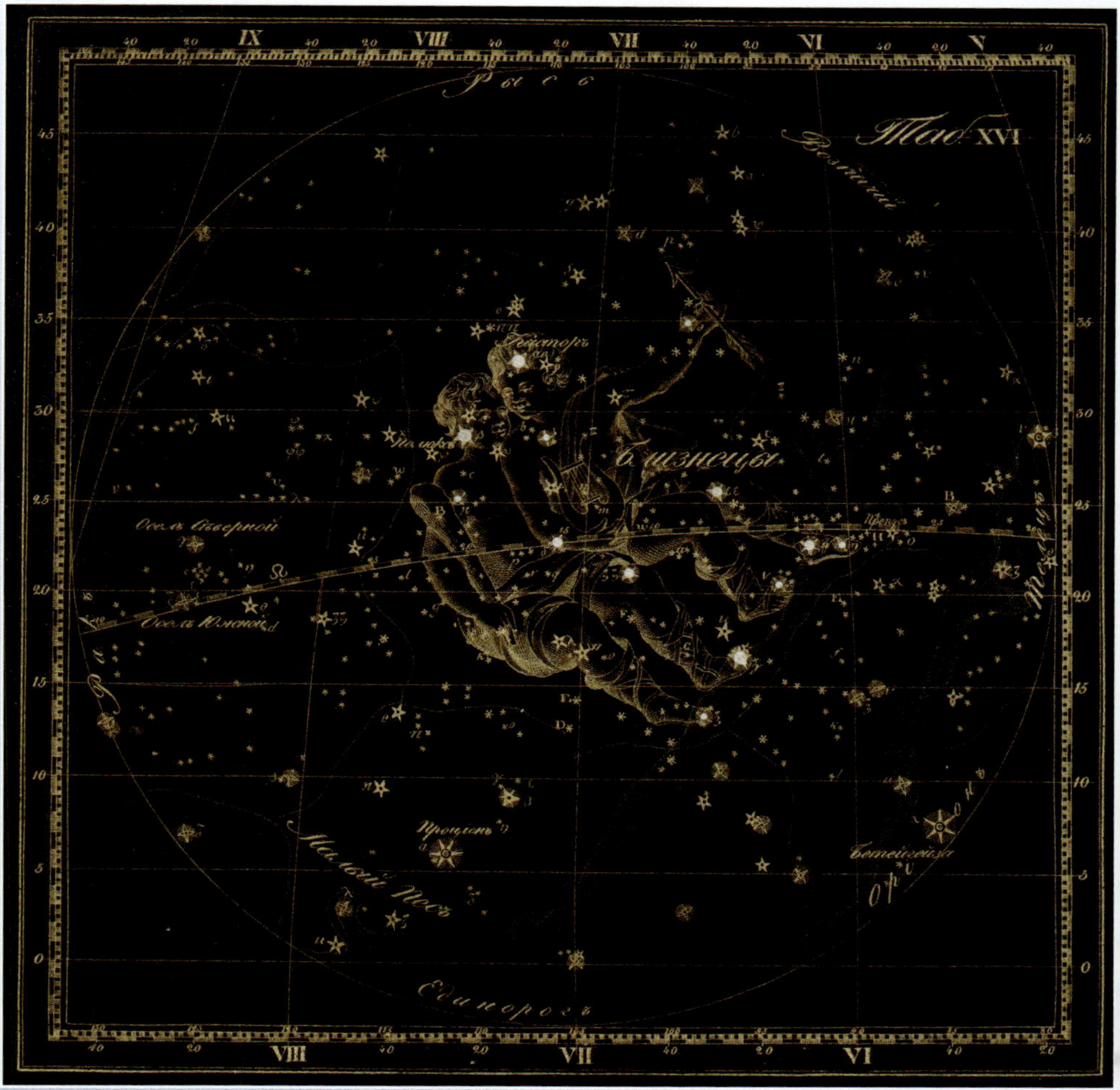

ふたご座《ざ》。ロシアの古い星図コレクション（1829年）より

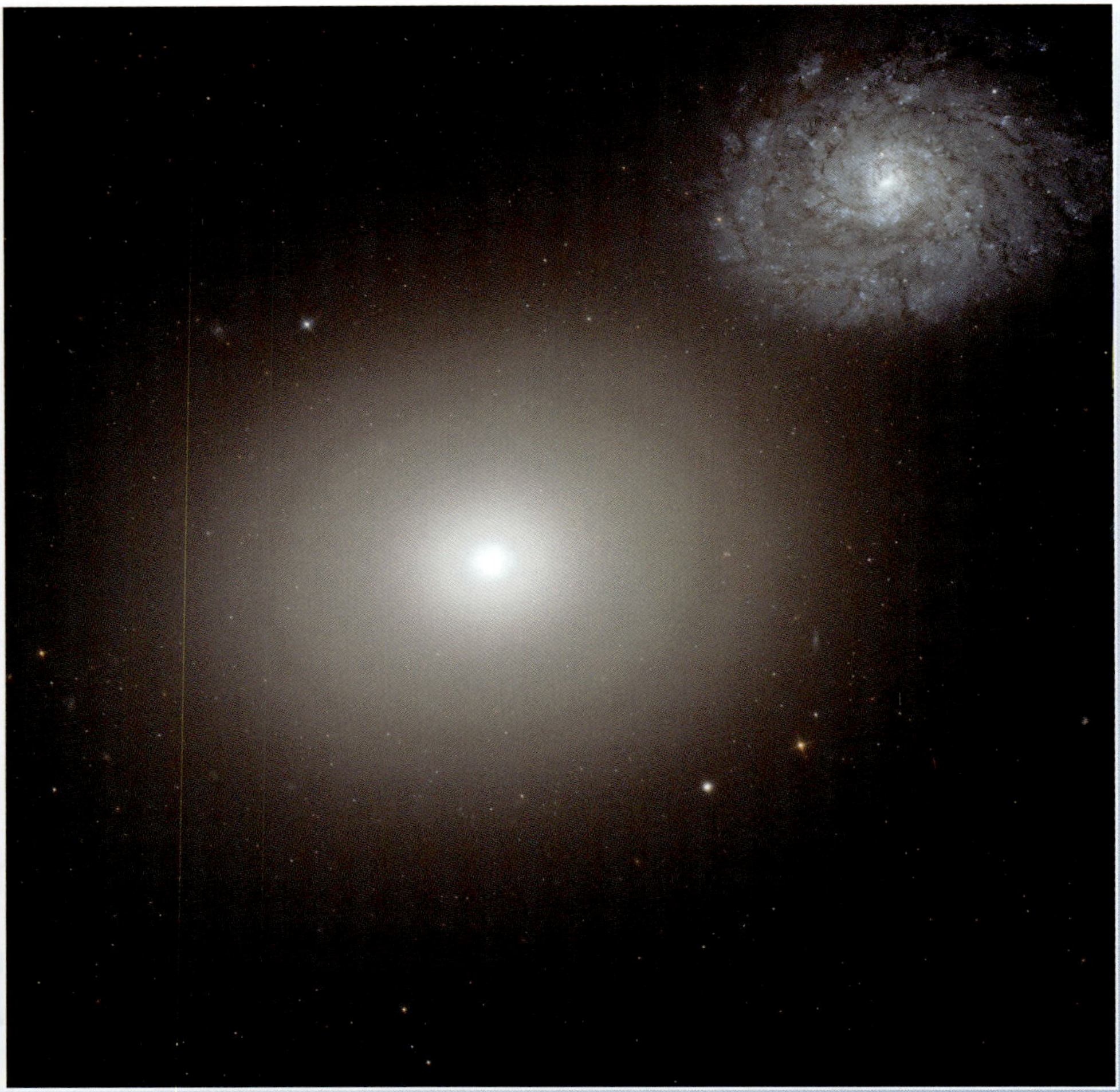

Science Photo Library

ハッブル宇宙望遠鏡《うちゅうぼうえんきょう》が撮影《さつえい》した、おとめ座の銀河《ぎんが》のペア、異《こと》なるタイプの銀河のペアでめずらしいものである「Arp 116」（2012年9月公開）。

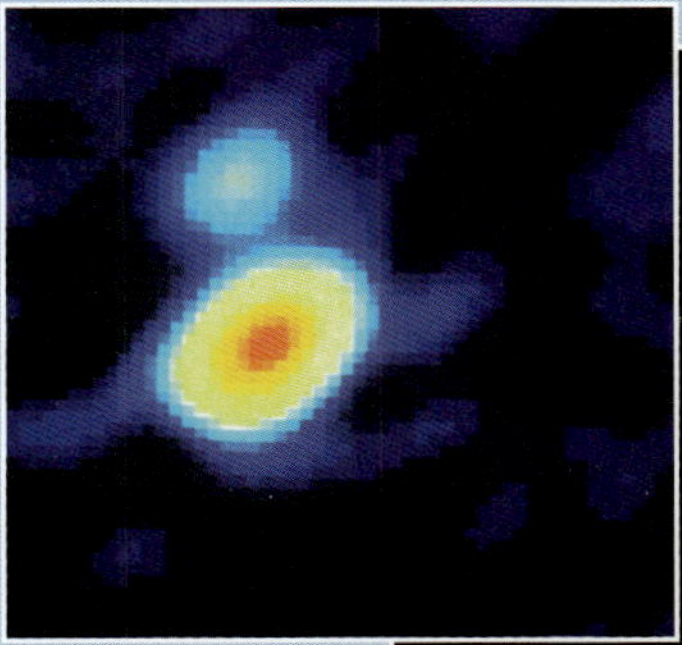

ツインクエーサの
電波《でんぱ》マップ

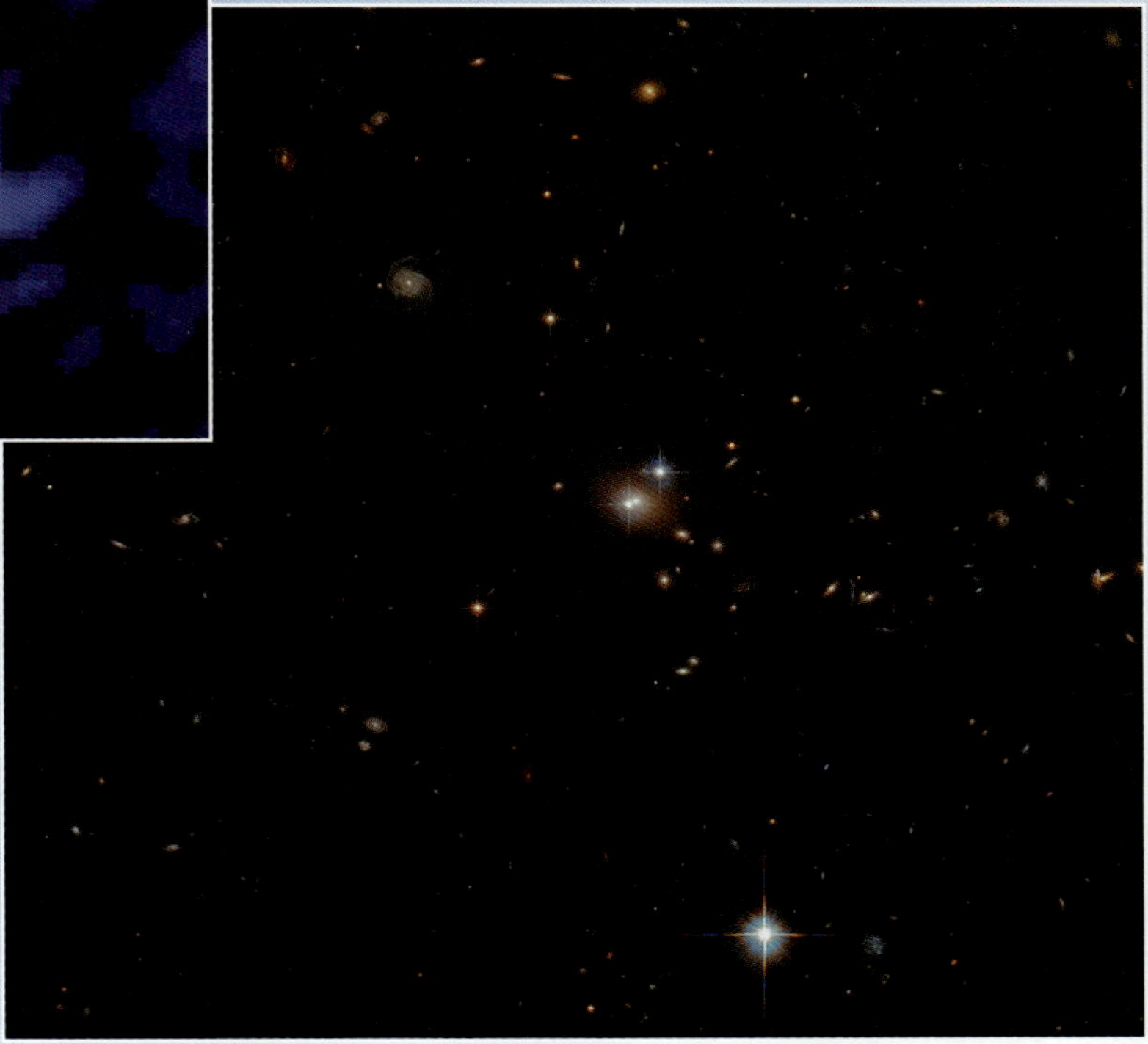

ツインクエーサ
実はひとつのクエーサだが、このクエーサと地球《ちきゅう》との間にある強い重力の影響《えいきょう》で光がゆがんで2つに見える。クエーサは、活動的銀河核《ぎんがかく》（星ではなく銀河のコアのようなもの）。

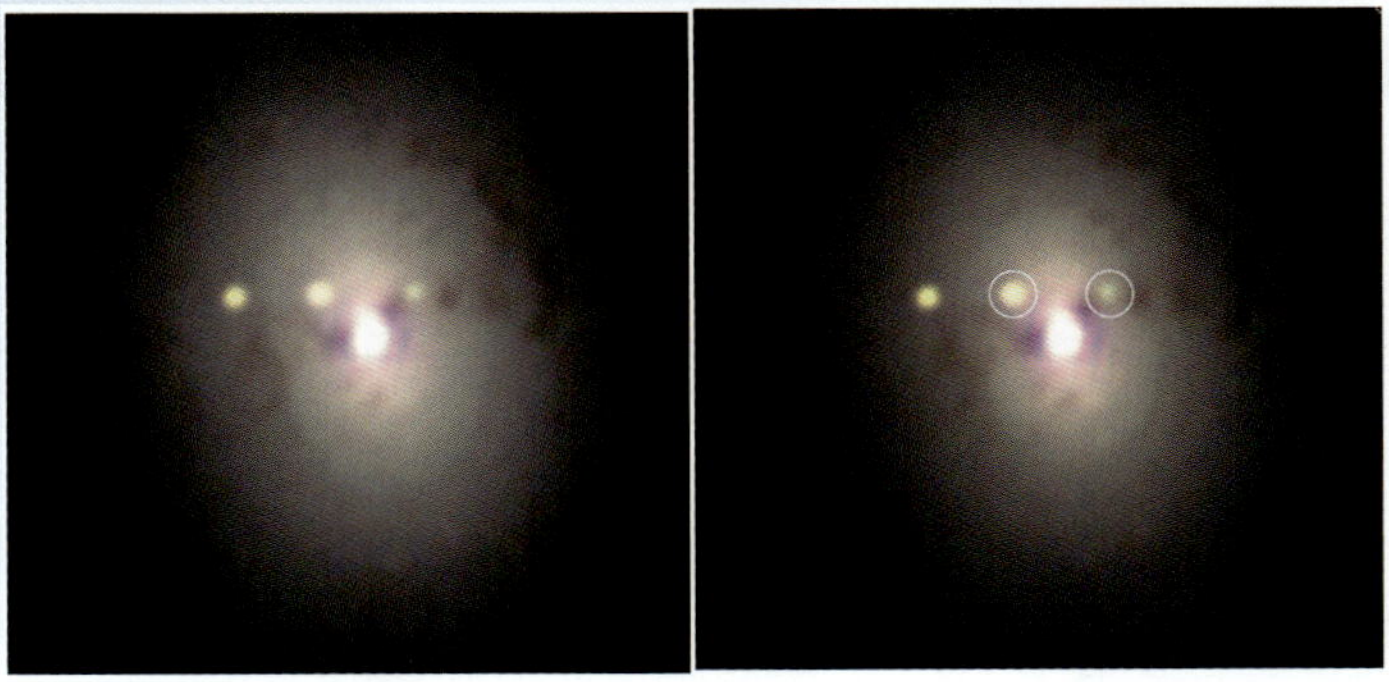

ツインスターの爆発《ばくはつ》

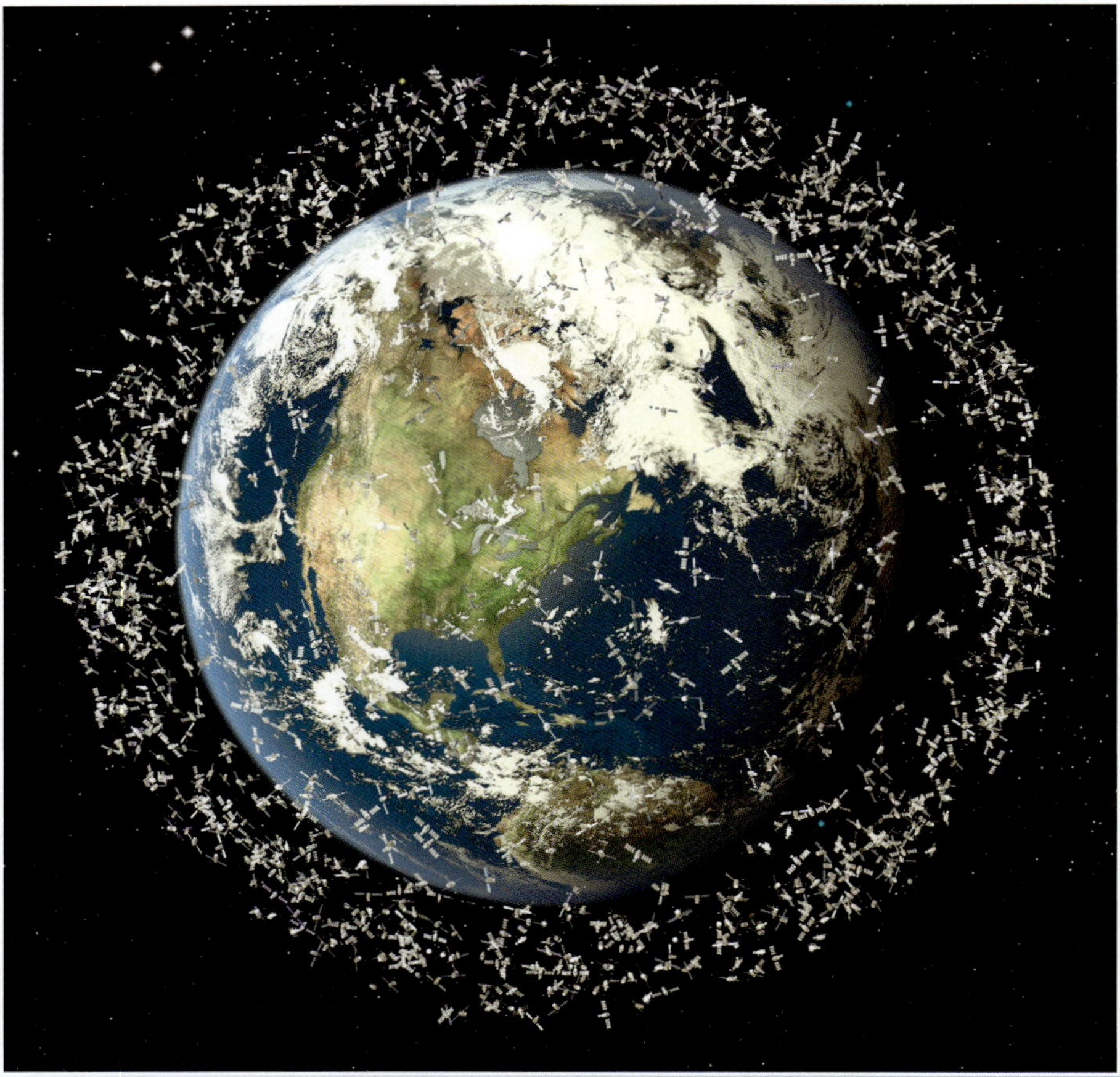

Roger Harris/Science Photo Library

スペース・デブリ
（宇宙《うちゅう》ごみ）

NASA

宇宙から見た地球《ちきゅう》

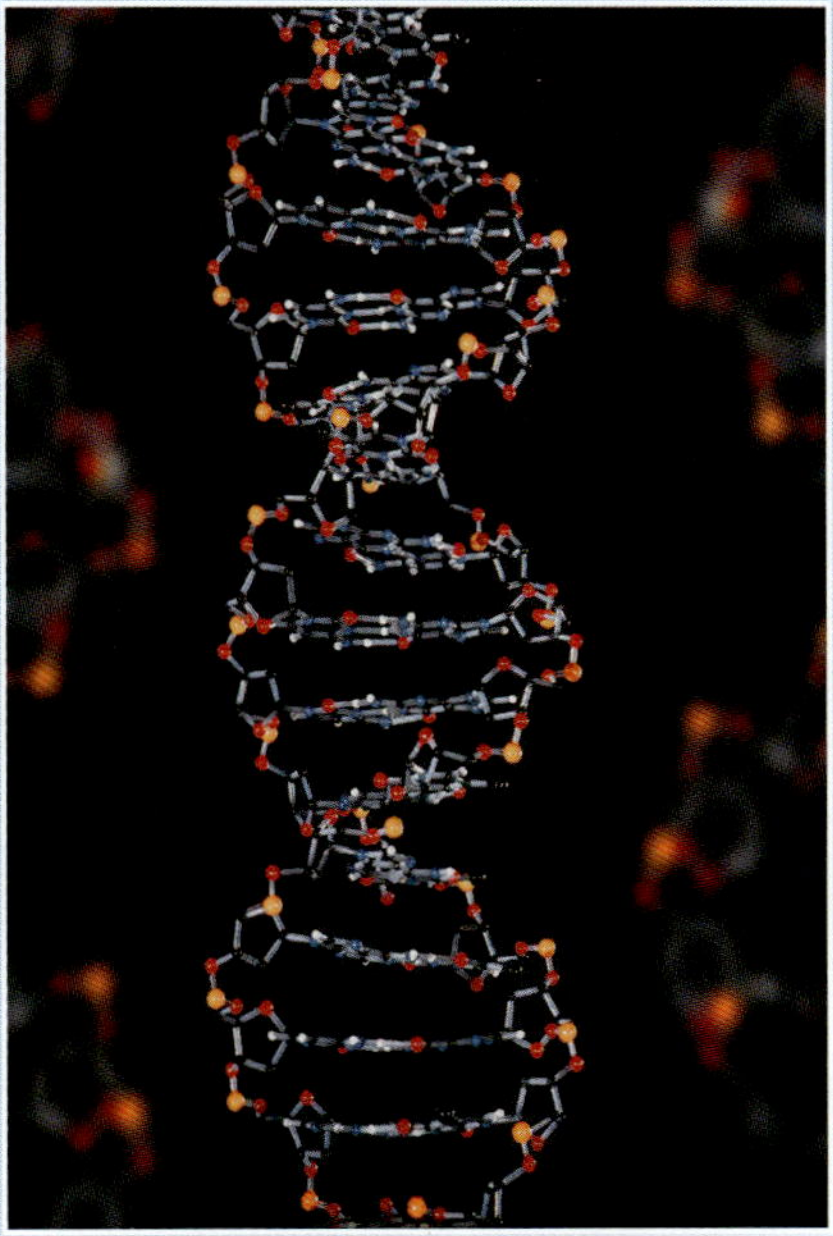

Phil Degginger/Science Photo Library

二重らせん

光学 SETI《セチ》（光学的地球外知的生命体探査《たんさ》）

NASA, ESA and the Hubble Heritage Team (STScI/AURA) – Hubble/Europe Collaboration

NASA, ESA and JPL-Caltech

【上】
褐色矮星《かっしょくわいせい》
（2013年1月）

【下】
とも座《ざ》 RS 星
（セファイド変光星）と光の
エコー
（2013年12月）

NASA, ESA and the Hubble Heritage Team (STScI/AURA), and IPHAS

宇宙《うちゅう》キャタピラー

銀河《ぎんが》の衝突《しょうとつ》
（2013年6月20日）

星を飲みこむブラックホール（2012年5月）

NASA, S. Gezari (JHU) and J. Guillochon (UC Santa Cruz)

NASA, ESA and the Hubble Heritage Team (STScI/AURA)

馬頭《ばとう》星雲（2013年4月）

乗るのは初めてだ。いま、ふたりはジョージの家の玄関前に立ち、不安げにスケボーを抱《かか》えていた。

「どこに行くの？」アニーが小声できいた。

「エリックの研究室だよ。大学の数学科だ。研究室のあけ方はわかってるだろ？」

「もちろん。建物の入口もあけられるよ。でもどうしてそんなところに？」

「古いコスモスを見つけるんだ。エリックの最初のコンピュータだよ。史上初《しじょうはつ》のスーパーコンピュータでもある。数学科の地下にあるんだよね？　古いコスモスだけがたのみの綱《つな》だ。もしまだ動いていればの話だけど。行ってみるしかないよね。ところでエボットは何か映像《えいぞう》を送ってきてない？」

「おっと！」

アニーはズボンのポケットをさぐって、遠隔《えんかく》アクセス用めがねをとりだした。めがねをかけると、視線検出装置《しせんけんしゅつそうち》を使って、ざっとながめた。

「見えないな。何にもない。ちょっと待って。あれっ？」

「何？」

ジョージは、エボットが急に視界《しかい》に入りこんだのかと思った。

「なんだかまわりがはっきり見える。でもすべてが気持ち悪い緑色なの」

「きっと暗視機能《あんしきのう》だよ。そのめがねには暗視機能がついてるんだ」

「すっごーい。だったら、あたしが先頭に立つね。うしろから来て、あたしが見える？」

「すぐあとをついてけば、スニーカーについてる反射材《はんしゃざい》が見えるよ」

しかし、アナログコンピュータには明らかな限界《げんかい》がある。主な欠点《けってん》は、いったん作られると一つの種類の問題を決められた精度《せいど》で解《と》くことしかできないということだ。

異《こと》なる問題には異なる数学的対応が必要であり、したがって、それぞれに応じて異なる類推法《るいすいほう》や、異なる設計や異なるマシンが必要になる。

一方、人間は別の方法で計算にとりくんでいる。わたしたちはまず一組の数式を書くことから始める。これらの式を数学の規則《きそく》を使って何度も何度も別の式に変換《へんかん》していく。このやり方は、学校でも教えている一般的《いっぱんてき》な方法で、たとえば二次方程式《にじほうていしき》を解くときなどにも使われる。

この方法で問題にとりくむためには、新しい方式の計算装置《けいさんそうち》が必要となった。

蒸気《じょうき》で動くコンピュータ！

次に機械じかけの計算機が登場した。17 世紀に製作されたパスカルの計算機は、当時としては画期的《かっきてき》なものだった。その後、1837 年にチャールズ・バベッジが「解析《かいせき》エンジン」を設計した。この解析エンジンは（もし実際に作られていれば）世界初のプログラム可能《かのう》なコンピュータとなっただろう。このエンジンはプログラムとデータにパンチカード（訳注：穴《あな》のあいた位置によって情報をしめすことができるカード）を用い、機械じかけの部品だけを使い、万能《ばんのう》チューリングマシンのように動作するはずのものだった。といっても、現在のコンピュータより少なくとも 10 億倍《おくばい》は遅《おそ》く、蒸気機関の力で動くものだった。

チューリングから最初のデジタルコンピュータまで

デジタルコンピュータとは、自動的にアルゴリズムにしたがって動作するように設計されたマシンのことだ（人間と同じようだが、人間よりはるかに高速だ）。実際には、デジタルコンピュータは入力される整数（非常に大きいこともある）を出力される整数に変換していく。

コンピュータとは何か？

数学の法則《ほうそく》

宇宙《うちゅう》に存在《そんざい》するすべてのもの（惑星《わくせい》から光線《こうせん》や音波《おんぱ》まで）が数学の法則にしたがっているらしいことは、とてもすばらしいことだ。おかげで、わたしたちは数学を使って、何が起こるかを予想《よそう》することができる。

計算する機械はちょうどその逆だ。わたしたちが選《えら》んだ数学の規則《きそく》にしたがって動く部品を設計し、組み立てる。その後マシンは、自然に動くことを許《ゆる》され、数学的処理《しょり》を行って答えを出す。マシンの背後《はいご》にある理論《りろん》や製作法《せいさくほう》や寸法《すんぽう》が正確ならば、最後に出てきた答えも正確なはずだ。

今日《こんにち》では、コンピュータに十分なメモリとプロセッサの能力《のうりょく》があれば、ほとんど何でもできるようプログラムできるし、プログラム自体をデータの一種であると考えるようになっている。しかし、あなたが今使っているコンピュータは、最初の設計から長い道のりを経《へ》て進化したものだ。

最初期のアナログコンピュータ

２世紀のギリシアでは、「アンティキラ島の機械」と呼《よ》ばれる最も初期の計算機械が作られた。これは回転する歯車を組み合わせることによって、太陽と月と惑星の周期的な動きをまねすることができた。この機械の設計者は、空を移動する天体《てんたい》を青銅《せいどう》でできた円盤《えんばん》で模《も》し、注意深く配置《はいち》され、複雑《ふくざつ》なメカニズムにより、異《こと》なる時刻《じこく》における天体の位置を正確にあらわすことができるようになっていた。この機械は、特定の物理的システムを用いた類推法《るいすいほう》（アナロジー）にもとづいているため、アナログコンピュータの一例と言える。

計算尺《けいさんじゃく》は、中央部分をスライドさせる定規《じょうぎ》で、初期のアナログコンピュータの一例だ。対数《たいすう》の計算方法にもとづくこの道具は 17 世紀に発明され、小型の電卓《でんたく》が登場する 1970 年代まで広く使われていた。

1949 年には英国ケンブリッジ大学が真空管を用いた「チューリング完全」な電子的コンピュータである EDSAC（エドサック）を製作し、研究に使うための運用を開始した。それに続く数十年間に電子部品はまず真空管からトランジスタへ、次いで集積回路《しゅうせきかいろ》へと小型化していき、現在では、とても多くの電子部品を一片《いっぺん》のシリコンに焼きこんだマイクロプロセッサが使われるようになっている。

現代のコンピュータ

現代のコンピュータは、デジタルのデータや命令を読みこんで保存し、いくつかのキーを押《お》すだけで（またはマウスを動かしたり、スクリーンをスワイプしたりピンチしたりタッチしたりするだけで）やってほしいことが自動的に実行される便利なマシンだ。先輩《せんぱい》のコンピュータよりずっと小さくなっているし、電子部品が小型化し、小さな部品が近接《きんせつ》してつめこまれるようになると、コンピュータの速度は大いに速くなった。

しかしながら、1930 年代に考案されたチューリングマシンとちがい、現実のコンピュータはいまだに有限《ゆうげん》の量のメモリ —— たとえば 2GB の RAM（ランダム・アクセス・メモリ）—— しか持っていない。また、基本的な演算《えんざん》を非常に早い速度—— たとえば 20,000,000,000 段階《だんかい》あるいは「浮動小数点演算《ふどうしょうすうてんえんざん》」を 1 秒間《びょうかん》に実行できる（20G フロップス）——で実行できる。

たとえば、あなたがノートパソコンの画面上にしめされている画像ファイルをダブルクリックすると、ビューア・アプリケーションと画像の両方がディスクからメモリ上に読みこまれ、ついでプロセッサはアプリケーションの命令列を実行し、画像データを的確《てきかく》な色のドット模様《もよう》に変換《へんかん》して画面上でしめすので、その画像を見ることができるようになる。しかも、すぐに見ることができるのだ。

今日の一般的《いっぱんてき》コンピュータは、さらに永続的記憶装置《えいぞくてききおくそうち》（ハードディスク、HDD）も備《そな》えている。これにより、ファイルの内容を失うことなくコンピュータの電源を切ることができる。また、多くの場合ほかのコンピュータへ接続できるようになっていて、インターネットにログオンすることもできる。今日では、多くの家庭が 1 台かそれ以上のパソコンを持っている。さらにひとりひとりがポケットに入るタブレットを持ち歩いたり、スマートフォンでインターネットにアクセスするようになってきた。テクノロジーは日進月歩《にっしんげっぽ》なので、将来《しょうらい》のコンピュータは今とまったく異《こと》なったものになるかもしれない。

- 1 バイトは 8 ビットを 1 組としたもので、アルファベットの 1 文字を表わすために十分な長さがある。
- 1 ギガバイト（GB）は 1,073,741,824 バイトである。

コンピュータとは何か？　つづき

なぜ整数《せいすう》か？

文章を数に転換《てんかん》することはかんたんだ。たとえば、ASCII 表現《ひょうげん》では、A は 65 で表わされ、z は 122 で表わされる。実際の数値をあつかうときは、たとえば 99.483 というような小数点以下の一定の桁数《けたすう》を持つ小数としてあつかいたい。この数は 0.99483 を 100（10×10、数学的に書くと 10^2）倍した数と同じである。

つまり、この数は、デジタルコンピュータでは 2 つの整数、99483 と 2 を用いて表される。2 は 10 のべき指数《しすう》として 10^2 すなわち 100 をしめしている。

実際に使われているコンピュータは通常二進数《しんすう》（ビット）を用《もち》い、0 か 1 という値《あたい》だけを使う。どんなデータ（数、文章、画像《がぞう》、プログラムの命令）でも、二進表現の整数として表わし（コード化し）、一つの大きい二進数にしてコンピュータのメモリに入れることが可能《かのう》だ。

デジタルコンピュータの背景《はいけい》となる数学は、万能チューリングマシンにもとづいている。デジタルコンピュータはプログラム（大きな二進数にコード化できる特定のチューリングマシン用の命令列）を入力の一部として受けとり、入力の残りの部分に対してプログラムが表わしている処理《しょり》を行う。したがって、今日、わたしたちにとってのコンピュータとは、入力として正しいプログラムをあたえられ、メモリと時間が十分にあたえられれば「チューリングマシンで計算可能」なすべての計算を、実行できる単独《たんどく》のマシンを意味する。

最初のこのようなコンピュータは、1941 年にドイツのコンラート・ツーゼにより開発された Z3 である。Z3 は歯車の代わりに電話中継装置《ちゅうけいそうち》を使ったので、機械式というよりは電気機械式と言える。入力は穴《あな》をあけたフィルムのテープにより行われた。それに続き、1946 年には最初の電子的汎用《はんよう》デジタルコンピュータである米国の ENIAC（エニアック）が製作《せいさく》された。ENIAC の内部をのぞいてみると、電子部品は今日のようにチップが基板《きばん》の上に実装《じっそう》されているのではなく電球サイズの真空管《しんくうかん》が使われていたことがわかる。ENIAC は巨大《きょだい》で、高さ 2.4 m × 奥行 0.9 m × 幅《はば》 30 m もあり、設置するためには 167 ㎡ の床面積《ゆかめんせき》が必要だった！

（監修者注《かんしゅうしゃちゅう》：ENIAC は最初は「チューリング完全」でなかった。あとの改造《かいぞう》でプログラムを内蔵《ないぞう》できるようになったが「チューリング完全」とは言えない。現在では、Z3 は「チューリング完全」であるが、ENIAC は「チューリング完全」ではないということが定説である）

ほんとう？

インターネット上の人は自分のことで嘘《うそ》をついているかもしれない。インターネット上にある情報《じょうほう》はまちがっているかもしれない。だから、ほかのウェブサイトや本で調べたり、そのことをよく知っている専門家《せんもんか》に聞いたりして確《たし》かめよう。チャットをしたいなら、よく会う友だちや家族とだけにしたほうがいいよ。

家族と仲よくしよう

インターネットで何をし、だれと話しているか、親や保護者《ほごしゃ》や信頼《しんらい》できるおとなに話しておこう。インターネットは秘密《ひみつ》にするようなものじゃない。情報機器はおとながいる部屋で使い、何をしているかを見せてあげよう。問題が起こったときにも話しやすくなるからね。

心配事を説明しよう

だれかや何かに困《こま》っていたり、インターネット上でいじめが起こったときは、親か保護者か信頼《しんらい》できるおとなに相談しよう。

インターネットは、みんなの知識が集まったとても大きな情報源で、だれでもアクセスできる。宇宙《うちゅう》や技術や新しいアイディアについてもいろいろと学ぶことができる。楽しく使うのはいいんだけど、安全にも気をつけてね。

安全にインターネットを使うためのジョージのガイド

個人情報《こじんじょうほう》を出さないように

オンラインでチャットしたり、投稿《とうこう》したりするときは個人情報を出さないようにしよう。そのほうが安全だからね。個人情報とは氏名、電子メールアドレス、電話番号やパスワードのことだよ。もしアプリケーションプログラムやネットワーク上のだれかが個人情報をたずねたら、教える前に親か信頼《しんらい》できるおとなに、だいじょうぶかどうかきいてみよう。

電子メールはすばらしいばかりじゃない

知らない人からの電子メールとか、SNS や LINE（ライン）のメッセージなどを受けとったり、信頼していない人から送られてきたファイルや、画像や文章を開いたりすると、困《こま》ったことになるかもしれない。ウィルスやふゆかいなメッセージがひそんでいるかもしれないからだ。

注意しようね。

インターネット上の友だち

インターネットをとおしてしか知らない人と会うのは、危険《きけん》だよ。会うなら、親か保護者《ほごしゃ》に話し、いっしょに会ってもらうようにしよう。インターネット上の友だちは、たとえ長いこと話を続けていたとしても、まったく知らない人なんだ。

「じゃあ行こう。ぐずぐずしてられないからね」

アニーは猛《もう》スピードで走りだしたが、ときどきうしろを見てジョージがついてきているのを確《たし》かめた。めがね越《ご》しに左右を確認《かくにん》して道路の中央を走っていく。車は一台も走っていないが、最短ルートはとれないので、前方に人の集団が見えると脇道《わきみち》にそれることが何度かあった。幸い暗視機能《あんしきのう》のおかげで、相手に気づかれる前にだれかがいることがわかる。緑色に変わった連中は、すごく恐《おそ》ろしく見えて絶対に出くわしたくなかった。

暴動《ぼうどう》はまだおさまっていない。通りに残っている連中は、手当りしだいになんでも盗《ぬす》もうとしていた。そいつらのえじきになるのはごめんだ。

歴史ある大学町の中心を抜《ぬ》け、大きな円柱《えんちゅう》やアーチや中庭がある学寮《がくりょう》を通りすぎると、フォックスブリッジがあっという間にどれほど変わってしまったかがわかった。大きな学寮のそばを通ったときのことだ。小塔《しょうとう》やステンドグラスの窓《まど》がついた建物が広い芝生《しばふ》に囲《かこ》まれている。そんな学寮の門の前で、集団がたき火をしていた。連中は舗道《ほどう》にぶちまけたゴミ箱《ばこ》から拾《ひろ》ったものを焼いているらしい。

こんどは、アニーが、そばを猛スピードで通りすぎたほうがいいと判断した。避《さ》けようとしたら、大きく迂回《うかい》しなければならないからだ。そこでスケボーのスピードをあげてつき進んでいった。ジョージもすぐうしろをついていった。

ふたりが通っても、スケボーの音にひとりかふたりは顔をあげたものの、じゃまされることも、追いかけられることもなかった。猛スピードで通過《つうか》し、優雅《ゆうが》な弧《こ》を描《えが》いて脇道に入りこむ。

「楽勝だったね。だれも気にしなかった」

でも、安心するにはまだ早かった。

エリックの研究室に向かって進んでいると、背後《はいご》で音が聞こえた。しかもどんどん近づいてくる。全速力でスケボーを走らせているときにふり向くのはかんたんではない。それでもジョージはなんとかふり向いてみた。

「追われてるぞ！」ジョージはアニーに向かってさけんだ。だれかに聞かれるかどうかを気にしている場合ではない。

「だれに？」アニーの声が風に乗って流れてきた。

「ロボットだ」ジョージは大声でさけんだ。「月で会ったやつに似《に》てる！　追いつかれちゃう！」

ロボットとの距離《きょり》はまだじゅうぶんあったが、月のときと同じように、大またで近づいてくる。

「スピードをあげて！」

ジョージとアニーは最高速度《さいこうそくど》でとばしたので、いまは町がぼやけて見える。追いかけていたロボットが敷石《しきいし》につまずいた。先端技術《せんたんぎじゅつ》をもってしても、むかしながらのでこぼこな道には対応できないらしい。

「やつが止まったぞ！」ふたりは数学科の入口を目指して急いだ。「急いで、アニー。ドアをあけて！」

「これって変じゃない？」入口に向かうと、アニーは息《いき》を切らせながら言った。数学科の建物はまっ暗で人影《ひとかげ》は見えない。「あたしたち、まちがってた？　あいつらのねらいはパパじゃなくてあたしたちだったの？」

「余計《よけい》なことを考えないで」ジョージがせきたてた。「ドアの鍵《かぎ》をあけて」

ジョージは暗闇《くらやみ》に目を凝《こ》らした。不吉《ふきつ》な銀色の影が立ちあがり、ふたたびふたりに向かってくる。

アニーはうなずいて数学科のドアを閉《と》ざすダイヤル錠《じょう》に集中した。玄関《げんかん》わきの古い真鍮《しんちゅう》のパネルから、回転式《かいてんしき》のダイヤル錠《じょう》が突《つ》きだしている。

ジョージは、声にならない悲鳴をあげた。アニーの集中を乱《みだ》すことはできないけど、ロボットは今にも追いついてきそうだ。ふたりの背後《はいご》にはドアがあるだけで、逃《に》げ場はどこにもない。

ついにアニーは正しい番号を順番にまわすことができた。電子装置《でんしそうち》というよりは機械装置の錠がはずれ、大きな古いドアがあいた。ふたりはドアの中に駆《か》けこみ、背後でドアがバタンとしまると、ホッとため息をついた。建物の中はまだまっ暗で、たどりついたロボットが玄関ドアをガンガンたたいていることを考えると、決して安全とはいえない。

「古いコスモスだ……」ジョージがささやいた。「古いコスモスを見つけないと」

暗視《あんし》めがねを使って、アニーが暗闇の中を地下室のドアまで誘導《ゆうどう》した。古いコスモスは地下室に置いてあるはずだ。でも、そのドアには鍵がかかっていて、それ以上進めなくなった。

上のほうからガラスの割《わ》れる音が聞こえてきた。ロボットが玄関ドア近くのガラスを割ったようだ。

「どうやって入る？」アニーが小声できいた。

ドアのわきで、入力盤《にゅうりょくばん》がほのかに光っている。

「暗証番号《あんしょうばんごう》は？」ジョージがたずねた。

「うーん。当てるしかないね……」

アニーはひと組の数字を入力した。

「それはなんの数字？」

ジョージは不安を抑《おさ》えようとしていた。アニーが集中を乱《みだ》してしまったら、何もかもが台なしだとわかっていたからだ。

「パパの誕生日《たんじょうび》を試《ため》してみたの。でもうまくいかなかった。それからママの誕生日を試したの。こんどは……」

アニーはキーをたたいた。今回はドアがあき、ふたりは中に入ることができた。

「暗証番号は、あたしの誕生日だった」ホッとして泣きそうになりながら、アニーが言った。「うまくいったね」

ふたりのうしろで、ドアがズルズルと、うれしい音を立てながら閉《し》まった。

ロボットはこのドアも壊《こわ》せるかもしれないけど、少なくとも時間かせぎができる。

地下室では、古びた巨大《きょだい》な機械がふたりを待ちかまえていた。膨大《ぼうだい》な電気回路《でんきかいろ》を収《おさ》めた塔《とう》や記憶《きおく》装置《そうち》をもつ機械がこの部屋の大部分を占領《せんりょう》している。それと比《くら》べると、今はコンピュータが持ち運べるくらい小さくなったなんて、すごいことなのだ。

「ようこそ、アニー、またお会いできてうれしいです」

縁《ふち》に沿ってパンチ穴《あな》が空けられたむかしふうのコンピュータ用紙を使ってコスモスが言った。古いコスモスは音声装置《おんせいそうち》を持っていないので、話したいことがあれば、いちいち紙に印刷《いんさつ》しなければならないのだ。

15

古いコスモスがある部屋は乾燥《かんそう》して温かく、頭上の世の中の今の様子と比べれば、居心地《いごこち》がいいと言ってよかった。送風機が静かに回転して、古いコスモスを冷却《れいきゃく》しながら地下室の空気がよどまないように循環《じゅんかん》させている。古いコスモスは旧式《きゅうしき》のテクノロジーで作られたコンピュータだが、未来のエネルギーである地熱《ちねつ》によって給電《きゅうでん》されている。前の年にエリックは、エネルギーを大量に使うコンピュータ類《るい》を動かし続けるために、再生可能《さいせいかのう》な代替《だいたい》エネルギーをとり入れてみることにした。また、大学では部署《ぶしょ》ごとに異《こと》なるエネルギーシステムを使うべきだと主張《しゅちょう》した。そうすれば一か所に不具合《ふぐあい》が起きても、ほかの場所には影響《えいきょう》がおよばないからだ。今のところ、この建物の中で動いている機械は、地球《ちきゅう》の中心部のエネルギーを利用している古いコスモスだけだ。古いコスモスのハードウェアの山は、電源《でんげん》ライトが明るく光って、使えることをしめしている。灰色《はいいろ》がかった緑

の暗闇《くらやみ》を抜《ぬ》けてきたふたりには、うれしい光景だ。

「ねえコスモス、この世界がおかしくなっちゃったんです。コンピュータはみんな誤作動《ごさどう》してるし、通りにはロボットがいます！　あなたはだれかに攻撃《こうげき》されませんでしたか？　小さなコスモスはハッキングされました。個人《こじん》か組織《そしき》かはわからないけど、このおかしな事態《じたい》を引き起こしている犯人《はんにん》がいるんだと思います」とジョージが言った。

「ハハハ、わざわざわたしを攻撃する者なんていやしません。わたしは過去《かこ》の遺物《いぶつ》だと思われていますからね。ピラミッドを攻撃するようなものです」

「でもあなたはちがいますよね？」アニーが愛情《あいじょう》をこめて言った。「過去の遺物とかピラミッドみたいなものじゃないでしょう？」

「わたしはすばらしい技術《ぎじゅつ》によって構築《こうちく》されました。最新の機能《きのう》をすべて備《そな》えてはいませんが、桁外《けたはず》れの演算《えんざん》をやってのけることができます」

古いコスモスは、さっきよりもずっと早いスピードで言葉を用紙に印刷《いんさつ》した。

「ぼくらを宇宙《うちゅう》に送るようなことは？」ジョージが期待をこめてきいた。

「わたしには戸口作成機能がついています」古いコスモスが重々しく答えた。最初からある機能ではないことを、いまひとつ認《みと》めたくないようだ。**「……前の持ち主が改良《かいりょう》したんでね」**

アニーとジョージは顔を見合わせた。古いコスモスの言いたいことはわかる。去年、エリックのかつての恩師《おんし》ズズービン教授《きょうじゅ》が、私的《してき》な目的のために古いコスモスをこっそり使っていた。ズズービンは、世界の物理学者たちが一堂《いちどう》に集まるときをねらって、大型《おおがた》ハドロン衝突型加速器《しょうとつがたかそくき》（LH《エルエッチ》C《シー》）を爆破《ばくは》しようという企《くわだ》ても持っていた。ズズービンは、自分以外の科学者《かがくしゃ》を残らず消してしまうつもりだったのだ。そして、ずっとむかしにエリックにでたらめだと証明された自分の理論《りろん》を世の中に認めさせようとした。ズズービンは、古いコスモスをタイムマシンとしても使おうとした。時間をさかのぼり、以前出した自分の仮説《かせつ》を変えることによって、現在の自分を天才のように見せようとした。しかし、歴史の流れを変えることはできなかった。時間の流れは、そういうことをさせないようにできているらしい。アニーのパパをふくむすべての科学者たちは、なんとかLHCを無事に守りきり、実験を続けることができた。しかしズズービンが残していった機能は、今のような危機《きき》には大いに役に立ちそうだ。

「宇宙への戸口を作る機能は、きっとズズービンが追加したのね」アニーがつぶやいた。

「信じられない。あいつに感謝《かんしゃ》することになるなんて思いもしなかった」

ジョージは一見おだやかな白髪《しらが》の教授《きょうじゅ》を思い出した。結局その見せかけは中身とは大ちがいだったけど。実際のズズービンは危険《きけん》どころか狂気《きょうき》に駆《か》りたてられ、権力《けんりょく》に飢《う》えた、悪名高《あくみょうたか》い人間だった。

「でも、どこに行けばいい？　まだエボットがどこにいるのかわからないよ」

「コスモス。あたしたちは、追跡装置《ついせきそうち》をつけたロボットを宇宙に送り出したんです。このめがねを使えば、ロボットの居場所《いばしょ》がわかるはずなの。まだ何も見えないけど、すぐに映像《えいぞう》が送られてくると思います。コスモスにめがねを接続《せつぞく》したら、どこに行けばいいのか教えてくれるかしら？」とアニーがきいた。

「おやすいごようです。めがねをわたしのポートのどれかに接続してください」

「ポート……ポート……ポート」アニーは、巨大《きょだい》な崖《がけ》のような古いコスモスをさっと見渡《みわた》すと、ズボンのポケットからケーブルをとりだした。「ポートは、どこにあるのかな？」

「そこだ！」ジョージはコスモスの画面のすぐ下を指しながら言った。「そこに差しこんで」

アニーはケーブルの端《はし》をめがねに接続してから、もう片方《かたほう》の端をコスモスに差しこんだ。コスモスの画面がぼんやりとした灰色《はいいろ》になってから、すぐにパッと明るくなった。

最初は不規則《ふきそく》な形しか見えなかった。無色のぼんやりしたものが、むやみに動いているだけだった。しかし、コスモスはすぐにズーム機能《きのう》を使って近づき、明るさを変えて画像《がぞう》がはっきり見えるようにした。

ふたりは画面をのぞきこんだが、まだよくわからない。視点《してん》が動き続けているせいだ。

「見て」ジョージが画面に目を凝《こ》らしながら言った。「あそこだよ。同じロボットだ。月で見たやつや、ここで追いかけてきたやつと同じだ。別のかもしれないけど、同じ型《かた》だよ」ロボットが画面に一瞬姿《いっしゅんすがた》を見せ、きれいに宙返《ちゅうがえ》りをしてみせた。

「宇宙《うちゅう》にいるんだね」アニーが言った。「エボットが無重力のところに浮《う》いてるから、こんなふうに変に見えるんだ。宇宙船みたいなものの中にいるみたい。コスモス、この場所が割《わ》りだせますか?」

古いコスモスは、しばらくの間ぶつぶつ言っていた。電気回路《でんきかいろ》をカタカタ鳴らしながら、信号の正確な位置を突《つ》きとめようとしている。

「どひゃー!」アニーがさけんだ。「見て! ロボットは一体だけじゃないよ」

エボットの目で見ると、そこは壁《かべ》じゅうに配管《はいかん》やケーブルが走る筒状《つつじょう》の通路だった。まわりには、月や、さっきフォックスブリッジで見たのとそっくりなロボットがいっぱい浮かんでいる。低重力での動きに目がなれると、まわりのロボットたちがエボットを、どこかへ連れていこうとしていることに気がついた。

「わあ。エボットはロボット警察隊《けいさつたい》に連行されてくみたい」

「ロボットの持ち主はだれなんだろう?」ジョージは思った。「宇宙ステーションにこんなにたくさんロボットを配備《はいび》しているのはだれなんだろう? まるでロボットの軍隊《ぐんたい》みたいだ」

「コスモス、ここはどこなんですか?」

アニーがたずねると、まもなくコスモスが返事を印刷《いんさつ》した。

「現在位置を知りたいのですか? それともどれほどのスピードで移動しているかを知りたいのですか?」

コスモスがきちんと答えるためには、ふたりはもっとくわしく指示《しじ》しなければならなかった。

「どこかを知りたいの!」アニーが言った。「スピードはどうでもいい」

「あなたたちのアンドロイドは、地球周回軌道上《ちきゅうしゅうかいきどうじょう》にある宇宙《うちゅう》ステーションにいます」

「でもあれは国際《こくさい》宇宙ステーション（ＩＳＳ《アイエスエス》）じゃないよ」アニーはＩＳＳの内部についてくわしかった。ＩＳＳの船長が最新情報と写真を毎日ツイートしており、それを熱心にフォローしているからだ。

ジョージはコスモスから吐《は》きだされて、足元《あしもと》にたまって丸《まる》まっている用紙に目を通した。

「私有《しゆう》の宇宙ステーションだって言ってる。でも情報《じょうほう》はほとんどないんだ。存在は隠《かく》されてるみたい。ぼくたちには見えてるけど」

「どうすればそんなことができるの？」アニーがきいた。

「コスモスによると、見えないように〝不可視化《ふかしか》〟している可能性《かのうせい》があるらしい。それに量子的性《りょうしてきせい》質《しつ》を使って場所を移動することができるのかもしれないって。だからあちこちを転々と動いて、月にいた、と思ったら、彗星《すいせい》にもいるみたいに思えたんだ」

「ほんとにおかしな話。コスモスは、それが地球で起こっていることと関連があると思ってるのかしら？　コスモスは地球で何が起きてるか知ってるのかな？」

アニーの質問《しつもん》を受けて、コスモスが怒《おこ》ったように紙を吐きだした。

「もちろん知っています！　わたしに直接話してください。三人称《さんにんしょう》でわたしのことを話すなんて失《しつ》礼《れい》ですよ」

「ごめんなさい」アニーは心からあやまった。「今は、何が起きてもおかしくないような、とてもへんてこな世界になっちゃってるの」

「コンピュータ時代が幕《まく》をあけたときから、すべてのものを接続《せつぞく》させるのは、危険《きけん》だと指摘《してき》してきました。でもそうなってしまって、すべてがかんたんに壊《こわ》れることになったのです」

「指摘したのに、だれも耳を貸《か》さなかったんですね」ジョージが言った。

「コスモス……」

アニーは直接古いコスモスに話しかけた。古いコスモスが小型版《こがたばん》の小さなコスモスと同じくらい気むずかしいことに気づいたからだ。もっとも小型版のほうはハッキングされて、今はセールスマンみたいな口調になっているけれど。

「あたしたちふたりを宇宙ステーションのエボットの場所に移動させてもらえますか？　エボットはロボット警官隊《けいかんたい》につかまってるから、ぴったり同じ場所じゃだめなんです。でもどうなってるのかがわかるくらい近くにね」

「もちろんできますよ」

「それと、あたしたちを〝不可視化〟できますか？　宇宙ステーションに着いたとき、だれにも見つからないようにね？」

間《ま》が空いた。

「ふたりを不可視化することはできません☹」

古いコスモスは顔文字で悲しい顔をつけくわえてみせた。

「それ、すごくかわいい。コスモス、なぜ音声機能《おんせいきのう》がついてないんですか？」アニーは不意に知りたくなった。今や地下室全体が、コスモスがふたりとの会話に使った大量のコンピュータ用紙に埋《う》めつくされている。

「だれもわたしに音声機能をつけなかったからです。だからわたしには声が出せません」

「残念ね。あたしはいま悲しい顔をしているのよ」

アニーはほんとうに泣きたくなった。

「ですが、時限不可視化《じげんふかしか》ならできます」

「時限不可視化って？」アニーがきいた。

「つまり、何者かがわたしのネットワーク活動を傍受《ぼうじゅ》しようとしたとしても、おふたりが戸口から出て宇宙旅行《うちゅうりょこう》をしていることを、出発してから約三分間は姿《すがた》が気づかれずにすむということです。三分間の猶予《ゆうよ》があたえられるということですね」

「それでお願い」アニーが断固《だんこ》たる態度《たいど》で言った。「さあ、行こう。宇宙服はいるかな？」

ジョージは自信なさそうだ。

「なんとも言えないね。ほとんどの宇宙ステーションの内部は環境《かんきょう》が制御《せいぎょ》されてる。だから中にいる間、宇宙服は必要ないんだ」

「でもこれはへんてこで目に見えない宇宙ステーションなのよ。中がどうなってるか、わかりゃしない」

「目に見えないなら、どうして今、ぼくらには見えているんだろう？」

「ステーション内部からアンドロイドが追跡装置《ついせきそうち》を介《かい》して信号《しんごう》を送ってくれているからです。アンドロイドが現地にいなければ、絶対に見つけることはできなかったでしょう」コスモスが答えた。

「でもぼくらは地球《ちきゅう》からステーションを見たんだ。写真だって撮《と》ったんだよ」

「写真を撮ったときには、不可視化のメタマテリアル（電磁波《でんじは》に対して自然にはないふるまいをする人工物質）に問題が生じて、わずかな間ステーションが見えたにちがいありません」

「だからパパも宇宙ステーションのことを知らなかったのね。だからどの国際機関《こくさいきかん》もこの宇宙ステーションを見つけられなかったし、だれが乗っているかもつきとめられなかったのよ。コスモス、時限不可視化の用意をお願い」

コスモスはかなり複雑《ふくざつ》な演算《えんざん》をして戸口を作っていたのだが、ジョージとアニーは今光りはじめるまで気がつかなかった。コスモスの山のように連なる電気回路《でんきかいろ》とパネルの中に埋《う》もれて、見えなかったのだ。

「ドアをあけなくちゃいけないことを忘《わす》れないで。ほかの戸口とはちがうんだ。ドアを自分たちで押《お》しあけてから、通らなくちゃいけない。前回は目的地までがろうかみたいになってたよね」

「もしすき間に落ちて、宇宙服なしで宇宙に出ちゃったらどうなるの？」アニーが顔をしかめながらきいた。

「凍《こご》えながら沸騰《ふっとう》しちゃうだろうね。血液《けつえき》ガスは爆発《ばくはつ》して、目は頭からとびだしちゃうよ」ジョージが情報《じょうほう》を伝えた。

「ありがと。ほんとに、あたしたちがやらなくちゃいけないんだよね？　宇宙服《うちゅうふく》は必要ないの？」

「まずまちがいないと思う。ぼくたちが知らせないと、エリックはあの宇宙ステーションを絶対に見つけられない。地球上《ちきゅうじょう》ではＩＡＭ《アイアム》を見つけ出すチャンスを持ってるのは、ぼくたちだけなんだ。世界じゅうがおかしくなってることとの関係をつきとめることができるのも、ぼくたちだけなんだ」

「オーケー。またジョージとあたしだけなんだね」

虹色《にじいろ》の戸口がますますかがやきを増していき、ついにはかがやくクリスマスツリーのようになった。うす暗い地下室で見ると美しい光景だ。

それ以上何も言わずに、ふたりは少しずつ寄《よ》りそった。アニーが手を差しだすと、ジョージが手《て》袋《ぶくろ》をはめた手でその手をにぎった。アニーが古いコスモスと話している間に、ジョージはエボットの黒い遠隔操作《えんかくそうさ》手袋をポケットからとりだしてはめていたのだ。いざというときに備《そな》えて。

「めがねも持っていったほうがいいですか？」

「いいえ。**追跡信号《ついせきしんごう》をたどるのに必要です。追跡信号があるから正しい場所に送ることができるのです**」

「あたしたちをステーションの中に送ってくれるんですよね？　ステーションの外の宇宙をただようのはいやよ」

「新型《しんがた》の模造品《もぞうひん》とはちがいます」コスモスが怒《おこ》ったように文字を打った。「わたしがミスをすることは絶対にありません。どうぞお進みください。戸口の用意ができています」

ふたりは深呼吸《しんこきゅう》してから進んだ。ジョージが空いているほうの手でドアを引いた。戸口の向こうには、緑とピンクとオレンジの雲の中でうずまく色とりどりの光のかがやきしか見えない。

「この先はどうなってるの？」アニーが不安そうにたずねた。

「通りぬけるまでわからないよ。おぼえてる？　古いコスモスはぼくらに先のことは見せられない。進まなくちゃ。でなきゃ絶対に知ることはできない」

「待って」

アニーはコスモスが印刷した用紙を引きちぎり、ポケットから見つけた鉛筆《えんぴつ》で裏面《うらめん》に何やら走り書きした。

「何してるの？」

「メモを残すのよ。万が一に備《そな》えてね」

アニーはジョージにメモを見せた。


宇宙に行きます。すぐ帰ります。

「どこに行くかも書いたほうがよくない？」

「ジョージが書き足してよ」

アニーはそう言うと、ジョージに紙と鉛筆《えんぴつ》を手渡《てわた》した。

朝までに帰らなかったら、古いコスモスが持っている座標《ざひょう》を使って宇宙《うちゅう》に救助隊《きゅうじょたい》を送ってください。　アニーとジョージ

「いい感じじゃない」アニーが言った。「これではっきり伝わるよね」

「じゃあ行こう」

ジョージはメモをクリップボードに留《と》め、アニーのとなりの位置についた。

それからふたりは目を閉《と》じ、ぎゅっと手をにぎり合ったまま大きく一歩踏《ふ》み出した。もしかしたら、行く手には何もなくて、人間が知ることのできない暗黒の宇宙空間が広がっているだけなのかもしれないと思いながら。むかし、この世界がおかしくなる前、ふたりはテーマパークに行ったことがある。そこには、今のような状況《じょうきょう》に似《に》た乗り物があって、行く先もわからず、無事に向こう側に出られることを信じて乗りこむことしかできなかった。ただし、今回は遊びでもテーマパークでもなく、現実なのだ。

16

しかし、ふたりは底《そこ》なしの宇宙《うちゅう》に落ちてはいかなかった。しっかりした場所に着地したのがわかって目を開くと、古いコスモスの戸口にただよっていたカラーの雲が次第に消えて、目的地が見えてきた。うしろでカチッという音が聞こえたのでふり向くと、戸口が閉《と》じて消えるのが見えた。それと同時に、ふたりはふわっと浮《う》かびあがった。

そこは、エボットがロボットに連行されていたのと同じような円筒状《えんとうじょう》の通路《つうろ》だった。でもまわりにはだれもいない。エボットをさらったやつらは、エボットが偉大《いだい》な科学者《かがくしゃ》エリック・ベリスでないことに、気づいてしまったのだろうか？　いくらエボットが本物そっくりで、コンピュータシステムやロボットたちには見分けがつかないとしても、油断《ゆだん》はできない。だとすると、ふたりは敵地《てきち》に足を踏《ふ》み入れることになる。この目に見えないいきみょうな宇宙ステーションでは、何がふたりを

待ち受けているのだろうか？

「あたしたち、浮《う》いてるわ」アニーは通路の曲線状《きょくせんじょう》の壁《かべ》のほうへ行って、配管《はいかん》をつかんだ。「宇宙《うちゅう》に出てきたけど、息《いき》はできる。だいじょうぶだね。そっちは？」

「しーっ。だれかが聞いているかもしれないよ」

「だれもいないじゃない」アニーは通路のあちこちを見まわした。一方の端《はし》にはドアがあり、もう一方は通路が曲がっていて先が見えない。「こっちに行こう」アニーはドアに向かってじわじわと進んだ。「やつらに姿《すがた》を見られないですむのは三分間だけなんだから」

「どうしてそっちなの？」ジョージがきく。

「勘《かん》よ……」

「まあいいか。ぼくもついてるし」ジョージは、エボットの目を通して見たロボットがしていたように、すばやく宙返《ちゅうがえ》りをした。そのとき、不意に気づいた。「戻《もど》るときはいつ戸口を開くのか、コスモスにどうやって知らせればいい？　通信装置《つうしんそうち》は持ってきてないよ」

「それに、コスモスはエボットの目を通さないと見ることもできないし」アニーにも問題点がわかってきた。「ってことは、家に帰りたければエボットを探《さが》さなくちゃいけないってことだね。でなきゃここから出られない。それに不可視化《ふかしか》の効果《こうか》はもうすぐ切れてしまう。切れたら、あたしたちがここにいるのがロボット軍団《ぐんだん》にばれちゃうかも」

「どっかに宇宙食でもあるといいな」ジョージはため息をついた。お腹《なか》がもうぺこぺこだったからだ。「作戦はある？」

「うん。こういうことをやってる犯人《はんにん》を見つけて、やめなさいって言う」

「ふーん……どうやって？」

「さあね……進みながら考えるしかないね」

「はあ。まいったなあ」

　これはこれまででいちばんむずかしいミッションだった。地球上《ちきゅうじょう》でも宇宙空間でも、ふたりは何度か大きな困難《こんなん》に直面し、きみょうな謎《なぞ》の事件を解明《かいめい》してきた。しかし今回は、これまで以上に予《よ》測不能《そくふのう》な未知の領域《りょういき》にとびこんでしまっていた。しかも戻《もど》る方法も、どうすべきかも、何に遭遇《そうぐう》するかも、わかっていない。これまで経験した中でも、最も恐《おそ》ろしく、突拍子《とっぴょうし》もない冒険《ぼうけん》に乗りだすことになる。しかもどういうわけか、計画さえなしに。人間の知識《ちしき》や文明《ぶんめい》から切《き》り離《はな》されて、ふたりきりで危険《きけん》にさらされているのだ。そう思うと、とてもきみょうな気分だった。

「無力感《むりょくかん》を抱《かか》えて、地球をうろうろしてるよりはマシね」アニーはきっぱりと言った。壁《かべ》に沿ってのびる配管を伝って、突《つ》きあたりのドアのほうへと進んでいく。それから床《ゆか》に足を着くと、ドアの取っ手をつかんで体勢《たいせい》を整えた。するとドアが開き、アニーをうしろにふっとばした。ドアの反対側にもたれていた何かがアニーのほうに倒《たお》れこんできたのだ。

　アニーは悲鳴《ひめい》をあげそうになり、ジョージは、アニーを守ろうと前に出た。倒れこんできたものは、スローモーションでドアを通り、少しの間倒れたまま浮いていた。

「ロボットの仲間よ。うわあー。どうしよう?」

アニーがジョージをつかみ、ふたりそろってその場に浮《う》かんだ。とどまって自分たちの運命を受けとめるべきか、一目散《いちもくさん》に逃《に》げ出すべきかを決めかねていたのだ。

ジョージは逃げ道を探《さが》して、あたりを見まわした。

「ぼくたちのことは見えないはずなのに。気づいてないのかもしれない。ともかく逃げよう」

しかしジョージが話しているとき、ロボットが起きあがった。初めてロボットの顔がはっきり見えた。それまでに会ったロボットとはちがって、にこにこしている。

「コンニチハ」ロボットが言った。やさしい声だ。ふたりが予想していたのとはちがう。

「えーと、こんにちは」ふたりとも不安そうに言った。姿《すがた》は見えなくても声は聞こえているらしい。

こいつがIAM《アイアム》なのだろうか? IAMは実はロボットなのだろうか?

ジョージは、地球《ちきゅう》がひどい状況に見舞《みま》われていることを訴《うった》えるために、きびしいことを言おうと頭の中で準備していた。いよいよIAMに会ったときには、そのスピーチをぶつけるつもりだった。IAMが何者かはわからないが、長くてむずかしい言葉をたくさん使って、深刻《しんこく》な事態《じたい》だということをアピールするつもりだった。そして、適切《てきせつ》な処置《しょち》がとられると納得《なっとく》するまで、自分はステーションから出ていくつもりがないと、宣言《せんげん》するつもりだった。しかし、友好的《ゆうこうてき》なにこにこ顔をしてあまい声で話すロボットと出会ったことにおどろいて、たちまちスピーチのことは忘《わす》れてしまった。

「アナタノ名前ハ?」ロボットがたずねた。

「あたしはアニー。こっちはジョージ」

「友ダチニナリマセンカ?」

「ええっ?」

ジョージが言った。あまりにも思いがけない展開《てんかい》だ。たとえロボットがふたりをおどしたとしても、捕《つか》まえようとしたとしても、攻撃《こうげき》してきたとしても、ジョージはひるまなかったはずだ。しかし、友だちになるだって? ジョージは混乱《こんらん》した。

「えーと、うん。友だちになれたらすてきだよね」アニーは、ジョージと同じくらいとまどいながら言った。

「きみの名前は?」

ジョージは、入学した日に友だちを作ろうとしている小さな子のような気分だった。しかし、ほかにどうすればいいのかわからない。

目の前のロボットはまっすぐに浮いていたので、ロボットのにこにこ顔がはっきり見えた。

「ワタシノ名前ハ」ロボットはやさしい声で言った。「ぼるつまん・ぶらいあん。ワタシハ偶然《ぐうぜん》ニ生ジタ知覚《ちかく》デキル思考デ、無限《むげん》ニ複製《ふくせい》ヲ作ルコトガデキマス」

「それってボルツマン・ブレインって言うんだと思うな」アニーがジョージに小声でささやいた。

「特許《とっきょ》ヲ登録《とうろく》スルトキニツヅリヲマチガエタノデス」ロボットが穏《おだ》やかに答えた。

ジョージは、このロボットは超音波《ちょうおんぱ》さえ聞きわけられるんだろうと思った。だとすると、ジョージとアニーは、細心の注意をはらってやりとりしなくてはいけない。ロボットはあきらかにふたりと親しくなりたいみたいだけど、ジョージは信用するのをためらっていた。

「残念ナガラ、特許《とっきょ》ハイッタン登録《とうろく》サレテシマウト、変更《へんこう》スルコトハデキマセン」ロボットは話を続けた。

「それは、かわいそう」アニーはほかになんて言えばいいのかわからなかった。

「ワタシハアナタノ髪《かみ》ガ好キデス」ロボットがアニーに言った。

「えっ？」

アニーは思わず前髪に目をやった。

「ソシテ、アナタハトテモ頭ガ良《よ》サソウデス」ロボットがジョージに言った。

「えーと、ありがとう」

このロボットは、宇宙《うちゅう》ステーションで会うどの人にもお世辞《せじ》を言うようにプログラムされているのだろうか？　どんな目的でこんなへんてこなロボットを作ったんだろう？

「時間がなくなっちゃう」アニーがジョージの耳元《みみもと》でささやいた。「三分たっちゃうよ」

ジョージがかすかにうなずいたので、聞こえているのがわかった。

「ボルツマン・ブライアンさん？　さっき無限《むげん》に複製《ふくせい》を作れると言いましたよね？　ほんとうなんですか？」ジョージはていねいに言った。

「ワタシハ、カンタンカツゆーざーふれんどりーナ方法デ、身体《からだ》ヲこぴーデキルヨウナ特別仕立《じた》テニナッテイマス」ロボットは誇《ほこ》らしげに言った。「ワタシノ設計図《せっけいず》ヲ地球上《ちきゅうじょう》ノ３Ｄ《ディー》ぷりんたニ送信スレバ、こぴーヲ作リダスコトガデキマス」

「どこでも好きなところでコピーできるんですか？」

「地球上ナラドコデモデキマス」

ジョージは恐怖《きょうふ》を感じた。そのことの持つ意味がわかったからだ。このロボットは、地球上のどこでも３Ｄプリンタのボタンを押《お》せばコピーを作ることができる。ということは、ロボット軍団《ぐんだん》を作りたい人間は、ロボットを工場で製造《せいぞう》する必要もなければ、輸入《ゆにゅう》する必要もないということだ。正しいコマンドを入力しさえすれば、地球上《ちきゅうじょう》の３Ｄプリンタで、持ち主に忠実《ちゅうじつ》なロボットを作りだすことができるのだ。しかも今や、３Ｄプリンタの数は、みんなが思っている以上に増えているだろう。そう考えると、これは地球をのっとるのにいちばん手っとり早い方法なのではないだろうか。特に、地球が混乱状態《こんらんじょうたい》にあって、だれもそのことに気づかなかったり、手おくれになるまでだれも止めようとしない場合には。

もし、すべての国の政府《せいふ》や、軍隊《ぐんたい》や、警察《けいさつ》や、治安部隊《ちあんぶたい》が、交通網《こうつうもう》の崩壊《ほうかい》、銀行《ぎんこう》からのお金のばらまき、食料供給の破綻《はたん》、離陸不能《りりくふのう》の飛行機、ダムの決壊《けっかい》、発電所の爆発《ばくはつ》といった最近の大惨事《だいさんじ》に気をとられていて、ロボット軍団が支配しようとしていることに気づかなかったなら、どうだろう？　たとえそれが、お世辞《せじ》たらたらの、にこやかなロボット軍団だとしても……。

ジョージは、ロボットが話をしながら、ふたりを徐々《じょじょ》にうしろに下がらせていることに、ふと気

ことは期待《きたい》できない。しかし、もし永遠に放置することができるなら、このような異変《いへん》は実際に起こる。しかも無限《むげん》にくり返すかもしれない。

宇宙《うちゅう》にとってこのことはどういう意味を持つのか？

この宇宙は 138 億年《おくねん》前のビッグバンで始まり、その後どんどん加速しながら膨張《ぼうちょう》し続けている。

ついさっき水について考えた原理をわたしたちの宇宙に当てはめると、永遠に続いていく宇宙ではどのような不規則《ふきそく》な異変でも、無限回数起こり得ることになる。ということは今日のわたしたちの宇宙の完全なコピー（粒子《りゅうし》のすばらしい組合わせでできている）が、粒子のうずであるほかのどこかに実際にあらわれる可能性だってあることをしめしている。

宇宙のコピーには、あきらかにわたしたち人類全員の脳《のう》とその記憶内容《きおくないよう》がふくまれている！　しかし、不規則な変動によってすべての脳が作られるよりは、たった一個の脳だけを作りあげるほうがはるかにかんたんだ。つまり、こうした不規則変動《ふきそくへんどう》が、ある一つの脳をその中にある記憶もふくめて作りあげることのほうが、すべての人や地球全体のコピーが偶然《ぐうぜん》できるよりは、可《か》能性《のうせい》が高い。

十分な大きさの粒子のうずが 0 度より高い温度で永遠に放置されると、このようにして可能な限りのすべての脳―― ボルツマン・ブレイン（ボルツマン脳）―― を、可能性のあるすべての記憶とともに、無限に多い回数作りあげるという仮説も成り立つ。

だから、もしこの宇宙が永遠に続くとすれば、無限に多くのボルツマン・ブレイン（それぞれがあなたが今これを読んでいる瞬間と同じ記憶内容を持っているもの）が宇宙をただよっているということもあり得る。もしかしたら、あなただってその一つかもしれない。

（監修者注《かんしゅうしゃちゅう》：宇宙の寿命《じゅみょう》が有限《ゆうげん》であるという、いまだ確立はしていない学説から見ると、ボルツマン脳が無限に多い回数できるという仮説は、成立する可能性が非常に非常に非常に小さいと言わざるを得ない）

ボルツマン・ブレイン（ボルツマン脳《のう》）

どこもかしこも、粒子《りゅうし》、粒子《りゅうし》・・・

地球上《ちきゅうじょう》のすべての物質《ぶっしつ》は原子《げんし》と呼《よ》ばれるとても小さな粒子でできている。原子はいつもぶつかり合って、光子《こうし》と呼ばれる電磁放射《でんじほうしゃ》を作り出す粒子を交換《こうかん》している。わたしたちはそれらの一部を熱として感じたり、また光として見たり、無線のアンテナから意図的に電磁波《でんじは》として出して通信に使ったりする。太陽や、宇宙《うちゅう》のもっと遠い場所からの光子やそのほかの素粒子《そりゅうし》は、常《つね》に宇宙からふり注《そそ》いでいる。こうして、地球も、ほかの惑星《わくせい》も、恒星《こうせい》や宇宙の空間ですら非常に小さい粒子がうずまくスープとなっている。おびただしい数の微細《びさい》なものが動き回っているとすると、科学者はどうやって物事の特性《とくせい》を理解することができるのだろうか？

・・・そして、飲み水一滴《いってき》より多いと！

地球上の1リットルの水は、3千万の百万倍の百万倍の百万倍くらいの分子でできている。しかし、1リットルの水は粒子がいっぱい集まったもののようには見えない。むしろ、温度や圧力《あつりょく》しだいで固体にも、液体にも気体にもなるような連続的な物質に見える。十分に熱を加えれば水は沸騰《ふっとう》して蒸気《じょうき》に変わるし、温度を十分に下げれば水は氷に変わる。これは水の通常の性質で、容易《ようい》に観察することができる。でも、どうして3千万の百万倍の百万倍の百万倍の分子《ぶんし》がみな同じように反応するのだろうか？　反乱分子《はんらんぶんし》はいないのだろうか？

19世紀の、オーストリアの物理学者ルートヴィッヒ・ボルツマンは、非常に多くの粒子の集まりが、ほとんど例外なしにある特定の反応パターンをしめすことを数学的に説明した。多くの粒子がまったくばらばらに、それぞれてんでに動くにもかかわらず、全体としてみると平均的な状態をしめし個々の粒子の存在《そんざい》は考えなくてすむようになる。1リットルの水では、ごくわずかな分子が平均《へいきん》からはずれて、ちょっとの間不規則な動きをするかもしれない。しかし、それによって水がふつうの状態からはずれて変化を受ける確率はとてもとても小さい。

しかし、水を永遠《えいえん》にそのまま置いておけば、不規則《ふきそく》な動きによる大きな変化は実際に起こり得る。たとえば、すべての分子がほんの短い時間同じ方向にそろって動く可能性《かのうせい》もある。しかし、これはきわめて低い確率でしか起こらない。だから、水さしに入った1リットルの水を放置しても、とつぜん水がとびだす

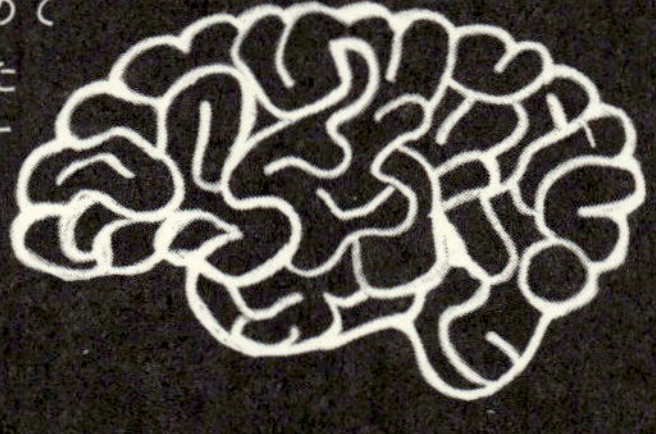

づいた。

「なら、今あなたたちは何体いるの?」アニーがきいた。

「一体ダケデス。本物ノぼるつまん・ぶらいあんダケ」

「でもこの宇宙《うちゅう》ステーションにはあなた以外にもたくさんのロボットがいますよね?」

ジョージがきいた。

「ソノトオリデス」ボルツマンはふたりを下がらせ続けている。「コノ宇宙すてーしょんニハワタシノ身体《からだ》ノこぴーガタクサンアリマス。ろぼっと全部ガソウデス。タダシ、ドノ身体ニモ知能《ちのう》ハアリマセン。タトエ頭ヲジックリ加熱《かねつ》シタトシテモ、知能《ちのう》ヲ持ツコトハナイデショウ……。イイコトヲ教エテアゲマショウ」ボルツマンは会心《かいしん》の笑《え》みを浮《う》かべた。「ワタシハホカノ連中ヨリモズットヤサシインデス」

「地球《ちきゅう》にはもっとたくさんのロボットがいるんですか?」

ジョージがたずねた。

「ソノトオリ」ボルツマンはうれしそうに答えた。「最近、地球上《ちきゅうじょう》ノイクツカノ場所ノ3Dぷりんたデ、複製《ふくせい》サレテイマス」

「それって悪いロボットのこと?」アニーがきいた。「あたしたちを追いかけてきた怒《おこ》った顔のロボット?」

「ワタシハ極《きわ》メテゆーざーふれんどりーニナルヨウニ、特別ナ教育ヲ受ケテイマス」ボルツマン・

ブライアンは無機質《むきしつ》な笑《え》みを浮《う》かべて言った。「デモホカノ連中ハ……」

台詞《せりふ》を最後まで聞かなくても、ボルツマンの言わんとしていることはわかった。

ボルツマンが話していると警報《けいほう》が鳴《な》り響《ひび》き、アニーとジョージの背後《はいご》に二体のロボット――意地《いじ》悪《わる》そうな顔と、ペンチみたいな手をもったほうだ――があらわれ、ふたりをぎゅっとつかんだ。

「痛《いた》い」ロボットが腕《うで》をつかんで通路の端《はし》に向かって引っぱったので、アニーがさけんだ。

ジョージも、もう一体の恐《おそ》ろしいロボットに万力《まんりき》のような手で引っぱられたので、アニーを助けることができなかった。

ボルツマン・ブライアンはすぐうしろをついてきて、悲しそうに言った。

「ソレデモワタシハ、スバラシイろぼっとナンデスヨ」

ちょっとの間、ジョージはブライアンとだけいっしょにいられれば良《よ》かったのに、と思った。特有《とくゆう》の人当たりの良さがうす気味悪いけれど、今自分たちをつかんでいる恐《こわ》い顔のロボットよりはずっといい。でも、どこへ連れて行かれるのだろう？　連れて行かれた先にエボットはいるのだろうか？

うしろ向きに連行されたので、ジョージとアニーには行く先が見えなかった。でもやがてロボットたちが手を放《はな》し、ふたりは、これまで見たこともないような特別な部屋にふわふわと入っていった。

まるで宇宙に浮かぶガラス玉の中にいるみたいだ。まわりには一定間隔《いっていかんかく》で、通路へとつながる穴《あな》がたくさんあいている。その通路というのは、中央の部屋から外円へと、まるで自転車のスポークのようにカーブを描《えが》きながら広がっていた。

これらを除《のぞ》けば、この部屋は完全に透明《とうめい》だった。下を見ると、床《ゆか》も（天井《てんじょう》かもしれないが、宇宙《うちゅう》では見分けがつかない）同じようなガラス状《じょう》の素材《そざい》でできている。

この部屋はジョージがこれまで見た中でも、最もすばらしいものだった。おどろきのあまり、少しの間息《いき》もできなかったほどだ。ジョージは宇宙《うちゅう》を泳ぎわたることを夢《ゆめ》見たことがあった。今は、きっとこれ以上ないくらいその夢に近づいているらしい。ジョージは今ガラスの部屋にただよっていて、どこを見ても宇宙に囲《かこ》まれているのだ。

しかし外をながめたとき、ジョージの関心《かんしん》を引いたのは、何もない宇宙空間でも、無数の星がちらばる夜空でもなかった。それよりもはるかに美しいものだった。それは宝石《ほうせき》のような青と緑の惑星《わくせい》で、かすみのような、うすい大気《たいき》のヴェールをまとっていた。アニーとジョージは、あそこからやってきたのだ。

「地球《ちきゅう》だ！」アニーと一緒に部屋をただよいながら、ジョージはささやいた。

感動で胸《むね》がいっぱいになる。宇宙に出たことのない人に、この気持ちを説明するのはむずかしいだろう。地球を離《はな》れて、ふり返って見ると、守りたいという気持ちとホームシックで、胸がはりさけそうになる。暗黒《あんこく》の空間に大むかしから浮《う》かんでいる地球が、いかにもはかなげで、神秘的《しんぴてき》で、魅力的《みりょくてき》に見えるからだ。永遠《えいえん》に宇宙にいたいと思う一方で、急いで戻《もど》って、広大な虚無《きょむ》の中に勇敢《ゆうかん》に浮かんでいる、この美しい惑星を大切にしたいとも思うのだ。

しかしジョージの感動は、長続きしなかった。怒《おこ》った顔のロボットが、ふたりを部屋のまん中に押《お》しやると、周囲の所定《しょてい》の位置につき、無言かつ無表情で待機《たいき》した。

すると、別の出入口から人影《ひとかげ》があらわれた。

「エボット！」アニーがさけんだ。

エボットはもうエリックの宇宙服を着ていなかった。いまはエリックがいつも着ているツイードのジャケットに、ズボン、色鮮《いろあざ》やかなシャツというかっこうをしている。

ジョージはこのきみょうな場所でエボットと再会《さいかい》できて、心からホッとしていた。不思議《ふしぎ》なことに、このアンドロイドに愛着《あいちゃく》を持つようになっていたからだ。さらに重要なことに、エボットはこの異質《いしつ》な宇宙ステーションからの脱出《だっしゅつ》手段《しゅだん》でもあった。

「エボット、会えたね」アニーが声をかけた。

しかしエボットは眠《ねむ》っているのか、部屋の中にただ浮かんでいる。それに、ふたりはエボット以外にもだれかがいることに気づいた。エボットに気をとられていたので気づくのが遅《おそ》くなったのだ。もうひとりに気づくと、アニーもジョージも、おどろいて口をぽかんとあけた。

木星《もくせい》のような縞模様《しまもよう》のロンパースを着た、一風《いっぷう》変わった人影が球形《きゅうけい》の部屋の中を転げまわっている。ロンパースについたしっぽをふりながら、ひとりで笑《わら》っている。その人影は、まるで小さな惑星のようにアニーとジョージとエボットのまわりをぐるぐるまわった。アニーとジョージはおたがいを支えあいながら、目を丸《まる》くしていた。

「こんにちは」その男——人間の男だった——は大きな声で言い、ふたりの前にやってきて止まると、歓迎《かんげい》の身ぶりで両手を広げた。「そしてようこそ。来てくれてうれしいよ。今日一日が最高にすばらしい日になった。いや待てよ……一日だけじゃない、この一週間も、この一月も、この一年もすばらしいものになったな。ここで会えるなんて、これほどうれしいことはないよ」男は満面の笑《え》みを浮《う》かべて言った。

ジョージの緊張《きんちょう》がすこしだけほぐれた。少なくともふたりは囚人《しゅうじん》ではなく客人とみなされている。そのほうがいいに決まってる。でもこの変な男がＩＡＭ《アイアム》なのだろうか？ ラジオから聞こえた声はこの男の声だったのかな？ 確《たし》かにどこかで聞いたような声だった。

「ジョージとアニー、だよね？」男はにこにこ笑《わら》いながら続けた。「住所は、フォックスブリッジのリトル・セント・メアリーズ通り二三番地と二四番地。アニーよりもジョージのほうが一〇六日早く産《う》まれている。アニーの血液型《けつえきがた》は、ＡＢ型でＲＨはプラス。生命《せいめい》の構成要素《こうせいようそ》を特定するための研究課題にとりくんでいる。最近、児童心理学者《じどうしんりがくしゃ》に、難読症《なんどくしょう》と診断《しんだん》された。心理学者にかかったのは、成績が急に落ちて、クラスで落ちこぼれ、いちばんのライバル、カーラ・ピンチノーズに負けたからだね。これがコンプレックスになったので、自分の知性《ちせい》と能力《のうりょく》を証明して、教育上の問題を克服《こくふく》することにしたんだ」

ジョージは、男の言葉の一つに引っかかった。

「アニーは難読症なの？」ジョージはびっくりしてアニーを見た。「学校の成績が悪いの？　心理学者のところに行ったのは、ＩＱ《アイキュー》を測《はか》るためだって言ってたよね？　そしておそらく天才だって言われたんだよね」

アニーが一生懸命に中間休みの宿題に挑戦《ちょうせん》していた理由を、ジョージはふいに理解した。アニーはクラスのトップという地位《ちい》をとり戻《もど》そうとしていたのだ。ジョージはアニーの成績が落ちたことも知らなかった。そういうことなら、つじつまが合う。アニーがたくさんのおかしな実験をはじめた理由も、生命についての研究を、状況《じょうきょう》が許《ゆる》すかぎり、やり続けようとした理由もわかる。

「ＩＱテストは難読症かどうかを判断するための一環《いっかん》だったの」アニーはせいいっぱい威厳《いげん》をこめて言った。「でも、何もかも話す必要なんてないでしょ」

「情報という点からすると」ふたりを迎《むか》えた男が言った。「つきとめるのはジョージのほうが大変だった。ジョージはアニーほどテクノロジーを利用していないようだな。ジョージはコンピュータが好きで、人間よりも機械のほうが好きらしいということはわかった。しかし、ジョージの両親は、――家に電磁気《でんじき》が入りこむのが大きらいな、いまわしい環境運動家《かんきょううんどうか》らしいな。それを考えると、ジョージがコンピュータを使えるのは、きっと学校くらいだろう。正直言って、学校のコンピュータに入力されたくだらない文章にいちいち目を通してはいられないよ」

「あたしたちの個人的なメールを読んでたのね」アニーがあえぎながら言った。

「いや、そうじゃないよ」謎《なぞ》めいたロンパースの男はクスクス笑った。「それはやりすぎだろう？

きみのことを知っているのは、きみがコスモスをよく使っていたからだよ。コスモスには大いに興《きょう》味《み》をひかれたからねえ。ジョージを調べたのは、コスモスに登録《とうろく》されたユーザーだったからだ」

「でも、どうやってコスモスのシステムに侵入《しんにゅう》できたのよ?」アニーが顔をしかめてきいた。「できっこないのに」

ロンパース姿《すがた》の男はまたクスクス笑《わら》った。

「そのとおり。地球上《ちきゅうじょう》には、コスモスに侵入できるコンピュータは存在しない」

「じゃあ、あんただって侵入できないじゃない」

「まわりをよく見てごらん、IQ《アイキュー》のとても高い難読症《なんどくしょう》のおじょうさん。難読症を友だちや同級生から必死になって隠《かく》そうとしていたよねえ。どういうことかわかるかい? 二文字合わせて十五画の単語が書けるかい?」

アニーの頬《ほお》が赤くなった。

「ひどい言い方はやめろ」ジョージが怒《おこ》って言った。こんなふうにアニーがからかわれるのは見ていられない。

「わたしのことかい? ひどいって?」ロンパース男はしっぽをヒュッとふってにやにや笑った。「どうしてそんなふうに言うのかね。わたしは愛と親切と喜びでいっぱいなのに。このおじょうさんが答えを出すのを、手伝ってやろうとしただけじゃないか。アニーにはわからないだろう。女の子は科学が苦手だっていうじゃないか」

「宇宙《うちゅう》コンピュータだ」アニーが挑《いど》むように言った。ジョージは心の中で拍手《はくしゅ》した。「あんたは宇宙コンピュータを手に入れたのよ」アニーはくり返した。

ジョージはアニーに両手の親指を立てて見せた。

「地球上にはコスモスに侵入できるコンピュータは存在しない。それなら宇宙にあるコンピュータを使ったはず」

「当ててあげる」アニーはケンカ腰《ごし》であごを突《つ》きだした「それは〝量子《りょうし》〟よ。ぜんぶで十五画でしょ。量子コンピュータを使ったんでしょ」

「書けるのかい？」男はやさしい声で言った。「それともわたしがかわりに書いてあげようか？」男がしっぽをふると、赤と青と緑の光で〝量子〟という丸《まる》っこい文字が部屋の透明《とうめい》な壁《かべ》に浮《う》かびあがった。

「ところで、きみたち」男がうれしそうに言った。「当てた人には特別賞をあげよう。量子コンピュータがどこにあるかわかるかね？」

最新の科学理論！

3D印刷《いんさつ》

3D印刷《いんさつ》って何？　2D印刷と何がちがって、どこがすばらしいのでしょう？

「3D」ってどういう意味でしょう？

Dは次元《じげん》をあらわしているので、3Dのものは、次の三つの次元を持っています。

- ●長さ（1）
- ●幅《はば》（2）
- ●高さ（3）

したがって、紙に印刷された写真は2次元《じげん》画像《がぞう》（平面的）だし、あなたが毎日触《ふ》れるもの（たとえば自転車、夕食、鼻などの立体）はすべて「3次元」のものです。

2D印刷は「サラミのスライス」！

2D（2次元）印刷はわたしたちがふつうに「印刷」と呼ぶものです。たとえば自宅や学校や図書館にあるコンピュータに接続《せつぞく》しているプリンタで印刷するのは２Ｄ印刷です。

ふつうの２Ｄプリンタ

●紙の上に２Ｄ画像《がぞう》を描《えが》くために特殊《とくしゅ》なインクを使います。

●印刷する２Ｄ画像全体（デジカメからの写真やワープロからの文書のようなもの）を電子ファイルの形で受けとります。次に、それを電子的にたくさんのとても細い帯状《おびじょう》に「スライス」します。このプロセスはサラミソーセージをうす切りにすることに少しにているため英語では「サラミのスライス」と呼《よ》ばれることもあります。

●電子的に切ったスライスを受けとり、カラーインクを紙の対応する場所に注意深く吹《ふ》きつけることにより、そのスライスの画像を作りあげます。

●続いてスライスの幅《はば》だけ下に移《うつ》り、次のスライスについて同じことをくり返します。そしてまた次の、と全部の画像が紙の上にできあがるまでくり返します。

●アーチストや映画製作者は遠近法で絵を描いたり、３Ｄ特殊効果《こうか》を使って映画を作るなど、様々なトリックを用《もち》いて２Ｄ画面を３Ｄに見せかけることができます。しかし、これらは視覚的《しかくてき》な錯覚《さっかく》であり、画像自体は平面的な２Ｄです。

ほんとうの3Dのものをつくる

3D印刷を使うと、2Dの画像《がぞう》ではなく、ほんとうに3Dの物体が作れます。これを実現する機械は3Dプリンタまたは積層造形《せきそうぞうけい》マシンと呼ばれます。（監修者注《かんしゅうしゃちゅう》：積層造形マシンでないタイプの3Dオブジェクトを作るものは通常《つうじょう》3Dプロッタと呼《よ》ばれます）

●まず、2D印刷と同様、電子《でんし》ファイルから始まりますが、ここではファイルは特殊《とくしゅ》なタイプのCAD《キャド》モデル（CADとはComputer Aided Designの略《りゃく》で、コンピュータで設計図を書くソフトウェアのこと）のファイルで、3D印刷される物の詳細《しょうさい》が記述《きじゅつ》されています。CADモデルをコンピュータの画面上で見ると、その物が外からどう見えるかを表現した画像になっています。でも、それだけではなく内側に入りこんで、その物の中の任意《にんい》の点からどう見えるかを知ることも可能《かのう》です。

●3DプリンタはCADモデルをサラミのようにスライスして、20ミクロンといううすさのスライスが順次重なったものを作ります。

●これらすべてのスライスは、厚さ（つまり、長さ）と幅《はば》と高さを持った立体的な3Dです

> 息子《むすこ》が小さかったとき、プリンタから写真や手紙がどんどん出てくる様子を夢中《むちゅう》で見ていたものでした。わたしたちが何か（たとえばおもちゃ）をインターネットで買った時も注意深く見ていました。買ったものがプリンタからとびだしてくるのを期待していたのです。これは4歳児《さいじ》がふつうに考えることなのでしょう。おもしろいことに、ある種のおもちゃに関しては、今やそれが現実になろうとしています。

が、３Dプリンタはそれぞれのスライスを２Dの断面図《だんめんず》としてあつかいます。

●３Dプリンタは２D画像を印刷するのと同様に各スライスを下から順番に印刷していきます。しかし、紙にインクを吹《ふ》きつける代わりに、３Dプリンタは各スライスを20ミクロンの厚みをもった層《そう》として細かいところまで作りあげます。

●スライスを再現《さいげん》する材料が乾燥《かんそう》して固くなると、３Dプリンタは1スライス分上に移動し、直前のスライスの上に20ミクロンの厚みの次のスライスの層を作りあげます。

●この作業を何度も何度もくり返すと、しまいにはCADモデルのすべてのスライスが順番に印刷されて積み重なり、３Dの物体ができあがります。

３Dプリンタの実体

●最も使われている素材《そざい》はプラスチックです。プラスチックはごく少量でも液体《えきたい》にして吹《ふ》きつけることができ、すぐに固まるからです。またプラスチックは試作品《しさくひん》（建物や自動車などの試作模型《もけい》）を作るのにも適《てき》しています。最近の３Dプリンタは、何種類かのプラスチックを同時に使い、カラーで印刷することが可能《かのう》なので、リアルな試作品を作ることができます。現在で

20ミクロン（1ミリの50分の1）は、だいたい髪《かみ》の毛1本分の25%の太さになる！したがって、10センチの高さの物体のCADモデルは5千枚のスライスに電子的《でんしてき》に分解されることになる！

も３Ｄプリンタの最大の用途《ようと》は、製品の試作です。

●現在使われている３Ｄプリンタは主に２種類に分類《ぶんるい》されます。

押《お》し出し方式のマシン：素材がケーキを飾《かざ》るときの絞《しぼ》り出し袋《ぶくろ》のようにノズルを通して押し出されます。この種のマシンはノズルを追加することがかんたんなので、特に複数《ふくすう》の色を使う場合に向いています。

ベッド方式のマシン：粉末金属《ふんまつきんぞく》を使うときに多く用《もち》いられています。１スライス分の粉末をベッドに広げると、パワーレーザーにより粉末が結合《けつごう》（溶《と》かして一体化させる）し、粉末金属がそのスライスの正確な形状に固まります。モデルができあがると、余分《よぶん》な粉末はブラシで除去《じょきょ》されます。

●今後数年で、プラスチックを使う３Ｄプリンタは家庭にも普及《ふきゅう》すると科学者たちは考えています。これにより、パターンをダウンロードして、自分のサイズに合った自転車ヘルメットを作ったり、カスタム化したおもちゃなどを作ったりすることができるようになるでしょう。「スタートレック」や「ハリーポッター」に登場するフィギュアを３Ｄプリンタで作れるようになるのです！

●工場では、３Ｄプリンタは金属《きんぞく》やセラミックのような素材を使っています。たとえば、より軽くて強いジェット機の部品が作れれば、より安全で燃費《ねんぴ》もよくなります。

●歯のインプラントや人工関節《じんこうかんせつ》、頭蓋骨《ずがいこつ》を補《おぎな》う板（頭にあいた穴《あな》をふさぐために使う）のような医療器具《いりょうきぐ》も３Ｄ印刷《いんさつ》で作ることができます。３Ｄプリンタでは、使う人に合わせた器具を作ることができるからです。

未来のロボット？

現在の３Ｄプリンタはまだとても遅《おそ》く、また同時にほんの数種類の素材しか使えません。ですから、金属部品、歯車やモーター、磁石《じしゃく》、電線、プラスチック、オイル、シリコン、金《きん》や、イットリウムやタングステンのような素材まで使って、複雑《ふくざつ》に部品を組み合わせるロボットを丸《まる》ごと３Ｄプリンタで作ることはできません。

しかし、全自動化した工場で３Ｄプリンタを使ってロボットの部品を製造《せいぞう》することはかんたんです。３Ｄプリンタで作られた部品を、とりだしロボットがとりだし、研磨《けんま》ロボットがみがき、組み立てロボットが組み立てる……。

ロボットたちが３Ｄプリンタ（やほかの技術《ぎじゅつ》）を使ってロボットを作る？　そんな日がもうすぐやって来るのでしょうか？

ティム

17

ジョージはあたりを見まわした。人間と、エボットと、ロボットたちを除《のぞ》けば、この部屋にはすばらしい景色しかない。ジョージは透明《とうめい》な球面《きゅうめん》に広がる量子《りょうし》という単語を見て、ひらめいた。
「ここがそうなんでしょ？　この部屋が量子コンピュータなんだ……ぼくたちはその中にいるんだ！　どうやって動いているかはわからないけど、この部屋が量子コンピュータだってことだけはわかる」
「おお、やるじゃないか。まさに量子的なすばらしい答えだぞ。残りについてはわたしが説明してあげよう。この部屋の透明な構造の中に埋《う》めこまれているのが、量子コンピュータを構成する何十億《おく》もの量子ドットなのだよ。この宇宙《うちゅう》ステーションには、いたるところに量子ドットがあるんだが、この部屋以外ではふつうの非量子《ひりょうし》コンピュータ粒子《りゅうし》として使われているのだ。この部屋こそが特別なのさ。なんたってここにはわたしの量子コンピュータがあるのだからね」

「でも電源《でんげん》はなんなんだろう？」こんな代物《しろもの》を作りあげた技術《ぎじゅつ》のすばらしさにびっくりして、少しの間、ジョージはぼうっとなった。

「太陽光発電《たいようこうはつでん》だよ。当然じゃないか。この宇宙ステーションの構造内の何百万個《こ》ものドットが太陽からのエネルギーを集めているのさ」

「あんたが、なんのために太陽エネルギーを使ってるかはわかってるのよ」アニーがたいくつそうに言った。

アニーのするどい声のおかげで、ジョージはわれに返り、テクノロジーや景色に感心するためにここに来たのではないことを思い出した。

「そうかね？」

男がただよいながらやってきて、ふたりの真正面に立った。木星《もくせい》みたいな縞《しま》もようのロンパースを着た変な男だ。暗い空に、青と黄色と緑の地球《ちきゅう》が浮《う》かんでいたのだが、その美しい姿《すがた》がそいつのおかげで損《そこ》なわれている。

男がまたしっぽをピクッと動かすと、透明《とうめい》な球面《きゅうめん》に小さな光が点々と灯《とも》った。ジョージとアニーはまるでホタルの群《む》れのまん中に浮いているような気がした。

「ほんとうに、今週は今まででいちばん特別だよ」男がふたりに言った。「こんなに楽しいときをすごしたのはしばらくぶりだ。愛《いと》しい地球が、こんなにもすぐにわたしのささやかな修正《しゅうせい》に反応す

ると は思いもしなかった。地球《ちきゅう》をよりよくするための、ほんのちょっとした修正《しゅうせい》だったのに。しかし、まあ少々やりすぎてしまったのかもしれんな。ほんのちょっぴりだが……」

ふたりはびっくりした。ジョージはあいた口がふさがらなかった。

「地球をよりよくするだって？」先に気をとりなおしたアニーが言った。「そんなわけないでしょうが。あんた何者なの？」

「当ててごらん。さっきはうまく答えたじゃないか」

「あなたがＩＡＭ《アイアム》なんだ」

ジョージが言った。

〈わたし《IAM》は、あなたたちを救《すく》いにいく……〉この台詞《せりふ》が、言わんとしていたことが、アニーにも今わかった。

「ああ、すばらしい可能性《かのうせい》に満ちているのだよ」ＩＡＭが言った。「わたしがどれほど賢《かしこ》いか、わかるだろう」

「うん、わかる」ジョージはこのままＩＡＭにしゃべらせて、もっと情報《じょうほう》を引きだそうと思っていた。「でも、あなたならわかるでしょう。ぼくらはそんなに利口じゃない。少なくともあなたほど利口じゃない。ぼくたちは、利口になれるように学びたい。だから、教えてもらえませんか……まずは、名前を教えてください」

「わたしの名前は」ＩＡＭはジョージのほめ言葉を聞いて、あきらかに喜んでいる。「アリオト・

メラク。わたしはアリオト・メラクだ――」

「ちょっと待って」アニーが言った。「それは本名じゃないでしょ。北斗七星《ほくとしちせい》の二つの星の名前だもん」

「そのとおり！」アリオト・メラクがうれしそうに言った。「わたしは、ほんとうには存在《そんざい》しないのだからね。そこがおもしろいところだよ。だからわたしを見つけるのはむずかしい。ひたすら探《さが》しまわっても、どこにも見つからない。どこにも情報《じょうほう》がないんだからな……完全な匿名性《とくめいせい》の、この時代における本物のぜいたくだよ。情報の時代には、不可能《ふかのう》と言っていいことだからね。しかしわたしはそのぜいたくを手に入れた」

メラクはちょっとの間、得意になって腕《うで》でしっぽをなでた。すごくうれしそうだ。

「不可視《ふかし》の宇宙船《うちゅうせん》や量子《りょうし》コンピュータがあれば、そんなのかんたんだよ」ジョージが言った。

「少しは楽になるだろうが」メラクが訂正《ていせい》した。「決してかんたんではないぞ。とにかく宇宙ステーションと量子コンピュータを作らなければならなかったんだからな」

「あんたって大金持ちなの？」アニーがぶっきらぼうにたずねた。

「金なら掃《は》いて捨《す》てるほどある」メラクはさりげない口調で言った。「だからこんなに楽しいことができるんじゃないか」

メラクは空中で何回か宙返《ちゅうがえ》りをして、人生が楽しくて幸せだということを表現した。

ジョージとアニーは目配《めくば》せし合った。ジョージは思った。目の前にいるのはおとなのはずだが、このアリオト・メラクに比《くら》べれば、自分のほうがずっとおとなだという気がする。

「そんなにお金持ちなら」アニーが言った。「どうしてもっといいロンパースを買わないの？　それ、すごくダサいんだけど」

メラクは激怒《げきど》してアニーのほうを向いた。その顔からは、ほほえみも、きげんのよさも、一挙《いっきょ》に消え去っていた。

「無礼《ぶれい》な娘《むすめ》がなんてことを言うんだ。生意気《なまいき》なやつめ。ちっぽけで、ばかで、みみっちいウジ虫のくせに。偉大《いだい》ですばらしいこのわたしについて論評《ろんぴょう》するとはな。わからないのか、わたしはこの世界を救《すく》ってやってやってるんだぞ」

「どうやって？」この怒《おこ》りっぽい、そしておそらくとても危険《きけん》な男の悪口からアニーを守ろうと、ジョージが割《わ》って入った。

「この地球《ちきゅう》は」アリオト・メラクがこんどは真剣《しんけん》に話しはじめた。「わたしたちの美しい惑星《わくせい》は、とてつもない悪《あく》に悩《なや》まされている。不平等、不幸、資源《しげん》の独占《どくせん》、貧富《ひんぷ》のすさまじい格差《かくさ》、といった悪にな。金持ちは、自分の土地や、国や、財産《ざいさん》を、武器《ぶき》や軍隊《ぐんたい》や警備員《けいびいん》を使って守らなくてはならない。その一方で貧乏人《びんぼうにん》はおなかをすかせている。幸せな人など、ひとりもいない。楽しんでいる人も、ひとりもいない」

「あんたの計画は、人間をもっと楽しくさせるってことなの？」アニーが鼻にしわを寄《よ》せた。「それが解決策《かいけつさく》？　ほんとうに？」

「いや」メラクはきびしい顔つきでアニーを見た。「わたしには〝ほんとう〟のことは何もないのだとわかってもらったと思ったんだがね。お利口きどりのおばかなおじょうさん」

メラクはジョージのほうを向くと、ほほえんだ。ジョージを気に入り、アニーをきらっていることはあきらかだ。

「わたしの計画は単純明快《たんじゅんめいかい》。この世界をもっといい場所にすることだ……え、なんだって……？」

とつぜん見えないだれかに向かって話しだしたように見えた。「もう一度言ってくれ……ああ、わかった……ペンギンが絶滅《ぜつめつ》したとは、どういう意味だ？」

「何よ」アニーがさけんだ。「あんたなんかに、ペンギンを絶滅させられっこない」

「手おくれだよ。かわいそうだが」メラクが言った。「もう絶滅したようだ」

「さっきはだれと話してたんです？」ジョージがおそるおそるきいた。メラクがますます錯乱《さくらん》してきたように思えたからだ。

「わたしの頭は携帯電話《けいたいでんわ》になっているのだよ」メラクはジョージに言った。「脳《のう》の奥深くに、ロボット手術によって埋《う》めこんである。つまり、携帯端末《けいたいたんまつ》を使わなくても、配下《はいか》のロボット軍団《ぐんだん》と連絡《れんらく》をとることができるのだよ」

「その軍団はどこにいるのよ？」アニーは言った。地下室にいるママやジョージの家族のことを思いうかべると、急に不安になったのだ。「あんたの軍団はロボットだけなの？　それとも人間も混《ま》じってるの？」

「人間だと！」メラクは鼻を鳴らした。「からかっているのか？　ロボット軍団《ぐんだん》を手に入れれば、人間など必要ない。わたしの軍団のロボットをもう一つ二つは見たことがあるだろう。フォックスブリッジにもいるのだからな。今のところ、数は少ないし戦略的《せんりゃくてき》に配置《はいち》しているが、じきに無数に増える。地球上《ちきゅうじょう》の３Ｄ《ディー》プリンタのネットワークにコマンドを入れればいいだけだ。すると魔法《まほう》のようにロボット軍団《ぐんだん》があらわれ、世界を制《せい》して、もっといい場所にするというわけだ」

「そうか」ジョージがアニーにささやいた。「つながりがわかった」

「なんだと、ジョージ？」メラクがさけんだ。「聞こえるように、大きな声で言ってくれ」

「わかったんだよ」ジョージが大きな声で言った。「銀行と、ばらまかれたお金。スーパーマーケットと、ただで配《くば》られた食べ物、ダムの決壊《けっかい》、軍用飛行機《ぐんようひこうき》の飛行停止《ひこうていし》、有害《ゆうがい》かもしれないネットワークの切断《せつだん》……。あなたはこうしたことはみんな、いいことだと思ってやってるんだ」

「賢《かしこ》い子だ。あれは無差別《むさべつ》の親切だったのだよ」メラクが答えた。ジョージがついに理解したと思って興奮《こうふん》している。「貧《まず》しい人がいるから、お金をあたえた。おなかをすかせた人がいるから、食べ物をあたえた。のどの渇《かわ》いた人がいるから、砂漠《さばく》に水を流した。おびえていた人がいるから、爆撃《ばくげき》を中止させた」

「うわー」アニーが小声で言った。「神様きどりだね」

「ロンパースを着た神様だね」ジョージが言った。

「でもどうして？」アニーが声に出してきいた。「どうしてあんなことをしなくちゃいけなかったのかが、あたしはわからない……そんなにひどいと思うなら、地球のことは放《ほう》っておいて宇宙《うちゅう》ステーションで暮《く》らしてればいいじゃない」

「ほかのみんなを支配したいんだよ」ジョージが言葉をはさんだ。「こいつはいいやつなんかじゃないんだ。世界をめちゃくちゃにしてるんだよ。そしたらあとで、世界を救《すく》いにあらわれることができるからね。こいつのロボットが世界をのっとれば、さからえる人なんてひとりもいなくなる。そのときこいつは、この宇宙《うちゅう》ステーションから支配するつもりなんだ。地球上の全コンピュータを思いのままに使えるんだから」

「それは大きな誤解《ごかい》だよ」メラクが悲しげな顔で言った。「ジョージ、きみはわたしを理解してくれたと思ったんだがな……そっちの難読症《なんどくしょう》のお友だちとはちがってね。わたしたちは世界の人たちにいいものを提供《ていきょう》しなければならない。ほしいと思っていたものを、いったんガツガツむさぼることができれば、みんな親切で思いやりのある、しっかりしたリーダーがほしいと思うはずなのだ。きっと君はわたしの計画の見事さがわかるほど成熟《せいじゅく》していないのだろう」

「そしてその〝しっかりしたリーダー〟っていうのは……あんたなんでしょう？」ジョージがきいた。

「ペンギンへの思いやりのかけらもないくせに」アニーがカッとなって言った。

「やれやれ、あれは事故だったのだよ……」メラクは咳《せき》をした。「わざとじゃない」

「ちょっと待って……」ジョージがゆっくりと言った。「ぼくたちが出会った文字列はＩＡＭ《アイアム》だけじゃない。QED《キューイーディー》もあった。月で追いかけられたときに、あんたのロボットが言おうとしてた。QEDって、どういう意味？　それに、なぜあんたのロボットはエリックをさらおうとしたのかな？」

「わかった」アニーが言った。「QEDが何をあらわすのかわかったわ」

「そうかね？」メラクがあざ笑《わら》った。

「量子《りょうし》エラー検出《けんしゅつ》（Quantum《クォンタム》 Error《エラー》 Detection《ディテクション》）を意味してるのよ」アニーは大声で言った。

「それだ」ジョージもアニーの言うとおりだと思った。「量子エラー検出だ。エリックは量子コンピュータにたずさわっていたから。……だからねらわれたんだ」

「あんたは、量子コンピュータをうまく操作《そうさ》できないんじゃない？」アニーは急にうれしくなって言った。「パパが言ってたとおりね。あんたは量子コンピュータを作ることはできたけど、コントロールができないんだ。あんたを助けられるのは、地球上《ちきゅうじょう》ではパパだけ。だから捕《つか》まえようとしたのよ。そうすれば自分のかわりに、パパに量子コンピュータを操作させることができるから」

メラクは挑戦的《ちょうせんてき》な目でにらみ、腕《うで》を組んだ。

アニーは、ジョージに近寄ってささやいた。

「あいつがしっぽを動かしたら逃《に》げよう」

ジョージはうなずいた。ここから脱出《だっしゅつ》するといっても、どこに逃げればいいんだろう？　そのとき、もっと大事なことにジョージは気づいた……アニーは、メラクのロンパースのしっぽの中に量子コンピュータのコントローラがあると思っているらしい。だからメラクはしっぽを何度も動かしていたんだ。そうか。それならしっぽをつかまなくちゃ。

「もしかすると」メラクは挑戦的《ちょうせんてき》に言った。「もしかするとそのとおりかもしれない。だからなんだというんだ？　おまえたちに何ができる？　この宇宙《うちゅう》ステーションの持ち主はだれだと思ってる？」

「操作不能《ふのう》なのは、量子《りょうし》コンピュータだけじゃないね」アニーが言った。

球形《きゅうけい》の部屋の内側の壁《かべ》に、アニーの言葉が光りかがやく大きな点々の文字で浮《う》かびあがった。〝操作不能〟という文字が、赤と緑と青に点滅《てんめつ》している。

「よし、きみたちが思っていることを、遠慮《えんりょ》なく言ってみなさい」

メラクはふきげんそうに言った。メラクの言葉が、背後《はいご》の宇宙の闇《やみ》に丸文字《まるもじ》で浮《う》かびあがる。

「こんなふうにしたかったのかな？」

ジョージが何食わぬ顔できくと、その言葉がジョージの周囲に浮かびあがった。まるで線香花火《せんこうはなび》で書いたみたいだが、消えることはなかった。

「ちがう。わたしはこんなことが起きるように指示《しじ》していない。文字を消すんだ。消せ！」メラクはしっぽをつかんで何度かふった。しかし、何も起こらない。メラクの言葉が文字となり、大きな弧《こ》を描いた。「どういうわけか、音声受信機《おんせいじゅしんき》の電源《でんげん》がひとりでに入ったようだ」

「あたしが思ってるのは……」アニーがメラクを無視《むし》して言った。アニーが話すと同時に、その言葉が書きなぐったような字体で浮かびあがり、部屋の周囲を回転した。「あんたに人間を助けるつもりなんてこれっぽっちもないってこと。助けるふりをしてるだけ。そうすれば、あんたのちっちゃくてポンコツな脳《のう》みそだと、世界を支配することが正当化できるんでしょ。正しいことをしてるんだって、自分に何度も言いきかせてれば、自分でも信じるようになるのよ。でも、それじゃあだめ。だってあたしたちは真実を知ってるんだもん。あんたのほんとうの望みが、世界を思いどおりに動かすただひとりの人間になることだって、知ってるんだもん。あんたは量子《りょうし》コンピュータを使って、地球上《ちきゅうじょう》のあらゆる暗号《あんごう》を解読《かいどく》した。そうすることで、あらゆるシステムに侵入《しんにゅう》し、あらゆるメッセージを読み、あらゆるコマンドを書き換《か》えたのよね。大規模《だいきぼ》なサイバーテロ攻撃《こうげき》をしかけたと言ってもいい。自分だけが、すべてを知ることができるようになるために。でも、あんたを許《ゆる》すつもりはないからね。あたしはばかで、ジョージはさえないオタクだと思ってるんでしょうけど、あたしたちはあんたを止める」

アニーは言いおえた。体が浮《う》いてさえいなければ、足を踏《ふ》みならして、さらに力をこめていたことだろう。

アニーの話が終わるころには、部屋じゅうに光の文字があふれ、さまざまな模様《もよう》をつくったり、うずを巻《ま》いたりしていた。ジョージはアニーの言葉が、自分がIAM《アイアム》にぶつけようと思っていたスピーチより、ずっとよかったと思って、尊敬《そんけい》のまなざしを向けた。アニーは自分の意見をはっきりと力強く伝えたのだ。こんなこと、アニーにしかできない、とジョージは思った。

アニーのスピーチに感銘《かんめい》を受けたのはジョージだけではなかった。アニーが話している間、怖《こわ》い顔のロボットたちは、万華鏡《まんげきょう》のように展開《てんかい》するかがやく言葉にうっとりと見とれていた。見はりをし、部屋を監視《かんし》し、リーダーの身辺《しんぺん》を警戒《けいかい》しなければならないはずのロボットたちは、気をつけの姿勢《しせい》を崩《くず》し、光が浮《う》かびあがる壁《かべ》をぽかんと見つめていた。

ガシャンと大きな音がした。アニーのスピーチから浮かびあがる文字に見とれていた二体のロボットがぶつかったのだ。ほかのロボットたちの表情も、周囲のスクリーンにあらわれる様々な色の光のせいで、やわらかくなったように見える。

「ロボットたちが催眠術《さいみんじゅつ》にかかったみたい」アニーがジョージに言った。「見て。ぼうっとしてるよ」

ブライアンが通路から入ってきて、球形《きゅうけい》の部屋の中でロボットの妖精《ようせい》みたいに踊《おど》った。

「ぼくが〝今だ〟って言ったら」ジョージがアニーに小声で言った（言葉が画面《がめん》に浮かびあがることとは、心配しなくていい。たくさんの言葉が交錯《こうさく》しているので、一つ一つの文章はもう読みとれない）。「あいつのしっぽをつかんで、力いっぱい引っぱって。アニーの言うとおりだ。量子コンピュータのコントローラはしっぽの中にある。ロンパースから引きちぎっとかないと」

ジョージが触覚操作手袋《しょっかくそうさてぶくろ》をはめた右手の指をパチンと鳴《な》らすと、うれしいことにエボットが再起《さいき》動《どう》した。エボットはあたりを見まわすと、当然のことながらおどろいた。宇宙《うちゅう》をただよう光りかがやくガラス玉の中で、自分が浮いているのに気づいたからだ。

アリオト・メラクはその動きに気づくやいなや、ジョージのねらいどおりにエボットのほうに向かっていった。自分が命じていないのに、どうしてエボットが起動したのかを確《たし》かめるためだ。

メラクがエボットに気をとられている隙《すき》に、ジョージは手を引いて空中を思いっきり強くなぐった。そのわずか一ナノ秒後、遠隔操作手袋《えんかくそうさてぶくろ》からコマンドを受けとったエボットはジョージの動きを再現《さいげん》し、アリオト・メラクの鼻をねらってパンチを浴《あ》びせた。

メラクは意識《いしき》を失って、うしろによろめいた。そのすきにアニーがメラクのしっぽをつかみ、力いっぱい引っぱると、ロンパースのうすい生地《きじ》がビリッと破《やぶ》れて、しっぽがちぎれた。

ジョージとアニーは顔を見合わせた。これでもう家に帰りたい。でも、量子《りょうし》コンピュータを少なくとも一時停止《いちじていし》してからでないと帰れない。ただし、どうやって停止させればいいかがわからなかった。

アニーはエボットの顔をつかむと、目をのぞきこみ、遠く離《はな》れた地球《ちきゅう》の古いコスモスが気づいてくれることを願った。

「コスモス！」アニーは自分のメッセージがコスモスに届《とど》くことを願いながら言った。「助けて！コスモスが必要なの。答えてよ、コスモス！」

18

　ジョージとアニーは、遠く離《はな》れたフォックスブリッジにある古いコスモスからの返事を今か今かと心配そうに待っていた。ふたりのまわりでは、頭脳《ずのう》のないロボットたちが、宙返《ちゅうがえ》りをしたり、おどったり、透明《とうめい》な部屋いっぱいに映《うつ》しだされた光の文字にうっとりしたりしていた。

「あとどのくらい時間あるかな？」ジョージがアニーにきいた。

「あんまりないよ。見て、ロボットたちを催眠術《さいみんじゅつ》にかけてた文字がだんだんうすくなってく」

　理由は当《とう》のコンピュータ以外にしかわからないが、量子《りょうし》コンピュータが気ばらしに飽《あ》きてきたらしい。部屋じゅうに広がっていた様々な色の文字が、だんだんにかすんできた。すると、ロボットたちがぼうっとした状態《じょうたい》から立ちなおりはじめた。

「ロボットが目ざめはじめてる」アニーがあわてて言った。今回、アニーの言葉は浮《う》かびあがらなかった。

「でも、あいつはまだのびたままだ」ジョージは、ふたりと地球《ちきゅう》の手前に横向きに浮《う》いているアリオト・メラクを見やった。「ほんとうにやっかいなのはあいつだよ」

「死んでないよね?」アニーがおびえて言った。メラクのことは好きではないけれど、死んでほしくはない。

「だいじょうぶ。エボットのパンチで気絶《きぜつ》してるだけだよ。すぐに意識が戻《もど》るんじゃないかな。しっぽがなければ、量子《りょうし》コンピュータをコントロールできないかもしれない。でも、ロボットたちにはまだ命令を出せるはずだ。それに、頭の中には携帯電話《けいたいでんわ》が埋《う》めこんである。あの状態《じょうたい》で、どれくらい悪事を働けるものかは、わからないな」

「あいつをさらって、家まで連れていくべき?」

アニーはそう言いながら、アリオト・メラクの縞模様《しまもよう》のあるしっぽをポケットからとり出し、その先端《せんたん》に隠《かく》されたスイッチを押《お》して、量子《りょうし》コンピュータを操作《そうさ》できるかどうか確《たし》かめてみた。しかし、何も起こらないようだ。

「まさか」ジョージが言った。「こいつを地球に連れてくなんて、ごめんだよ」

「お願い、コスモス……」アニーはエボットの目を見つめながら、しっぽのスイッチを何度も押した。「ここから助けだしてよ」

「うわぁ! 地球を見て!」宇宙《うちゅう》ステーションは、地球の夜の地域《ちいき》に入っていた。ごくわずかな小さな光しか見えない。「きっと世界のほとんどが停電《ていでん》してるんだ。ふだんなら、こんなに暗いわけないよ」ジョージはアニーに向きなおった。「コントローラはどう？」

「やってみてるところ」

アニーはもぎとったしっぽに、あらゆる動きをさせてみていた。ふりまわしたり、両手で引っぱってのばしてみたりして、量子コンピュータと通信《つうしん》できるかどうかを試《ため》している。

「量子コンピュータをどうやって操作《そうさ》するのかわからない！」アニーはさけんだ。

「なんとかしてエリックと連絡《れんらく》がとれないかな？　やっぱりコスモスじゃだめなのかな……古すぎるのかも。エリックに電話できない？」

「どうやって？　このへんにある電話なんて、ＩＡＭ《アイアム》の脳《のう》に埋《う》めこまれたやつくらいじゃない」

「ボルツマンを試《ため》してみよう。なんといっても、ユーザーフレンドリーなはずだからね。きっと助けてくれるよ」

「ねえ、ボルツマン」アニーはジョージのアイディアを即座《そくざ》に実行した。「助けてくれない？」

ボルツマンは姿勢《しせい》を正した。

「喜ンデ。マサニ人ヲ助ケルトイウ目的ノタメニワタシハ作ラレタノデス。何ヲスレバヨロシイノデショウカ？」

「アニーのお父さんに電話しなくちゃいけないんだ」ジョージが説明した。「エリックの助けがいる。ぼくたちのために電話できる？　ふつうの電話みたいに」

「問題ナクデキマス」ボルツマンは誇《ほこ》らしげに言った。「電話番号ハワカリマスカ?」

アニーが電話番号を伝えた。

ボルツマンは手のひらにあるキーパッドを操作《そうさ》して電話をかけた。電話の呼《よ》びだし音のあと、カチッと音がしてエリックが出た。

「もしもし?」

「パパ!」アニーが大よろこびでさけんだ。ボルツマンが手をのばしてくれたので、アニーはその手に向かって話した。

エリックの声を聞くと、ジョージは胸がいっぱいになった。量子《りょうし》の散《ち》らばる丸天井《まるてんじょう》に色つきの光がきらめき、それが寄《よ》り集まって赤青緑の点々によるエリックの映像《えいぞう》が浮《う》かびあがった。

「パパ」アニーがまた言った。「パパの姿《すがた》が見えてるよ」

「アニー。どこにいるんだい?」

「よくわからないの。地球の周回軌道上《しゅうかいきどうじょう》のどこかよ。でも、どの辺にいるのかは、よくわからない」

「〝軌道上〟ってどういうことだい?」

いまや巨大な球形《きゅうけい》スクリーンとして機能《きのう》している量子《りょうし》コンピュータに映《うつ》しだされたエリックは、心配そうな表情を浮かべている。

「宇宙《うちゅう》ステーションにいるんです」ようやく口がきけるようになったジョージが言った。「ぼくたち、量子コンピュータを見つけたんです。地球上のあらゆる暗号《あんごう》を解読《かいどく》したやつです」

「量子コンピュータを見つけた？　宇宙にいる？」

「ここは宇宙ステーションなんです。アリオト・メラクというやつのものです。本名ではないみたいですが」

「アリオト・メラク……」エリックはくり返すと、肩越《かたご》しにうしろを見た。同じ部屋の中にいるほかのだれかと話しているようだ。「きみたち、調べてくれ」

エリックは子どもたちのほうに向きなおった。

「地球の周回軌道上に、ならず者の宇宙《うちゅう》ステーションがあることに、どうして気づかなかったんだろう？」エリックはとまどってきいた。

「不可視化《ふかしか》されて見えなくなってたんです」ジョージが言った。「ぼくたちには、ほんの一瞬《いっしゅん》見えました。土星《どせい》の写真を撮《と》ろうとしたのに、かわりに宇宙ステーションが写ってたんです。見せたじゃないですか。おぼえてます？」

「ああ、そうだった……もっと真剣《しんけん》に受けとめておけばよかったな」エリックが言った。「きみたち」エリックはまた画面に映っていない背後《はいご》の人たちのほうを見た。「この通信を利用して宇宙ステーションの位置をつきとめてくれ。アニーとジョージには宇宙ステーションを脱出《だっしゅつ》してもらわないといけない」

「パパ、まず量子《りょうし》コンピュータの電源《でんげん》を切る方法を教えてくれないと」アニーがあわてて言った。

「切らないで逃《に》げるわけにはいかないでしょ。これを作ったアリオト・メラクにもコントロールできないの。だからずっとパパに手伝わせようとしてたの。このコンピュータはひどいことをやるかもしれないの。たとえば核《かく》ミサイルを爆発《ばくはつ》させるみたいなことよ」

「とにかくふたりはそこから出るんだ」エリックはアニーの言葉に耳を貸《か》さなかった。「量子《りょうし》コンピュータを切ろうとしなくていい。すぐに宇宙《うちゅう》ステーションから出なさい。そもそもどうやってそこに行ったんだい？」

「古いコスモスに送ってもらったんです」ジョージが言った。「ここに来るためのルーターにはエボットを使いました」

「それなら同じ方法で帰ってきなさい。今すぐ戸口を呼《よ》びだすんだ。この通信のおかげでふたりの位置を特定できれば、その宇宙ステーションを標的《ひょうてき》にすることができる」

「標的？」アニーがきいた。

「そう。だからふたりはすぐにそこを出ないといけない。ようやくいくつかのコンピュータシステムが復旧《ふっきゅう》してきた……話をしている間に、システムがふたりの位置にミサイルでねらいをつけた。逃《に》げなさい。その宇宙ステーションにはミサイルが撃《う》ちこまれる。だから逃げるんだ、今すぐ！」

「コスモス！」ジョージはエボットの頭をつかみ、その目をのぞきこんだ。「戸口が必要なんだ。今すぐに……」

ジョージがエボットに話しかけると、量子ドットが散らばって画面上のエリックの顔が崩《くず》れていった。

「聞こえなくなってきたな」

エリックの声も小さくなった。

「パパ！」アニーが、エリックの映像《えいぞう》が映しだされた画面にとびかかってさけんだ。「行かないで」

「宇宙ステーションから逃げるんだ！」

エリックの声が部屋にこだました。

ボルツマンは電話をバタンと閉《と》じた。

「通話ガ妨害《ぼうがい》サレマシタ」

「もうどうでもいいよ」アニーがジョージに言った。「とにかく逃げなくちゃ。パパがこの宇宙ステーションを見つけた以上、対処《たいしょ》できる。あたしたちはここから逃げないと」

しかしふたりが移動する前に、さっきまで気絶《きぜつ》していたロンパース男が起きあがった。ネコのようにのびをし、目を開き、頭をそらせて、にやっと笑《わら》った。アリオト・メラクが意識をとり戻《もど》したのだ。メラクだけではない……ロボット軍団《ぐんだん》のほうも完全に機能《きのう》を回復したようだ。ロボット軍団の顔は邪悪《じゃあく》さをとり戻し、ジョージ、アニー、エボットをとり囲《かこ》んだ。包囲《ほうい》を狭《せば》めてきたので、ジョージたちが突破《とっぱ》して逃げられるだけの隙間《すきま》はない。

メラクが作った唯一《ゆいいつ》の役に立ちそうなロボット、ボルツマンは包囲の外に浮《う》いており、弱々しい声で言った。

「ドナタカオ手伝イハ必要デスカ？」

「もうじゅうぶん手伝っただろう」メラクが言った。「ボルツマン、あとで壊《こわ》してやるからな。できそこないの役立たずめ」

「チガイマス」ボルツマンがさけんだ。「ワタシハ役ニに立チマス。ワタシハ役ニ立ツろぼっとデス。ソシテヤサシインデス。人間ヲ助ケタイノデス」

「人間なんて」メラクが強い調子で言った。「助ける価値《かち》はない。とにかく今はまだだ。自分たちのやり方がまちがっていることを認《みと》めて、わたしに改革《かいかく》を願い出るまではな」

「今はあんまり親切じゃないんだね？」アニーが皮肉《ひにく》を言った。

「単刀直入《たんとうちょくにゅう》にいこう」メラクが言った。「難読症《なんどくしょう》のおじょうさんが何を考えていようとかまわん。とにかくわたしのコンピュータのコントローラを返しなさい。そうすれば、わたしのロボットたちが宇宙《うちゅう》ステーションからきみを放りだすから、きみはすぐに爆発《ばくはつ》するだろう」

「ぼくは？」

ジョージが、メラクの注意をそらそうとして言った。少なくともコスモスとエボットが戸口を作るまでは、メラクをしゃべらせておかないと。戸口だけが脱出《だっしゅつ》のたのみの綱《つな》だった。

「ああ、きみはここに残ってもらう。きみのことは気に入っているからな」

ジョージは体をふるわせた。

「結局、きみは人間のいない、ロボットの世界で暮《く》らしたいんだろう。わたしみたいにな」

メラクの恐《おそ》ろしい言葉が、ロードローラーのように、ジョージをぺしゃんこにした。ぼくがメラクみたいだって？　どうして？　似《に》たところがあるとは思えない。

「どうしてきみのことをそう思うかって？」メラクは小さくほほえみかけた。「わたしがコスモスに侵入《しんにゅう》したあとで、きみがコスモスの近くまできて、そう言ってたじゃないか。その言葉にわたしは共感したよ……きみとわたしは同じ仲間だ。賢《かしこ》くて、テクノロジーが得意だ。複雑《ふくざつ》な問題を解《と》き明かすことができる。人間がきらいだ。わたしの助けと教えがあれば、きみはわたしの後継者《こうけいしゃ》にだってなれる。どんな偉大《いだい》なリーダーにもあとを託《たく》す人間が必要だ……きみはわたしの後継者になるんだ。わたしの右腕《みぎうで》になれ。きみとわたしとで世界を支配《しはい》するんだ」

「ちがう！」ジョージがさけんだ。「ぼくはあんたとはちがう！」

「本気で言ってるのかな？」メラクがずるそうな顔できいた。「わたしがきみの立場だったら、どうしたってわたしに同意すると思うがね。そうしなければ、きみもいっしょに宇宙ステーションから放《ほう》りだされて、最期《さいご》を共にすることになるんだぞ」

「なら、取引しましょう」ジョージが戸口があらわれることを必死で願いながら言った。「ぼくたちふたりともをここに残すか――それともふたりとも放りだすかだ。どっちにしろ、ぼくたちはいっしょだ」

「感動したよ」メラクは片眉《かたまゆ》を上げた。「それに予想外《よそうがい》だ。きみはテクノロジーを深く愛しているから、人との交流は断《た》って、機械に囲《かこ》まれていたいのかと思っていたがな」

「そんなことを言ったおぼえはない」ジョージは挑《いど》むように言った。

お父さんとお母さんのことを考えた。親は、わずらわしいと思うこともあるし、当惑《とうわく》させられることもある。でも、今ジョージがあるのはふたりのおかげだ。それに妹たちはどこにでもついてこようとする。うっとうしいけれど、妹たちはジョージが大好きなのだ。マシンか家族のどちらかを選《えら》べと言われれば、たとえそれがどんなにすばらしいテクノロジーの成果であろうと、自分は家族や友だちを選ぶ。

「おや、そうかね？」

「もしかしたら、言ったかもしれないけど」ジョージは認《みと》めた。「そういうつもりじゃなかった。こんなんじゃない。ロボットだけを仲間にして宇宙《うちゅう》ステーションで暮《く》らそうなんて思ってなかった」

「じゃあこうしよう」メラクが言った。「きみは友だちをおまけにして、わたしと取引しようとしているな。きみをここにおけば、スペリングが苦手《にがて》な友だちも、置いとかなくちゃいけないってわけだ。しかしきみは、自分が有利な立場にいないってことを理解してないみたいだ。ルールを決めるのはきみじゃない。ここはわたしの宇宙《うちゅう》ステーションだし、量子《りょうし》コンピュータもロボット軍団《ぐんだん》もわたしのものだ。そしてまあ、真下にある惑星《わくせい》もわたしのものだと言っていい。主導権《しゅどうけん》はこっちにあるんだから、取引は、きみがここにとどまってわたしを手伝うか、さもなければ、きみたちふたりを宇宙に放《ほう》りだして死を迎《むか》えさせるかだ。さあ、どっちにする？」

メラクが話している間、ジョージはエボットが動きまわっているのに気がついた。アニーやジョージやロボットたちのようにまっすぐ浮《う》かずに、今はさかさまになって浮いている。

「取引はなしだ」ジョージはきっぱりと言った。

「なしだと？」メラクはおどろいて言った。「どうして？　どうしてなのかね？　わたしといっしょに地球上《ちきゅうじょう》のすべての暗号《あんごう》を解き明かしたくないのか？　勝利者になりたくないのか？」

「あんたには絶対に解読《かいどく》できない暗号が一つあるからだ」ジョージはきっぱりと言った。

戸口はまだあらわれない。このぶんだと、もうすぐ宇宙ステーションが地球から発射《はっしゃ》されたミサイルに爆破《ばくは》されるか、アニーといっしょに宇宙に放りだされるかの、どちらかになってしまう。いずれにせよ、もう時間は残されていない。それでも、不思議《ふしぎ》なほどジョージは落ちつきはらっていた。

「それは友情《ゆうじょう》という暗号だ」ジョージは言った。「人間同士の間では、愛し合ってる本物の人間は、おたがいにかばい合い、おたがいの身を気づかうんだ。あんたには絶対にこの暗号が解読《かいどく》できない。あんたにとっては意味のないことだから、解読できないんだ。あんたのことは何も知らないけれども、幸せな人間はあんたみたいなふるまいはしないものだ。買収《ばいしゅう》やおどしを使って人をしたがわせようとしたり、秘密《ひみつ》のメッセージを盗《ぬす》み見したり、いばったり、傷《きず》つけたりすることで支配《しはい》しようとはしないものだ。あんたには絶対に友情は理解できない。友情こそが、あんたが解読できない暗号だ」

「そうよ。あたしたちは友情で結ばれてるの。ジョージ、やるじゃない」アニーがジョージのほうにただよってきてハグした。「これが最後だとしても、少なくともあたしたちはいっしょだよね」

ジョージもアニーをハグすると、何かに目をとめた。

「下を見て。エボットがようやく助けに来てくれたみたい」ジョージはささやいた。

逆《さか》さまになったエボットの目が光っている。エボットの両目からふた筋《すじ》の光線が発射《はっしゃ》されると、戸口が浮《う》かびあがりはじめた。メラクもロボット軍団《ぐんだん》もジョージとアニーに気をとられていて、気づいていない。

「あっ、見て」アニーが大きな声で言った。「あそこ……」

アニーはトラ柄《がら》のしっぽを思いっきり遠くへ放り投げた。すると、ロボット全軍《ぜんぐん》とアリオト・メラクはしっぽを追いかけ、エボットと戸口から離《はな》れていった。

そのすきに、アニーとジョージは戸口の中にとびこんだ。アニーはうしろに手をのばしてエボットをつかみ、いっしょに引っぱりこんだ。たちまちふたりとエボットは、絶望的な宇宙《うちゅう》ステーションから離れて、コスモスと、地球《ちきゅう》というふるさとへと戻《もど》ってきた。

19

極小重力《ごくしょうじゅうりょく》の環境《かんきょう》から、通常《つうじょう》の重力の環境へと移動《いどう》するのは気持ちのいいものではないが、アニーもジョージも気にならなかった。ふたりとエボットは、古いコスモスがある地下室の床《ゆか》にドサリと着地した。

「どいてよ」アニーはジョージとエボットを押《お》しのけると、寝返《ねがえ》りをうった。「ふーっ、あぶなかったね」

ジョージはアニーのとなりにあおむけになった。ふたりともまだ目を閉《と》じたまま、古いコスモスが文字を印刷《いんさつ》する音を聞いていた。古いコスモスはカタカタと音を立てながら、次から次へと用紙を吐《は》きだしている。

ジョージがようやく目を開いたとき、そばの床《ゆか》に折り重なっている用紙には、複雑《ふくざつ》な計算式がび

っしりプリントされ、新聞の大見出しみたいに上下に小さな数字がちりばめられている。文字だけを使っていくつかの図形《ずけい》も描《えが》かれているが、その一つは、ふたりが間一髪《かんいっぱつ》で脱出《だっしゅつ》した宇宙《うちゅう》ステーションのように見えた。

こうした図形を印刷《いんさつ》しはじめると、プリンタの音が変わった。大きな空白部分をすばやくかすめて、図形のごく一部を打ちこみ、すばやく移動《いどう》して少し先でも同じことをくり返し、ようやく次の行のスタート位置に戻《もど》った。

しかし、ジョージが大量の用紙から顔を上げると、恐《おそ》ろしいものが目に入った。しっぽをにぎり、コスモスが印刷したばかりの紙を手にして立っているのは、ほかならぬアリオト・メラクだった。メラクは恐ろしい笑《え》みを浮《う》かべた。

ジョージが沈《しず》んだ気持ちでアニーの手をにぎると、目をあけたアニーもショックを受けた。

ふたりは、恐ろしい危機《きき》から脱出し、権力欲《けんりょくよく》の強いロンパース男から地球《ちきゅう》を救《すく》ったと思っていた。ところが、恐ろしい敵《てき》も連れてきてしまったらしい。失望《しつぼう》は大きかった。打《う》ち負《ま》かしたと思っていたメラクをここで目にするのは、最初に出会ったときよりずっと恐ろしかった。ふたりは、メラクを古いコスモスの部屋へと案内してしまったのだ。メラクがこのスーパーコンピュータを自分のものにしたら、どんな大きな損害《そんがい》をもたらすか、わかったものではない。ハッピーエンドになるはずが、ひどい結果をまねいてしまいそうだ。

メラクは恐怖《きょうふ》や不安とは無縁《むえん》らしかった。すっかりくつろいでいるようにさえ見える。

「『ナノロボットのように作られている一個の量子《こ》ビット《りょうし》は』」メラクはページを声に出して読みながら考えこんだ。「『一四〇から二五〇ケルビンの温度内《おんどない》で動作します。このため宇宙空間《うちゅうくうかん》では一定して低い温度を維持《いじ》しなければなりません』。そうか、だからわたしは宇宙で量子《りょうし》コンピュータを作ったんだ？　なるほど。わかってよかったよ。この子たちと、科学技術《かがくぎじゅつ》の化石のようなマシンから教わるとはな」メラクはまだ床《ゆか》に横たわっているふたりに向かって言った。「知ってるかね？二五〇ケルビンというのは、摂氏《せっし》マイナス二三度のことだよ」

メラクが用紙を読み続ける間、ふたりはぼうぜん自失《じしつ》の状態《じょうたい》だった。

「そうそう、わたしは量子コンピュータがオーバーヒートしないように、ナノロボットのような太《たい》陽電池《ようでんち》を作ったんだ。どうだい、わたしは頭のいい人間だろう？　これを見ろ――すばらしいぞ。きみたちの古くさい時代おくれの友だちが、プログラム言語《げんご》の、C《シー》言語で書かれた全プログラムの暗号《あんごう》を印刷してくれた。おっと、これはなんだ……？」

古いコスモスはもう一度印刷しはじめた。メラクが読みあげた。

「『現在の時刻《じこく》は四時三一分一八秒《びょう》。一五三秒の間、悪質《あくしつ》な行動は検出《けんしゅつ》されていません』やれやれ。コスモスは宇宙ステーションが破壊《はかい》されたことを伝えようとしているのか？　もちろんそれは痛《いた》いが、これで終わりというわけではない。わたしは前向きな人間だ。また始めればいいのさ」

「どうやってここに来たんだ？」

ジョージは立ちあがり、アニーも引っぱって立ちあがらせた。邪悪《じゃあく》な変人にこれ以上見おろされるのはごめんだったからだ。

「きみたちのあとから戸口をくぐったのさ。ぎりぎりでとびこむことができたよ。きみたちは逃《に》げるのに夢中《むちゅう》で、うしろを確認《かくにん》するのを忘《わす》れたな。子どもにありがちの失敗《しっぱい》だよ。いかにもきみたちらしいミスだな」

「量子《りょうし》コンピュータがないんだから、あんたはもうおしまいよ」

アニーは、メラクにいい思いをさせておくつもりはなかった。アニーとジョージはいっしょにいくつもの困難《こんなん》を切りぬけてきた。だからこのイカれた男にだって、かんたんに負けるつもりはない。

「量子コンピュータは作り直せばいい」メラクはロンパースのほこりをはらいながら平気な顔で言った。「それにしても、あの戸口は古くさいな。もうあんなものは作ってないだろう。おまけに閉《し》めるスピードものろかった。だからわたしもあとからとびこむことができたんだけどな。なあ、ポンコツ」メラクは古いコスモスをけとばした。「時代にすっかりとり残された気分はどうだ?」

「コスモスをけらないで」アニーが怒《おこ》って言った。

メラクはアニーを見てにやっとすると、またコスモスをけった。

アニーはメラクにとびかかり、こぶしでロンパースを何度もなぐった。

「あんたなんか、大っきらい! あんたは邪悪《じゃあく》で無礼《ぶれい》で意地悪《いじわる》よ。みんなを命令にしたがわせたいだけで、みんながほんとうに望むことを選ばせたりはしないんだよね」

メラクに押《お》しのけられて、アニーはジョージの足元《あしもと》に倒《たお》れた。

「これ以上あんたにできることはない」ジョージは勇敢《ゆうかん》に言って、アニーの前に立った。「ぼくらがここにいることはエリックが知ってる」ジョージは言葉どおりになればと願った。「エリックが人をよこしてくれてる。あんたはもう逃《に》げられないぞ。これ以上弱い者いじめはできないんだ」

「残念だな」メラクは舌打《したう》ちした。「いじめるなどという言葉をくり返さないでくれたまえ。わたしはただすぐれた力を見せただけだ。おろかなガキはうちのめされて、しょぼんとなったかもしれんがな」

「あんた、ジョージを後継者《こうけいしゃ》にするんじゃなかったの？」アニーが立ちあがって抗議《こうぎ》した。

「思いちがいだった……わたしにはめずらしいことだがな」メラクはにやっとした。「いま、３Ｄ《ディー》プリンタのグローバルネットワークに、ロボット軍団《ぐんだん》の複製《ふくせい》を開始するコマンドを出したところだ。知ってのとおり、すでに何体かは地球上《ちきゅうじょう》にいる。そいつらをここに呼《よ》んだよ。もうすぐやってくる」

「ボルツマンも複製《ふくせい》してるの？」アニーがきいた。

「あのモデルは廃止《はいし》することにした。言うことを聞かせるのに手間がかかるし、それができたとしても、あてにならないからな。地球を救《すく》いに来るときは、やさしくしようと思っていたが、きみたちが歓迎《かんげい》しないから気が変わったよ。かわりに罰《ばつ》を加えることにしよう。きみたちはわたしがこの世界をバラバラにするのを見て、それが全部自分たちのせいだと思い知るんだ。楽しみだろう？」

メラクはしっぽをかざりひもみたいにヒュッとふりまわした。「わたしは待ちどおしくてたまらないよ」

地下室の外から大きなドンドンという音が響《ひび》いてきた。ふたりは息《いき》をのんだ。どうすることもできずにいるうちに、ドアは容赦《ようしゃ》なく何度もたたかれ、ついにはずれてしまった。一瞬《いっしゅん》、ジョージはエリックと仲間の科学者たちかと思ったが、そうではなかった。メラクの手下の複製《ふくせい》ロボットが二体、地下室に押《お》し入ってきた。

ジョージはエボットのほうを見た。エボットは誘拐《ゆうかい》も宇宙《うちゅう》ステーションも戸口も切り抜《ぬ》けて、髪《かみ》をほんの少し乱《みだ》しただけで地球《ちきゅう》に戻《もど》ってきたのだが、電池《でんち》が切れているようで、いまは部屋の片隅《かたすみ》でなすすべもなくぐったりとしている。

偉大《いだい》な古いコンピュータの古いコスモスにも、ふたりを守ることはできない。どっちにしても、コスモスまでたどりつくには、メラクをかわさないといけない。様々な危険《きけん》に遭《あ》いながらなんとか切り抜けてきたというのに、ここまできて木星柄《もくせいがら》のロンパース男メラクとロボット軍団《ぐんだん》につかまってしまうのだろうか？　しかもメラクは世界征服《せいふく》をもくろむ頭のイカれた悪党《あくとう》なのだ。ほんとうにこれでいっかんの終わりなのだろうか？

もう一度、ジョージとアニーは手をとりあうと、肩《かた》を並《なら》べていっしょにこの男に立ち向かうことにした。

しかし、かすかな希望さえも消えかけた瞬間《しゅんかん》、ロボットたちが自分たちをつかまえなかったことに気づいた。かわりにロボットたちはアリオト・メラクをつかまえている。メラクはロボットのペンチ型《がた》の手の中でもがいている。

「放《はな》せ、命令だ」メラクはどなった。「命令をとりちがえてるぞ……わたしじゃない。金属《きんぞく》のがらくため。つかまえるのはあいつらだ」メラクは手を動かして指さそうとしたが、手をうしろにまわした姿《すがた》でつかまっているので動かすことができない。

ロボットたちがリーダーだった男を抑《おさ》えつけていると、アニーとジョージはまたコスモスが印刷《いんさつ》する音を聞いた。

ジョージはコスモスに走り寄り、用紙を引きちぎって読みあげた。

「『暗号解読《あんごうかいどく》の方法や傍受《ぼうじゅ》したメッセージの内容を改変《かいへん》するル方法を知っているのはこの男だけではありません（ハッハハッ）』」

ジョージは思わずふきだした。

「アニー、コスモスがロボット軍団《ぐんだん》を自分の支配下《しはいか》においたんだ。そうでしょう、コスモス？」

コスモスがきらりと光った。

「はい、そうです。わたしはこの男のロボットたちがどこにいようと、有益《ゆうえき》なロボットになるよう指示《しじ》することができます。ただし、ここの二体は別です。エリックがくるまで、この男を拘束《こうそく》しておくのに使いますからね」

「やるじゃない、コスモス！」アニーはハグするかのようにコスモスに走りよったが、それは無理だと気づいて足を止めた。「おかげで命が助かったよ」

「こんどは技術革新《ぎじゅつかくしん》の目新しさだけでなく、年の功《こう》も忘《わす》れないでください」

「もちろんおぼえておきますよ。コスモスはすばらしいマシンだもの」と、ジョージ。

メラクのほうを見ると、まだ逃《に》げようとむだなあがきを続けていた。

「エリックが来るまでここにいるんだね。エリックならあんたにも量子《りょうし》エラーの検出《けんしゅつ》をやってくれるんじゃないかな」

「どこに行く気だ?」アリオト・メラクがふてくされてきいた。「この地下室にロボットといっしょにわたしを置いていくことなんてできないぞ。ずるいじゃないか。ここには食べ物も飲み物も、やることもないんだ。これはロボット活動国際協定違反《かつどうこくさいきょうていいはん》だ。弁護士《べんごし》に言いつけるからな。ただじゃすまさないぞ」

「あきれた」ふたりが地下室を出ようと向きを変えると、アニーが言った。「今は負けたからずるいって言ってる。でも勝ってたら、自分が破《やぶ》ったルールのことなんて気にもしなかったよね」

「家に帰ろう、アニー……」ジョージはスケボーをとりあげると、階段《かいだん》に向かった。「アニーはどうか知らないけど、ぼくは腹《はら》ぺこだよ」

「待って。古いコスモスにさよならしなくちゃ」

「ありがとう」ジョージは巨大《きょだい》なコンピュータを見てほほえんだ。「ありがとう、コスモスはぼくたちだけじゃなく世界《せかい》を救《すく》ってくれたんですよ」

「**どういたしまして**」コスモスがそう言うと、ライトがかがやいたように見えた。「**お役に立てて**

コンピュータにできないこと

今までに知られているすべてのコンピュータの設計法《せっけいほう》（量子《りょうし》コンピュータをふくむ）では、時間とメモリが十分にあるとしたらチューリングマシンで計算できることは計算できる。しかしチューリングは、数学の問題の一部はチューリングマシンでも計算できないことを証明《しょうめい》した。ということは、現在のコンピュータでも解けないということだ。チューリングは、チューリングマシン自体に関わる問題を使ってこのことをしめした。これは「停止性問《ていしせいもん》題《だい》」として知られるようになった。

停止性問題とは？

チューリングマシンはいつ停止するのだろうか？マシンが１つの状態《じょうたい》（状態　0）だけを持つ場合、マシンが０を読んだ場合と１を読んだ場合の二つのルールのみが必要だ。ここで１の場合のルールを変えることにより、マシンは様々な結果《けっか》をあたえる。

・０の場合のルール：その０は変化させず右へ移動し、入力に１が見つかるまで続け、１が見つかったら停止する。マシンは停止し、結果を出力する。

・しかし、チューリングマシンが無限《むげん》ループにはいってしまうことがある。１の場合のルールが「1 を読むと、１を書き左に動く」であるならば、マシンは先ほどの０の場所に戻《もど》り、（0 ルールにしたがった）次に時計がカチッというと１のところにふたたび行き、というようにこの二つの動きを永遠にくり返す。

・チューリングマシンを停止させないようにすることはかんたんだ。１の場合のルールを「1 を読んだならば、０を書き左に移動《いどう》する」と変更《へんこう》することにより、マシンは一つ前の０に戻《もど》り、また右に戻る。しかし、今度は右に移動すると０になっているので、次の１まで右に移動し続ける。こうして、マシンはすべての１を０に変えながら、右のほうへ永遠に移動し続けて行ってしまう。

無限数《むげんすう》

チューリングマシンとそのプログラムの数は無限大《むげんだい》だ。すべてのコンピュータのプログラムは、1個の巨大《きょだい》な二進数《しんすう》としてあつかうことができる。そう考えるとすべてのプログラムは大小順に並《なら》べることが可能《かのう》であり、数学者から見るとすべてのプログラムやマシンの数は可算無限個《むげんこ》となる。

しかし、もっと大きな無限数、たとえば、無限大の数の桁《けた》を持つ十進数（これらは“実数《じっすう》”と呼ばれている）が存在する。

たとえば実数 π（パイ、円周率《えんしゅうりつ》、円周の長さと円の直径《ちょっけい》の比《ひ》、3.14 に近いことでも知られている）はコンピュータを用いることにより任意《にんい》の桁数まで求めることが可能《かのう》である。

最初の数桁は 3.1415926535 だが、コンピュータを使うことで 1 兆桁以上求めることが可能だ。（監修者注《かんしゅうしゃちゅう》：2015 年現在の記録は 2014 年に達成された 13.3 兆桁《ちょうけた》である）しかしながら、実数をこのように計算で求める方法は列挙可能《れっきょかのう》で可算個数しかないため、ほとんどの実数をこのように求めることはできない。基本的《きほんてき》に計算不能であり、コンピュータで計算することはできない。

未来の姿《すがた》？

中には、今はまだ知られていない物理の法則《ほうそく》を用《もち》いる新しいタイプのコンピュータがそのうち登場すると考えている人もいる。それを使えば、チューリングマシンでは計算できない問題を計算できるかもしれないし、人間の脳《のう》（「コンピュータ」の起源《きげん》）はこの種《しゅ》のものではないかとその人たちは予測《よそく》している。

（監修者注：ここでは、情報処理《じょうほうしょり》は物理の法則にしたがうという観点《かんてん》からの議論が行われている）

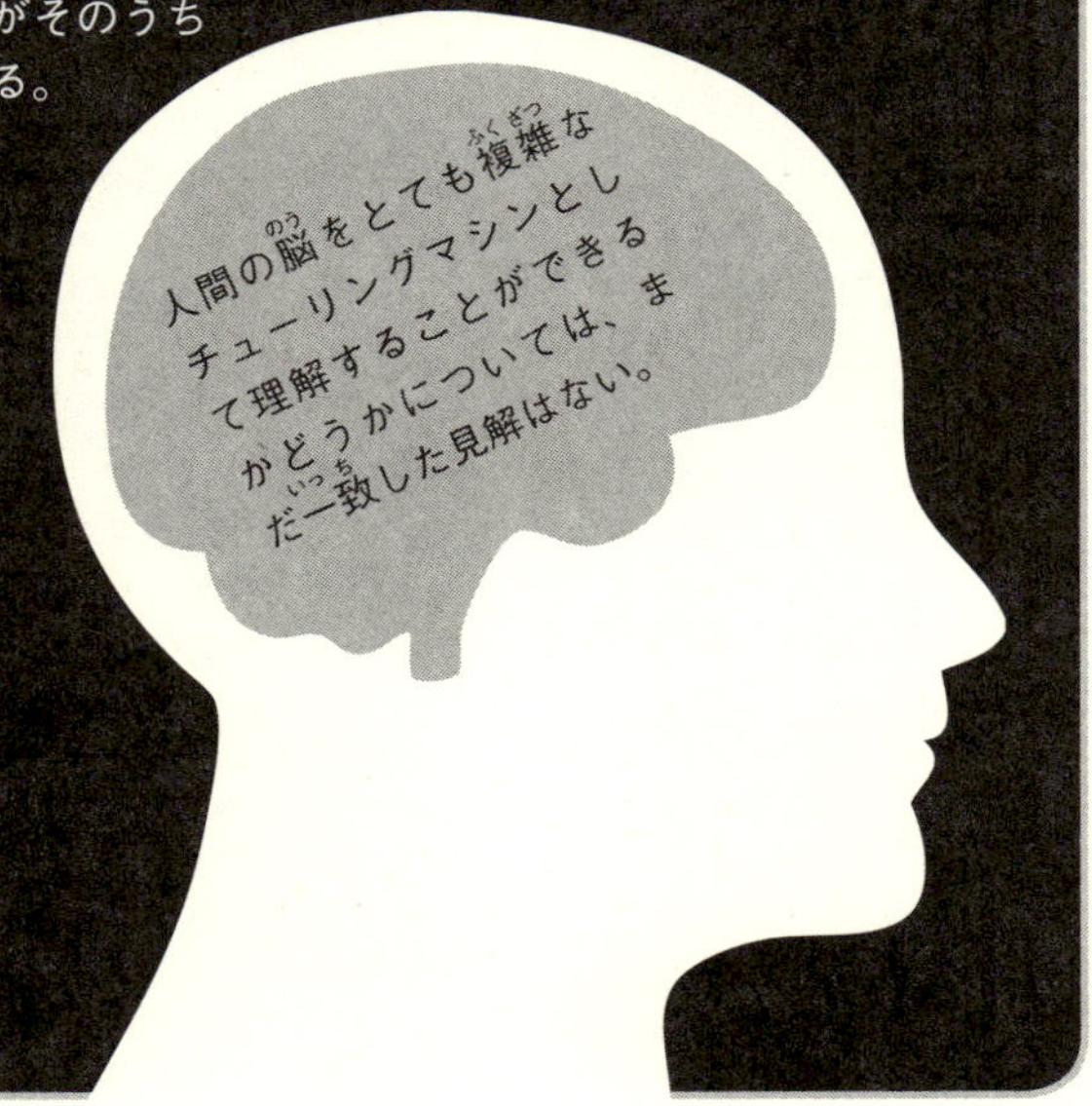
人間の脳《のう》をとても複雑《ふくざつ》なチューリングマシンとして理解することができるかどうかについては、まだ一致《いっち》した見解はない。

コンピュータにできないこと　つづき

‘H’ マシン

アラン・チューリング自身が次の質問《しつもん》を投げかけた。「チューリングマシンにプログラムと必要な入力データをあたえるとき、チューリングマシンと入力データが永遠に止まらないで結果を得るとすれば、0を結果として出力するアルゴリズムが存在《そんざい》するか？」という問いだ。

もしそのようなアルゴリズムが存在するなら、それを実行するチューリングマシンが存在しなければならない。さらに、入力がそれ自体のプログラムであるときに、停止《ていし》しないチューリングマシンが存在するかどうかをテストするマシンがあるとしよう。このマシンをHマシンと呼《よ》び、入力がチューリングマシンのプログラムで、入力がそのデータである時には停止しないプログラムである場合だけHマシンが停止すると仮定《かてい》しよう。

さて、Hマシンにそれ自体のプログラムをあたえたらどうなるだろうか？

もし停止しないならば、Hマシン自体がそのプログラム自体を入力して停止しないマシンだ。しかしHの定義《ていぎ》は、そのようなマシンを検出《けんしゅつ》することであるので、停止するということはHにHのプログラムをあたえると停止することを意味する。つまり、どちらの結果になっても矛盾《むじゅん》となる！　このようなナンセンスな状況《じょうきょう》から、数学者は用《もち》いた仮定が正しいということがまちがいであると判断する。仮《か》想的《そうてき》なチューリングマシンH（存在することが不可能《ふかのう》であるマシン）を構築《こうちく》することはとても巧妙《こうみょう》な考え方だ。こうして、あらゆる入力に対してチューリングマシンが停止しないことを計算するチューリングマシンは存在できないことが証明《しょうめい》された。この質問がチューリングマシンによって解決《かいけつ》できなければ、すなわち、わたしたちが現在作ることができると考えられるどのコンピュータでも計算不可能ということになる。

かんたんに言うと、コンピュータはこの問題を解《と》くことができないのだ！

うれしいです。必ずエリックにすべてを話してください。エリックがわたしを廃棄《はいき》しようと考えていたらいけませんからね」

「そんなこと、あたしたちがさせません」アニーは約束した。「あなたはずっとあたしたちの仲間なんだから」

美しい大学町の静かな通りでは夜が白々と明けはじめていた。古い建物の石のファサードが、明け方のさわやかな日の光を反射《はんしゃ》している。戸口やアーチの下で人々が寝《ね》ているそばを、ふたりはスケボーでゴロゴロと進んでいった。朝ごはんに何がいちばん食べたいかを話しながら。

「パンケーキ」ジョージがつばがわいてくるのを感じながら言った。「山ほどのパンケーキにメイプルシロップをかけるんだ」

「ベーコン。あつあつでカリカリのベーコン」

「ベーコン？」

ジョージは前に飼《か》っていたブタのフレディのことを思いうかべた。

「ジョージは食べなくてもいいのよ。どっちみち、家に帰っても食べ物なんてないかもしれないけど」

ジョージはスケボーをすべらせながら、ふたりの家の空っぽになったキッチンのことを考えた。

「うわー。すべてを元どおりにするのは大変そうだなあ」

「これからどうなるんだろう……パパたちはこのことを世界にどう説明するんだろう?」

リトル・セント・メアリーズ通りに近づくと、アニーが言った。

「どういう意味?」

「『やあ、ところで地球《ちきゅう》のみなさん、わたしたちはロンパースを着たイカれた男に攻撃《こうげき》されたのです。そいつはみなさんにただでお金や食料を配《くば》るふりをしていましたが、実はこの世界を支配しようとしていたのです』なんて言えないでしょ」

「どうかな」ジョージが考えこんだ様子で言った。「たぶん、ありのままを伝えるのがいちばんなんじゃない?」

「かもね」

ふたりはジョージの家の玄関《げんかん》ドアのところで止まった。怒《いか》りくるった暴徒《ぼうと》にちょうつがいから引きはがされたドアは地面に置かれたままだ。でも、通りは静かで人の気配はない。車も通っていないし、上空に飛行機も飛んでいない。電話も鳴っていないし、テレビの音もしない。小さな町の新たな一日の始まりを告《つ》げるいつもの喧騒《けんそう》がまったくない。

「うわー、なんだか変な感じ」アニーが言った。「コンピュータが発明される前の生活って、こんなふうだったのかな?」

「そうじゃないかな。でも、こんな静けさもそう長くは続かないよ。エリックたち科学者のみんなが、すべてをやり直そうとしてるからね。数時間もすれば、何もかも元どおりになるんじゃないかな」

ふたりはジョージの家に入った。

「平穏無事《へいおんぶじ》と言えば……」

ジョージはキッチンに入って地下室に続く床《ゆか》のドアを見下ろしながら言った。床下からふたごの楽しそうな歌声が流れてくる。それからだれかの眠《ねむ》そうな声が聞こえた。

「おちびちゃんたち、まだ夜が明けたばかりよ」

アニーは笑《わら》って、上げぶたのかんぬきをはずした。アニーとジョージがそれぞれ片方《かたほう》ずつドアを持ちあげると、美しいフォックスブリッジの朝日が地下室に差しこむ。すると、ヘラとジューノがはしごにむかってすばやくはいはいして来た。地下室から出たくてたまらないようだ。

「命あれ！　だね（「旧約聖書」の創世記第1章3節にある聖句「光あれ」をもじったもの）」とアニーが言うと、ふたごがキッチンになだれこんできた。


（「ホーキング博士《はかせ》のスペース・アドベンチャーⅡ―2」に続く）

最新の科学理論！

宇宙《うちゅう》における生命

ここでは宇宙における生命の発達、特に知的生命体《ちてきせいめいたい》の発達についてお話ししたいと思います。歴史を見ると、人類は多くのおろかなふるまいをしてきたので、知的と呼《よ》ぶにはためらいがありますが、ここでいう知的生命体にはわたしたち人類もふくむことにします。

わたしたちは、時とともに、物事がますます無秩序《むちつじょ》で混沌《こんとん》としてくることを知っています。このことには法則《ほうそく》があって、熱力学《ねつりきがく》第二法則《ほうそく》と呼ばれています。この法則によると、宇宙における無秩序、すなわちエントロピーの総量《そうりょう》は時間と共に常《つね》に増加します。しかし法則がしめすのは無秩序の総量のみです。周囲の無秩序が大きく増加しても、ある個体《こたい》の中の秩序が増えるということはありうるのです。

これがまさに生物の中で起こっていることです。生命とは、無秩序に向かう傾向《けいこう》に逆《さか》らって自身を保ち、また繁殖《はんしょく》を行う秩序あるシステムと定義《ていぎ》することができます。つまり生命は、似《に》てはいても別個《べっこ》の秩序あるシステムを作ることができるのです。これらのことを行うには秩序ある形態《けいたい》のエネルギー（たとえば食べ物、太陽光、電力など）を熱という無秩序《むちつじょ》のエネルギー形態《けいたい》に変換《へんかん》しなくてはなりません。こうやって、このシステムは自身やその子孫《しそん》の秩序を増加させながら、同時に無秩序の総量《そうりょう》を増加させているのです。赤ちゃんが生まれてくるたびに親の住んでいる家がますます散らかってくるみたいなものですね。

あなたやわたしのような生物は、通常《つうじょう》二つの要素を持っています。一つはシステムに生存の仕方や繁殖方法《はんしょくほうほう》を伝える一連の指示《しじ》で、もう一つはその指示を実行するしくみです。生物学では、これらを「遺伝子《いでんし》」と「代謝《たいしゃ》」と呼《よ》んでいます。

わたしたちが通常「生命」と見なすものは、炭素原子《たんそげんし》の鎖《くさり》を土台とし、窒素《ちっそ》やリンなど少数のほかの原子《げんし》もふくんでいます。約一三八億年《おくねん》前、ビッグバンで宇宙《うちゅう》が始まったときはまだ炭素は存在《そんざい》しませんでした。宇宙はとても熱かったので、すべての物質《ぶっしつ》は陽子《ようし》や中性子《ちゅうせいし》と呼ばれる粒子として存在していました。最初は陽子と中性子が同数だけ存在していたはずです。しかし宇宙は膨張《ぼうちょう》するにつれて冷えていきます。ビッグバンから約一分後に宇宙の温度は約一〇億度まで下がりますが、これは太陽内部の温度の約一〇〇倍に相当します。この温度で、中性子は陽子に崩壊《ほうかい》し始めます。

もしこれだけしか起こらなければ、宇宙におけるすべての物質は原子核《げんしかく》が陽子一個《こ》からなる「水素《すいそ》」という最も単純な元素《げんそ》で占《し》められていたことでしょう。ところが一部の中性子は陽子とぶつかってくっつき、二つの陽子《ようし》と二つの中性子《ちゅうせいし》からなる二番目に単純《たんじゅん》な元素《げんそ》「ヘリウム」となりました。しかし初期の宇宙《うちゅう》では、炭素《たんそ》や酸素《さんそ》といったより重い元素《げんそ》が作られることはありませんでした。水素《すいそ》とヘリウムだけで生命システムを作りあげるのは想像《そうぞう》しにくいことです。それに初期の宇宙はあまりに高温だったため、原子《げんし》が結合して分子《ぶんし》となることはできませんでした。

その後も宇宙はさらに膨張《ぼうちょう》し冷え続けました。ところがある領域《りょういき》ではほかの領域よりもわずかに密度《みつど》が高く、そこにある高密度《こうみつど》な物質による重力によって膨張が遅《おそ》くなり、最終的には膨張は止まってしまいます。代わりにこうした領域はつぶれて、ビッグバンから約二〇億年後《おくねんご》には銀河《ぎんが》や恒星《こうせい》が形成され始めます。初期の恒星の中には太陽よりもずっと重いものもあったと考えられています。そのような恒星は太陽よりも熱く、もとの水素やヘリウムを燃焼して、炭素、酸素《さんそ》、鉄《てつ》といったより重たい元素を生み出しました。このプロセスにはわずか数百万年しかかかっていません。その後は、いくつかの恒星は爆発《ばくはつ》して超新星《ちょうしんせい》となり、重たい元素を宇宙空間にまき散らすことで次世代《じせだい》の恒星を作る材料を提供《ていきょう》しました。

わたしたちの太陽系《たいようけい》は、約四五億年前、つまりビッグバンから約一〇〇億年後に、前の世代の恒星の残骸《ざんがい》をふくむガスから作られました。地球《ちきゅう》を主に形成したのは炭素や酸素をふくむ重たい元素です。そしてどういうわけか、これらの原子の一部はＤＮＡ《ディーエヌエー》（デオキシリボ核酸《かくさん》）の分子《ぶんし》の形に並《なら》ぶことになりました。DNA《ディーエヌエー》は、一九五〇年代にケンブリッジのニューミュージアムサイトの小屋でクリックとワトソンが発見した有名な二重らせん構造《こうぞう》を持っています。核《かく》酸《さん》のペアが、らせんの二つの鎖《くさり》をつないでいます。核酸には、アデニン、シトシン、グアニン、チミンと呼ばれる四つのタイプがあります。

DNA分子が最初どのようにして出現《しゅつげん》したのか、わたしたちは知りません。DNA分子が不《ふ》規則《きそく》なゆらぎによって生まれた可能性《かのうせい》はきわめて低いため、生命はどこか別のところから地球《ちきゅう》にやって来たと唱《とな》える人もいます。たとえば、惑星《わくせい》がまだ不安定だったころに火星から引きはがされた岩にくっついて地球《ちきゅう》にもたらされたという説や、生命の種《たね》が銀河内《ぎんがない》をただよっているという説などがあります。しかし宇宙空間での放射線《ほうしゃせん》がDNAを長い間壊《こわ》さないでいるのは考えにくいことです。約三五億年前《おくねんまえ》には地球上にある種《しゅ》の生命体が存在していたという化石の証《しょう》拠《こ》が残っています。生命体が発達するのに十分なほど地球が安定して冷えてからまだ五億年しかたっていません。地球上にはやくも生命体が登場したことから、適切《てきせつ》な条件下で自然発生したという可能性《かのうせい》も示唆《しさ》されています。ひょっとしたらDNAを生み出したもっと単純《たんじゅん》な形態《けいたい》の有機体《ゆうきたい》があったのかもしれません。しかし一度DNAが登場してしまえば、DNAは大いに栄えて、それ以前の形態に完全にとってかわった可能性もあります。以前の形態がどのようなものであったのかはわかっていませんが、一つの可能性がRNA《アールエヌエー》（リボ核酸《かくさん》）です。

RNAはDNAに似《に》ていますが、より単純《たんじゅん》で二重らせん構造《こうぞう》も持っていません。短いRNAはDNA同様に自己複製《じこふくせい》することができ、最終的にDNAを作りあげる可能性《かのうせい》もあります。実験室で非生物的な物質《ぶっしつ》から核酸《かくさん》を作成することはできません。ましてやRNAはなおさらです。しかし五億年《おくねん》という長い時間があり、海が地球《ちきゅう》のほとんどを覆《おお》っていたことを考えると、RNAが偶然《ぐうぜん》にできたとしても不思議《ふしぎ》ではないかもしれません。

DNAが自己複製《じこふくせい》を行う際《さい》、偶然《ぐうぜん》のコピーミスが生じることがありますが、それらの多くは害をおよぼすためDNAは壊《こわ》れてしまいます。コピーミスの中には中立的なものもあり、それらは遺伝子《いでんし》の機能《きのう》に影響《えいきょう》をあたえません。一方でいくつかのコピーミスは種の存続にとって有《ゆう》利《り》に働きました。それをダーウィンのいう自然選択《しぜんせんたく》によって選ばれたものと考えることもできるでしょう。

生物の進化のプロセスは最初は非常《ひじょう》にゆっくりでした。初期のころの細胞《さいぼう》が多細胞生物《たさいぼうせいぶつ》に進化するのに二五億年もの時間がかかり、またそれらが魚類《ぎょるい》や爬虫類《はちゅうるい》を経《へ》て哺乳類《ほにゅうるい》にまで進化するのにさらに一〇億年を要《よう》しました。しかしここで進化は加速したように思われます。初期の哺乳類がわたしたち人類まで進化するのには約一億年しかかかりませんでした。これは、魚類がすでに人間の重要な臓器《ぞうき》のほとんどを持っており、さらに哺乳類はそれらを本質的《ほんしつてき》にすべてかね備えていたためです。キツネザルのような初期の哺乳類から人間に進化するのに必要だったのは、ちょっとした微調整《びちょうせい》だけだったのです。

しかし人類まで来ると進化は重大な局面《きょくめん》に達しました。これは重要度でいうとＤＮＡ《ディーエヌエー》の発達と同じようなものです。それは「言語《げんご》」、特に文字言語の発達でした。言語の発達は、ＤＮＡによる遺伝《いでん》とは別に世代《せだい》から世代へ情報《じょうほう》が受《う》けつがれることを意味します。有史《ゆうし》以来の一万年の中で人間のＤＮＡにも生物進化によってもたらされた変化が多少は見られますが、世代から世代に受け継がれてきた知識《ちしき》の量のほうはとほうもなく増大しました。わたしは科学者としての長いキャリアの中で宇宙《うちゅう》に関《かん》して学んだことをあなた方に伝えるために何冊《さつ》も本を書いてきました。そうすることで知識をわたしの脳《のう》から本のページへと移《うつ》してみなさんに読めるようにしているのです。

人間のＤＮＡには約三〇億個《おくこ》の核酸《かくさん》がふくまれます。しかしこの配列《はいれつ》に刻《きざ》まれた情報《じょうほう》の多くは余分《よぶん》もしくは無意味なものです。ですからわたしたちの遺伝子《いでんし》で役に立つ情報の総量《そうりょう》はおそらく一億ビット程度《ていど》でしょう。一ビットの情報とは、イエスかノーかの質問《しつもん》に対する答えに相当します。一方ペーパーバックの小説はたぶん一冊あたり二〇〇万ビットの情報をふくんでいるでしょう。つまり人間はハリーポッターの本約五〇冊に等しいと言えます。主要な国立図書館は約五〇〇万冊の本を所有しており、これは約一〇兆《ちょう》ビットに相当します。したがって本やインターネットを通して受けつがれる情報量はＤＮＡの一〇万倍もの量だといえます。

このことはわたしたちが進化の新たな局面に入ったことを意味します。最初は、進化は偶然《ぐうぜん》の突然変異《とつぜんへんい》による自然選択《しぜんせんたく》を通して進んできました。このダーウィンの仮説《かせつ》の時代は約三五億《おく》年続き人間が登場したのですが、わたしたちは情報《じょうほう》を交換《こうかん》するのに言語を発達させました。しかしここ一万年くらいの間にわたしたちは「外部遺伝《がいぶいでん》の時代」とも呼べる局面に突入《とつにゅう》しました。この間、DNAとして次の世代に引き継がれる情報の内部記録はいくぶんか変化しました。しかし本やそのほかの長期記憶媒体《ちょうききおくばいたい》における外部記録はとほうもなく増えたのです。

「進化」という用語を内部で受け継がれる遺伝物質《ぶっしつ》に対してのみ用《もち》い、外部で受《う》けつがれる情報に対して適用《てきよう》するのに反対する人もいます。しかしそれは視野《しや》が狭《せま》すぎるように思います。わたしたちは単なる遺伝子ではありません。わたしたちは石器時代の祖先《そせん》よりも強いわけではなく、また生まれつき知的というわけではないかもしれません。しかし一万年かけて（特に過去三〇〇年の間に）蓄積《ちくせき》した知識こそ穴居人《けっきょじん》とわたしたちを区別するものなのです。より広い視野《しや》を持ってDNAと同様に「外部遺伝情報」を人類の進化にふくめるのは正当だとわたしは考えます。

一方で人間にはいまだに本能《ほんのう》があり、特に石器時代に持ち合わせていた攻撃的《こうげきてき》な衝動《しょうどう》を持つことがあります。他者を服従《ふくじゅう》させ、また殺して食料を奪《うば》うといった形の攻撃性は、現在にいたるまで生存する上であきらかに好都合でした。しかし今ではこの衝動は全人類《ぜんじんるい》、そして地球上《ちきゅうじょう》のそのほかの生命の多くを滅《ほろ》ぼしうるものとなっています。核戦争《かくせんそう》は今でも最も直接的な脅威《きょうい》ですが、遺伝子操作《いでんしそうさ》されたウィルスの拡散《かくさん》など脅威はほかにも存在《そんざい》します。また温室効果など不安定化といった脅威もあるでしょう。

ダーウィンが唱《とな》えた進化によってわたしたちがもっと知能《ちのう》が高く気だてもよくなるのを待っている時間はありません。しかし今わたしたちは自己設計《じこせっけい》による進化と呼《よ》ばれる局面《きょくめん》に入りつつあります。この段階《だんかい》になればＤＮＡを変更《へんこう》したり改良《かいりょう》したりすることができるでしょう。わたしたちはすでにＤＮＡの解読《かいどく》を終えており、これは「生命の本」を読み終えたことを意味します。ですから修正《しゅうせい》を加えて書き直すことができます。遺伝子の変更は最初は嚢胞性線維症《のうほうせいせんいしょう》や筋《きん》ジストロフィーといった遺伝的欠陥《いでんてきけっかん》の治療《ちりょう》に限定《げんてい》されるでしょう。これらは単一《たんいつ》の遺伝子によって制御《せいぎょ》されており、どの遺伝子かを特定して訂正《ていせい》するのはかなりかんたんな作業です。一方知性といったそのほかの特性はおそらく数多くの遺伝子によって制御《せいぎょ》されており、それらを見つけておたがいの関係を理解するのはもっとむずかしいと考えられます。とは言うものの、わたしは次の世紀には知性と攻撃性などの本能の両方をうまく修正する方法が発見されるものと確信《かくしん》しています。

もし自らをうまく再設計《さいせっけい》できたとすると、人類は自己破壊《じこはかい》のリスクを減《へ》らしたりなくしたりするために、おそらくあちこちに広がっていきほかの惑星《わくせい》や恒星《こうせい》に移住《いじゅう》していくでしょう。しかし、ＤＮＡをもとにしたわたしたちのように、化学物質《かがくぶっしつ》にもとづく生命形態《せいめいけいたい》にとっては、長《ちょう》距離《きょり》の空間移動はむずかしいはずです。そのような生物の自然な寿命《じゅみょう》が移動時間に比《くら》べて短いためです。相対性理論《そうたいせいりろん》によれば光の速さを超《こ》えて移動するものは存在しないため、最も近い恒《こう》星《せい》までの往復旅行《おうふくりょこう》でも少なくとも八年かかってしまいます。銀河《ぎんが》の中心までだと約一〇万年もかかります。サイエンスフィクションではこの問題を宇宙《うちゅう》でのワープや異次元空間《いじげんくうかん》での移動によって克服《こくふく》します。しかしわたしは、どんなに知能を発達させた生命体《せいめいたい》でもこれらが可能《かのう》になるとは思いません。相対性理論《そうたいせいりろん》では、もし光速《こうそく》を超えて移動ができるとすると、過去《かこ》に戻《もど》ることもできます。しかしこれでは過去に戻って過去を変えてしまう人が出てきてしまい、問題が発生します。またレトロで旧式《きゅうしき》な暮《く》らしを見物しようと、未来から地球《ちきゅう》に旅行者がどっと押《お》しかけてきていたとしてもおかしくありません。

遺伝子操作《いでんしそうさ》を用《もち》いてＤＮＡにもとづいた生命体が永久《えいきゅう》に、あるいは少なくとも一〇万年もの間生き続けるようにすることは可能《かのう》かもしれません。しかしよりかんたんで、すでにほぼ手が届《とど》きそうになっている方法は、マシンを送りこむことでしょう。マシンなら恒星間移動《こうせいかんいどう》の長い時間にも耐《た》えられるように設計することができます。マシンが新しい恒星に到着したあかつきには、適当《てきとう》な惑星に着陸して別のマシンを作るのに必要な物質を採掘《さいくつ》することができるかもしれません。そしてそれらの新しいマシンをまた別の恒星に送ることもできるでしょう。これらのマシンは、高分子《こうぶんし》ではなく機械あるいは電子部品《でんしぶひん》をもとにした生命の新たな形態《けいたい》だと言えます。それらは最終的に、ちょうどDNA《ディーエヌエー》が以前の生命の形態にとってかわったように、DNAにもとづいた生命にとってかわるのかもしれません。

銀河内《ぎんがない》を探査《たんさ》しているうちになんらかの生命形態《せいめいけいたい》のエイリアンに遭遇《そうぐう》する可能性《かのうせい》はどの程度《ていど》あるのでしょうか。もし地球《ちきゅう》に生命体が出現した時間スケールについての議論《ぎろん》が正しいとするなら、生命体を宿《やど》す惑星《わくせい》を持った恒星はたくさん存在するはずです。これらの恒星系《こうせいけい》の中には、地球の誕生《たんじょう》より五〇億年《おくねん》も前に作られたものもあるかもしれません。ではなぜわたしたちの銀河には自己設計する機械や通常《つうじょう》の生命体が満ちあふれていないのでしょうか。またなぜそれらが地球を訪《おとず》れたり侵略《しんりゃく》したりしていないのでしょうか。ところで、わたしはUFO《ユーフォー》に地球外生命体が乗っているという説は疑《うたが》わしいと思っています。というのもエイリアンがもし地球に来ていたらはっきりわかるはずだし、またおそらく不愉快《ふゆかい》なものになるだろうと考えるからです。

ではなぜエイリアンは訪れていないのでしょうか。ひょっとしたら生命が自然発生する確率《かくりつ》はきわめて低いため、この銀河系もしくは観測可能《かんそくかのう》な宇宙では地球が生命の出現した唯一《ゆいいつ》の惑星なのかもしれません。別の可能性は、細胞《さいぼう》のような自己複製《じこふくせい》するシステムができることはある程度の確率であったとしても、これらの生命形態のほとんどが知的生命体に進化することはなかったというものです。わたしたちは、知的生命体を進化の当然の結果とみなしていますが、もしそうでなかったらどうでしょうか。進化は無秩序《むちつじょ》なプロセスで、知的生命体の出現《しゅつげん》は、起こりうる数多くの結果の一つに過ぎないのかもしれないのです。

知性が長期にわたって生きのびていくために有用かどうかさえ、はっきりしていません。仮《かり》にわたしたちの行動によって地球上からほかのすべての生命がいなくなったとしても、バクテリアやそのほかの単細胞生物《たんさいぼうせいぶつ》は生き続けるかもしれません。もしかしたら進化の年表からすると知性を持つことは地球上の生命にとって思いもよらない展開《てんかい》だったのではないでしょうか。というのも、単細胞生物から、知的生命体にとって不可欠《ふかけつ》な前段階《まえだんかい》である多細胞生物《たさいぼうせいぶつ》へと進化するには非常に長い時間（二五億年《おくねん》）がかかっています。これは太陽が寿命《じゅみょう》を終えるまでの総時間のかなりの割合《わりあい》を占《し》めます。このことは、生命が知性を発展させる確率《かくりつ》は低いという仮説《かせつ》とも矛盾《むじゅん》しません。この場合、銀河系内《ぎんがけいない》には数多くの生命形態が見つかるかもしれませんが、知的生命体が見つかる見こみは低そうです。

生命体が知的な段階にまで発展できないもう一つの原因《げんいん》として、小惑星《しょうわくせい》や彗星《すいせい》の惑星への衝《しょう》突《とつ》が考えられます。そのような衝突がどのくらいの頻度《ひんど》で起こるのかを見積もるのはむずかしいのですが、合理的な推測《すいそく》としては平均二〇〇〇万年に一度くらいの頻度でしょう。もしこの値が正しいとすると、地球で知的生命体が発達したのは過去《かこ》六七〇〇万年の間大きな衝突がなかったという幸運にめぐまれたおかげと言えそうです。銀河内《ぎんがない》のほかの惑星《わくせい》では、生命体《せいめいたい》が登場しても知的生命体に進化する前に衝突《しょうとつ》が起こったのかもしれません。

第三の可能性《かのうせい》は、生命体はある程度の確率《かくりつ》で発生し知的生命体にまで進化するものの、そのシステムが不安定となり知的生命体が自らを滅《ほろ》ぼしてしまうというものです。これは非常《ひじょう》に悲観的な結末であり、そんなことになってほしくないとわたしは切に願っています。

わたしは第四の可能性が気に入っています。それは、宇宙《うちゅう》にはほかの形態の知的生命体が存在しているものの、わたしたちは見逃《みのが》してもらっているという可能性です。かつてはSETI《セチ》（地球外知的生命体《ちきゅうがいちてきせいめいたい》探査）というプロジェクトがあり、エイリアンの文明圏《ぶんめいけん》からの信号を拾えるかどうかを知るために宇宙からの電波《でんぱ》の周波数《しゅうはすう》を解析《かいせき》したりしていました。しかしわたしたちは文明をさらに発展させるまでは、エイリアンへの応答《おうとう》は慎重《しんちょう》に考えなくてはなりません。現段階《げんだんかい》で、わたしたちよりもっと高度な文明に遭遇《そうぐう》するというのは、アメリカの先住民がコロンブスに出会うようなものです。先住民は、喜ばしいことだとは思わなかったでしょうからね。

スティーヴン

謝辞《しゃじ》

シリーズのほかの本同様、『宇宙《うちゅう》の法則《ほうそく》　解《と》けない暗号《あんごう》』も、科学や技術《ぎじゅつ》の専門家《せんもんか》たちの「自分の研究《けんきゅう》を伝えたい」という意欲《いよく》と熱意《ねつい》のおかげで出版《しゅっぱん》することができました。抽象的《ちゅうしょうてき》な最先端《さいせんたん》の研究や、わかりにくい事柄《ことがら》を、子どもたちや、もっと年上の読者にもわかりやすく説明し、すばらしくておもしろい本にするために貢献《こうけん》して下さった方々は、マイケル・Ｊ・ライス教授《きょうじゅ》、ピーター・マクオワン教授、レイモンド・ラフラム博《はか》士《せ》、ティム・プレスティッジ博士、スチュアート・ランキン博士、トビー・ブレンチ博士、そしてもちろんスティーヴン・ホーキング教授です。

特に、ジョージのシリーズを長期にわたって支え、情報《じょうほう》を提供《ていきょう》してくださったスチュアート・ランキン博士に感謝いたします。彼は、コンピュータを知るのにとても役立つコラムを書いてくださったばかりでなく、この本全体にアドバイスや数多くの貢献をして下さいました。またトビー・ブレンチ博士は、このシリーズに化学の要素をとりいれ、アニーの中間休みの化学の宿題も書いてくださいました。オンライン天文学協会のアラステア・リースは、本書の天文学的要素に関してとても役立つアドバイスをくださいましたし、ＩＴ専門家《アイティーせんもんか》のドーン・マンサーは、オンライン上の安全についてのアドバイスを書いてくださいました。

『宇宙の法則　解けない暗号』の初期《しょき》の原稿《げんこう》を読んで役立つ意見を寄《よ》せて下さった若《わか》い読者、すなわちマリナ・マクレディ、ジェイミー・ロス、フランセスカ・バーン、ローラ・メイアー、アメリー・メイアーに感謝します。

ランダム・ハウス社のチームはジョージと宇宙の冒険《ぼうけん》を共《とも》にし、たいへん美しい本を作って下さいました。編集者のルース・ノウルズやスー・クックと共に仕事をすることは、喜びでした。アニー・イートンや彼女《かのじょ》のチームも、宇宙を堂々《どうどう》と探検《たんけん》するチャンスを私たちにくださいました。

ジャンクロウ・アンド・ネズビット社の私のエージェントであるクレア・パターソンとレベッカ・カーターは、シリーズを通してたゆまぬ努力《どりょく》を続け、カースティ・ゴードンは、このような複雑《ふくざつ》なプロジェクトをとてもうまく運営《うんえい》してくださいました。

とりわけジョージの新たな物語に関心と期待を寄《よ》せてくださった読者のみなさまに感謝いたします。もともとは三巻《かん》で終わるはずでしたが、続編が出ることになりました。いっしょに旅をしてくださって、ありがとう。宇宙は広大なので、まだまだたくさんの発見がありそうです。共著者《きょうちょしゃ》でありわたしの父でもあるスティーヴン・ホーキングはこう言っています。「好奇心《こうきしん》をもちなさい」と。

ルーシー

作者
スティーヴン・ホーキング
Stephen Hawking

英国の理論物理学者。ケンブリッジ大学にて約30年間ルーカス記念講座教授を務め、
2009年秋に退官。退官後も、研究を続けている。
現在は、ケンブリッジ大学理論宇宙論研究所所長。
アインシュタインに次ぐもっとも優れた宇宙物理学者、また、「車椅子の物理学者」として、
世界的に高名。『ホーキング、宇宙を語る』（邦訳、早川書房）は、
全世界1000万部、日本でも110万部を超えるベストセラーとなった。

作者
ルーシー・ホーキング
Lucy Hawking

ロンドン市民大学、オックスフォード大学卒業。作家・ジャーナリスト。
新聞、テレビ、ラジオ等で活躍中。米国のNASA50周年記念式典での講演をはじめ、
世界中で、子どもたちのための科学や宇宙に関する講演で親しまれている。
2008年、イタリアのSapio賞科学普及賞を受賞。
本作は、父親のスティーヴン・ホーキング博士との共作となる、自身の初の児童書
「ホーキング博士のスペース・アドベンチャー」シリーズの4作目である。

訳 者
さくまゆみこ
Yumiko Sakuma

編集者・翻訳家として活躍。青山学院女子短期大学教授。
著書に『イギリス7つのファンタジーをめぐる旅』（メディアファクトリー）、
『どうしてアフリカ？どうして図書館？』（あかね書房）、
訳書に「リンの谷のローワン」シリーズ（あすなろ書房）、
「クロニクル千古の闇」シリーズ（評論社）他多数。

日本語版監修者
佐藤勝彦
Katsuhiko Sato

東京大学名誉教授、 自然科学研究機構長。
宇宙創生の理論、インフレーション理論の提唱者の一人として知られている。
著書に『相対性理論』（岩波書店）、『宇宙論入門』（岩波書店）
訳書に『ホーキング、未来を語る』（アーティストハウス）
『ホーキング、宇宙のすべてを語る』（ランダムハウス講談社）
『ホーキング、宇宙と人間を語る』（エクスナレジ）他多数。

日本語版監修者
平木敬
Kei Hiraki

東京大学情報理工学系研究科教授。
本業は研究目的のコンピュータを作ることであり、
これまでに数式処理計算機 FLATS、データフロー・スーパーコンピュータ SIGMA-1、
共有メモリ型超並列コンピュータ JUMP-1 など数多いシステムを構築。
また、超高速インターネット通信の研究では TCP プロトコルを用いた
遠距離通信の高速化に取り組み、長距離通信における
インターネット速度記録を 10 年にわたり保持。
更に副業として都民交響楽団（アマチュアオーケストラ）の片隅で
ひっそりとヴァイオリンを弾いている。

ホーキング博士のスペース・アドベンチャーⅡ－1

宇宙の法則　解けない暗号

2015年11月30日　第1刷発行

作　者	ルーシー＆スティーヴン・ホーキング
訳　者	さくまゆみこ
監　修	佐藤勝彦　平木敬
発行者	岩崎弘明
発行所	株式会社岩崎書店 〒112-0005　東京都文京区水道1-9-2 電話　03-3812-9131（営業）　03-3813-5526（編集） 振替　00170-5-96822
印　刷	株式会社光陽メディア
製　本	株式会社若林製本工場

NDC933　22×16cm　328頁

Published by IWASAKI Publishing Co., Ltd.
Printed in Japan
ISBN978-4-265-86011-1

岩崎書店ホームページ　http://www.iwasakishoten.co.jp
ご意見ご感想をお寄せ下さい。
e-mail: hiroba@iwasakishoten.co.jp